HEYNE
HARD
CORE

Zum Buch

Allein in einer gnadenlosen Welt, muss Jack schnell erwachsen werden, wenn er seine Schwester retten will. Er braucht dringend Hilfe, jede, die er kriegen kann. Aber die einzigen Kopfgeldjäger, die zur Verfügung stehen, sind Shorty, ein Zwerg, und Eustace, der Sohn eines ehemaligen Sklaven. Zusammen mit der Prostituierten Jimmie Sue nehmen sie die Verfolgung in eine berüchtigte Gegend auf: das Dickicht …

Zum Autor

Joe R. Lansdale, geboren 1951, zählt zu den großen amerikanischen Erzählern. Er hat mehr als vierzig Romane in verschiedenen Genres geschrieben und erhielt zahlreiche namhafte Auszeichnungen, u. a. den American Mystery Award und den Edgar Award. Berühmt geworden ist er mit der Krimi-Serie um Hap Collins und Leonard Pine. Lansdale lebt mit seiner Familie in Nacogdoches, Texas.

Lieferbare Titel:

Akt der Liebe
Die Kälte im Juli
Dunkle Gewässer
Drive-In

JOE R. LANSDALE

DAS DICKICHT

ROMAN

Aus dem Amerikanischen
von Hannes Riffel

WILHELM HEYNE VERLAG
MÜNCHEN

Die Originalausgabe THE THICKET erschien bei
Mulholland Books, New York

Das komplette Hardcore-Programm sowie den monatlichen Newsletter finden Sie unter www.heyne-hardcore.de
Weitere News unter facebook.com/heyne.hardcore

FSC
www.fsc.org
MIX
Papier aus verantwortungsvollen Quellen
FSC® C014496

Verlagsgruppe Random House FSC® N001967

Vollständige deutsche Taschenbuchausgabe 03/2016

Printed in Germany
Umschlaggestaltung: Nele Schütz Design, München,
unter Verwendung von shutterstock/seawhisper
Druck und Bindung: GGP Media GmbH, Pößneck
ISBN: 978-3-453-67677-0

www.heyne-hardcore.de

Für Terrill Lee Lankford

Wir erinnern uns an unser Leben,
als wäre es eine Geschichte.

ANONYMUS

1

Als Großvater zu uns rausgefahren kam und mich und meine Schwester Lula abholte und zur Fähre karrte, ahnte ich nicht, dass alles bald noch viel schlimmer werden oder dass ich mich mit einem schießwütigen Zwerg zusammentun würde, mit dem Sohn eines Sklaven und mit einem großen, wütenden Eber, geschweige denn, dass ich mich unsterblich verlieben und jemand erschießen würde, aber genau so war's.

Angefangen hat alles mit den Pocken. Die preschten durch unsere Gegend wie ein Maultier auf der Flucht, und in dem Städtchen Hinge Gate ganz in unserer Nähe wüteten sie besonders grausam. Dort tauchten sie in Gestalt eines mit Pusteln übersäten, nässenden Todes auf und brachten so viele Leute um, dass sie als Epidemie bezeichnet wurden. Und unsere Ma und unser Pa sind auch dran gestorben, dabei ist keiner von ihnen jemals auch nur einen Tag krank gewesen. Ich dagegen war meine ganze Kindheit hindurch kränklich, bis ich irgendwann die Kurve kriegte, und Lula war schon immer ziemlich dürr, aber wir bekamen sie beide nicht. Zu der Zeit war ich ein gesunder Sechzehnjähriger, und sie war vierzehn und fing langsam an, richtig etwas herzumachen. Die Pocken rauschten an uns vorbei, als wären sie auf einem Auge blind. An Ma und Pa schlichen sie sich allerdings ran, und sie bekamen Fieber und so Blasen, und wenn sie nach Luft schnappten, klang das wie eine kaputte Quetschkommode. Am schlimmsten war, dass wir nur zuschauen und überhaupt nichts dagegen tun konnten. Wir konnten sie nicht mal anfassen, sonst hätten wir's womöglich auch gekriegt.

Die Pocken krochen in sämtliche Winkel des Städtchens, als suchten sie nach Geld. Die Toten stapelten sich vor den Häusern, wurden auf Karren geladen und so schnell wie möglich begraben. In manchen Fällen, wenn niemand wusste, wer sie waren, wurden sie verbrannt, denn es gab Leute, die waren auf der Durchreise und steckten sich an und starben, ohne irgendwelche Informationen zu hinterlassen, wie sie hießen oder wohin sie unterwegs waren. Sheriff Gaston musste schließlich an den Hauptstraßen Schilder aufstellen, dass niemand den Ort verlassen oder betreten durfte, damit sich die Seuche nicht noch weiter ausbreitete.

Es gab Leute, die zündeten vor und in ihren Häusern Rauchtiegel an, weil sie glaubten, das würde gegen die Pocken helfen, aber das half nichts – es verqualmte nur alles, und die Kranken bekamen noch schlechter Luft.

Wir wohnten am Rand des Ortes, und ich war immer der Meinung, dass der Kesselflicker die Pocken angeschleppt hat, zusammen mit den Waren auf seinem Karren. Ich glaube, das Elend fing an, als mein Pa ihm die Hand schüttelte und die Pfanne abkaufte. Er und Ma wurden kurz darauf krank, obwohl der Kesselflicker keine Pusteln hatte, jedenfalls keine, die ich sehen konnte.

Ich bin gleich auf dem Maultier in den Ort geritten und hab den Doktor geholt. Er kam zu uns raus und sah sofort, dass da nichts mehr zu retten war, ebenso gut hätte er versuchen können, ein Ölgemälde zum Leben zu erwecken. Er konnte rein gar nichts tun, aber er hat ihnen ein paar Pillen gegeben, damit es so aussah, als würde er es wenigstens versuchen. Ein paar Tage später ging es Ma und Pa richtig schlimm, und ich ritt noch mal in den Ort, aber der Doktor war inzwischen selbst dran gestorben und lag bereits unter der Erde. Jemand hatte einen brennenden Rauchtiegel auf sein Grab gestellt. Das wusste ich, weil ich es sah, als ich auf dem Hinweg am Friedhof vorbeikam, und auf dem Rückweg wusste ich dann auch, wessen Grab es war. Irgendjemand glaubte wohl, der Qualm würde die Pocken daran hindern, sich weiter auszubreiten. Schwer zu sagen, was die Leute wirklich dachten, denn die Pocken brachten nicht nur viele Männer, Frauen und Kinder um, sie machten den Lebenden auch solche Angst, dass sie den Verstand verloren, und um meinen war's auch nicht allzu gut bestellt.

Als ich wieder nach Hause kam, waren sie beide tot, und Lula hockte im Garten und heulte; in einer Hand hielt sie ein Huhn, das wie wild flatterte, obwohl sie ihm den Hals umgedreht hatte. Sie hatte was zu essen richten wollen, und das mit zwei Toten im Haus. Ich und Lula hatten uns ins Freie unter einen Baum geflüchtet, um uns von den Pocken fernzuhalten, und wir kochten da draußen und aßen da draußen. Ab und zu schaute Grandpa vorbei und kümmerte sich um Ma und Pa, denn er konnte es nicht kriegen. Er hatte es, als er jünger war, schon mal gehabt und lebte noch, also konnte er sich nicht noch mal anstecken. Das war irgendwo ganz oben bei den Cheyenne gewesen, in der Nähe der Wind River Range, was echt weit weg ist von Osttexas. Eingefangen hat er es sich genauso wie die Cheyenne – von irgendwelchen infizierten Decken, die ihnen ein paar Weiße aus Jux gegeben haben. Er war als Missionar dort und lebte unter den Indianern. Er und Grandma kriegten es beide und wurden wieder gesund, und ein paar Jahre später wurde Grandma in der Nähe von Gilmer in Texas von einer verschreckten Kuh totgetrampelt, während sie versuchte, das Tier zu beruhigen und zu melken. Die Pocken haben sie nicht umgebracht, aber eine Kuh, die nicht gemolken werden wollte, hat's geschafft.

An Grandma kann ich mich kaum noch erinnern. Ich muss wohl so um die fünf gewesen sein, als die Kuh sie abgemurkst hat. Lula war damals zwei Jahre alt. Grandpa, so wurde in unserer Familie erzählt, hat die Kuh erschossen und aufgegessen. Wahrscheinlich hielt er es nur für gerecht, aus dem blutrünstigen Vieh ein Steak zu machen. Ich hab nie gehört, dass er traurig über Grandma oder die

Kuh geredet hätte, aber er und Grandma sind anscheinend gut miteinander klargekommen, und bis zu dem Tag hatten er und die Kuh, so weit ich gehört hab, auch nie irgendwelchen Ärger miteinander.

An dem Tag, als Ma und Pa starben, bin ich zu ihnen reingegangen, aber ich hab mich von ihnen ferngehalten und auch nichts angefasst. Sie sahen schrecklich aus, überall Pusteln und Blut, wo sie sich gekratzt hatten, und diese kleinen, seltsamen Bläschen mit den Dellen drin waren aufgeplatzt und nässten. Ich ritt auf unserem müden alten Maultier zu Grandpa rüber, der nicht weit weg von uns wohnte, und er zog sein staubiges Jackett an, setzte seinen Hut auf und begleitete mich auf seinem Wagen zurück. Er nahm ein paar Säcke Kalk mit, den er sonst für seinen Garten brauchte, und zwei Kiefernholzkisten, die er in weiser Voraussicht gebaut hatte. Außerdem hatte er mehrere gepackte Taschen auf den Wagen geladen, aber zu dem Zeitpunkt wusste ich noch nicht, was das sollte, und ich war auch zu benommen, um danach zu fragen.

Ich und Grandpa hoben für Ma und Pa Gräber aus. Weil Grandpa die Pocken nicht kriegen konnte, rollte er sie auf frische Laken, schleifte sie aus dem Haus, hievte sie in die Särge und schüttete Kalk über sie. Ich half ihm, die Särge an Seilen in die Löcher runterzulassen. Während wir Erde drüberschaufelten, meinte er, der Kalk würde dafür sorgen, dass die Krankheit sich nicht weiter ausbreitete. Ich weiß ja nicht. Zwei Meter Erde hatten damit bestimmt auch was zu tun.

Wir begruben sie, und er predigte mit der Bibel in der Hand ein paar Worte, welche Stelle, weiß ich allerdings nicht mehr. Ich war noch immer zu betäubt, und Lula sah aus, als wäre ihr Verstand an einen Ort gegangen, wohin ihm niemand folgen konnte. Sie hatte keinen Ton gesagt, seit ich aus dem Ort zurückgekommen war; das tote Huhn hatten wir schließlich in einen Graben geworfen. Als Grandpa mit der Predigt fertig war, steckte er das Haus in Brand, setzte uns auf den Wagen und zuckelte los; unser altes Maultier hatte er mit einem Seil hinten drangebunden.

»Wohin fahren wir?«, fragte ich, den Blick auf unser Zuhause gerichtet, das in Flammen stand. Etwas anderes fiel mir nicht ein. Lula hatte die Arme um ihren Oberkörper geschlungen und sagte gar nichts. Wer sie nicht kannte, hätte meinen können, sie wäre stumm.

»Je nun, Jack«, antwortete Grandpa, ohne auch nur einen Blick über die Schulter zu werfen, »zu dem brennenden Haus zurück bestimmt nicht. Ihr fahrt rauf nach Kansas zu eurer Tante Tessle.«

»Die kenn ich doch gar nicht«, sagte Lula. Offenbar war das etwas, das sie aus ihrer Benommenheit gerissen und ihr die Sprache zurückgegeben hatte. Sie sagte es so plötzlich und unerwartet, dass ich ein wenig zusammenzuckte, und Grandpa glaube ich auch.

»Ich kann mich kaum an sie erinnern«, sagte ich.

»Wie dem auch sei, ihr werdet bei ihr wohnen«, erwiderte Grandpa. »Sie weiß noch nichts davon, aber ich hab mir gedacht, es ist vielleicht besser, ihr nicht zu viel Zeit zu geben, darüber nachzugrübeln. Wir werden sie einfach überraschen. Und da ich auch vorhabe, zu ihr zu ziehen, wenn auch ein wenig später, um ihr nicht zu viel auf einmal zuzumuten, wird das eine ganz ordentliche Überraschung. So richtig hab ich Tessle eigentlich nie gemocht, weil Mama sie mir immer vorgezogen hat, aber in der Not frisst der Teufel Fliegen.«

»Bist du sicher, dass das eine gute Idee ist?«, fragte ich. »Dass wir einfach so bei ihr aufkreuzen?«

»Keine Ahnung, ob es eine gute Idee ist«, antwortete er. »Aber so machen wir's. Und ich sag euch noch zwei Dinge. Ich hab das kommen sehen und mein ganzes Vieh verkauft, mit Ausnahme der beiden Maultiere, und ihr habt das Maultier von eurem Pa, und jetzt habt ihr auch die Verträge für beide Grundstücke, das von eurem Vater und das von mir. Die liegen in Sylvester auf der Bank. Ich hab sie nicht hier auf die Bank gegeben, weil ich mir dachte, hier geht wegen den Pocken eh alles drunter und drüber. Zuständig ist ein Anwalt namens Cowton Little. Er soll die Grundstücke zu einem fairen Preis verkaufen und euch das Geld zukommen lassen, abzüglich seiner Provision natürlich. Ich hab keine Ahnung, wie lang das dauern wird, aber meins ist bestimmt eine Menge wert, wenn der Ort erst mal weiter wächst, und das wird er. Das Land eurer Eltern ist auch in Ordnung, und sobald die Pocken vorbei sind und niemand mehr dran denkt, woran sie gestorben sind, kriegt man dafür bestimmt einen guten Preis. Habt ihr das alles begriffen?«

Wir sagten beide ja, wir hätten es begriffen, auch wenn Lula wieder einen eher abwesenden Eindruck machte. Sie war schon unter normalen Umständen flatterhaft, zerbrach sich andauernd den Kopf über die Form der Wolken und fragte, warum manche Dinge grün waren und solche Sachen. Natürlich war ihr »weil der Herrgott sie so geschaffen hat« nie Antwort genug. Sie suchte immer nach einer höheren Wahrheit, als ob es so was gäbe. Grandpa sagte, wenn sie irgendwo ein Loch in der Erde entdeckte, dann musste da auch was drin sein, und das mit gutem Grund, und es musste eine Vorgeschichte haben, auch wenn sie diese nicht kannte. Mit einem leeren Loch gab sie sich nie zufrieden, und wenn was drin war, hatte es vielleicht noch nicht darüber nachgedacht, warum und wie es da reingekommen war. »Hüte dich vor einer Frau, die für alles einen Grund wissen will.«

Grandpa griff in seine Tasche und zog mehrere Blätter Papier hervor. »Das sind die Unterlagen über die Grundstücke. Wenn ich nach Kansas raufgehe, komme ich nicht mehr zurück, und ihr möglicherweise auch nicht, aber ihr könnt eure Geschäfte mit dem Anwalt, wenn nötig, per Post abwickeln.«

Ich nahm die Papiere, faltete sie zusammen und steckte sie tief in die Tasche meiner Latzhose.

»Gib gut darauf acht«, sagte Grandpa.

»Werd ich«, erwiderte ich.

»Sie sind in euer beider Namen, aber wenn einer von euch umgebracht wird oder stirbt, dann gehen sie auf den anderen über.

Und wenn ihr beide umgebracht werdet, na ja, wenn ich dann noch am Leben bin, fallen sie wohl an mich zurück, und wenn wir alle tot sind, gehört wohl alles Tessle, auch wenn ich mir überlegt habe, eine der Kirchen im Ort als Erben einzusetzen, aber das sind alles Baptisten, und die fahren zur Hölle. Dann dachte ich, ich könnte vielleicht auf meinem Grundstück eine Methodistenkirche gründen, aber daraus wird jetzt nichts mehr. Selbst wenn ich nicht wegziehen würde, hab ich dafür einfach nicht mehr die Kraft. Allerdings hab ich dich als Testamentsvollstrecker eingetragen, Jack. Lula bekommt von jedem Stück Land, das du verkaufst, etwas ab, aber du entscheidest, was für Geschäfte du abschließt, denn du bist der Älteste und der Mann oder wirst es jedenfalls noch.«

Also, das sieht jetzt vielleicht so aus, als hätte ich den Tod meiner Eltern verdammt gut weggesteckt, aber ihr könnt mir glauben, so war's keineswegs. Ich hatte das schon seit ein paar Tagen kommen sehen, und nachdem so viele Leute gestorben waren, hat mich die ganze Sache nicht ganz so umgehauen, wie wenn ich gerade aufgestanden wäre und sie ohne ein Anzeichen von Krankheit tot vorgefunden hätte. Wir hatten sogar schon recht früh Kleider beiseitegelegt und zu Grandpa gebracht, nur für den Fall, dass sie nicht durchkommen würden. Die Kleider waren, so hofften wir, nicht mit Pocken infiziert und schon mal aus dem Haus. Jetzt wurde mir klar, dass die sauberen Kleider noch immer in den Taschen waren, die er für uns gepackt hatte, zusammen mit anderen Dingen, die wir vielleicht brauchen würden. Er hatte sie einfach in Laken gewickelt und beiseitegelegt. Das klingt gefühllos, aber Grandpa war ein praktisch veranlagter Mensch.

Trotzdem, tief in mir drin – und ich bin mir sicher, dass es Lula genauso erging und wahrscheinlich sogar Grandpa – tief in mir drin versuchte ich noch immer, mit Herz und Verstand zu begreifen, dass sie so brutal und so schnell aus dem Leben gerissen worden waren. Ich brachte keine Träne zustande. Ich wollte weinen, aber ich konnte nicht. Lula ebenso wenig. So sind wir Parkers nun mal. Wir nehmen die Dinge so, wie sie kommen. Jedenfalls oberflächlich. Wenn man jedoch an uns kratzt, stößt man rasch auf Wackelpudding. Uns mag es schwerfallen zu weinen, aber sobald wir erst damit anfangen, dann ist Hochwasser angesagt, und es ist besser, die Tiere paarweise in Sicherheit zu bringen.

Nun saßen wir also auf dem klapprigen Wagen, so benommen, als wäre uns ein Stein auf den Kopf gefallen. Pas Maultier lief hinterher. Lula kauerte auf der Ladefläche, und ich saß neben Grandpa, der leise schnalzte, um seine Maultiere anzutreiben, sogar recht freundlich, was ich überhaupt nicht gewohnt war. Pa fluchte immer lauthals und beschimpfte sie und dergleichen. Das meinte er allerdings nicht böse. Er behandelte die Maultiere gut. So redete er nun mal, und die Maultiere verstanden das und schenkten dem keine Beachtung, schließlich waren sie ein ganzes Stück schlauer als Pferde. Zwei Pferde zusammengenommen haben nicht so viel Verstand wie ein altes Maultier, und wenn man unanständiges Zeug redet, werden sie nervös.

»Wenn ich mich nicht täusche«, sagte Grandpa, »kann ich mir ein paar Tage Zeit lassen, um euch drüben in Taylor zum Zug zu bringen, und von dort fahrt ihr hoch nach Kansas. Ich werd euch so ungefähr erklären, wie ihr zu Tessle kommt, aber wenn ihr da seid, schadet es nichts, wenn ihr euch nach ihrem Haus erkundigt, denn so genau weiß ich nicht mehr, wo sie wohnt. Ich komme mit dem Wagen nach, denn ich möchte mir unterwegs noch den ein oder anderen Ort anschauen. Wahrscheinlich ist das sowieso meine letzte größere Reise. Außerdem möchte ich nicht für drei Fahrscheine blechen.«

Mich wunderte schon, dass er für zwei blechen wollte. Daddy hat immer gesagt, Grandpa sei so geizig, dass er nicht mal 'ne neue Hose kaufte, wenn seine alte im Schritt durchgescheuert war. Grandma wünschte sich immer die ein oder andere Kleinigkeit, so erzählte Mutter, und er kaufte ihr nichts davon. Er hielt alles, was er besaß, gut in Schuss, damit er nichts ersetzen musste; sein

Werkzeug, das er aus zweiter Hand gekauft hatte, sah besser aus als neu. Seiner Meinung nach brauchte man nichts kaufen, das keinen praktischen Zweck erfüllte oder das man nicht essen konnte. Und dazu zählten auch ein neuer Sonnenhut und ein Kleid für Grandma. Nachdem Ma und Pa tot waren, graute ihm wahrscheinlich bei der Vorstellung, sich den ganzen Weg bis nach Kansas mit uns herumzuärgern, und da kaufte er lieber zwei Zugfahrscheine und hatte seinen Frieden.

»Meinst du nicht, du solltest ihr besser einen Brief schreiben?«, fragte ich, denn Tante Tessle ging mir nicht aus dem Kopf. »Und sie wissen lassen, dass wir kommen?«

»Bis ich den geschrieben und abgeschickt hab und bis sie ihn gekriegt hat, habt ihr beide vielleicht schon die Pocken. Nein, Sir. Du und deine Schwester, ihr macht euch heute auf den Weg.«

»Jawohl, Sir«, sagte ich.

»Vor ein paar Tagen ging es ihnen noch gut«, schoss es aus Lula raus wie ein Kern aus einem zusammengedrückten Granatapfel.

»So ist das nun mal«, erwiderte Grandpa. Ich saß neben ihm auf der Bank und spürte, wie er ein wenig zitterte, das einzige Anzeichen dafür, dass ihm die ganze Sache doch nahegegangen war. Ich denke mal, ein Mann, der mehrere seiner Kinder begraben, auf zahlreichen Beerdigungen gepredigt, hin und wieder Tiere geschlachtet, die Cheyenne sterben gesehen und die Pocken überlebt hat, härtet mit der Zeit ein wenig ab; und dann noch die Sache mit Grandma und der Kuh. Er war ein religiöser Mensch und vertrat die Meinung, dass er alle im Himmel wiedersehen würde. Davon war er fest überzeugt, und das tröstete ihn in allen Lebenslagen, und er hatte mir beigebracht, auf diese Weise mit der Welt fertigzuwerden und nicht zu viel über mich selbst nachzudenken, denn das würde mich nur auf Gedanken bringen, die zwar richtig sein mochten, aber auch unangenehm.

Während wir so dahinfuhren, sah ich, dass sich der Himmel im Nordwesten verfinsterte, und der Geruch von Regen lag in der

Luft, süß und schmutzig, wie ein nasser Hund. Als wir den Sabine River erreichten, war der Himmel tiefschwarz, und die Brücke über den Fluss war abgebrannt. Nur noch ein paar Balken ragten auf beiden Seiten über das Wasser, und die waren verkohlt und geborsten. Der Fluss war nicht breit, aber doch breit und tief genug, sodass man normalerweise nur auf einer Brücke rüberkam, außer in einer wirklich trockenen Jahreszeit.

Etwa fünf Meilen flussabwärts gab es eine Furt, aber den Umweg konnten wir uns sparen, denn jetzt gab es eine Fähre, die anstelle der Brücke den Fluss überquerte. Wir konnten sie am anderen Ufer sehen. Es war eine ziemlich breite Fähre, die Pferde und dergleichen transportieren konnte, und der Mann, der sie betrieb, war ein großer Kerl und rothaarig, wie ich. Er wartete, bis ein Wagen von zwei großen weißen Pferden von der Fähre runtergezogen wurde, dann schloss er das Gatter und packte eines der Seile, das über eine Rollenkonstruktion lief, und zog die Fähre langsam zu uns rüber.

Die Fähre war neu, und der Fährmann musste sich ziemlich anstrengen. Seine Bewegungen wirkten auf mich irgendwie so, als wäre die ganze Sache noch ungewohnt für ihn, als hätte er sich diesem Gewerbe erst kürzlich zugewandt. Wir warteten, bis er auf unserer Seite angelangt war, und als er das schließlich geschafft hatte, legte er an dem Seil so was wie eine hölzerne Bremse um und ließ eine Planke herab. Er stakste an Land, als würde er auf Holzbeinen laufen, was für mich ein weiterer Hinweis war, dass er diesen Beruf noch nicht lange ausübte. Grandpa gab mir die Zügel, stieg vom Wagen und ging zu ihm hinüber. Ich konnte sie reden hören.

»Was ist mit der Brücke passiert?«, wollte Grandpa wissen.

»Die ist abgebrannt«, sagte der Fährmann.

»Das seh ich. Wann?«

»Ach, vor einem Monat oder so.«

»Wie das?«

»Sie ist in Brand geraten.«

»Ich weiß, dass sie in Brand geraten ist, aber wie ist sie in Brand geraten?«

»Keine Ahnung.«

»Wird sie jemand wieder aufbauen?«

»Ich nicht«, sagte der Fährmann.

»Das glaub ich gern. Wie viel?«

»Fünfzig Cent.«

Grandpa starrte den Fährmann an, als hätte der ihn gerade gefragt, ob er ihm eins überziehen solle. »Fünfzig Cent? Sie übertreiben doch bestimmt.«

»Nein«, erwiderte der Fährmann. »Glaub nicht. Wenn übertreiben bedeutet, dass ich einen Preis nenne, den ich nicht ernst meine, dann mach ich das nicht, auf keinen Fall.«

»Das ist Straßenraub.«

»Nein, Sir. Das ist der Obolus, um auf meiner brandneuen Fähre den Fluss zu überqueren«, sagte der Fährmann und kratzte sich den roten Schopf. »Wenn Sie nicht zahlen wollen, können Sie fünf Meilen den Fluss runterfahren und ihn an der Furt überqueren. Aber wenn Sie das machen, haben Sie ein schwieriges Wegstück vor sich, bevor Sie auf einen Pfad kommen, der in etwa einer Meile zur Straße führt. Mit dem Wagen wäre das mühselig.«

»Ich muss jetzt da rüber. Nicht in fünf Meilen.«

»Tja, dann werden Sie wohl fünfzig Cent berappen müssen, oder? Die Pferde könnten vielleicht rüberschwimmen, aber für einen Wagen ist es zu tief, also müssten Sie Bäume fällen und an der Seite festbinden, damit er nicht untergeht, und das ist wahrscheinlich mehr Aufwand, als Ihnen lieb ist. Außerdem haben Sie bestimmt keine Axt dabei, und ich leih Ihnen keine. Also bleiben Ihnen nur zwei andere Möglichkeiten: Entweder Sie fahren die fünf Meilen bis zur Furt, oder Sie drehen um.« Der Fährmann streckte die Hand aus.

Grandpa schob sich den Hut in den Nacken, und darunter kam

sein wildes graues Haar zum Vorschein. »Na gut, aber nur unter Protest. Und ich warne Sie, der Herr findet keinen Gefallen an einem Dieb.«

»Das ist ein Wegzoll – mit Diebstahl hat das nichts zu tun. Es ist einfach nur mehr, als Sie bezahlen wollen, und der Herr muss den Fluss nicht überqueren. Sie müssen das. Was ist jetzt, wollen Sie rüber oder nicht?«

Grandpa vergrub die Hand in der Tasche, als würde er in einer dunklen Mine nach dem letzten Stück Kohle greifen, das auf der ganzen Welt übrig war, zog zwei Vierteldollarmünzen hervor, klatschte sie dem Fährmann in die Handfläche und kam zum Wagen zurück. Der Wegzoll schien ihn mehr aufzubringen als die Tatsache, dass er vor Kurzem seinen Sohn und seine Schwiegertochter beerdigt hatte.

Er kletterte auf den Wagen und blieb einen Moment reglos sitzen, den Blick himmelwärts gerichtet. »Ich denke schon, dass wir die fünf Meilen schaffen würden, aber da zieht ein Unwetter auf, also hab ich ihm seinen überteuerten Obolus bezahlt, und möge der Herr über ihn richten.«

»Jawohl, Sir«, sagte ich.

»Vermutlich hat er die Brücke selbst abgefackelt, um die Fähre zu bauen«, sagte Grandpa und musterte den Fährmann von oben herab. »Für mich sieht er wie jemand aus, der so was tun würde, meinst du nicht auch? Das ist kein gottesfürchtiger Mensch.«

»Ich weiß es nicht, Sir«, erwiderte ich. »Wenn du es sagst.«

»Ich sage es, aber wir müssen da rüber. Und wenn wir auf der Fähre sind, dann achte auf den Fährmann und halt dich von ihm fern. Ich glaube, er hat Flöhe.«

Grandpa schnalzte den Maultieren zu und steuerte den Wagen zur Fähre. Während er dagesessen und nachgedacht hatte, war ein großer Mann auf einem Fuchs herangeritten und hatte die Fähre bestiegen. Wir konnten hören, wie er mit dem Fährmann um den Obolus feilschte. Er kam weit schneller als Grandpa zu dem

Schluss, dass es angemessen war, und bis wir das Ufer erreicht hatten, konnte ich jenseits des Feldes zwei Männer auf Pferden sehen, die den Pfad entlanggeritten kamen, wo er noch von Bäumen gesäumt war. Der Schatten der Regenwolken lag auf ihnen wie schmutziges Moos. Sah so aus, als würde die Fähre voll werden.

Grandpa band die Maultiere im Bug an die Reling und blockierte die Hinterräder mit Holzkeilen, damit sie nicht ins Rollen gerieten. Bessy, unser altes Maultier, blieb hinten am Wagen festgebunden, und ich und Lula standen in ihrer Nähe, aber nicht zu dicht, denn sie hatte die Angewohnheit, wie eine Kuh seitlich auszukeilen, wenn sie das Gefühl hatte, jemand kam ihrem Hinterteil zu nahe. Ich wusste nicht so genau, was sie sich dabei dachte oder was für finstere Absichten sie uns unterstellte, aber ich möchte kurz anmerken, dass wir nicht Bessies erste Eigentümer waren.

Der große Mann war von seinem Pferd abgestiegen, führte seinen Fuchs zum Bug und band ihn neben unseren Zugtieren fest. Dabei kam er an uns vorbei, warf Lula einen Blick zu und sagte: »Was bist du nicht für ein hübsches Ding.«

Bisher hab ich mich noch kaum dazu geäußert, wie Lula aussah, und das sollte ich jetzt wohl nachholen. Sie war groß und schlank, und ihr rotes Haar floss unter einer allerliebsten blauen Reisehaube hervor, auf die an der Seite eine gelbe Kunstblume genäht war. Um den Hals trug sie einen Silberstern an einer Kette, den ich ihr im Gemischtwarenladen im Ort gekauft hatte. Dort gab es noch anderen Krimskrams, silberne Blümchen und kleine Herzen, und ich denk mal, die hätten ihr auch gut gestanden, aber im Jahr davor hatte sie mich aus dem Haus gezerrt, zum Nachthimmel hochgedeutet und gesagt: »Siehst du den Stern dort, Jack? Der gehört mir!« Das leuchtete mir ungefähr ebenso ein wie Polkamusik, vielleicht sogar noch weniger, aber es blieb mir im Gedächtnis, und als ich irgendwann einmal im Ort war und etwas Geld dabei hatte, hab ich ihr den Stern gekauft. Sie zog ihn nie aus. Ich war stolz darauf, dass ich ihn ihr geschenkt hatte, und mir gefiel, wie er das Licht einfing und an ihrem Hals funkelte. Sie trug ein hellblaues Kleid mit einer gelben Bordüre, die zu der Blume passte, und sie hatte hohe Schnürstiefel an, die so schwarz glänzten wie Schmierfett. Das waren die Kleider, die Grandpa vor ein paar Tagen aus dem Haus geholt hatte, bevor die Pocken sie verpesten konnten. Darin sah sie gleichzeitig wie eine junge Frau und wie ein Kind aus. Sie war bildhübsch, das stimmt, aber die Art und Weise, wie der Mann das gesagt hatte, ärgerte mich. Vielleicht lag es auch daran, wie er lächelte und den Blick über sie wandern ließ; nichts, worauf man den Finger legen oder was man in Worte fassen konnte, aber irgendetwas veranlasste mich trotzdem, ihn im Auge zu behalten.

Lula sagte nur: »Vielen Dank«, und neigte sittsam den Kopf.

Der Mann fügte hinzu: »Die beiden Maultiere da sehen auch nicht übel aus«, was seine vorherige Bemerkung für mein Gefühl in ein ziemlich übles Licht setzte.

Ich glaube nicht, dass Grandpa das alles hörte. Er war noch immer am Meckern und redete auf den Fährmann ein, offenbar versuchte er, einen Teil seines Geldes zurückzukriegen.

Als das nicht klappte, fragte Grandpa: »Nun, worauf warten wir?«

»Auf die beiden Reiter dort«, antwortete der Fährmann.

»Wie wäre es, wenn Sie uns rüberbringen und dann zurückkommen?«

»Das wäre umsonst gearbeitet.« Der Fährmann kratzte sich den roten Schopf und betrachtete dann seine Fingernägel, um zu sehen, ob er nicht irgendwas Interessantes erwischt hatte.

»Wir haben unsere fünfzig Cent bezahlt. Das sollte genügen. Außerdem wird es mit den beiden ziemlich eng hier.«

Der große Mann warf ein: »Das sind Freunde von mir, und wir können alle warten.«

»Müssen wir aber nicht«, erwiderte Grandpa.

»Nein, werden wir aber.«

»Besser so«, sagte der Fährmann. »Besser so.«

Jetzt muss ich mal was erklären. Grandpa war ein großer Mann. Er mochte schon um die siebzig sein, aber ehrfurchtgebietend war er trotzdem noch mit seiner grauen Mähne, die früher mal rot gewesen war, und mit der er wie ein Löwe aussah. Er hatte einen dichten Bart von der Farbe schmutziger Baumwolle, und damit wirkte er noch löwenhafter, selbst wenn er einen Hut aufhatte. Sein Gesicht war immer hochrot. Er sah ständig so aus, als würde er überkochen. »Irische Haut« nannte er das. Er war breitschultrig und muskulös, denn er hatte sein ganzes Leben lang schwer gearbeitet. Und dann hatte er das Auftreten eines Mannes, der wusste, wo's langgeht, was nicht nur an seiner Größe und Erfahrung lag, sondern an seinem ehrlichen und unerschütterlichen Glauben, dass Gott auf seiner Seite war und für niemand auch nur ansatzweise so viel übrig hatte wie für ihn. Vermutlich, weil er früher Prediger gewesen war und das Gefühl hatte, ihm sei ein besonderes Wissen über das Leben zuteil geworden, und wenn er in den Himmel kam, würde er mit Gott höchstpersönlich Choräle singen, während sie sich mit einem Lächeln auf dem Gesicht aneinanderlehnten und den ein oder anderen geschmackvollen Witz rissen – was natürlich bedeutete, dass sie nichts mit Frauen oder Klohäuschen zu tun hatten.

Aber so mächtig und aufbrausend Grandpa auch war, angesichts des großen Mannes, der auf dem Fuchs geritten war, wurde er so still wie eine Maus, die über eine weiche Decke trippelt. Er hatte da etwas gesehen, das ihm unangenehm aufstieß, genau wie mir. Grandpa konnte lange schweigen, aber wenn er es eilig hatte oder sich über Geld aufregte, wurde er geschwätzig und wütend, wie vorhin. Als er den Reiter ansah, hielt er allerdings die Luft an. Ich konnte das nachvollziehen. Der Kerl war genauso groß und kräftig wie Grandpa, höchstens halb so alt und hatte ein Gesicht, das offenbar von einem wütenden Zirkusaffen mit einem Stein und einem Stock bearbeitet worden war. Er hatte haufenweise Narben, seine Nase war schief, und eines seiner Augenlider hing auf Halbmast, sodass er einen äußerst hinterhältigen Eindruck machte. Ich war mir ziemlich sicher, dass irgendwann mal jemand versucht hatte, ihm die Gurgel durchzuschneiden, denn auch dort hatte er eine hässliche Narbe. Wenn er sprach, klang das, als wollte er mit einem Mund voller Reißzwecken gurgeln. Er trug eine alte Melone, und auch wenn er darauf besser verzichtet hätte, steckte eine lange weiße Feder im Hutband. Sein schwarzer Anzug sah teuer und neu aus, aber er passte ihm nicht besonders gut, als hätte er ihn sich geliehen. Um ihn zuzuknöpfen, hätte jemand mindestens zehn Pfund Luft aus ihm rauslassen und das Jackett mit einem Maultiergespann vorne zuziehen müssen.

Grandpa räusperte sich, aber darüber hinaus ließ er sich nicht anmerken, dass er anderer Meinung war als der große Mann. Er hielt sich mit der Hand an seinem Wagen fest und blickte auf den Fluss hinaus, als rechnete er jeden Moment damit, dass Jesus über das Wasser gelaufen kam. Die Luft lastete auf uns wie meistens vor einem Gewitter, und der Himmel war so finster wie die Träume eines Säufers. Der Mann mit der Melone sagte zu Grandpa: »Sie sind es gewohnt, dass Sie Ihren Willen bekommen, was?«

Grandpa wandte sich um und sah ihn an. Ich glaube, im ersten Moment wollte er es dabei bewenden lassen, aber dann regte sich doch der Parker-Stolz. »Ich bin ein Mann, der glaubt, dass jeder möglichst schnell und gründlich seine Sachen erledigen sollte, selbst wenn es darum geht, seine Familie zu begraben. Erst heute habe ich meinen Sohn und meine Schwiegertochter beerdigt.«

»Und jetzt meinen Sie wahrscheinlich, Sie wären wegen Ihrem Kummer was Besonderes und ich sollte Sie bemitleiden«, sagte der Mann mit der Melone.

»Nein, das meine ich nicht. Ich hab auf Ihre Frage hin nur eine Tatsache geäußert.«

»Ich hab Sie nicht gefragt, ob Sie jemand beerdigt haben. Ich hab gesagt, dass Sie es gewohnt sind, Ihren Willen zu bekommen.«

»Sieht so aus, als wäre mir die Beerdigung nicht aus dem Kopf gegangen, also hab ich sie erwähnt.«

»Warum behalten Sie Ihre Ansichten nicht einfach für sich? Ich war heute Morgen selbst auf einer Beerdigung. Bin da zufällig vorbeigeritten, als sie zu Ende war und die Leute sich davonmachten. Die Totengräber, ein paar Nigger, wollten gerade das Loch zuschaufeln. Ich hab meine Knarre gezogen«, er schob sein Jackett auf und berührte mit den Fingerspitzen den vergilbten Knochengriff eines Revolvers, der umgekehrt im Holster steckte, »und sie gebeten, das doch sein zu lassen und den Sarg aus dem Loch zu hieven und aufzubrechen. Und siehe da, der Kerl hatte einen guten Anzug an, einen besseren als ich, also hab ich die Nigger gezwungen, ihm die Klamotten auszuziehen und in meine reinzuhelfen. Gemerkt hat das niemand, und ich hab einen guten Anzug, der sonst unter der Erde verfault wäre, und die Nigger dürfen weiterleben.«

»Warum erzählen Sie mir das?«, fragte Grandpa.

»Weil ich will, dass sie wissen, mit was für einem Mann Sie es zu tun haben.«

»Mit einem Grabräuber? Und darauf sind Sie stolz? Ich möchte überhaupt nichts mit Ihnen zu tun haben, Mister.«

»Hör mal, du alter Scheißer, du gefällst mir nicht. Wie du schon aussiehst. Und wie du redest.«

»Diese Unterhaltung führt nirgendwohin. Wer zugibt, dass er ein Grabräuber ist, zu dem kann man nichts sagen, außer dass er für seine Missetaten büßen wird.«

»Da reden Sie wohl von Gott, was?«

»Das will ich meinen.«

»Ich glaube, Sie sind einer von diesen jämmerlichen Feiglingen, die mich an das Gesetz verraten, das glaube ich. Ich glaube nicht, dass Sie warten, bis Gott irgendwas tut. Ich glaube, vorher hetzen Sie mir den Sheriff auf den Hals.«

»Wenn Sie nicht wollen, dass jemand Sie verpfeift, dann sollten Sie sich nicht selbst verpfeifen.«

»Tatsächlich?«, sagte der große Mann. Es war offensichtlich, dass er es auf Streit abgesehen hatte.

Ich glaube, Grandpa spürte, dass die Sache allmählich aus dem Ruder lief, denn er sagte: »Hören Sie, das geht mich nichts an. Mir passt überhaupt nicht, was Sie da getan haben, aber das ist Ihre Sache. Lassen Sie mich einfach damit in Ruhe.«

»Ich glaube, das sagen Sie jetzt nur«, erwiderte der große Mann. »Ich glaube, dass Sie ein Schwätzer sind, und wenn wir erst mal da drüben sind, dann erzählen Sie dem Gesetz, was ich Ihnen erzählt habe.«

Grandpa blieb ihm die Antwort schuldig. Er wandte sich ab, lehnte sich gegen den Wagen und schaute auf den Fluss hinaus. Dabei schob er die rechte Hand in seine Jackentasche und ließ sie dort. Ich wusste, dass er in der Tasche eine alte zweischüssige Derringer stecken hatte und dass er in Wirklichkeit alles ganz genau beobachtete, um sie, wenn nötig, sofort zu ziehen. Vor zwei oder drei Jahren hatte ich mal gesehen, wie die kleine Pistole im Ort, als ein Betrunkener ihm auf die Pelle rückte, urplötzlich in seiner Hand erschienen war, und das hatte genügt – der Raufbold war sofort wieder nüchtern gewesen und hatte die Beine unter die Arme genommen. Also wusste ich, dass Grandpa auf alles gefasst war, aber ich sah auch, dass seine eine Hand, die frei herabhing, leicht zitterte. Wahrscheinlich mehr aus Wut als vor Angst, auch wenn mir in dem Moment in den Sinn kam, dass er den Mund vielleicht etwas zu voll genommen hatte, und weil er das einsah, versuchte er jetzt, seine Haut zu retten. Ich wusste auch, dass der Mann recht gehabt hatte: Sobald wir auf der anderen Seite waren, würde Grandpa den Grabraub melden. Gut möglich, dass die Geschichte erfunden war, vielleicht hatte der Kerl nur angegeben, um Grandpa auf die Palme zu bringen, aber so, wie der Anzug ihm am Leib klebte, glaubte ich das nicht. Ich hatte den Eindruck, dass er die Wahrheit sagte und auch noch stolz darauf war, als hätte er irgendwo besonders schicke Klamotten erstanden.

Ich blickte den beiden Reitern entgegen, denn inzwischen konnte ich ihre Pferde hören, obwohl der Wind auffrischte und die ersten Tropfen fielen. Ich wandte mich wieder zum Fluss um und sah, dass der Regen durch die Bäume kam und immer stärker wurde, dann wurde der Fluss unruhig, und die Fähre fing an zu tanzen. Die Männer ritten heran, und ich konnte sie mir genauer anschauen. Der eine war klein und dick mit einem Zylinder auf dem Kopf und haufenweise Haaren im Gesicht, die ihm in den Mund zu wachsen schienen, weil ihm da ein paar Zähne fehlten. Seine Augen sahen aus wie zwei Brombeeren, die ihm tief im Kopf steckten. Der andere war hochgewachsen, breitschultrig und farbig, ein Klotz von einem Kerl, wie aus gut gemauerten Backsteinen. Er trug einen riesigen Sombrero mit schmutzigen Wattebäuschen, die an Schnüren an der Krempe baumelten. Wahrscheinlich war er nicht jünger als der Dicke, aber er sah so aus, weil er noch alle Zähne hatte. Seine Beißer waren weiß und kräftig, und er lächelte, als würde er sich über irgendwas lustig machen. Beide trugen Kleidung, die aussah, als wäre sie in einem Schweinestall herumgeworfen worden und als hätte dann noch eine Ziege draufgepisst. Ich konnte sie nur allzu gut riechen, denn die Kerle hatten den Wind im Rücken, und der Regen wühlte den Gestank auf. Beide trugen ihre Schusswaffen offen. Im Holster des Farbigen steckte eine Pistole mit Hickorygriff, ganz alte Schule, wie in den Westernheftchen, und der Dicke hatte eine der neueren Automatikpistolen im Gürtel, direkt vor seinem fetten Bauch.

Die beiden Männer brachten ihre Pferde an Bord, und daraufhin sackte die Fähre ein Stück ab. Wasser spritzte über die Reling, und die Fähre geriet ins Schaukeln.

»Sie sollten die Männer am Ufer warten lassen, bis sie uns rübergebracht haben«, sagte Grandpa. »Die Ladung ist zu schwer.«

»Die müssen nirgendwo warten«, erwiderte der große Mann. »Die sind hier genau richtig.«

»Ich glaube, das geht in Ordnung«, meinte der Fährmann und

blickte auf den Regen und den Fluss hinaus, aber ihm war anzusehen, dass er sich nicht völlig sicher war. Wie Grandpa war ich zu der Ansicht gelangt, dass der Kerl, wenn es darum ging, den Fluss zu überqueren, noch ein Greenhorn war, und mit seinem gesunden Menschenverstand war es auch nicht allzu weit her, aber trotzdem glaubte ich, dass alles gutgehen würde. Damals hatte ich noch ein sonnigeres Gemüt.

Der Dicke schaute mich an und lachte. »Du, Fährenmann, ist das dein Sohn?« Und meinte natürlich mich. Seine Stimme klang komisch, weil seine Mundwinkel schlaff waren und seine Worte klebrig.

»Den seh ich heut zum ersten Mal«, antwortete der Fährmann und warf einen raschen Blick zu mir rüber.

»Er hat dieselben feuerroten Haare wie du. Ihr solltet euch ein paar Hüte besorgen und sie darunter verstecken. Du weißt doch, wie es heißt: Lieber tot, als rot.« Der Dicke wandte sich leise glucksend zu Lula um, die anfing zu zittern, entweder vom Regen oder aus Angst. Oder wegen beidem. Er lächelte, aber ohne Zähne sah das aus, als hätte sich ein Spalt in der Erde aufgetan. »Natürlich gibt's da auch Ausnahmen.«

»Fahren Sie los«, sagte der große Mann.

»Ich sage Ihnen, das Boot ist zu schwer«, warf Grandpa ein.

»Wenn Sie das meinen«, sagte der große Mann, »dann können Sie Ihren Wagen ja wieder rückwärts runterschieben, und die Maultiere gleich mit.«

»Langsam hab ich die Nase voll von Ihnen«, entgegnete Grandpa.

»Tatsächlich?« Der große Mann schob seine Jacke nach hinten, um Grandpa noch mal seinen Revolver zu zeigen.

»Den hab ich schon gesehen.«

»Dann sollten Sie sich besser davor in acht nehmen.«

»Mit einer Knarre fällt es Ihnen leicht, den starken Mann zu mimen«, sagte Grandpa und tat unschuldig, obwohl ich wusste, dass er die Derringer in der Tasche hatte.

»Na schön«, erwiderte der große Mann, »was ich tun muss, krieg ich auch ohne Waffe hin. Fatty.« Fatty, womit natürlich der Dicke gemeint war, kam herüber, und der große Mann gab ihm den Revolver. Fatty trat ein paar Schritte zurück, lehnte sich gegen den Wagen und betrachtete Lula mit dem Blick eines Hundes, der eine Pfanne voller Fett auslecken möchte. Lula hatte die Arme vor der Brust verschränkt, damit sie möglichst unter der großen, breiten Sonnenhaube waren. Was reine Zeitverschwendung war, denn der Regen hatte ihr den Hut an den Schläfen festgeklatscht, und ihre feuchten Haare sahen aus wie blutige Rinnsale, die ihr über Wangen und Schultern flossen.

»Gentlemen«, sagte der Fährmann. »Vergessen wir unsere Meinungsverschiedenheiten.«

»Du hältst die Klappe«, sagte der große Mann. »Genau genommen kannst du die Fähre schon mal losmachen. Das wird nicht lange dauern.«

»Jawohl, Sir.« Der Fährmann zog die Rampe hoch und machte sich an der Winde zu schaffen. Dabei versuchte er sogar zu pfeifen. Wahrscheinlich dachte er, das würde die Stimmung verbessern, aber so richtig wollte das nicht klappen, und nach ein paar Tönen ließ er es wieder bleiben.

In dem Moment versuchte der große Mann, Grandpa mit einem Schwinger zu erwischen, aber Grandpa duckte sich schnell und mühelos darunter weg, richtete sich sofort wieder auf und ließ die linke Faust vorschießen, dem großen Mann mitten ins Gesicht. Volltreffer. Dem Kerl lief Blut aus der Nase, über Mund und Kinn und wurde vom Regen fortgespült.

»Aber hallo«, sagte der große Mann und fasste sich an die Nase. »Du alter Bastard bestehst also doch nicht nur aus heißer Luft, was?«

»Jetzt ist die Gelegenheit, um das herauszufinden.« Grandpa trat lächelnd von einem Fuß auf den anderen.

»Ich glaub, du hast mir die gottverdammte Nase gebrochen.«

»Na, dann wollen wir doch mal sehen, ob ich Sie Ihnen auch wieder richten kann.«

Inzwischen befanden wir uns auf dem Fluss, und der Fährmann drehte wie wild an der Kurbel. Wasser schwappte über die Bordwand. Fatty und der Farbige schauten sich das alles belustigt an. Lula hatte kein Wort gesagt, aber ihrem Gesicht war anzusehen, dass sie wünschte, wir hätten bereits das andere Ufer erreicht und könnten weiterfahren.

Der große Mann griff erneut an, und Grandpa wich wie ein Tänzer einem weiteren ungezielten Schwinger aus, trat einen raschen Schritt vor, schlug erst mit links zu und dann mit rechts, duckte sich, feuerte eine Linke auf die Rippen seines Gegners ab und dann einen rechten Haken auf sein Kinn, worauf der große Mann sich auf den Allerwertesten setzte. Alles ging blitzschnell wie ein Schlangenbiss.

Genauso schnell wurde der Regen so kalt wie der Hintern eines Brunnengräbers, und der Fluss gischtete immer stärker ins Boot. Der große Mann wurde, samt seinem Grabräuberanzug, pitschnass.

»Ich hoffe, ich mache es Ihnen nicht zu leicht.« Grandpa schaute den großen Mann von oben herab an. »Ich hab einen anstrengenden Tag hinter mir und bin möglicherweise nicht richtig in Form.«

»Du altes Arschloch«, sagte der große Mann, rappelte sich auf und stolperte einen Schritt rückwärts. »Fatty.«

Fatty warf ihm augenblicklich den Revolver zu.

»Du Stinktier«, erwiderte Grandpa, zog die Derringer aus der Tasche und drückte ab. Es knallte, und die Schulter des großen Mannes zuckte nach hinten, aber nur wenig. Er hob den Revolver und feuerte. Der Schuss traf Grandpa mit solcher Wucht, dass er auf dem Hintern landete. Die Fähre geriet ins Schwanken. Wasser ergoss sich über die Planken und umspülte Grandpa, der sich aufsetzte, eine Hand auf den Bauch gepresst.

»Grandpa!«, schrie Lula und rannte zu ihm rüber, um ihn zu stützen.

Der große Mann, der an der Schulter blutete, richtete die Pistole auf ihn.

Ich sagte: »Sie haben ihn fertiggemacht. Dem reicht es. Lassen Sie ihn in Ruhe.«

»Dich niete ich als Nächstes um«, sagte er und funkelte mich wütend an, »und dann werden ich und die Jungs ein wenig deiner Schwester den Hof machen. Allerdings werden wir wohl gleich zur Hochzeitsnacht übergehen, ohne Blumen und Priester.«

In dem Moment schoss Grandpa erneut mit der Derringer auf ihn. Es klang, als hätte jemand mit den Fingern geschnalzt. Die Kugel traf den großen Mann am Oberschenkel, und er fiel auf die Knie. »Verdammte Scheiße. Jetzt hast du mich schon wieder mit diesem Ding gezwickt.«

Fatty und der Farbige stürzten vorwärts auf Grandpa zu, aber in dem Moment sank er, nur noch von Lula aufrecht gehalten, in sich zusammen. Dann ertönte ein Knall – das Seil, das die Fähre führte, begann zu zerfasern. Als wäre das noch nicht genug, folgte darauf ein Heulen, wie von einem Wolf, der mit der Pfote in eine Falle geraten ist. Der Wind hatte den Fluss zu einem Wasserteufel aufgewirbelt, der in der Mitte des Sabine River entlangraste. Das Wasser wogte und schäumte, und an beiden Ufern wurden Bäume in Stücke gerissen. Dann krachte der Wasserteufel in die Fähre. Das Seil gab endgültig nach, und wir wurden alle emporgeschleudert.

Das Letzte, an das ich mich erinnere, bevor ich ins Wasser fiel, war unser Maultier, das über mich hinwegsegelte, als wären ihm Flügel gewachsen und als hätte es beschlossen, schon einmal ohne uns weiterzuziehen.

2

Ein Strudel zog mich unter Wasser, und ich dachte, es wäre um mich geschehen. Alles Mögliche rumpelte mit mir zusammen, und ich verlor allmählich das Bewusstsein, doch dann spuckte der Fluss mich wieder aus, und ich schnappte so verzweifelt nach Luft, dass ich das Gefühl hatte, gleich würde mir die Lunge platzen. Ich ging noch ein- oder zweimal unter, bis ich mich, ohne mein eigenes Zutun, am Ufer wiederfand. Meine Beine hingen noch im Wasser, aber der ganze Rest lag sicher in einer Mulde.

Da sah ich den Wassertornado, ein recht kleines Ding, aber wild und ungestüm. Es sauste an mir vorbei, ein dunkler Wirbel aus Wind und Fluss und Wagenteilen. Es zerrte auch an meinem Bein, wie um mich wieder ins Wasser zu reißen, aber ich schaffte es, mich an einer Wurzel festzuhalten. Mein Körper stand quer in der Luft, aber die dicke Wurzel hielt, und dann wanderte der Wasserteufel weiter, und ich fiel zurück auf die Erde. Ich rappelte mich auf und spähte aus meiner Mulde; der Wirbelsturm raste auf das andere Ufer zu, wechselte mehrmals die Richtung und erreichte schließlich Land, wo er Stücke von Bäumen in alle Richtungen schleuderte. Er heulte ein letztes Mal, als wäre er verwundet worden, und erstarb so schnell, wie er aufgekommen war, fiel im Wald in sich zusammen. Blätter und Äste sanken zu Boden, und das Wasser beruhigte sich wieder.

Ich fasste mir an den Kopf. Er blutete ein wenig, aber nach dem, was gerade passiert war, war das rein gar nichts. Ich arbeitete mich aus der Mulde raus und kroch auf den Uferstreifen. Ich musste kriechen. Ich konnte nicht aufstehen. Ich fühlte mich so schwach wie ein neugeborenes Kätzchen. Es regnete noch immer, aber nicht mehr so stark.

Wagenteile und Fährenteile wurden an mir vorbeigeschwemmt, und mit ihnen auch die Leiche des Fährmanns. Er trieb mit dem Gesicht nach unten im aufgewühlten Wasser, den Arm in einem solchen Winkel auf den Rücken gedreht, wie es unmöglich ist, solange er noch richtig in der Gelenkpfanne sitzt. Auch seine Hände waren ganz verdreht, und seine Finger wackelten, als wollte er mir freundlich zuwinken; allerdings bewegte nicht er sie, sondern das Wasser. Der Fluss riss ihn immer weiter mit sich, bis er außer Sichtweite war. Ich versuchte aufzustehen, musste mich aber wieder hinsetzen. Der Himmel schien sich unter mir zu befinden und das Land über mir.

Da legte sich mir eine Hand auf die Schulter, und ich blickte auf und sah einen Mann und eine junge Frau neben mir stehen. Der Mann hatte die Hand nach mir ausgestreckt, ein dünner Kerl mit einem großen Hut, der seinen ganzen Kopf zu verschlucken schien. Er hätte nicht alberner aussehen können, wenn er sich einen Eimer übergestülpt hätte. »Alles in Ordnung, mein Junge?«

»Mir ging's schon mal besser.«

»Das glaub ich gerne. Ich hab alles gesehen. Ich und Matilda.«

»Das stimmt«, sagte die Frau. »Wir haben alles gesehen.«

Beide waren sie tropfnass. Die Frau hatte keinen Hut auf und dunkles Haar und ein langes Gesicht mit einem Kinn, auf dem haufenweise Platz war. Wenn sie ein klein wenig dünner gewesen wäre und ihre Kleider noch abgetragener, hätte ich ihre Wirbelsäule sehen können und vielleicht noch die Gegend dahinter.

»Es hat das ganze Teil einfach weggeblasen«, sagte der Mann.

»Hat irgendjemand überlebt?«, fragte ich.

»Ich weiß nicht, wer umgekommen ist. Aber drei Männer und ein Mädchen und ein paar Pferde sind auf die andere Seite gelangt.

Ein fetter Kerl und ein großer Mann ritten auf dem einen Pferd, und ein Nigger und ein Mädchen auf dem anderen. Hatte nicht den Eindruck, als wäre sie darüber besonders glücklich gewesen.«

»Haben Sie irgendwo die Leiche eines alten Mannes gefunden?«

»Nee, haben wir nicht. Aber da drüben in dem Baum hängt ein großer Fuchs.« Der Mann deutete mit dem Finger. Ich schaute in die Richtung und sah unten am Ufer ein Pferdebein in einer geborstenen Ulme baumeln.

»Deshalb reiten sie wohl zu zweit auf einem Pferd.« Nicht eben eine Offenbarung, aber es rutschte mir halt so raus.

»Da könntest du recht haben.«

»Haben Sie irgendwelche Maultiere gesehen?«

»Auf der Fähre, und dann kurz mal auf dem Fluss. Eins flog durch die Luft, und die anderen beiden schwammen im Wasser. Seither hab ich sie nicht mehr gesehen. Erst waren sie noch da, und dann waren sie weg. Wahrscheinlich leisten sie den Welsen Gesellschaft. Allerdings würde es mich bei dem Sturm auch nicht wundern, wenn du einen im Hintern stecken hast.«

Die Frau kicherte wie ein Pferd, was dem Mann offenbar gefiel. Er lachte leise. Mir war der Humor allerdings vergangen.

»Hast du denn von den Leuten, die es auf die andere Seite geschafft haben, jemand gekannt?«, fragte Matilda.

»Ich hab meine Schwester gekannt, Lula, und meinen Grandpa. Den haben sie erschossen. Er war tot, bevor der Wasserteufel uns erwischt hat. Diese Männer haben meine Schwester verschleppt. Ich muss sie befreien.«

»Bis du über den Fluss geschwommen bist, die andere Seite erreicht hast und ihnen zu Fuß nachläufst, wirst du die nicht mehr einholen können. Außerdem ist das Wasser noch zu stürmisch. Da käme nicht einmal ein Alligator rüber. Besser, du bittest das Gesetz um Hilfe. Kannst du aufstehen?«

Mit seiner Hilfe konnte ich das, auch wenn ich noch etwas wacklig auf den Beinen war.

»Wir sollten dich irgendwohin mitnehmen«, sagte der Mann. »Ich und meine Frau, wir wollten mal mit der neuen Fähre fahren und auf der anderen Seite picknicken, nur zum Spaß. Wir haben vom Hügel aus zugeschaut und darauf gewartet, dass der Fährmann euch rübergebracht hat, und da haben wir den Wirbelsturm gesehen.«

»Ich hab noch nie einen Wirbelsturm gesehen«, sagte Matilda. »An Land oder auf dem Wasser.«

»Ich hab schon drei oder vier gesehen«, fügte der Mann hinzu. »Aber noch nie so einen kleinen, der den Fluss entlangrast. Das war vielleicht ein Ding! Ich hab mal ein paar Nigger von so was erzählen hören, von einem Wirbelsturm auf dem Fluss, aber ich dachte mir, das ist nur Niggergeschwätz.«

»Ich konnte es erst gar nicht glauben«, sagte Matilda.

»Ich schon«, erwiderte ich.

Der Mann tätschelte mir die Schulter.

Es hatte keinen Sinn, in Hinge Gate zum Sheriff zu gehen, denn da wüteten die Pocken, und beide Enden der Hauptstraße wurden von bewaffneten Männern bewacht. Ich dachte einen Moment lang nach und sagte: »Ich wäre Ihnen wirklich dankbar, wenn Sie mich nach Sylvester mitnehmen könnten. Ich weiß, dass das nicht der nächste Ort ist, aber Hinge Gate steht unter Quarantäne. Ich würde Ihnen ja Geld geben, aber ich hab keins.«

»Das macht nichts«, sagte der Mann und bleckte sein Pferdegebiss. »Nach Sylvester sind es nur ein paar Meilen. Überhaupt kein Problem. Mensch, Junge, wir kommen aus Sylvester. Wie heißt du eigentlich?«

»Jack«, antwortete ich.

»Ich heiße Tom.«

Ihr Wagen stand oben auf dem Hügel. Er war mit einer Plane abgedeckt, wie die Planwagen früher. Ich konnte ihn vom Ufer aus sehen, wenn ich über die Schulter schaute. Sie halfen mir den Hang hoch, einer auf jeder Seite, und führten mich zum Wagen.

Dort angekommen, klappten sie die Rückwand runter, und ich musste mich da hinsetzen. Sie holten Sandwiches hervor und warmen Tee in einem großen Einmachglas und bestanden darauf, dass ich mich bediente. So ist das nun mal hier unten im Süden. Wenn irgendwas Tragisches passiert, muss man erst mal etwas essen und Tee oder Kaffee trinken.

Aber es half. Als ich wieder bei Kräften war, wenn auch noch nicht in Hochform, bat ich sie, mich nach Sylvester zu bringen, damit ich mit dem Sheriff reden konnte. Außerdem wollte ich nach Grandpa suchen, obwohl ich wusste, dass die Kugel ihn schon vor dem Sturm erledigt hatte. Mir wurde übel, wenn ich mir vorstellte, wie seine Leiche irgendwo angespült wurde, aber Lula war entführt worden, und die Zeit drängte, also musste ich mich entscheiden, und die Lebenden gehen vor.

Sie fuhren mich in den Ort und setzten mich vor dem Büro des Sheriffs ab. Mir entging nicht, dass irgendwas vorgefallen war, denn hier war so viel los, als hätte jemand einen Haufen junger Hunde von der Leine gelassen. Überall rannten Leute herum, und in der Bank herrschte reges Treiben. Gegenüber vom Bankhaus hatte, wie ich sah, dieser Cowton Little, von dem mir Grandpa erzählt hatte, seine Kanzlei; auf der Fensterscheibe prangte in weißer Farbe sein Name und sein Gewerbe. Aber darum konnte ich mich jetzt nicht kümmern, auch wenn ich nach dem feuchten Vertrag in meiner Hosentasche tastete. Zu viele Dinge erregten meine Aufmerksamkeit, zum Beispiel der Wagen, der vor dem Bankgebäude hielt und aus dem hinten ein paar Stiefel rausragten, und wem auch immer diese Stiefel gehörten, der war mit einer dreckigen Plane zugedeckt worden. Die Straße war voller Flecken und stellenweise nass. Auf den Planken des Gehwegs vor der Bank hatten sich kleine Lachen gebildet, die wie Blut aussahen und allmählich schwarz wurden. Ein paar Schritte weiter lag ein totes Pferd. Neben dem Eingang zur Bank lehnte ein Brett an der Wand, an dem wiederum ein toter Kerl lehnte, und ein Mann auf der Straße hatte eine Kodak-

Kamera aufgebaut, eine von den Modellen mit Akkordeonauge. Er schoss Bilder von der Leiche. Selbst auf die Entfernung konnte ich sehen, dass der Tote einige Schüsse hatte wegstecken müssen. Ein Teil seines Kopfes fehlte, auch wenn er seltsamerweise noch immer einen Hut mit schmaler Krempe aufhatte; er saß ihm leicht schief auf dem Kopf, und zwar auf der Seite, wo es ihm den halben Schädel weggerissen hatte und das Ohr gleich mit. Seine Kleidung war zerfetzt und ganz starr von getrocknetem Blut. Rechts und links von seinem Kopf waren Nägel in das Brett getrieben worden; dazwischen war ein Seil aufgespannt worden, das unter seinem Kinn hindurchlief, damit er nicht runterrutschte. Die Arme waren ihm auf der Brust verschränkt worden, und jemand hatte ihm eine Pistole in die Hand gedrückt, damit er aussah, als würde er gleich losballern. Dabei sah er einfach nur tot aus.

»Verdammt«, sagte Tom. »Hier war ja einiges los.«

Ich war neugierig, natürlich, aber ich hatte mit meinen eigenen Sorgen genug zu tun. Ich dankte Tom und Matilda und ging zum Büro des Sheriffs hinüber, während sie auf ihrem Wagen davonklapperten. Die Tür war weit offen. Hinter dem Schreibtisch stand ein Kerl, der nur wenig älter war als ich, und kippte den Inhalt der Schubladen auf die Tischplatte. An der Rückwand befand sich eine Gefängniszelle, in der ein untersetzter blonder Mann auf einer Pritsche saß, einen Lumpen um den Kopf gewickelt; der Lumpen war blutdurchtränkt. Eines seiner Beine war geschient, und sein Gesicht war so blau und schwarz wie bei einem gescheckten Hund.

Ich sagte zu dem Mann, der die Schubladen ausleerte: »Ich suche den Sheriff.«

»Lass bloß die Tür offen«, erwiderte er. »Ich will nicht, dass jemand glaubt, ich hätte sie verbarrikadiert.«

Ich hatte keine Ahnung, wovon er redete, und bat ihn auch nicht um eine Erklärung. Stattdessen trat ich an den Schreibtisch und fragte noch einmal nach dem Sheriff.

»Den findest du unter der Plane hinten auf dem Wagen, der auf der anderen Straßenseite steht.«

»Und wer sind Sie?«

»Der Deputy. Jedenfalls bis eben noch. Ich hau ab und nehm mit, was mir gehört, und noch ein paar Sachen vom Sheriff. Dem ist das egal. Familie hat er keine, und leiden konnte ihn auch niemand.«

Ich sah mir an, was er auf den Schreibtisch warf. Nichts als Krimskrams und irgendwelcher Trödel, mit Ausnahme von ein paar Sheriffsternen und einem Schlüsselring. »Wenn Sie der Deputy sind, möchte ich Ihnen ein Verbrechen melden. Sie müssen so schnell wie möglich ein Aufgebot zusammenstellen.«

Er hob den Kopf und sah mich an. »Tatsächlich? Tja, ich kündige, und in fünf oder zehn Minuten kommen hier ein paar Leute mit einem Strick durch die Tür, und die werden sich diese Schlüssel schnappen und den Kerl da hinten« – er wies mit einer Kopfbewegung auf den Blonden – »an dem Strick aufknüpfen, bis ihm die Zunge zum Hals raushängt und er sich die Hosen vollscheißt.«

»Das wissen Sie nicht!«, rief der Mann in der Zelle.

»Dass du dir die Hosen vollscheißt, dass dir die Zunge raushängen wird oder dass sie dich aufknüpfen?«, fragte der Deputy.

»Na, alles zusammen.«

»Ich hatte einen Vetter, der hat sich aufgehängt, weil ihm ein Mädchen den Laufpass gegeben und einen Tischler geheiratet hat. Der Strick hat ihn umgebracht, und der Rest kam ganz von selbst.«

»Es ist Ihre Aufgabe, mich zu beschützen.«

Der Deputy tippte einen der Sterne auf dem Tisch mit dem Finger an. »Dafür ist der Kerl mit dem Stern zuständig. Und das bin nicht mehr ich. Ich hab keine Lust, dass Leute wie du auf mich schießen oder dass sonst jemand auf mich schießt, nur weil ich dich beschütze. Nein, Sir. Damit bin ich durch. Ich glaube, ich schule auf Barbier um.«

»Aber was ist mit mir?«, fragte der Blonde und klang dabei wie ein Kind, das nicht aufgepasst hatte, als es an der Reihe war. »Sie können mich doch nicht einfach hier zurücklassen, bis die mich holen kommen.«

»Dein Leben wäre anders gelaufen, wenn du nicht beschlossen hättest, die Bank zu überfallen und den Sheriff zu erschießen. Hast du darüber mal nachgedacht?«

»Ich hab den Sheriff doch gar nicht erschossen«, sagte der Mann in der Zelle.

»Tja, das kannst du ja den Einwohnern dieses hübschen Örtchens erklären«, sagte der ehemalige Deputy und schob die Schreibtischschublade zu.

»Warum ich? Die anderen haben sich vom Acker gemacht. Die sind einfach weggeritten. Aber ich bin geschnappt worden.«

Der ehemalige Deputy nahm einen Hut von dem Haken an der Wand und schob den Krimskrams vom Schreibtisch hinein. Nur die Schlüssel und die Sterne ließ er liegen. Dann stellte er den Hut auf den Tisch und sah den Blonden an.

»Dein Pferd war zu langsam und hat eine Kugel abgekriegt, und damit war die Geschichte zu Ende. Aber du bist nicht der Einzige, der Pech gehabt hat. Es gibt mindestens noch einen, der's nicht geschafft hat, und seine sterbliche Hülle, oder was davon übrig ist, lehnt da draußen an der Wand, und du wirst ihm bald auf der anderen Seite begegnen. Du kannst ihm einen Gruß von Deputy Deke ausrichten und ein dickes Dankeschön, dass er ein so miserabler Schütze ist, sonst würde ich jetzt neben Sheriff Gaston auf dem Wagen liegen.«

»Ich werd schon mein ganzes Leben lang vom Pech verfolgt, und das jetzt schlägt dem Fass den Boden aus. Manche Leute haben einfach Glück und andere nicht. So wie ich.«

»Tja«, sagte der Mann, der sich als Deke vorgestellt hatte, »eins ist klar: Heute ist nicht dein Tag.«

»Ich brauche Hilfe«, sagte ich. »Mein Großvater ist von einem Mann mit einer Narbe am Hals umgebracht worden, und dann wurde meine Schwester von ihm und zwei anderen Männern entführt, einem Farbigen und einem fetten Kerl.«

»Das wären dann wohl Cut Throat Bill, Nigger Pete und Fatty Worth. Die waren es auch, die zusammen mit diesem Desperado und dem Mann auf dem Brett da draußen die Bank ausgeraubt, den Sheriff umgebracht und auf mich geschossen haben. Fast hätten sie mich erwischt, und deshalb suche ich mir jetzt schnellstens einen anderen Job.«

Ungefähr in dem Moment tauchte eine ganze Schar Männer in der Tür auf. Einer von ihnen, der zorniger aussah als der Rest, aber herausgeputzt war, als wollte er gleich in die Kirche gehen, mit einem schmalkrempigen Hut auf dem Kopf, sagte: »Versuch bloß nicht, uns aufzuhalten, Deke. Wir sind fest entschlossen.«

»Ich hab meine Kündigung eingereicht«, erwiderte Deke und deutete auf die Schlüssel auf dem Tisch. »Einer davon passt in die Zellentür. Probiert's aus.«

Deke nahm seinen Hut voller Krimskrams und ging zur Tür, und die Männer ließen ihn durch. Sie sahen mich an, aber niemand sagte ein Wort zu mir. Der Mann, der aussah, als wollte er in die Kirche gehen, schnappte sich die Schlüssel vom Tisch und marschierte zur Zelle rüber. Danach ging alles sehr schnell. Der Blonde fing an zu schreien und sprang auf die Pritsche, als würden sie ihn dort oben nicht kriegen; immerhin schaffte er das trotz des geschienten Beines ohne irgendwelche Probleme. Er hatte solche Angst, dass er damit vielleicht sogar die Wand hätte hochlaufen können. Er flehte Jesus lauthals um Rettung an, aber Jesus ließ sich nicht blicken, und wenn ich mir überlege, was der Kerl angestellt hatte, kann ich's ihm auch nicht verübeln. So schnell, wie sie die Zelle offen und den Blonden am Schlafittchen hatten, hätte man nicht mal »Die Scheune brennt, und mein Kind ist noch drin« sagen können.

»O Gott«, brüllte der Blonde, während sie ihn rausschleiften, »erbarme dich der Seele von Bobby O'Dell. Meine Mama wollte, das was Ordentliches aus mir wird, und ich bereue den Tag, an dem ich vom richtigen Weg abgekommen bin.«

»Das glaub ich dir gern«, sagte einer der Männer.

Bobby hüpfte, Grimassen schneidend, auf seinem geschienten Bein einher, und sie zerrten ihn auf die Straße. Ich folgte ihnen, und es gelang mir, mich durch die Menge zu drängen, bis ich ganz vorne war. Dabei schrie ich den sich windenden Mann an: »Wo steckt dieser Cut Throat? Mit dem Sie da unterwegs waren?«

Aber er schenkte mir keine Beachtung, denn er war zu sehr damit beschäftigt, sich mit der Tatsache abzufinden, dass er gleich wie Wäsche zum Trocknen aufgehängt werden sollte. Halb zogen und halb trugen sie ihn zu einem Strommast am Straßenrand. In dem Mast steckten kleine Metallstäbe und bildeten so was wie eine Leiter. Ein kleiner Mann mit einem zusammengerollten Strick um die Schulter kletterte wie ein Eichhörnchen den Mast rauf. Er warf den Strick über einen der obersten Stäbe und ließ ihn runter. Einer seiner Kumpels schnappte ihn sich, knotete eine Schlinge und legte sie Bobby O'Dell um den Hals.

»Der ist zu lang«, brüllte jemand aus der Menge hinauf, und der kleine Mann, der oben am Mast klebte wie ein trockenes Blatt an einer Eiche, zog den Strick an, bis alle zufrieden waren, außer dem Mann, dessen Hals in der Schlinge steckte. Der Kerl in den feinen Kleidern trat mit einem schmalen Lederstreifen heran und fesselte Bobby O'Dell die Hände auf den Rücken. Als Bobby sich beschwerte, das würde ihm wehtun, rief jemand: »Ist schon gut, lange musst du's nicht aushalten.«

Ich war in die Menge zurückgeschubst worden, und jetzt kämpfte ich mich wieder nach vorn, bis ich direkt neben dem zum Tode verurteilten Mann stand. Vor Angst war sein Gesicht aschfahl geworden, und seine Augen waren groß und dunkel und torkelten von einer Seite auf die andere wie ein Betrunkener, der den Weg nach Hause nicht findet. Sein Gesicht war schlaff, aber das, was er sagte, war gut zu verstehen. »Sieht so aus, als wär's um mich geschehen. Ich möchte, dass ihr alle wisst, dass meine Mutter keine Schuld trifft.«

»Scheiß auf deine Mutter«, sagte der Mann, der eben schon erklärt hatte, Bobby O'Dell müsse seine Fesseln nicht allzu lange tragen.

»Das hättest du dir jetzt wirklich sparen können«, sagte Bobby. »Das war unnötig.«

»Von wegen, verdammte Scheiße«, sagte der Mann.

Etwa in dem Moment kam ein anderer Mann aus der Menge herausgestolpert und versetzte Bobby einen Faustschlag gegen den Kopf. Bobby stürzte zu Boden. Umgehend wurde er wieder hochgerissen und von so vielen Männern festgehalten, dass er in der Luft zu schweben schien.

Ein großer Mann packte das lose Ende des Stricks und zerrte daran. Die Schlinge zog sich um Bobbys Hals zusammen, und er wurde auf die Fußspitzen gehoben.

»So macht man das nicht«, jammerte Bobby. Unter dem Lumpen um seinen Kopf rann Blut hervor. »Wisst ihr denn nicht, wie man jemand richtig aufknüpft? Und was ist mit meiner Verhandlung?«

»Die findet gerade statt«, sagte der große Mann, der den Strick hielt.

»Ihr hängt mich ja gar nicht auf. Ihr erdrosselt mich.«

»Jetzt hast du's endlich begriffen«, erwiderte der große Mann, und dann packten mehrere Männer gleichzeitig das Ende des Stricks, zogen daran und gingen langsam rückwärts. Bobby O'Dell hob ab.

Er baumelte nicht mehr als einen halben Meter über dem Boden, als die Männer ihr Ende des Stricks um den Mast wickelten und dort festbanden. Dabei gab der Strick ein Stück nach, bis Bobbys Zehen fast den Boden berührten. Er strampelte wie verrückt, um seine Füße auszustrecken und sich abzustützen, aber daraus wurde nichts. Er strampelte so wild, dass einer seiner Stiefel sich verselbstständigte und einem Jungen in der Menge gegen die Brust flog.

Der Junge stürzte vor und rief: »Habt ihr das gesehen? Er hat nach mir getreten!«

Er versetzte Bobby einen läppischen Schlag gegen die Brust und ergriff dann sofort die Flucht, denn dieses Mal trat Bobby wirklich nach ihm, und für einen Mann, der an einem Strick hing und langsam erdrosselt wurde, war es ein heftiger Tritt, und ein wenig wünschte ich mir sogar, er hätte den Kerl erwischt.

Während Bobby sich im Kreis drehte wie eine Piñata, traten fast der Reihe nach Männer vor und prügelten auf ihn ein. Manche warfen Erdklumpen, die sie von der Straße gekratzt hatten, und das ein oder andere Schimpfwort wurde laut. Die Zunge hing dem aufgeknüpften Mann so weit raus, dass er sich damit fast den Hals ablecken konnte. Nach einer Weile tanzte er den Shimmy, wie eine Natter, die sich durch einen Spalt schlängelt, und blieb schließlich reglos hängen. Die Männer prügelten weiter auf ihn ein.

»Reicht es nicht, ihn aufzuknüpfen?«, rief ich.

»Dein Geld war es wohl nicht«, sagte der Mann in den feinen Kleidern neben mir, und jemand versetzte mir von hinten einen Schlag auf den Kopf. Dann weiß ich nur noch, dass ich Erde zwischen den Zähnen hatte und versuchte, etwas zu sehen, aber ich sah nur mehrere Stiefel auf mich herabsausen, und dann sah ich eine ganze Weile nichts mehr außer meiner Erinnerungen daran, wie Grandpa erschossen wurde, und diesem verdammten Sturm.

Als ich aufwachte, war es fast schon dunkel, und ich lag immer noch auf der Straße. Etwas Nasses stupste mich an, und als ich meine Gedanken wieder beieinander hatte und die Augen öffnete, sah ich mich einem großen schwarzen Eber mit weiß geflecktem Fell am Bauch gegenüber. Ich setzte mich eiligst auf, und der Eber begann, an mir rumzuschnüffeln. Das Vieh war riesig, mindestens sechshundert Pfund schwer und hatte Hauer, die so lang und massiv wirkten wie die Schneide einer Axt. Ein Auge schien niedriger zu hängen als das andere, wie auf der Flucht vor dem Rest des Schweins. Der Atem des Viechs war eine Mischung aus Mais und Kuhscheiße, und die klebte ihm auch an der Schnauze und mir jetzt im Gesicht.

»Beweg dich nicht noch mal so schnell«, sagte eine Stimme. »Er mag keine Überraschungen. Sonst kriegt er noch Lust, dir den Schädel abzubeißen.«

Ich drehte langsam den Kopf, und vor mir stand ein Farbiger mit einer Maiskolbenpfeife im Mundwinkel. Er zündete sie an, indem er mit einem Lucifer-Streichholz über seine speckige Hose fuhr. Er hatte sich den Griff einer Schaufel unter die Achsel geklemmt und stützte sich darauf. Er war noch größer als Cut Throat – muskulös und mit Armen und Beinen wie Baumstämme. Die Streichholzflamme sah in seiner hohlen Hand aus wie ein Leuchtkäfer. Er hatte eine Menge hübscher Zähne, und nachdem die Pfeife brannte, biss er fest auf das Mundstück. Sein Gesicht wirkte so glatt wie Seide und so dunkel wie Kaffee, der lange gekocht hat.

»Kennen Sie das Schwein?«, fragte ich und rutschte ganz langsam von ihm weg.

»Ziemlich gut sogar«, antwortete er und schüttelte das Streichholz aus. »Er und ich, wir teilen uns seit einer Weile ein kleines Wohnquartier hinter der Farm vom alten Rutledge. Ich hab da gearbeitet, und er ist mir nachgelaufen. Ich hab ihn gefunden, als er noch ein wildes Ferkel war. Ein paar Hunde haben versucht, ihn in Stücke zu reißen. Er hat sich gewehrt, so gut es ging, und das, obwohl er nur so groß war wie eine Ratte, die sich mit Kohl vollgefressen hat. Ich hab die Hunde weggejagt und ihn mit nach Hause genommen, weil ich ihn aufziehen und essen wollte. Aber irgendwie haben wir uns ganz gut verstanden, also wohnt er jetzt bei mir. Hin und wieder kriegen wir Streit, aber im Großen und Ganzen kommen wir gut miteinander klar. Er ist klüger als ein Hund.«

»Freut mich, dass Sie beide glücklich sind. Könnten Sie Ihr Schwein bitten, ein paar Schritte zurückzugehen?«

»Er gehört mir nicht. Wie gesagt, er wohnt nur bei mir. Manchmal hab ich den Eindruck, er weiß, dass ich ihn früher mal essen wollte und irgendwann vielleicht wieder auf die Idee verfalle. Und ich glaub, dass er, was mich betrifft, ähnliche Absichten hegt.«

Nachdem ich mich jetzt aufgesetzt hatte, konnte ich ein dumpfes Klatschen hören. Ich drehte mich um und entdeckte den Jungen, der sich vorhin mit Bobby O'Dell angelegt hatte. Er hatte einen Stock in der Hand und prügelte damit auf die am Strick baumelnde Leiche ein. Und zwar in aller Seelenruhe. Er holte ganz langsam aus und schwang den Stock wie im Halbschlaf, aber seine Schläge hatten Kraft, und ich zuckte jedes Mal zusammen. Bobby O'Dell war natürlich mausetot, und er war voller Erde von den Klumpen, die die Männer nach ihm geworfen hatten, und sein Gesicht war mit dunklen Flecken bedeckt, als hätte er mit dem Gesicht nach unten auf einem Waffeleisen gelegen.

»Hör sofort damit auf«, rief ich. »Er ist schon tot!«

»Dann macht's ihm wohl nichts mehr aus«, erwiderte der Farbige.

»Es ist einfach nicht richtig.«

»Das trifft auf 'ne Menge Sachen zu.« Der Farbige rauchte seine Pfeife und schaute zu, wie der Junge sich mit seinem Stock abmühte. Dann sagte er zu ihm: »Also gut, das reicht jetzt.«

Der Junge hörte nicht auf.

Der Farbige hob einen ordentlich großen Stein auf und warf ihn pfeifend durch die Luft. Er traf den Jungen direkt überm Ohr und riss ihn von den Füßen, sodass der Stock durch die Luft segelte. Der Farbige rauchte in Ruhe seine Pfeife weiter. Der Junge stemmte sich langsam auf die Knie und schüttelte den Kopf.

Der Farbige hob einen weiteren Stein auf. Der Junge wandte sich um und sah ihn an.

»Dafür hatten Sie keinen Grund«, sagte der Junge.

»Gleich kriegst du den nächsten ab, wenn du nicht machst, dass du von hier verschwindest«, erwiderte der Farbige. »Ich hetz dir den Keiler auf den Hals.«

Der Junge sprang auf und rannte davon; allerdings lief er ein wenig schief, und zwar zu der Seite hin geneigt, wo ihn der Stein getroffen hatte. Der Eber rannte ihm ein Stück nach und kam dann schnaufend zu uns zurückgestapft. Es klang, als würde er lachen.

»Dem haben Sie's nicht schlecht besorgt«, sagte ich.

»Um wen machst du dir eigentlich Sorgen?«, fragte er und ließ den Stein fallen. »Um die Toten oder die Lebenden?«

»Um meine Schwester«, antwortete ich. »Sie ist entführt worden, und mein Grandpa wurde erschossen.«

»Tatsächlich? Dann hast du's bestimmt schon dort drüben bei unseren Gesetzeshütern versucht, oder?«

»Der Deputy hat gekündigt, und der Sheriff ist tot.«

Ich schaute die Straße runter und sah, dass der Wagen des Sheriffs fort war und der Mann auf dem Brett und das tote Pferd auch.

»Der Sheriff hat sich tapfer geschlagen«, sagte der Farbige. »Ich hab da drüben an der Ecke des Gemischtwarenladens gestanden und alles gesehen. Als es anfing, Kugeln zu hageln, bin ich grad die Gasse raufgekommen. Ich glaub, die Räuber dachten, sie hätten leichtes Spiel. Aber da haben sie sich geirrt. Die Schießerei wollte gar nicht mehr aufhören. Aber die, die davongekommen sind, haben das Geld mitgenommen. Sie haben sich am Ende der Straße getrennt und irgendwo anders wieder getroffen, nehm ich mal an.«

»Am Fluss, auf der Fähre.«

»Ach, du meinst das Boot, das den Sabine überquert. Der Schweinehund, dem das gehört, hat die Brücke angezündet, damit er mit der Fähre Geld verdienen kann.«

»Das hat ihm auch nichts geholfen. Die Fähre wurde von einer Wasserhose plattgemacht, nachdem sie Grandpa erschossen haben. Ich wäre fast ertrunken, und die anderen, das waren die, die mit dem gestohlenen Geld abgehauen sind. Sie haben meine Schwester mitgenommen.«

»Die Arme«, sagte der Farbige. »Cut Throat Bill führt bestimmt nichts Gutes im Schilde. Und Nigger Pete war, glaube ich, auch dabei. In der Zeitung stand was über sie, vor allem dass sie im Norden Banken überfallen. Auf sie ist eine Belohnung ausgesetzt, und zwar eine hohe. Die Zeitungen behaupten, Bill wäre, als er noch ein Kind war, mit Frank und Jesse James geritten. Ihm hat das Leben gefallen, und jetzt ist er schon seit fast dreißig Jahren dabei. Von dem fetten Kerl hab ich noch nie was gehört. Über Cut Throat Bill gab es einen Groschenroman, auch wenn sie da einen Helden aus ihm gemacht haben. Es gibt aber keine Helden.«

»Ich weiß nur, dass er Fatty heißt. Jedenfalls haben sie ihn so gerufen. Der Deputy, ich meine der ehemalige Deputy, scheint ihn gekannt zu haben. Aber das spielt keine Rolle mehr. Er hat gekündigt und sucht sich einen anderen Job.«

Ich versuchte aufzustehen, aber meine Beine waren noch nicht bereit, und ich musste mich wieder hinhocken. In dem Moment bröckelte eine Menge Dreck von mir ab, und da wurde mir klar, dass die Männer mich mit einem Haufen Erde beworfen hatten, als ich bewusstlos gewesen war, von der Prügel, die ich bezogen hatte, ganz zu schweigen. Vermutlich hatte sich der Junge mit dem Stock auch nicht lumpen lassen.

»Wenigstens ist die Fähre dabei draufgegangen«, sagte der Farbige. »Ich zahl doch nicht dafür, einen Fluss zu überqueren, wenn es da eine völlig ausreichende Brücke gegeben hat. Aber immerhin, das mit der Fähre war keine schlechte Idee. Hätte von mir sein können.«

»Ich muss meine Schwester finden«, erwiderte ich. »Irgendwo muss es doch einen Sheriff geben, der mir hilft.«

»Na, dann mal viel Glück. Hier in der Gegend legt sich bestimmt niemand mit diesen Typen an. Nicht nach dem, was hier passiert ist. Der Sheriff hat's versucht, und jetzt liegt er unter einer

Plane. Der Deputy ist gerannt wie ein Karnickel, kaum sind die ersten Schüsse gefallen. Wenn er noch ein bisschen schneller gerannt wäre, hätte seine Kleidung Feuer gefangen.«

Ich versuchte, wieder aufzustehen, und dieses Mal packte mich der Farbige unterm Arm und half mir auf die Beine.

»Du könntest dich an die Texas Rangers wenden«, sagte er. »Das sind ganz üble Burschen. Bis du einen von denen aufspürst, könnte es deiner Schwester allerdings schon schlimm ergangen sein, und auf die Rangers ist auch kein Verlass.«

»Was bleibt mir denn sonst?«

»Du könntest einen Kopfgeldjäger oder einen Fährtenleser anheuern.«

»Kennen Sie so jemand?«

»Na ja, ich hab das auch schon gemacht. Zu meinen Vorfahren zählen Weiße, Nigger und Komantschen, und von den Indianern hab ich das Fährtenlesen gelernt. Von meiner Mutter und einigen Kriegern aus ihrem Volk. Die konnten einen Furz unter einem Stein am Grund eines Sees finden. So gut bin ich allerdings nicht, aber ich krieg das hin. Ich meine, ich bin schon verdammt gut. Also, ich könnte ihn finden, aber ich mach das nur, wenn Shorty mitkommt, und da muss ich ihn erst fragen. Und wir würden das auch nicht umsonst machen. Den Keiler könnten wir mitnehmen. Der hilft uns, Fährten lesen. Na ja, nicht wirklich, aber ich bin einfach an ihn gewöhnt. Allerdings muss für mich dabei auch was rausspringen. Wenn ich schon riskiere, dass mich dasselbe Schicksal ereilt wie den Sheriff, will ich für meine Arbeit bezahlt werden, und zwar besser als er.«

»Da liegt der Hund begraben«, sagte ich. »Ich hab nicht wirklich Geld.«

»Was meinst du, wenn du ›nicht wirklich‹ sagst?«

Und da hatte ich eine Idee. Ich kramte in meiner Latzhose nach den Dokumenten, die Grandpa mir gegeben hatte. Sie waren noch immer nass, obwohl ich ansonsten trocken war, also zog ich sie ganz vorsichtig raus. Sie waren zusammengelegt gewesen und aus gutem, festem Papier, und sie hatten die Feuchtigkeit überstanden. »Wenn die trocken sind, steht drauf, dass mir Land gehört. Und wenn Sie und dieser Shorty mir helfen, meine Schwester zu finden und sie zu befreien und den Tod meines Grandpas zu rächen, indem Sie die Männer zur Verantwortung ziehen, dann überschreib ich Ihnen alles. Sie können es verkaufen oder sonst was damit machen.«

»Das Land gehört dir?«

»Es gehört mir, und ich überschreib es Ihnen und Shorty, und dann gehört es Ihnen. Und der Mann, der dazu das Recht hat, wohnt hier im Ort. Aber ich überschreib Ihnen das erst, wenn ich meine Schwester wiederhabe. Wenn Sie mir dabei helfen, dann gehören Ihnen diese Papiere und dieses Land.«

»Wie viel Land?«

»Zwei Grundstücke. Eins ist hundert Morgen groß, das von meinem Grandpa, und das andere fünfundzwanzig, das von meinen Eltern, aber es ist gutes Ackerland. Besser als das von Grandpa.«

»Ackerland ist nur so gut wie das, was du draus machst. Man muss wissen, wie man mit dem Viehmist umgeht, und das weiß ich. Wenn ich ein Stück Land hätte, könnte ich Mais anbauen, der so hoch wächst, dass nicht mal ein Vogel drüberschauen könnte. Ich hab das für den alten Routledge getan, aber der ist gestorben, und seine Frau konnte mich nicht leiden. Ihre Familie, Cox heißen die, denen haben wir früher gehört, und als sich das geändert hat, kam der alte Herr damit klar, aber sie nicht. Ihr passte es nicht, dass sie mir was von der Ernte abgeben und auch noch was bezahlen musste, wo sie früher doch alles umsonst gekriegt haben. Ich bin in den Ort gekommen, um mich nach einer neuen Arbeit umzuschauen, und da haben diese Kerle die Bank ausgeraubt. Ich dachte mir, vielleicht bezahlt mich ja jemand dafür, sie zu begraben. Das mach ich schon seit Jahren hin und wieder, weil ich auf der Farm nicht genug verdient hab. Normalerweise kriegt man einen Vierteldollar für ein Grab, jedenfalls hab ich das gekriegt. Ich hab das ziemlich oft gemacht. Ein Weißer, der ein Grab aushebt, kriegt 'nen halben Dollar. Als würde er irgendwie anders graben wie ich oder sogar besser.«

Ich beschloss, ihm zu verschweigen, dass meine Eltern an den Pocken gestorben und in Särgen voller Kalk begraben worden waren, denn das hätte vielleicht den Wert des Grundstücks gemindert. »Dann helfen Sie mir?«

»Hängt davon ab, ob Shorty mitmacht. Wenn er ja sagt, sag ich auch ja. Aber ich brauch jemand wie ihn, der mir den Rücken deckt. Vermutlich ist auf diese Kerle eine Belohnung ausgesetzt, vor allem auf Cut Throat Bill. Ich und Shorty könnten einen ordentlichen Reibach machen, wenn alles gut läuft. Und wenn nicht, na ja, dann gehn wir eben dabei drauf, und du auch. Und so grün, wie du aussiehst, bringen die dich vielleicht gleich zweimal um die Ecke.«

»Wenn Sie meine Schwester befreien und helfen, die Männer ins Gefängnis zu bringen, die meinen Grandpa umgebracht haben, überschreib ich Ihnen beide Grundstücke, und dann gibt's ja vielleicht auch noch 'ne Belohnung für diese Stinktiere, wie Sie gesagt haben.«

Er rieb sich das Kinn. »Wir müssten erst noch ein paar Sachen besorgen, aber die werden wir wohl klauen müssen.«

»Warten Sie mal. Ich möchte nicht auf die schiefe Bahn geraten, sonst ergeht es mir noch wie Bobby dort. Ich stehle nicht. So was machen wir Parkers nicht.«

»Bisher habt ihr Parkers euch erschießen und entführen lassen, und du bist bewusstlos auf der Straße gelandet. Kein guter Anfang, junger Mann.«

»Ich werde nicht stehlen. Ich kann das nicht. Mein Grandpa war ein Prediger, und er würde sich im Grab umdrehen, wenn er denn eins hätte. Allerdings liegt er irgendwo im Sabine River, oder es hat ihn ans Ufer gespült. Mir wird übel, wenn ich daran denke, dass er da unten an irgendeiner Wurzel hängt und die Welse an ihm nagen.«

»Ich sag dir was. Lass uns mal zu Shorty gehen und schauen, was er meint, und dann sehen wir, woher wir kriegen, was wir brauchen. Vielleicht will er ja gar nicht mitkommen. Fragen wir ihn erst mal. Du heißt Parker, hast du gesagt?«

»Jack Parker.«

»Ich heiß Eustace Cox, und ich glaub, dass wir Vettern sind oder so was.«

»Wie das?«

»Passt dir das nicht, dass du möglicherweise schwarze Vorfahren hast? Na ja, du kannst beruhigt sein, Bleichgesicht, denn wenn, dann stamme ich von euch ab. Die Familie Cox hat in die Familie Parker eingeheiratet, und einer der Cox-Buben hat es vor ungefähr fünfundvierzig Jahren mit meiner Mutter getrieben, gegen ihren Willen, wie ich hinzufügen möchte, und ihre Vorfahren waren Farbige und Komantschen, und da hab ich's her. Also sind wir vielleicht miteinander verwandt.«

»Das ist mir so oder so egal. Ich will nur meine Schwester retten, und wir verschwenden hier unsere Zeit.«

»Ich war's nicht, der hier draußen auf der Straße rumgelegen ist, Vetterchen. Aber es ist bald dunkel, also kannst du nicht mehr groß was tun. Wir können mal zu Shorty rübergehen und mit ihm reden. Wie gesagt, ich brauch den richtigen Mann an meiner Seite, und du bist noch kaum erwachsen. Nichts für ungut.«

»Neunzehn.«

»Du lügst.«

»Na ja, vielleicht eher siebzehn«, sagte ich, wobei ich mich noch immer nach der Decke streckte.

»Zu meiner Zeit war man da schon erwachsen, aber heutzutage ist das anders. Du bist noch grün hinter den Ohren, und nicht nur da. Eigentlich bist du sogar eher rosa. Die Sonne hat dir den Nacken verbrannt, als du da auf der Straße rumlagst. Morgen wird dir das ganz ordentlich wehtun, wenn nicht schon früher. Lass uns mal Shorty einen Besuch abstatten. Aber erst muss ich den da begraben. Den anderen hab ich schon unter die Erde gebracht.«

»Den auf dem Brett?«

»Genau den. Jetzt muss ich den da drüben holen. Ich werd ihn runterschneiden und zum Friedhof schleifen, denn ich hab kein Pferd.«

Ich will euch nichts vormachen. Bei der Vorstellung packte mich das kalte Grausen, und erst recht, als er mir die Schaufel in die Hand drückte, ein großes Messer hervorzog und sich auf die Zehenspitzen stellte, um den Strick oben durchzuschneiden. Der Tote stürzte auf die Erde, und er packte den Strick und schleifte ihn die Straße runter, während der große alte Eber hinter ihm hertrottete. Nach einer Weile blieben beide stehen und sahen mich an. Eustace sagte: »Kommst du?«

Ich folgte ihnen mit der Schaufel.

Eustace schleifte die Leiche eine Gasse entlang und raus aus dem Ort über unwegsames Gelände auf ein Waldstück zu, das sich auf einem Hügel oberhalb von Sylvester befand. Das war eine ziemliche Strecke, und die Leiche von Bobby O'Dell drehte sich immer wieder herum, und bis wir die Bäume erreicht hatten, war von seinem Gesicht nicht mehr allzu viel übrig. Von seinen Augen will ich gar nicht reden.

Schließlich waren wir oben auf dem Hügel, und Eustace schleifte die Leiche noch ein Stück durch den Wald und einen weiteren Hügel hoch, auf dem ein paar Kreuze standen. Keine Grabsteine, nur einfache Kreuze aus billigen Latten. Inzwischen war die Sonne untergegangen, und ich sah das alles bei Mondschein, aber es war Halbmond und einigermaßen hell, und die Kreuze leuchteten irgendwie.

Ich entdeckte ein frisches Grab, bestimmt das, von dem Eustace erzählt hatte, und er ließ den Strick los und fing direkt daneben an zu graben. Der Eber hockte sich auf die rote Erde und schaute zu, als wollte er sich genau merken, wie so was gemacht wurde. In null Komma nichts hatte Eustace eine ein Meter breite und zwei Meter lange Fläche ausgehoben. Dann gab er mir die Schaufel, und ich grub weiter. Eustace setzte sich hin, lehnte sich an ein Kreuz und erteilte mir Anweisungen. Ich war eine verdammt lange Zeit am schuften. Eustace bot mir nicht an, mich abzulösen, und der Eber kam auch nicht infrage, schließlich spielte er nur den Zuschauer.

Eustace sagte: »Hier werden die Farbigen, die Armen und die Banditen begraben. Mein Geld hab ich schon gekriegt, was nur gut ist. Manchmal, wenn ich meine Arbeit getan hab, will der Gemeinderat nicht zahlen. Das haben sie mal mit mir gemacht, drüben auf dem Friedhof der vornehmen Weißen, und da hab ich die alte Frau und ihr Kind wieder ausgegraben und dem Bürgermeister vor die Haustür gelegt. Da sie in 'nem Feuer umgekommen sind, sahen sie nicht allzu gut aus. Sie mussten mir bezahlen, was sie mir schuldeten, und sie mussten mich bezahlen, damit ich sie noch mal begrub. Sie hätten jemand andern beauftragen können, aber sie wussten, dann werd ich sauer. Und das wollten sie nicht. Besonders sauer werd ich, wenn ich getrunken hab, deshalb lass ich auch die Finger davon. In der Flasche haust ein Dämon, und das wissen die Leute im Ort. Wenn ich Whisky trink, mach ich furchtbare Sachen. Ein Schluck, und ich bin glücklich, zwei, und ich werd sauer, und drei, und ich dreh durch. Liegt vielleicht an dem indianischen Blut in meinen Adern, oder vielleicht bin ich einfach so.«

Ich hörte ihm fast schon nicht mehr zu, denn ich musste noch immer an das denken, was er über die Frau und das Kind gesagt hatte. »Sie haben eine Frau und ihr Kind ausgegraben?«

»Na ja, ich hab sie halt aus ihrem Sarg rausgeholt. Sie waren tot, also war's ihnen egal. Ich brauchte die fünfzig Cent, und schließlich und endlich hab ich 'nen Dollar verdient. Übrigens kriegst du nichts von der Kohle ab, nur weil du hier gräbst. Das ist eine Vorauszahlung dafür, dass ich nach deiner Schwester such. Ich sag dir was. Du bleibst hier und klopfst das Grab noch etwas fest, und ich leih mir irgendwo ein Pferd und hol dich später ab.«

Mir gefiel das überhaupt nicht, aber ich hatte das Gefühl, dass ich mir nicht um alles auf einmal Sorgen machen konnte, auch wenn ich ihm irgendwann vielleicht mal was von Jesus erzählen würde, in der Hoffnung, ihn auf andere Gedanken zu bringen. Eustace und der Eber machten sich auf den Weg und ließen mich alleine weiterarbeiten.

Ich musste an Lula denken und fing an zu zittern. Wir hatten uns immer gut verstanden, und ich hatte mich sogar herabgelassen, mit ihren Puppen Teegesellschaft zu spielen, obwohl ich eigentlich niemand kannte, der je zum Tee eingeladen hätte. Sie war ein braves Mädchen, und für einen Bruder und eine Schwester waren wir gute Freunde. Allerdings kann ich mich auch erinnern, dass ich ihr, als ich noch jünger war, öfter mal mit einem Frosch oder einem Distelzweig hinterhergerannt bin, um ihr Angst einzujagen. Sie konnte ziemlich schnell rennen. Am meisten war mir im Gedächtnis geblieben, wie seltsam sie sein konnte, wenn sie manchmal über Dinge nachgrübelte, die sonst niemand interessierten. Zum Beispiel wie Kolibris rückwärts fliegen konnten, und warum Hühner überhaupt nicht fliegen konnten, obwohl sie doch Flügel hatten. Lauter Sachen, die mir nicht weiter von Bedeutung zu sein schienen. Mit dergleichen kam sie dauernd an, und ich erklärte ihr dann, wenn Gott wollte, dass wir das wüssten, hätte er es irgendwo niedergeschrieben. Einmal schaute sie mich an, als ich das sagte, und erwiderte: »Willst du mir erzählen, Gott hat die Bibel eigenhändig geschrieben, auf Englisch? Und obwohl er allwissend ist, hatte er nichts über Kolibris und Hühner zu sagen?«

Darüber hatte ich noch nie auch nur eine Sekunde nachgedacht, und bevor ich das sagen konnte, hatte sie sich bereits wieder etwas anderem zugewandt, für das es höchstwahrscheinlich auch keine Erklärung gab.

Ich klopfte das Grab noch etwas fest, doch dann wurde mir

langweilig, und ich stützte mich auf die Schaufel. Aber auch das hatte ich bald über. Der Sonnenbrand in meinem Nacken hatte angefangen zu brennen, doch dagegen konnte ich nichts tun. Als ich allmählich begann zu glauben, ich sei reingelegt worden und hätte das Grab umsonst ausgehoben, sah ich Eustace im Halbdunkel den Hügel raufreiten, den Eber dicht auf den Fersen. Dem Pferd waren Zügel und Zaumzeug angelegt, aber es trug keinen Sattel.

Als er zu mir hochkam, sah ich, dass er eine Automatikpistole im Gürtel stecken hatte, so eine ähnliche wie Fatty. »Wir machen uns besser auf den Weg.«

Er streckte die Hand aus, ich griff danach, und er zog mich hinten aufs Pferd. Wir trabten los, und der Eber rannte neben uns her, ohne dass er dabei ins Schnaufen geraten wäre.

Das war kein leichter Ritt, so ohne Sattel, und ein paarmal wär ich fast runtergepurzelt. Ich musste die Arme um Eustace legen, um oben zu bleiben, was ich einigermaßen ärgerlich fand, denn ich war der Meinung, dass ich zu alt war, um mich wie ein Kind, das gestillt werden möchte, an ihn zu klammern. Aber so lief's nun mal, und ich passte mich den Gegebenheiten an, wie es so schön heißt. Keller, wie der Eber gerufen wurde, hielt problemlos mit uns Schritt, und ich war überrascht, wie schnell das Vieh laufen konnte.

Bis wir unser Ziel erreicht hatten, das am anderen Ufer lag, stand der Mond hoch am Himmel. Wir überquerten den Sabine an einer schmalen Stelle, aber der Fluss war verdammt hoch vom Regen gestern, und er hatte noch immer einen ziemlichen Zahn drauf, auch wenn er nicht mehr direkt reißend war.

Das Wasser reichte dem Pferd bis über den Bauch und uns bis über die Knie, als wir hinüberritten. Einmal gerieten wir in eine Senke, und plötzlich stand der Gaul bis zum Hals im Wasser, und wir wurden ordentlich nass. Fast hätte es uns runtergespült. Schließlich gelangten wir ans andere Ufer, und dort ritten wir ein

Stück die Böschung rauf. Ich musste mich wirklich mit aller Kraft festhalten, aber irgendwann erreichten wir trockenes Land, und Keiler schüttelte sich wie ein Hund.

Eustace lenkte das Pferd einen Weg entlang, der kaum mehr als ein Kaninchenpfad war. Nachdem wir dem eine Weile gefolgt waren und die Nachtluft uns ein wenig getrocknet hatte, wichen die Bäume allmählich zurück. Vor uns lag ein mit Gras bestandener Hügel, und auf dem Hügel sah ich etwas, das ich nicht genau erkennen konnte. Während wir den Hang hochritten, fiel das Mondlicht darauf wie ein Spritzer Buttermilch: Es war ein Teleskop, das auf die Sterne gerichtet war, und ein Kind schaute hindurch. Als wir den Hügelkamm erreicht hatten, sah ich dahinter ein Haus und eine Pferdekoppel und eine kleine Scheune, alles hübsch angelegt.

Und aus der Nähe erkannte ich dann, dass das kein Kind war, sondern ein Mann, ein Zwerg.

3

Das war das erste Mal, dass ich Shorty sah, im Mondschein auf dem Hügel. Er bemerkte uns lange, bevor wir heran waren, aber als er erkannte, wer da angeritten kam, wandte er sich wieder dem Teleskop zu und schaute hindurch.

Eustace zügelte das Pferd. Keiler hockte sich hin, hob ein Bein und kratzte sich mit dem Huf am Ohr wie ein Hund mit der Pfote.

Ich rutschte vom Pferd, mein Hintern genauso taub wie meine Beine. Eustace sprang runter und hielt die Zügel. Anstatt einer Begrüßung sagte er: »Hast du Lust, Jagd auf ein paar Männer zu machen und sie vielleicht zu töten? Um die Schwester dieses Jungen zu retten?«

Der Zwerg löste sein Auge von dem Teleskop und musterte Eustace eingehend. »Bringt es Geld? Im Moment könnte ich wirklich welches gebrauchen.«

»Die Sache hat den ein oder anderen Haken, aber es könnt schon was dabei rausspringen.«

»Ein unsicherer Job also. Ich weiß ja nicht. Irgendwie klingt das nicht so verlockend wie ein verlässliches Angebot.«

»Warum gehen wir nicht ins Haus, trinken Kaffee und reden drüber?«, sagte Eustace.

»Die Zeit drängt«, sagte ich. »Lula geht's vielleicht mit jeder Minute schlechter.«

»Lula?«, fragte der Zwerg.

»Meine Schwester«, antwortete ich.

»Ich verstehe. Nun, mein Herr, meine Schwester ist es nicht, und bis ich weiß, worauf dieses Unternehmen hinausläuft, können Sie noch nicht auf mich zählen.«

»Dann mal los«, sagte Eustace. »Lass uns palavern.«

Inzwischen war ich total aufgewühlt, wie Grandpa es immer ausgedrückt hat, aber ich war mir auch bewusst, dass ebendieses aufgeregte Handeln genauso zu seinem Tod geführt haben könnte wie die Kugel, die er in den Bauch gekriegt hat, also riss ich mich zusammen und folgte dem Zwerg zum Haus. Eustace führte das gestohlene Pferd, und Keiler trottete hinter uns her.

Es war komisch, den Zwerg laufen zu sehen, denn einerseits bewegte er sich wie ein Erwachsener, andererseits wie ein Kind. Sein Kopf wirkte zu groß und schien zu schwer auf seinen Schultern zu lasten, die für einen Mann von seiner Größe recht breit waren. Er hatte keinen Hut auf, und so in der Nacht sah sein Haar dunkel aus, schwarz sogar. Mir war ein Bartschatten auf seinen Wangen aufgefallen, und trotzdem hatte Shorty etwas an sich, als wäre er es gewohnt, in besserer Gesellschaft zu verkehren. Ich weiß nicht, wie ich das anders beschreiben soll, aber das war mein erster Eindruck. Wie königlicher Besuch, der zusammengeschrumpft und deswegen ziemlich sauer ist.

Als wir seine Hütte erreichten, ging er rein, und wir mit ihm, Keiler eingeschlossen. Sie war sauber, wenn auch spartanisch eingerichtet und klein, und bestand aus zwei Zimmern. Durch die offene Tür konnte ich in das Nebenzimmer sehen, in dem ein kleines Bett mit einem einfachen Holzgestell stand. Auf der anderen Seite des Zimmers, in dem wir waren, stapelten sich haufenweise Bücher und Papiere und Zeitschriften. Shorty zündete ein paar Kerosinlampen an, und bald war alles gelb erleuchtet, und ich konnte mir ihn zum ersten Mal in Ruhe anschauen. Er hatte tatsächlich dunkle Haare und einen ziemlichen Bartschatten. Seine Augen waren blau oder grün, was bei dem Licht nicht genau zu erkennen war, aber später fand ich raus, dass sie grau waren. Von der Arbeit im Freien hatte er dunkle Haut, und unter den auf den ersten Blick feinen Gesichtszügen verbargen sich Knochen mit scharfen Kanten, die sich unter seiner Wange und am Kinn deutlich abzeichneten. Er war ein gutaussehender Zwerg, und wäre er eins achtzig groß gewesen, hätten die Damen, wie es so schön heißt, bestimmt Gefallen an ihm gefunden.

Vor einem schmiedeeisernen Ofen stand eine Trittleiter, und er warf etwas Holz rein und zündete ein Feuer an. Dann kippte er Wasser aus einem Eimer in eine Kanne, löffelte Kaffee hinterher und stellte sie auf den Herd. Schließlich setzte er sich an den Tisch in der Mitte des Zimmers. Es gab nur einen Stuhl. Der Tisch war niedrig, und ich und Eustace setzten uns, ohne ein Wort zu verlieren, im Schneidersitz auf den Boden, sodass wir uns auf derselben Höhe befanden wie Shorty, und sahen ihn über den Tisch hinweg an. Keiler lag in der offenen Tür, Kopf und Schultern in der Hütte, der Rest von ihm draußen im Garten.

Shorty sagte: »Wenn ich losziehen soll, um jemanden aufzuspüren und vielleicht sogar zu töten, muss ich die ganze Geschichte kennen.«

»Sind Sie sicher, dass Sie dazu in der Lage sind?«, fragte ich. »Ich hab eigentlich jemand anderen erwartet.«

»Jemand Größeren vielleicht?«

»Ich will nicht lügen. Ja, jemand, der größer und gewichtiger ist.«

»Schießpulver und Kugeln gibt's in allen Größen und Formen, aber trotzdem sind es Schießpulver und Kugeln, und manche von den Kleineren sind komprimiert und haben eine ziemliche Durchschlagskraft. Du solltest mich als eine komprimierte Ladung betrachten.«

Ich hatte meine Zweifel, aber mir blieb keine andere Wahl. Ich erzählte ihnen, was vorgefallen war, von meinem toten Grandpa im Fluss, meiner entführten Schwester und den Verträgen, die bewiesen, dass mir die Grundstücke gehörten. Damit sie mir glaubten, faltete ich die Papiere – die inzwischen wieder trocken waren – vorsichtig auseinander und legte sie auf den Tisch, damit sie einen Blick darauf werfen konnten. Während sie das taten, erinnerte ich Shorty an den Bankraub, und dass das dieselben Schurken waren. Ich erzählte ihm von der Belohnung, die auf Cut Throat Bill, Nigger Pete und Fatty ausgesetzt war, und versuchte dabei, möglichst wortgewandt und überzeugend zu sein.

»Da fällt mir was ein«, sagte Eustace. »Und zwar Folgendes: Gut möglich, dass sich da eine ganze Bande von diesen Halunken herumtreibt. Mehr als im Ort waren. Und ich schätz mal, dass auf alle eine Belohnung ausgesetzt ist.«

»Du willst damit sagen, das könnte eine Goldgrube sein«, erwiderte der Zwerg.

»So ungefähr.«

Der Zwerg lehnte sich zurück und dachte nach. »Klingt vielversprechend.« Er stand auf, holte eine Zigarrenkiste aus einem Schränkchen und nahm eine Zigarre heraus. Sie war ziemlich groß, die Zigarre. Er steckte sie sich in den Mund, schob die Kaffeekanne beiseite und beugte sich über den Herd. Rote Schatten flackerten ihm über das Gesicht, dann richtete er sich wieder auf und paffte an der Zigarre. Er stellte die Kaffeekanne zurück, setzte sich wieder auf seinen kleinen Stuhl und blies Wolken von stinkendem blauem Qualm in die Luft.

»Wir müssen möglichst bald aufbrechen«, sagte ich. »Sie ist jetzt schon einen Tag fort, und die sind bestimmt Meilen weit weg.«

»Oh, das sind sie«, sagte Shorty. »Viele Meilen weit, aber ich schätze mal, dass sie über Nacht irgendwo Halt machen.«

»Das wissen Sie nicht mit Sicherheit.«

»Da hast du recht. Nicht mit Sicherheit. Gut möglich, dass sie die Nacht durchreiten, aber wir sollten das besser nicht tun. Nachts finden wir ihre Spuren nicht so leicht, aber morgen, wenn es hell ist, schon eher, und dann kommen wir auch schneller voran.«

»Ich könnte ja einfach vorausgehen, und Sie beide verzichten dann auf die Belohnung.«

»Das könntest du. Dagegen hätte ich nichts einzuwenden. Aber falls wir dir morgen folgen, holen wir dich spornstreichs ein, und vielleicht hast du dir inzwischen ein Bein gebrochen, weil du in einen Kaninchenbau getreten bist, oder du bist im Fluss ersoffen, nachdem du dich verlaufen hast. Was im Übrigen alles bedeuten würde, dass du nur langsam vorankommst, so ohne Pferd, denn ich leih dir bestimmt keins.«

»Eustace hat gerade eins gestohlen. Das könnt ich nehmen.«

»Hast du mir vorhin nicht erklärt, mit Diebereien willst du nichts zu tun haben?«, sagte Eustace. »Und jetzt redest du wie ein gemeiner Pferdedieb.«

»Ich verlier einfach langsam die Geduld.«

»Tatsächlich?« Eustace lachte mich aus.

»Von uns kriegst du kein Pferd«, sagte Shorty. »Wenn du willst, dass wir diese Männer aufspüren und deine Schwester retten, brechen wir auf, sobald es hell wird.«

»Eustace hat behauptet, er wär ein guter Fährtenleser und könnt einen Furz unter einem Felsen in einem Fluss finden. Oder so was in der Art.«

»Nein«, sagte Eustace. »Ich hab gesagt, meine Mutter und ihr Volk könnten das, wenigstens ihre indianischen Verwandten. Ich hab gesagt, dass ich bei Weitem nicht so gut bin.«

»Aber Sie sind gut?«, fragte ich. »Oder?«

»Jau«, erwiderte Eustace.

»Hör mal zu, mein Sohn«, sagte Shorty. »Eustace ist nicht so gut, wie er meint. Er nimmt gerne den Mund zu voll. Nachts kann er keine Spuren lesen, und auch nicht, wenn's regnet, und auch nicht nach mehreren Tagen, wenn die Fährte kalt ist. Seine Mutter und ihr Volk, die konnten das. Aber das ist nichts, was einem angeboren ist. Das muss man lernen, und er hat was davon gelernt.«

»Ich bin schon ganz gut«, meinte Eustace.

»Ja, du bist ganz gut. Ich weiß noch, wie wir mal tagelang einem abtrünnigen Indianer auf der Spur waren, nur um irgendwann festzustellen, dass wir einem alten Mann folgten, der auf einem Esel ritt. Mit Verlaub, Eustace, du kannst Fährten lesen, aber nur bei Tageslicht, und mit etwas Glück, und du irrst dich auch oft.«

Eustace brummte etwas Unverständliches, und ich spürte, wie mich allmählich der Mut verließ.

»Hab ich recht?«, sagte Shorty zu ihm.

»Ich bin schon ganz gut«, wiederholte Eustace noch einmal.

»Natürlich bist du das. Du bist ganz gut, aber begnadet ist was anderes. Wir können kurz vor Tagesanbruch losreiten, rüber zum Fluss, wo alles passiert ist. Aber ich muss dir was sagen, mein Junge. Deine Schwester, wenn sie mit diesen harten Burschen zusammen ist, dann ist sie vielleicht nicht mehr ganz unberührt, wenn du weißt, was ich meine.«

»Schon klar. Daran hab ich auch schon gedacht.«

Was der Wahrheit entsprach, und bei der Vorstellung wurde mir ganz übel.

»Unsere Aufgabe ist es, sie zu retten, die Kerle umzunieten, die sie verschleppt haben, und eine Belohnung zu kassieren«, sagte Shorty. »Hab ich das richtig verstanden?«

»Ich vermute mal«, sagte ich, »dass die Belohnung gezahlt wird, ob die Halunken nun tot oder lebendig sind, also müssen wir sie vielleicht gar nicht umbringen. Von mir bekommen Sie das Land, sobald ich meine Schwester wiederhabe.«

Shorty und Eustace schauten mich an, als hätte ich gerade die Hosen runtergelassen und auf den Boden geschissen.

»Du glaubst, wir müssen sie vielleicht gar nicht umbringen?«, sagte Eustace. »Hast du zwischendurch was gesoffen, ohne dass ich es mitgekriegt hab?«

»Ich mein ja nur, vielleicht kriegen wir das auch ohne hin«, sagte ich.

»Das heißt, du hast die Hosen voll, was?«

»Das heißt, dass es uns vielleicht gelingt, sie vor Gericht zu bringen.«

»Die Leute im Ort werden sie genauso dem Richter vorführen, wie sie das mit dem Kerl gemacht haben, der an dem Laternenpfahl gebaumelt ist«, sagte Eustace.

»Wir könnten's ja in einem anderen Ort probieren«, entgegnete ich.

»Jeder Ort ist für seine eigene Rechtssprechung zuständig«, sagte Shorty. »Das heißt, die Kerle würden sowieso wieder in Sylvester landen, wo sie die Bank überfallen haben. Es ist völliger Quatsch, sie nicht zu töten, wenn wir sie letztlich doch nach Sylvester bringen und sie dort das Zeitliche segnet. Mit oder ohne Verhandlung. Wenn wir das gleich erledigen, sparen wir allen Beteiligten eine Menge Zeit und Ärger. Die Entführer wissen das, und wenn wir sie schnappen, werden sie die Zeit nutzen und, während wir sie vor Gericht schleppen, versuchen zu fliehen. Damit möchte ich mich nicht herumärgern. Wenn sie tot sind, können sie nicht fliehen, und das, mein Herr, ist eine Tatsache.«

»Ich will keine Leute umbringen, wenn wir nicht unbedingt müssen.«

Shorty lehnte sich zurück, faltete die Hände vor der Brust und blickte zur Decke hinauf. »Tja, vielleicht ergibt sich ja eine Möglichkeit, und dann denken wir drüber nach.«

Er sah Eustace an. Eustace sagte: »Okay, den Gedanken stecken wir in unsere Denkerpfeife und rauchen ihn.«

Ich fand nicht, dass er oder Shorty so klangen, als meinten sie es ernst, und mir wurde ganz schummrig. Ich wollte meine Schwester wiederhaben. Ich wollte, dass die Gerechtigkeit siegte. Aber ich wollte nicht, dass irgendjemand umgebracht wurde. Trotzdem beschloss ich, die Sache auf sich beruhen zu lassen und mich beizeiten mit dem Problem auseinanderzusetzen.

»Wir brauchen was zu beißen«, sagte Eustace.

»Wo hast du dir das Pferd geliehen?«, fragte Shorty.

»In Sylvester. Wo die Bank überfallen wurde.«

»Also gut. Ich hab Pferde, auf denen wir reiten können, und das geliehene verkaufen wir unterwegs, wenn sich jemand findet, der es haben möchte. Ich glaub, ich krieg genug Vorräte zusammen, um uns bis dahin durchzufüttern, und vielleicht noch ein bisschen länger.«

»Sie wollen ein geliehenes Pferd verkaufen?«, fragte ich.

»Na ja«, sagte Shorty. »Sieht fast so aus. Ja.«

»Ist meine Schrotflinte hier?«, fragte Eustace.

»Hast du sie hiergelassen?«

»Das weißt du doch.«

»Dann, Eustace, ist sie immer noch hier. Oder hast du vielleicht gedacht, sie hat Beine gekriegt und sich auf die Pirsch begeben?«

»Wohl kaum, aber ich dachte, vielleicht hast du sie eingetauscht oder verkauft.«

»Du weißt, warum ich sie hierbehalte. Ich würde sie nie eintauschen oder verkaufen, und das weißt du auch.«

Eustace nickte. »Wenn schlechte Zeiten kommen, würd ich das wahrscheinlich schon.«

»Sie ist drüben im anderen Zimmer, wenn du sie holen möchtest. Zusammen mit deinem Munitionsbeutel und den Sachen, die du brauchst, um noch mehr davon zu machen, wenn du meinst, das ist nötig.«

»Ich hoffe, es reicht«, sagte Eustace. »Wenn ich die Kerle dazu kriege, sich auf einen Haufen zu stellen, bring ich sie alle auf einmal zur Strecke, und das mit nur einer Ladung.«

Wir tranken Kaffee und aßen kaltes Maisbrot aus dem Brotkasten, dann ging Eustace nach hinten ins Bett, will sagen, er machte es sich auf dem Boden mit ein paar Decken bequem. Damit blieb Shorty das Bett. Mir gab er eine Decke, und ich musste zusammen mit Keiler im vorderen, kleineren Zimmer auf dem Boden schlafen.

Ich konnte mir Shorty noch immer nicht so recht als Kopfgeldjäger vorstellen. Andererseits befürchtete ich, dass ich eine Überraschung erleben könnte, vielleicht würden die beiden mich wegen der Grundstücksverträge einfach abmurksen, auch wenn ich bezweifelte, dass sie meine Unterschrift fälschen konnten. Allerdings würden sie mich nicht groß foltern müssen, um mich dazu zu bringen, gleich mehrmals zu unterschreiben und ihnen auch noch ein Liedchen vorzusingen. Ich war nicht besonders hart im Nehmen, da machte ich mir nichts vor. Ich wollte nur meine Schwester finden und mit den Halunken abrechnen, die meinen Grandpa umgebracht hatten. Mir würde es schon genügen, sie ins Gefängnis zu bringen, damit wäre ihre Schuld beglichen.

Ich faltete die Grundstücksverträge zusammen, steckte sie wieder zurück in meine Tasche und legte mich unter dem niedrigen Tisch des Zwergs auf einer Decke schlafen, die nach getrocknetem Schweiß roch. Irgendwann nachts kam Keiler zu mir gekrochen, und ich musste mich mit seinem übelriechenden Atem abfinden, was ein wenig so war, wie mit dem Gespenst eines toten Ziegenbocks zu ringen, die sich bekanntermaßen nur allzu gerne den Kopf zwischen die Beine steckten und auf ihren Bart pissten. Ich versuchte, mein Abendgebet zu sprechen, aber irgendwie kam es mir bedeutungslos vor, nicht so wie zu Hause bei meiner Familie, als noch alles in Ordnung war. Damals hatte mir die Beterei was gegeben, aber jetzt fühlte ich mich völlig ausgelaugt. Ich bat den Herrgott, mir meine Zweifel zu verzeihen, und unter den gegebenen Umständen glaubte ich sogar, dass er das tun würde. Ich versuchte, mich ein wenig auszuruhen, aber ich schlief nicht viel, nickte nur hin und wieder ein, und hinterher ging's mir schlechter, als wenn ich wach geblieben wäre.

Schließlich stand ich auf, zündete eine Lampe an, ging im Zimmer umher und schaute mir Shortys Bücher an. Er hatte alles Mögliche, aber mir fielen eine ganze Reihe von Reiseberichten auf, darunter auch welche von Mark Twain, und einen davon, *Die Arglosen im Ausland*, hatte ich sogar gelesen. Ich blätterte in verschiedenen Bänden und entdeckte immer wieder Markierungen auf Landkarten oder im Text, und manches war auch mit einem Füllfederhalter unterstrichen. Meistens ging es um exotische Orte, von denen ich noch nie was gehört hatte. Ich las hier und da ein paar Sätze, aber unter den Umständen interessierte mich nichts davon wirklich. Ich löschte die Lampe, ließ Keiler schnarchen und ging hinaus, um etwas frische Luft zu schnappen, die feucht und klebrig war wie ein schwitzender Ackergaul, und überall lärmten Heuschrecken und Grillen, vom Quaken der Frösche ganz zu schweigen.

Während ich so im Dunkeln stand, blickte ich den Hügel rauf und sah Shorty da oben wieder durch sein Teleskop schauen. Ich hatte gedacht, er würde in seinem hinteren Zimmer schlafen, aber obwohl ich die meiste Zeit wach gewesen war, hatte ich nicht gehört, wie er vorbeigeschlichen war und das Haus verlassen hatte. Die Luft war voller Leuchtkäfer, und sie flitzten wie Feen um ihn herum, was aussah, als wäre er von einem Heiligenschein aus kleinen gelben Lichtern umgeben.

Ich schlenderte zu ihm rauf, machte jedoch einen Bogen und versuchte, mich ihm möglichst heimlich von hinten zu nähern. Warum, weiß ich nicht mehr. Als ich schließlich den Hügelkamm erreicht hatte und fast hinter ihm stand, sagte er: »Du läufst wie ein gottverdammter Büffel. Wenn ich Zeit hätte, könnten wir daran was ändern.«

»Ich fand mich ziemlich leise«, sagte ich und trat neben ihn. Er löste sein Auge keine Sekunde lang von dem Teleskop.

»Für einen Büffel war's ganz okay.«

»Wollen Sie mir wirklich helfen? Ich meine es todernst, müssen Sie wissen.«

»Das weiß ich, aber ich glaube, eigentlich möchtest du eine andere Frage stellen. Zweifelst du an meinen Fähigkeiten, weil ich klein bin? Das hast du jedenfalls am Anfang angedeutet, als wir uns kennengelernt haben.«

»Ich weiß es nicht. Im Moment bin ich mir über einen Haufen Dinge im Unklaren. Ich hab Prügel bezogen, was ich nur ungern zugebe, und zu allem Überfluss hab ich noch einen Sonnenbrand im Nacken. Und ja, ich mache mir Sorgen, dass die ganze Sache noch ein Stück schwieriger wird, weil Sie ein Liliputaner sind. Da haben Sie's. Sie haben gefragt, und ich hab geantwortet.«

»Mir ist lieber, die Leute sagen geradeheraus, was sie von mir halten. Wenn sie lügen und um den heißen Brei herumreden, das geht mir auf den Geist. Ich bin schon seit einiger Zeit mit mir im Reinen. Jedenfalls einigermaßen. Die Sache ist noch nicht zu Ende, und ich kann mich auch noch nicht darauf ausruhen wie auf einem Federkissen, aber ich fühle mich viel wohler in meiner Haut, seit ich zu akzeptieren gelernt habe, was ich nicht ändern kann. Meistens hab ich den Eindruck, dass andere Leute mit meiner Größe eher ein Problem haben, auch wenn es mir nicht leicht fällt, ein Pferd zu besteigen. Du zweifelst also an meinen Fähigkeiten. Irgendwelche anderen Fragen?«

»Findet Eustace wirklich die Spur der Ganoven?«

»Wirklich. Und er ist besser, als ich hab durchblicken lassen, aber es ist nicht gut, wenn Eustace zu große Stücke auf sich hält, denn dann wird er zu selbstsicher und greift merkwürdigerweise zur Flasche, und damit kann er nicht umgehen. Langeweile ist auch nicht gut für ihn. Wenn er getrunken hat, dreht er durch. Darum behalte ich auch seine Schrotflinte hier. Und darum ist es auch besser, wenn er nicht zu viel Geld in den Händen hat und einen Teil davon mir zur Verwahrung gibt. Eine Münze ist für ihn wie eine Schlange in der Tasche. Er kann sie gar nicht schnell genug loswerden, während ich andererseits mit jedem Nickel geize.«

»Sie bewahren also sein Gewehr auf, damit er es nicht verkauft und das Geld vertrinkt?«

»Damit er nicht jeden umnietet, der ihm vor die Flinte kommt. Bei seiner Hautfarbe bieten sich dafür jede Menge Gelegenheiten, und Eustace mag es nicht, wenn ihn jemand deswegen mies behandelt. Er hat seine Hautfarbe und ich meine Größe, und deshalb verstehen wir uns meist ganz gut. Wir haben beide unser Päckchen zu tragen. Aber wenn du dich fragst, ob wir der Sache gewachsen sind – ja, das sind wir, auch wenn ich dir nicht versprechen kann, dass es nicht irgendwann haarig wird. So läuft das nun mal, mein Junge.«

»Ich bin sechzehn.«

»Schön für dich. Hoffentlich erlebst du deinen siebzehnten Geburtstag.«

All das hatte er gesagt, ohne einmal aufzublicken. Jetzt wandte er sich jedoch zu mir um. »Möchtest du mal durchschauen? Aber berühr das Teleskop nicht. Leg nur das Auge dagegen und lass die Hände davon, um meine Einstellungen nicht zu ruinieren. Ich hab es ganz genau ausgerichtet.«

Ich beugte mich vor und schaute hindurch. Was ich da sah? Jede Menge Mond. Und ein paar Schatten auf dem Mond. »Was sind das für Schatten?«

»Krater. Berge vielleicht. In einer aktuellen Zeitschrift hab ich eine Geschichte gelesen – jedenfalls war sie für mich aktuell. Ein Mann im Gemischtwarenladen in Hinge Gate hat mir manchmal ein paar Magazine zurückgelegt, die sich nicht verkauft haben. Und sie mir geschenkt. In der Geschichte geht ein Mann zum Mars, nur indem er die Arme ausstreckt und sich wünscht, er wäre dort. Das klappt dann auch, und er findet eine fremdartige Welt vor, mit fremdartigen Geschöpfen und Ungeheuern. Die Geschichte hat mir wirklich gefallen, und als ich irgendwann nachts hier stand und mit dem Teleskop zum Mars – und nicht zum Mond – hochgeschaut hab, hab ich mir überlegt, das auch mal zu probieren. Aber dann fiel mir ein, was ist, wenn es klappt und ich bin dort? Das wäre schlimmer als hier, mit den ganzen Ungeheuern, die er beschrieben hat, und ich dort oben auf dem Mars, allein in der Wüste und ohne Bäume. Ich lese ja gern darüber, aber leben wollte ich da nicht. Schließlich hab ich schon genug Probleme, da muss ich mich nicht noch mit Marsianern anlegen. Außerdem hab ich mir vor langer Zeit abgewöhnt, mir irgendetwas zu wünschen. Vielleicht ist da oben ja etwas auf diesen Welten. So was wie wir, oder etwas Besseres. Manchmal träum ich von einer Welt, wo nicht ich so groß bin wie die anderen, sondern wo die anderen so groß sind wie ich. Aber das ist ein Traum, kein Wunsch. Ich weiß es besser. Wünsche werden nicht wahr, und so etwas wie wahre Liebe gibt es nicht oder wie die Ewigen Jagdgründe, wenn wir übern Jordan sind.«

»Ich glaube, da bin ich andrer Meinung«, sagte ich und trat einen Schritt zurück. »Das mit der wahren Liebe jedenfalls, die gibt es. Man muss nur warten, bis einem die Richtige begegnet.«

»Tatsächlich?«

»Meine Eltern haben sich wirklich geliebt.«

»Haben?«

»Sie sind gestorben.«

»Wie das?«

»Da ist eine Krankheit umgegangen, und es hat sie beide erwischt«, sagte ich, wobei ich darauf achtete, nicht zu viel zu erzählen, denn sonst dachte Shorty noch, ich würde die Pocken mit mir rumschleppen und ihm jeden Moment ins Gesicht husten.

»Deine Eltern haben sich vielleicht gut verstanden, aber das heißt für mich noch lange nicht, dass es wahre Liebe gibt oder Liebe auf den ersten Blick oder dass jemand hinter der nächsten Ecke auf einen wartet. Schau mich an. Ich bin schon hoch in den Vierzigern und habe trotzdem noch keine Frau gefunden, die es mir erlaubt, dass ich es mir mit schöner Regelmäßigkeit zwischen ihren langen Beinen gemütlich mache, es sei denn, sie wird dafür bezahlt. Wahre Liebe? Das glaub, wer will. Man kann sich aneinander gewöhnen, das schon, und manche sagen dazu vielleicht Liebe, aber ich glaube nicht an Liebe auf den ersten Blick oder an vorbestimmte Liebe, wie ich es in den Büchern gelesen habe. Zu zweit kann man vielleicht so etwas wie Liebe machen, so wie man einen Eintopf macht, aber dass die Liebe auf einen wartet, ist ein

Märchen. Lust auf den ersten Blick oder Gewöhnung, aus der irgendwann Liebe wird, das schon, aber vorbestimmt ist das nicht.«

»Klingt irgendwie traurig. Zu glauben, dass alles nur zufällig passiert, oder wenn man die Sache selbst in die Hand nimmt, so ohne jede göttliche Vorsehung.«

»So heißt das also? Göttliche Vorsehung?« Shorty schüttelte den Kopf. »Und von wegen traurig – so ist das nun mal mit den Menschen. Und dass es keine Liebe gibt und nichts vorbestimmt ist, das finde ich nicht traurig. Im Gegenteil. Dadurch vermeidet man 'ne Menge Enttäuschungen und hegt keine falschen Erwartungen.«

»Ich glaube, dass Gott mit uns allen was vorhat.«

»Er legt fest, was mit uns passiert?«

»Ja.«

»Und wir können nichts dagegen tun?«

»Nein.«

»Dass der Tornado die Fähre versenkt hat, dass dein Grandpa erschossen und deine Schwester entführt wurde und du fast ertrunken wärst, das hat er alles so vorherbestimmt?«

»Ja, das glaube ich.«

»Warum machst du dir dann Sorgen um deine Schwester? Wenn alles vorherbestimmt ist, spielt es doch keine Rolle, wie sehr du dir den Kopf zerbrichst, denn du kannst sowieso nichts daran ändern.«

»Grandpa hat sich nie groß Sorgen gemacht. Ganz im Unterschied zu mir. Er hat Gott vertraut. Und der Vorsehung.«

»Da hat Gott ihn aber ganz schön im Stich gelassen, was?«

»Dafür gibt es bestimmt einen guten Grund.«

»Den wir natürlich nicht kennen.«

»Irgendwann erfahren wir ihn vielleicht, im Himmel.«

»Wenn du in den Ort gehst, und da kommen Pferde die Straße entlanggaloppiert, und zwar in beide Richtungen, schaust du dann nach rechts und nach links, bevor du die Straße überquerst?«

»Natürlich.«

»Dann bist du nicht so fromm, wie du tust. Wenn alles vorbestimmt ist, dann wirst du von 'nem Gaul niedergetrampelt oder auch nicht, egal in welche Richtung du schaust.«

»Das ist doch nur vernünftig.«

»Nicht, wenn du ein gläubiger Mensch bist.«

Allmählich tat mir der Kopf weh, und ich musste an die verwirrenden Fragen denken, die Lula immer stellte. Ich beschloss, das Gespräch zu beenden, indem ich einfach den Mund hielt.

Shorty legte wieder sein Auge an das Teleskop. »Weißt du, warum ich mich für die Sterne und den Mond und die Planeten interessiere?«

Eigentlich war mir das egal, aber da ich auf seine Hilfe angewiesen war, tat ich wenigstens so, als würde es mich interessieren. »Nein. Warum?«

»Wegen eines Buches von einem Mann namens Lovell. Er hat über den Mars geschrieben und über die Kanäle, die er dort vermutet, und wenn man durch ein Teleskop schaut, auch wenn meins eigentlich nicht gut genug ist, dann kapiert man schon, wie er darauf kommt. Und dann hab ich noch die Geschichte gelesen, von der ich dir erzählt hab. Die ist zwar eindeutig erfunden, aber sie hat meine Phantasie angeregt. Ich habe ziemlich sparen müssen, um das Teleskop bestellen zu können.«

»War es das wert?«

»Ich glaube schon. Ja.«

Während wir uns so unterhielten, musste ich die ganze Zeit an meine Schwester denken, die da draußen in der Wildnis diesen schrecklichen Männern ausgeliefert war, von denen einer meinen Grandpa umgebracht hatte, ein Haufen Bankräuber und Mörder, denen alles zuzutrauen war. Ich wollte immer wieder das Gespräch darauf bringen, wusste jedoch, dass es keinen Sinn hatte. Heute Nacht würden wir nicht mehr aufbrechen. Ich wusste auch, jedenfalls wenn ich vernünftig darüber nachdachte, dass Shorty und Eustace sehr wahrscheinlich wussten, von was sie redeten, jedenfalls was das Fährtenlesen anging.

»Du wünschst dir, dass nichts von dem passiert wäre, was passiert ist«, sagte Shorty. »Und du wünschst dir, dass deine Schwester fliehen kann und dass ihr euch wiederseht und alles so wird, wie es vorher war. Na ja, vielleicht kann sie ja fliehen. Möglich ist das schon, aber nicht, weil du dir das wünschst, sondern weil sie vielleicht Glück hat, die Augen offenhält und eine Gelegenheit beim Schopf ergreift. Ist sie denn ein praktisches Mädchen, was meinst du?«

»Eher nicht, nein.«

»Da hast du's. Du musst dich darauf gefasst machen, dass wir sie zwar aufspüren und befreien, aber das nichts mehr so wird, wie's mal war. Und vielleicht gelingt uns nicht mal das. Aber ich kann dir im Rahmen des Möglichen versprechen, dass wir sie finden, wenn sie noch lebt, und wahrscheinlich auch, wenn sie tot ist, und diese Kerle finden wir auch, und dann machen wir, wofür du uns bezahlst. Aber das heißt nicht, dass dann alles Friede, Freude, Eierkuchen ist.«

»Das ist mir klar.«

»Schon möglich, aber wenn man jung ist, bringt man so einiges durcheinander. Ich erzähl dir mal was, damit du begreifst, warum ich nicht ans Wünschen glaube. Ich wurde als Sohn eines Mannes geboren, der mir den Namen Reginald Jones gegeben hat, und lange Zeit dachte ich, ich würde zu normaler Größe heranwachsen und ein Sohn werden, auf den er stolz sein kann. Aber das passierte nicht. Er hat mich seinen gottverdammten Liliputaner gerufen. Meine Mutter hat mich geliebt und Reggie zu mir gesagt. Sie ist gestorben, als ich neun war. Daraufhin hat mich mein Vater zur Arbeit gezwungen, und wenn ich Arbeit sage, dann meine ich das auch. Mein Vater war ein grausamer Mann. Als ich zehn war, hat er mich wie ein Maultier an einen Baumwollfarmer verliehen. Eines schönen Morgens, als ich auf meinem gescheckten Pony zur Arbeit geritten bin, bin ich runtergefallen, und dabei platzte mir das Trommelfell. Ich bin wirklich übel gestürzt. Die ganze Welt stand Kopf, und ich konnte mich kaum auf den Beinen halten. Ich bin mit blutenden Ohren nach Hause geritten. Da hat mein Vater eine Peitsche genommen und so lange auf mich eingeprügelt, bis mir mein Hemd blutig am Rücken klebte. Also bin ich wieder auf mein Pferd gestiegen, zum Baumwollfeld geritten und hab den ganzen Tag geschuftet. So war das eben. Harte Arbeit, und es gab nur wenig, auf das Rücksicht genommen wurde. Ein Jahr später erklärte mein Vater, wir würden in den Zirkus gehen. Ich kann gar nicht in Worte fassen, wie aufgeregt ich war, nicht nur weil ich ein Kind war und wir über den Zirkus redeten, sondern weil mein Vater etwas gemeinsam mit mir unternehmen wollte. Wir sind dann auch hingegangen, aber nach Hause gegangen ist er ohne mich. Ich bin dortgeblieben. Er hat mich an den Zirkus verkauft, für ein paar Dollar. Kannst du dir das vorstellen? Ich war nicht der Reginald, den er sich erträumt hatte, und nachdem meine liebende Mutter fort war, hielt er es nicht mehr mit mir aus und verkaufte mich wie irgendein wertloses Schmuckstück. Im Zirkus wurde ich wie ein wildes Tier gehalten, dem Besitzer auf Gedeih und Verderb ausgeliefert. Und ich sag dir was, es dauerte nicht lange, bis ich feststellte, dass es beim Zirkus nicht so lustig war, wie ich erwartet hatte. Bei Weitem nicht.«

»Das tut mir leid«, sagte ich.

Shorty setzte sich auf den Boden, und ich tat es ihm gleich.

»Das hilft auch nichts. Es ist, wie es ist, und aus dem richtigen Blickwinkel betrachtet, ist es sogar irgendwie komisch. Meine Lebensphilosophie stammt aus jener Zeit. Vertraue niemandem. Mit der ein oder anderen Ausnahme. Ich vertraue Eustace, weitgehend jedenfalls, nur wenn er trinkt, ist niemand vor ihm sicher. Selbst Keiler versteckt sich dann, und der kennt eigentlich keine Furcht. Ich vertraue darauf, dass die Sonne aufgeht und untergeht, auch wenn ich weiß, dass ich das irgendwann nicht mehr erleben werde, und das gibt mir zu denken. Dir nicht?«

»Darüber hab ich mir noch nie den Kopf zerbrochen.«

»Du neigst nicht dazu, dir viele Gedanken zu machen, was?«

»So genau weiß ich das nicht.«

»Du zerbrichst dir nicht darüber den Kopf, ob du dir den Kopf zerbrichst«, sagte Shorty und stieß ein Lachen aus, das mehr wie ein Bellen klang. »Als ich beim Zirkus war, brachte mir ein Mann namens ›Walter der Liliputaner‹ bei, über solche Dinge nachzudenken. Ich weiß nicht, ob ich darüber froh sein soll oder ob es nicht besser gewesen wäre, sich im Schatten der Ahnungslosigkeit zu tummeln. Einmal hat er gesagt, dass diejenigen, die sich über ihr Tun nicht den Kopf zerbrechen, in den Schatten der Dummheit gehüllt sind, wo sie sich auch wohlfühlen. Da ist es angenehm kühl. Er und der Zirkus waren meine Lehrer. Ich sage das nicht, weil ich für weise gehalten werden möchte. Ich glaube nur, dass wir meistens durchs Leben stolpern, ohne groß nachzudenken, oder wir glauben an irgendein albernes Paradies, wo wir nach dem Tod hingehen werden, obwohl wir tief im Herzen wissen, dass das nur Wunschdenken ist, etwas, das wir uns vormachen, damit wir uns nicht einem Abgrund gegenübersehen.«

»Wie gesagt, ich glaube, dass Gott über uns wacht.«

»Wenn er da oben ist, dann hat er im Laufe meines Lebens eindeutig den Blick abgewandt und mich von Anfang an benachteiligt, jedenfalls glauben das die meisten Leute.«

»Er hat Sie vor eine Herausforderung gestellt.«

»Ich wollte nicht vor irgendeine Herausforderung gestellt werden. Ich wollte groß sein. Und was hab ich gekriegt? Den Liliputaner Walter und seine Kumpels, und den Zirkus. Immerhin, Walter war gebildet, und er hat dafür gesorgt, dass ich Shakespeare lese, Dante und Homer, Gedichte und Philosophie. Außerdem hat er mir viele praktische Dinge beigebracht. Zum Beispiel, wie man den Clown spielt, damit die Leute darüber lachen, wie klein ich bin. Seither hatte ich echt wenig zu lachen, und ich leg's auch nicht mehr darauf an.

Von Walter, dem Liliputaner, hab ich meine ganze Erziehung.

Aber im Zirkus fand ich's furchtbar. Mir waren die Leute zuwider, die da arbeiteten, wenn man das überhaupt als ehrliche Arbeit bezeichnen kann. Einmal hat ein Löwe, der mit der Peitsche geärgert und mit einem Stuhl angestoßen wurde, den Dompteur halb aufgefressen, und das vor ausverkauftem Haus, und das Publikum ist nicht weggelaufen, sondern hat noch sauer reagiert und zugeschaut, wie der Löwe da frühstückte. Für uns, die Liliputaner, war das ein Grund zum Feiern, und wir haben drauf angestoßen. Da waren wir schon eher traurig, als sie den Löwen einschläferten. Dabei hat er nur getan, was die meisten von uns auch gerne getan hätten, nämlich einen von den großen Leuten umbringen. Das war ein schöner Augenblick in einem nicht so schönen Leben.

Dann passierte eines Tages ein Unfall, und das Hauptzelt ging in Flammen auf. Wie es Feuer gefangen hat, weiß ich nicht. Irgendein Idiot, der eine Zigarre oder Zigarette von außen dagegengeschnippt hat vielleicht, keine Ahnung. Denn du musst wissen, dass die Zelte von außen mit Öl und Harz und Wachs beschichtet waren, um sie regenfest zu machen, und das waren sie, aber sie waren auch Todesfallen. Als sich das Feuer bis ganz nach oben ausgebreitet hatte und auf die anderen Zelte übersprang, tropfte die heiße, brennende Mischung aus Öl und Wachs auf die Tiere und Männer und Frauen und Kinder runter. Das Zelt fiel in sich zusammen, und das war vielleicht ein Inferno! So klein, wie wir waren, gelang es uns Clowns, unter der Tribüne hindurch den Abgang zu machen, auch wenn ich davon eine Narbe auf der Schulter zurückbehalten hab. Jedenfalls stürzten Walter und ich durch einen Riss im Zelt hinaus, und weg waren wir. Draußen in der großen, weiten Welt. Die anderen Clowns sind, glaub ich, beim Zirkus geblieben, oder vielleicht wurden sie auch vom Feuer verschlungen, das hab ich nie erfahren. Walter und ich hatten jedenfalls die Nase voll und zogen auf eigene Rechnung von Ort zu Ort. Wir führten die Nummern auf, die wir im Zirkus gelernt hatten, fast alles Komödien, die auf Kosten unserer Größe gingen, und dabei verdienten wir genug, um nicht zu verhungern. Unser trauriges Los als Liliputaner ermöglichte es uns eben auch, uns durchzuschlagen, auch wenn wir oft in Ställen schliefen oder draußen, selbst im Regen.

Ich glaube, dass Walter sich bei kaltem Wetter und Regen den Husten zugezogen hat, an dem er dann gestorben ist. Auf Dauer war diese Lebensweise einfach zu viel für ihn. Er ist auf einem Friedhof gestorben, ausgerechnet, unter einem Baum. Ich wusste nicht, was ich mit ihm anfangen sollte, also ließ ich ihn da liegen, schlich mich in der darauffolgenden Nacht in eine Pferdestation und klaute eine Schaufel. Dann bin ich zurückgegangen und hab ihn in einem der alten Gräber beerdigt, über irgendeinem Soldaten aus dem Bürgerkrieg. Mir war so, als hätte Walter selbst eine Schlacht geschlagen, und deshalb verdiente er so etwas, und wenn ich ehrlich bin, war der Boden dort weicher und nicht so voller Wurzeln. Und da liegt Walter, soweit ich weiß, noch heute, und ich bin weitergezogen.«

»Wissen Sie was? Ich geh mal wieder runter und hol mir 'ne Mütze Schlaf.«

»Du hörst mir jetzt gut zu. Ich will auf was raus. Ich bin also weitergezogen, und was läuft mir da über den Weg? Buffalo Bill's Wild West Show, nicht mehr und nicht weniger. Sie ging schon ziemlich auf dem Zahnfleisch, und bald wurde sie ein Teil von 'ner anderen Show. Bill war damals eine recht traurige Gestalt geworden und meistens betrunken, und statt mit Kugeln schoss er mit Schrot, damit er überhaupt was traf. Aber ich hab Annie Oakley gesehen, und ich sag dir, das war eine Augenweide. Sie war zierlich und wirklich nett, und soweit ich weiß, kann keiner besser mit Pistole oder Gewehr umgehen, und wenn sie stirbt, wird sie so schnell niemand übertreffen, auch wenn Billy Dixon mal mit einem Sharps-Gewehr auf eine Meile Entfernung einen Komantschen vom Pferd geholt hat.«

»Niemand kann eine Meile weit schießen.«

»Dixon hat's getan. Er wurde dafür sogar mit der Ehrenmedaille ausgezeichnet. Einer der wenigen Zivilisten, die je eine gekriegt haben. Der Schuss hat einer ganzen Schar Büffeljäger in Westtexas das Leben gerettet, an einem Ort namens Adobe Walls. Aber ich wollte etwas über Annie Oakley erzählen, und ich muss zugeben, das war, bevor ich wusste, dass wahre Liebe Bockmist ist. Als ich sie zum ersten Mal sah, verliebte ich mich sofort in sie. Das kam über mich wie Feuer, heißer als das brennende Zirkuszelt. Ich empfand so, obwohl sie verheiratet war, und ich war so dumm zu glauben, dass sie meine Gefühle erwidern würde. Tat sie aber nicht. Sie mochte mich zwar, nur eben nicht so, und mit der Zeit ließ meine Inbrunst nach, und wir wurden Freunde. Aber ganz im Vertrauen, ich hätte sie trotzdem gerne über einen Stuhl gelegt und wie ein Wilder gevögelt, aber das sollte nicht sein.

Sie hat mir beigebracht, wie man mit einer Pistole und einem Gewehr umgeht, und wie gesagt, so gut wie sie war keiner. Vielleicht kam Billy Dixon an sie ran. Ich bin allerdings auch nicht von schlechten Eltern. Wenn's drauf ankommt, steh ich mit einer Knarre meinen Mann, und der alte Sitting Bull, der auch kurz bei der Wild West Show aufgetreten ist, hat mir beigebracht, mit dem Messer zu kämpfen. So schwer ist das gar nicht. Man muss nur schnell sein und da zustechen, wo's am meisten wehtut, und hoffen, dass der andere unbewaffnet ist. Sitting Bull hat mir erklärt, das Beste wäre, sich an jemanden ranzuschleichen, wenn er nicht aufpasst, und an diese Philosophie hab ich mich gehalten. Die hat mir schon manchmal, wenn's eng wurde, gute Dienste geleistet. Zum Beispiel als ich mithalf, die letzten Apatschen aufzuspüren, und damals war ich der jüngste und kleinste Scout, den die Armee je angeworben hat. Den Job hab ich gekriegt, weil Buffalo Bill und Annie Oakley mich empfohlen haben. Später hab ich für die Pinkertons gearbeitet, als Streikbrecher, und dabei hab ich auch ein paar Leute erschossen.«

»Was hatten Sie gegen die? Waren das Desperados?«

»Ich hatte ungefähr einen Dollar gegen sie. Ich versuche dir hier was zu erklären, und ich gebe mir alle Mühe, dass du verstehst, was für ein Mensch ich bin. Kommen wir also noch mal auf die Sache zurück, die jetzt ansteht. Ich bin bereit, mich darauf einzulassen. Eustace und ich sind die Richtigen für diesen Job, selbst wenn wir hin und wieder mal einen Fehltritt begehen, aber wem passiert das nicht. Aber eins möchte ich klarstellen. Ich kenne dich kaum. Und vielleicht mach ich mir auch nie die Mühe, dich besser kennenzulernen, denn die Liste der Menschen, die mir etwas bedeuten, ist kurz. Genau genommen steht da nur Eustace drauf und, obwohl er kein Mensch ist, Keiler, auch wenn ich ihn nicht ganz so gut leiden kann, nicht weil er ein Tier ist, sondern wegen seinem unberechenbaren Wesen. Wenn man bedenkt, dass Eustace auch ziemlich launisch sein kann, heißt das 'ne ganze Menge. Im Unterschied zu den meisten anderen Leuten weiß ich meistens, was in Eustace so vorgeht, jedenfalls wenn man ihm den Whisky vorenthält. Aber ich schweife zu weit vom Thema ab, auf dem ich vielleicht eh schon zu lange herumgeritten bin. Ich erzähl dir das alles, weil ich dir vor Augen führen will, dass ich dich kaum kenne. Wenn das Land gar nicht dir gehört und du mich anlügst, nur um deine Schwester zu retten, dann mache ich keine Ausnahme von einer Regel, die ich aufgestellt hab, nur für den Fall, dass mich jemand reinlegt und mir das Geld nicht bezahlt, das er mir versprochen hat. Dann knall ich dich ab wie einen tollwütigen Hund und lass dich irgendwo im Straßengraben liegen. Haben wir einander verstanden?«

Mir hatte es die Sprache verschlagen.

»Haben wir einander verstanden?«, fragte er noch einmal.

Ich kramte die Wörter zusammen, die mir im Kopf herumschwirrten. »Ja, klar.«

»Gut. Dann schlage ich vor, dass du ins Bett gehst. Der Morgen graut schneller, als man denkt, und wir stehen sogar noch früher auf und reiten los, sobald es dafür hell genug ist.«

Ich stand auf, noch ein wenig zittrig von der Drohung. »Ich hab nicht vor, Sie zu betrügen, Sie zorniges kleines Arschloch.«

Der Zwerg lächelte. »Schön für dich. Das würde dir auch nicht gut bekommen. Und wenn du dich hinlegst, pass auf, dass du Eustace nicht weckst, er mag keine Überraschungen. Und Keiler solltest du auch nicht erschrecken. Die beiden sind sich einigermaßen ähnlich, nur dass Keiler manchmal noch unfreundlicher sein kann und sogar noch unberechenbarer.«

Ich ging den Hügel runter Richtung Hütte, überlegte es mir dann jedoch anders. Ich lief einfach vorbei und dachte ernsthaft daran, mich davonzustehlen und nach einem Weg zu suchen, der zurück nach Sylvester führte. Wenn ich mich beeilte, war ich vielleicht am frühen Vormittag dort, und dann fand sich vielleicht eine andere Möglichkeit, Lula zu retten, etwas, das weder Eustace und den Zwerg noch ein übellauniges Schwein einschloss. Aber es dauerte nicht lange, bis ich eine Lichtung erreichte, das Rauschen eines Bachs hörte und ihn dann im Mondschein sah. Ich ging zum Wasser rüber und stellte fest, dass ich mich genau dort befand, wo er entsprang, an einer kleinen Quelle. Ich hockte mich hin, schöpfte etwas Wasser mit den Händen und trank davon, dann brach ich in Tränen aus. Will sagen, ich ließ mich gehen. Ich hab ja erzählt, wie wir Parkers sind und dass wir, wenn's hart auf hart kommt, unseren Mann stehen. Aber wenn es über uns kommt, wenn wir lange genug über eine Scheißsituation nachgrübeln können, kriegen wir einen Heulanfall. Wie ich jetzt. Ich verlor jegliche Selbstbeherrschung und musste mir die Hand auf den Mund legen, um nicht laut zu schreien. Dabei hoffte ich, dass ich weit genug weg war, damit dieser gottverdammte Zwerg nichts mitbekam. Ich wollte nicht, dass er mich heulen hörte. In dem Moment wünschte ich, er wäre in dem Zirkusfeuer umgekommen, verbrannt oder von einem wütenden Elefanten zu Tode getrampelt oder von Affen mit Stöcken erschlagen worden. Dann versuchte ich, diese Gedanken abzuschütteln, denn mir wurde bewusst, wie unchristlich sie waren.

Für Eustace hatte ich auch nicht eben viel übrig. Nicht für einen Mann, der eine verbrannte Frau und ihr Kind ausgrub und wegen

Geld jemand vor die Tür legte. Keiler mochte ich vielleicht noch am liebsten, denn er hatte ohne zu murren das Bett mit mir geteilt. Allerdings war die Nacht auch noch nicht vorbei.

Nachdem ich aufgehört hatte zu heulen, und das dauerte eine Weile, wusch ich mir an der Quelle das Gesicht, stieg den Hang wieder rauf und ging ins Haus. Ich legte mich unter den Tisch, wobei ich darauf achtete, Keiler nicht aufzuschrecken. Auch wenn er ein wenig streng roch, erwies er sich als gutmütiger Bettgenosse. Er hob nur kurz den Kopf, wetzte den Rücken an mir, stieß ein leises Grunzen aus und ließ den Kopf wieder auf den Boden sinken. Dann hörte ich die Bestie schnarchen – sie war wieder eingeschlafen.

Ich konnte das, was der Zwerg gesagt hatte, nicht mehr aus dem Kopf kriegen, und ich wollte sichergehen, dass es zwischen uns keine Missverständnisse gab, die dazu führen könnten, dass ich wie ein tollwütiger Hund in einem Graben landete. Wer würde dann Lula retten? Ich lag da und grübelte über alles nach, was vorgefallen war. Vor meinem geistigen Auge sah ich, wie Grandpa mit Cut Throat Bill kämpfte – er hätte ihn bestimmt fertiggemacht, wenn Bill keine Knarre gehabt hätte. Ich sah das Maultier über mich hinwegfliegen, und aus irgendeinem Grund saß ich jetzt plötzlich auf seinem Rücken, und es hatte Flügel, und meine Schwester saß hinter mir und hatte die Arme um meine Taille geschlungen, und wir flogen pfeilschnell davon und rauf in den Himmel, der so blau war wie das Auge eines Schweden.

Eustace weckte mich mit einem sanften Tritt, und als ich mich aufrappelte, jagte ich Keiler einen Schreck ein, und daraufhin hätte er fast den Tisch umgestoßen. Keiler drückte sich mit offenem Maul an mich und bleckte dabei die fiesen gelben Zähne; sein Atem ging so heftig, dass es mir die Augenbrauen verknotete. Sein Geschnaufe machte mich ganz nervös.

»Eustace«, sagte ich, »können Sie ihn bitte zurückpfeifen?«

»Ach«, erwiderte Eustace. »Der ist nicht sauer. Er wird nur ungern geweckt. Der hält sich für die Wachsamkeit in Person, aber jetzt gerade hat er echt gepennt. Dabei hab ich den Eindruck, dass er dich mag. Wenn ihr euch noch öfter so aneinanderkuschelt, findet er noch Gefallen an deinem Arsch.«

Wir gingen raus. Es war noch dunkel, und am Himmel leuchteten ein paar Sterne und der Halbmond. Ich schaute den Hügel rauf, aber das Teleskop und der Zwerg waren fort. Kurz darauf kam er hinter dem Haus hervor; er hielt drei Pferde an den Zügeln. Eustace hatte das geliehene Pferd bereits in den Garten geführt. Ich sah die Automatik in seinem Gürtel blitzen. Außerdem hatte er eine Weste an, die an der rechten Schulter dick gepolstert war. Ich hatte keine Ahnung, was das sollte.

Die drei Pferde trugen Satteldecken auf dem Rücken, und darüber waren Sattel geworfen, aber noch nicht festgezurrt. Hinten an jedem Sattel waren zusammengerollte Decken befestigt, und die Satteltaschen waren prallvoll. Das geliehene Pferd hatte keinen Sattel und sollte ja auch verkauft werden, wenn sich jemand fand, der es haben wollte. Eustace hatte die Zügel gelöst, damit er den Gaul daran führen konnte.

Shorty drückte mir die Zügel eines der Reitpferde in die Hand. »Das ist für dich. Aber du musst erst den Sattel festmachen. Weißt du, wie das richtig geht? Pass auf, dass er nicht seinen Bauch aufbläht, sonst lässt er, wenn du aufsteigst, die Luft raus und wirft dich ab.«

»Ich weiß, was ich tu«, erwiderte ich. »Ich bin auf einer Farm groß geworden und hab oft genug auf Pferden geritten, wie jeder hier in der Gegend.«

»Das hat nichts zu bedeuten. Viele Leute werden auf einer Farm groß und machen das nicht richtig. Sie mogeln sich so durch.«

»Machen Sie sich mal um mich keine Sorgen«, entgegnete ich, noch immer wütend von unserem Gespräch letzte Nacht. »Kümmern Sie sich nur um Ihren eigenen Kram.«

»Dann mal los«, sagte er und ging ins Haus hinein. Ich machte mich daran, den Sattel zu richten und den Gurt festzuzurren und dergleichen. Das Pferd versuchte, wie Shorty gesagt hatte, den Bauch aufzublähen, aber ich wusste, wie man damit umging. Als Shorty wieder auftauchte, hatte er eine große zweiläufige Schrotflinte in der Hand, eine Tasche und zwei zerknitterte Hüte mit breiter Krempe. Die Schrotflinte und die Tasche gab er Eustace mit den Worten: »Hier hast du deine Ausrüstung.«

»Du bist ein prächtiger kleiner weißer Mann und ein Gentleman«, sagte Eustace.

»Kein Grund, beleidigend zu werden«, erwiderte Shorty. Dann wandte er sich zu mir, reichte mir einen der Hüte und stülpte sich den anderen über den Kopf. »Bei dem Wetter können wir Hüte gut gebrauchen. Heute wird's heiß. Du kannst einen von meinen haben. Viel taugt er eh nicht.«

Ich nahm den Hut und setzte ihn auf. Er war mir zu groß, und nur meine Ohren hinderten ihn daran, mir in die Augen zu rutschen. Aber ich war trotzdem froh, dass ich ihn hatte, denn mein Nacken schmerzte immer noch vom Sonnenbrand, und ich wollte ihn mir nicht noch mehr verbrennen.

Ich warf einen Blick auf das Pferd, auf dem Shorty reiten wollte. Aus einem Halfter an der Seite ragte ein Gewehrkolben, und am Sattelknauf hing so was wie eine Strickleiter.

»Ich werd auch eine Waffe brauchen«, sagte ich.

»Tja, ich hab die Sharps da und eine Pistole, und die werde ich beide behalten«, sagte Shorty. »Und ich hab eine Derringer im Stiefel. Wenn wir keine Knarre für dich finden, bevor wir eine brauchen, kannst du die haben.«

»Eine Derringer? Mit so einer hat Grandpa zweimal auf Cut Throat Bill geschossen, und der hat's überlebt.«

Shorty lachte. »Er hat auf ihn geschossen? Unglaublich. Du hast gesagt, er hat ihn verprügelt, und jetzt hat er auch noch auf ihn geschossen? Nicht übel. Dein Grandpa hatte wirklich Mumm, das muss man ihm lassen. Eine Derringer taugt nur aus der Nähe was, und du musst ganz genau zielen. Die kann ebenso tödlich sein wie eine Stange Dynamit, aber man muss damit auch richtig treffen.«

»Das mein ich ja. So gut kann ich nicht schießen. Ich treff schon was, wenn's festgenagelt ist und ich direkt davorstehe, aber ein Scharfschütze bin ich nicht. Mit der Schrotflinte von Eustace käme ich schon besser klar.«

Sie lachten beide. »Das ist ein Elefantentöter«, sagte Eustace. »Damit würdest du dir selbst mehr schaden als denen.«

»Elefantentöter?«

»Davon gibt's nicht viele, und ich hab ihn extra anfertigen lassen«, sagte Eustace. »Mit diesem Ding kann ich ein Heufeld niedermähen und das Heu gleich noch bündeln.«

»Ich brauch was, um mich zu wehren.«

»Dann solltest du dir vielleicht einen handfesten Stock schneiden«, sagte Shorty. Er ging zur Haustür, drückte sie zu und holte ein Vorhängeschloss von der Größe meines Ellenbogens aus seiner Jackentasche, denn jetzt trug er eine leichte Jacke, die er angesichts der morgendlichen Wärme eigentlich gar nicht brauchte. Er ließ das Vorhängeschloss einrasten. »Das sollte genügen, um alle ehrlichen Leute fernzuhalten.«

Shorty kletterte über die Leiter auf den Rücken des Pferdes, zog dann die Leiter hoch und legte die unterste Schleife über den Sattelknauf. Er schnalzte mit der Zunge, und wir setzten uns in Bewegung. Es war noch immer dunkel, und Keiler trottete hinter uns her, als wollte er sich die malerische Gegend anschauen und vielleicht eine Reisebeschreibung darüber verfassen; er drehte den Kopf hierhin und dorthin und glotzte nach oben, wie im Staunen darüber, dass der Himmel heller wurde. Wir waren noch nicht weit gekommen, da sah der Mond immer mehr aus wie eine Portion Butter, die in einer Bratpfanne zerlief, und die Sterne verblassten. Dann machte sich rosafarbenes Licht in der Finsternis breit, und allmählich wurde der blaue Himmel sichtbar. Bis wir den Fluss erreichten, und zwar auf der Seite, wo Bill und seine Bande sich davongestohlen hatten, war die Sonne aufgegangen, und der Fluss roch nach Fäulnis und Fisch. Im morgendlichen Licht hatten das Land und die Bäume und die Wasseroberfläche die Farbe von frischem Blut.

4

Wir ritten am Fluss entlang, bis wir zu der Stelle kamen, wo die Fähre angelegt hätte, wenn sie ans andere Ufer gelangt wäre. Eustace stieg vom Pferd und suchte nach Spuren, das Schwein dicht hinter ihm.

»Kann Keiler Spuren verfolgen?«, fragte ich Eustace.

»Er ist kein Spürhund«, antwortete Eustace. »Er könnte es wahrscheinlich schon, aber dann würde er uns nichts davon verraten. Ich glaube, er tut einfach gern so, als wär er beschäftigt, damit wir meinen, er wüsste Bescheid.«

Während Eustace sich umschaute, holte Shorty eine Zigarre aus der Tasche und steckte sie sich in den Mund. Er zündete ein Streichholz an, hielt es an die Zigarre, schob sich dann den linken Daumen und Zeigefinger in den Mund, drückte das Streichholz mit feuchten Fingern aus und schnippte es ans Ufer. Er paffte ein paarmal und sah mich an. »Hast du letzte Nacht an der Quelle einen Wolf heulen hören?«

Da wusste ich, dass er mich gehört hatte, aber ich antwortete ihm nicht. Eustace dagegen sagte: »Ich schon. Klang irgendwie, als würde da jemand flennen. Ein kleines Mädchen vielleicht, oder ein Baby, das sich nach der Mutterbrust sehnt.«

Sie sahen einander an und kicherten.

»Das ist wirklich sehr nett von euch«, erwiderte ich. »Ich hab mir Sorgen um meine Schwester gemacht.«

»Deswegen findest du sie auch nicht schneller«, sagte Shorty.

»Ich hab hier was«, sagte Eustace und wechselte das Thema, worüber ich sehr froh war. »Zwei Pferde, wovon jedes zwei Reiter getragen hat. Sind in diese Richtung davongeritten. Eins davon hat geblutet.«

»Vielleicht sind sie in diese Richtung geritten, vielleicht auch nicht«, meinte Shorty. »Ich erinnere mich da an einen alten Mann und seinen Esel.«

»Die sind da lang, Klugscheißer. Der Spur kann ich problemlos folgen.«

»Vielleicht, vielleicht auch nicht. Jedenfalls so lange, bis da wer aufhört zu bluten, meine liebste Gretel.«

»Was?«

»Das ist aus einem Märchen. Und ich hab eine Märchenfigur aus dir gemacht.«

»Du kannst dich mal ins Knie ficken, wenn dein kleiner Schwanz das bringt, du Märchenfigur«, sagte Eustace und schwang sich auf sein Pferd. »Hier lang.«

Shorty sah mich mit einem Grinsen an. »Ich mag ja klein sein, aber das Körperteil, von dem er da geredet hat, ist es nicht. Nachts verwechsle ich ihn manchmal mit einer ausgewachsenen Wassermokassinotter und versuche ihn zu erwürgen.«

»Das interessiert mich nicht«, sagte ich.

»Eustace hat komische Vorstellungen, wenn ich von meinem märchenhaften Schwanz erzähle. Vielleicht ist er ja neidisch.«

»Keine Ahnung, und es ist mir egal.«

»Er ist einfach kein besonders belesener Mensch.«

»Ich hab gesagt, das ist mir egal.«

»Dabei sind Märchen wirklich was Besonderes, schließlich kommen darin haufenweise Zwerge vor. Und wenn wir es gerade von Zwergen haben – ich hab mir ja schon immer gedacht, wenn ich einer der Zwerge in der Geschichte von Schneewittchen wäre, würde ich mir ordentlich Mühe geben, ihr mal meine Flinte ins Halfter zu schieben.«

Ich ritt ein Stück voraus, nicht nur, weil mich sein unflätiges Geschwätz ärgerte, sondern weil ich mir, wie Eustace, nicht ganz sicher war, von was er da redete. Als ich zu Eustace aufschloss, sagte er: »Hallo, Vetterchen.«

»Der ist verrückt«, sagte ich.

»Wem erzählst du das«, erwiderte Eustace. »Trotzdem gibt es niemand, egal ob groß oder klein, mit dem ich lieber durch die Lande zieh.«

Wir ritten einen Pfad entlang, auf dem wir uns vor Vogelgezwitscher und Moskitos kaum retten konnten, und folgten den Blutstropfen in einen dichten Wald hinein. Eustace, der sich jetzt vor uns hielt, beugte sich weit vornüber und betrachtete den Boden. Shorty ritt hinter uns und führte das »geliehene Pferd«, wie sie es ausdrückten. Keiler trottete neben her und verschwand hin und wieder im Unterholz, nur um plötzlich wie eine Kanonenkugel wieder daraus hervorgeschossen zu kommen.

Schließlich zügelte Eustace sein Pferd, und wir blieben stehen. Eustace sprang aus dem Sattel, hielt die Zügel fest und schaute sich um.

»Hier gab's 'ne Auseinandersetzung«, sagte er und schob sich den Hut in den Nacken.

»Ein kleiner Streit unter Dieben?«, fragte Shorty.

»Glaub nicht«, antwortete Eustace, wickelte die Zügel seines Pferdes um ein Gestrüpp und stapfte dann ins dichte Unterholz.

»Haben Sie was gefunden?«, fragte ich.

»Muss scheißen«, ertönte es aus dem Gestrüpp.

Er blieb eine ganze Weile verschwunden, und als er wieder auftauchte, sagte Shorty: »Hoffentlich hast du dir den Arsch dieses Mal nicht wieder mit Brennnesseln abgewischt wie damals in Arkansas.«

»Nee«, sagte Eustace. »Aber ich hab da drüben was anderes gefunden, das mir verrät, dass sie jetzt noch 'n drittes Pferd haben.«

»Wahrscheinlich ein Zettel, auf dem das draufsteht«, sagte

Shorty mit einem Blick zu mir und kaute auf seiner Zigarre. »Denn anders kriegt Eustace so etwas Kompliziertes bestimmt nicht heraus.«

Eustace brummte etwas und verschwand wieder im Gestrüpp.

Wir stiegen von unseren Pferden, wobei Shorty die Strickleiter benutzte, und trabten hinter Eustace her. Keiler, der uns ein Stück voraus gewesen war, kam zurückgelaufen und folgte uns.

»Da drüben tretet ihr besser nicht rein«, sagte Eustace, als wir im Unterholz waren. »Da hab ich was hinterlassen. Aber wenn ihr in den Graben schaut, dort, wo der Geißblatt wächst, dann seht ihr, was ich mein.«

Wie schauten, und es dauerte nicht lange, bis wir kapierten, dass es hier nicht nur nach Geißblatt duftete. Im Graben lag ein etwa zwölfjähriger Junge, und ein Nickerchen machte der bestimmt nicht. Jemand hatte ihm die Kehle durchgeschnitten, und zwar so gründlich, dass es aussah, als hätte er einen zweiten Mund. Ameisen krabbelten auf ihm rum. Seine Augen standen weit offen, jedenfalls das, was von ihnen übrig war, denn die Ameisen, und wahrscheinlich auch die Vögel, waren schon eine ganze Weile zugange gewesen. Er hatte weder Hemd noch Schuhe an. Keiler stürzte in den Graben, verbiss sich in den Haaren des Jungen und riss es büschelweise aus.

»Weg da, du Mistvieh!«, rief ich.

Keiler schenkte mir keine Beachtung. Ich fing an, ihn zu treten, aber Eustace sagte: »Das würd ich nicht tun, wenn du dein Bein behalten willst.«

Ich ließ es bleiben.

»Keiler«, befahl Eustace. »Raus da.«

Keiler kam heraus, wobei er einen solchen Lärm veranstaltete, als würde er einen Wutanfall kriegen.

»Dort draußen hab ich gesehen, dass sie an einem anderen Pferd vorbeigekommen sind, und als ich hier mein Ei legen wollte, hab ich ihn gefunden. Sie haben ihm sein Pferd abgenommen, ihn umgebracht und in den Graben geschmissen. Wahrscheinlich haben sie ihm das Hemd ausgezogen, um die Wunden zu verbinden, die dein Grandpa Cut Throat mit der Derringer verpasst hat. Die Schuhe hat vielleicht einer von ihnen genommen, weil er seine im Fluss verloren hat. Oder sie wollten halt ein zusätzliches Paar Schuhe. Keine Ahnung.«

»Also gut«, sagte Shorty. »Das heißt, sie haben ein weiteres Pferd und müssen nicht mehr zu zweit auf einem reiten und kommen jetzt schneller voran. Sieht mir fast so aus, als wäre hier Cut Throat Bill am Werk gewesen. Es heißt, weil ihm selbst mal jemand an die Gurgel gegangen ist, bedient er sich jetzt dieser Methode, um andere Leute über die Klinge springen zu lassen.«

Eustace und Shorty wandten sich um und stapften wieder durchs Unterholz zum Pfad zurück. Ich protestierte: »Wir können ihn doch nicht einfach hier liegen lassen.«

»Das mache ich nur äußerst ungern«, sagte Shorty. »Aber die Zeit drängt. Deine Schwester hat unsere Hilfe dringend nötig. Wir dürfen uns nicht ablenken lassen.«

Shorty entging nicht, dass es mir schwerfiel, das hinzunehmen. »Hör zu, wir machen Folgendes.« Shorty zog ein großes Messer unter der Jacke hervor, schnitt mehrere Kerben in einen Nussbaum neben dem Pfad und steckte es wieder weg. »Fürs Erste müssen wir ihn im Graben liegen lassen, aber wenn wir unsere Pflicht getan haben, können wir jemandem Bescheid geben, dass er hier ist, und sie können die Knochen seiner Familie bringen.«

»Mehr wird wohl nicht übrig bleiben«, sagte Eustace.

»Das ist unchristlich«, entgegnete ich.

»Du weißt, was ich von diesen Dingen halte«, sagte Shorty.

»Ich bin kein schlechter Christ«, sagte Eustace, »aber ich glaube, es wäre christlicher, deiner Schwester zu helfen. Außerdem haben wir keine Schaufel, und er bezahlt uns auch nichts.«

Da fiel mir wieder ein, dass Eustace berufsmäßig Leichen unter die Erde brachte und dass er auch schon mal welche ausbuddelte, wenn er nicht angemessen dafür bezahlt wurde, also würde es nicht viel bringen, an seine christliche Gesinnung zu appellieren. Ich sah Shorty an. Fehlanzeige. Er rauchte seine Zigarre und schlug nach einer Fliege. Allmählich bekam ich Angst vor diesen Männern, mit denen ich da unterwegs war. Als hätte ich Lot in Sodom und Gomorrha einen Besuch abstatten wollen und wäre stattdessen den Männern in die Arme gelaufen, die gerade die Engel belästigen wollten. Ich wollte ja fromm sein, aber mir wollte nichts einfallen, wie ich das zeigen konnte, und im Unterschied zu den Predigten, die ich gehört hatte und in denen die Rechtschaffenen kurz mal erklären, was Sache ist, und die Dreckskerle stürzen sich sofort ins Taufwasser, hatte ich hier nicht den Eindruck, das viel Wert auf Sauberkeit gelegt wurde.

Ich gelangte zu der Feststellung, dass mir nichts anderes übrig blieb, als gute Miene zum bösen Spiel zu machen, aber ganz ehrlich, ich hatte Magengrimmen dabei und spürte, wie mir Jesus vorwurfsvoll eine Hand auf die Schulter legte. Mir wurde sogar eine Weile ganz warm von der Nähe des Herrn, bis ich entdeckte, dass mir ein Vogel auf die Schulter geschissen hatte.

Ein ganzes Stück weit folgten wir dem Pfad ohne Probleme, bis wir, während ich noch immer über das nachgrübelte, was vorgefallen war, an eine Weggabelung kamen. Eustace sagte: »Ihr wartet hier.«

Er ritt davon, und wir warteten. Shorty runzelte die Stirn, schürzte die Lippen und kniff die Augen zusammen.

»Was ist los?«, fragte ich.

»Ich glaube, er hat vor einer ganzen Weile die Spur verloren«, antwortete Shorty und zündete in aller Ruhe seine Zigarre wieder an. »Hast du nicht gemerkt, wie er gezögert hat und plötzlich anfing, alles abzusuchen? Offenbar hoffte er, auf irgendeine Fährte zu stoßen, wohl umsonst. Ich glaube, da hat jemand aufgehört zu bluten, und jetzt kann man ihm nicht mehr so einfach folgen. Dergleichen würde dir auch auffallen, wenn du weniger darauf achten würdest, was gesagt wird, sondern mehr auf das, was wirklich passiert. Stell dir vor, ein Mann lächelt dich an und erzählt dir, was du hören willst, aber seine Hand greift in seine Jacke, oder sie ruht auf etwas, das er als Waffe verwenden kann – da schaust du besser auf seine Gestik, anstatt auf seine verlogene Mimik. Das eine kann man vortäuschen, das andere nicht.«

»Sind Mimik und Gestik nicht dasselbe?«

Shorty schnaubte so laut, als wollte er einen störrischen Popel loswerden. »Wohl kaum. Mimik bedeutet, wie du Mund und Augen verziehst und wie du wirken möchtest, wenn du redest. Du hast in meinem Gesicht was gesehen, was dich beunruhigt hat, aber du musstest mich fragen, was ich dachte. Gestik ist das, was man wirklich tut. Nicht was man sagt, sondern ein Ausdruck der inneren Haltung. Das trifft auf alle wichtigen Dinge zu. Du musst vorsichtig sein, wenn du in diesem Metier arbeitest. Es hilft auch, wenn du dein Handwerk verstehst. Bei Eustace ist das Fährtenlesen Glückssache. Und gerade scheint er mir Pech zu haben.«

»Das ist bestimmt nicht gut«, sagte ich.

»Natürlich nicht«, erwiderte Shorty. »Ich hab dir doch erklärt, dass er kein so toller Fährtenleser ist, wie er behauptet. Seine Mutter und ihr Volk waren so gut, dass er damit nicht so richtig klarkommt, und er scheint zu glauben, das wäre eine angeborene Eigenschaft, nicht eine, die man von geübten Fährtenlesern lernt wie auch durch persönliche Beobachtung.«

»Er hat gesagt, er hätt's gelernt.«

»Ja, aber er glaubt, manche Fähigkeiten wären einem angeboren, zum Beispiel Fährten lesen und kochen. Er nimmt beides für sich in Anspruch, und keins davon beherrscht er im Übermaß, auch wenn er auf seine Weise ziemlich hartnäckig sein kann. Und irgendwas spürt er immer auf, selbst wenn es nur Eichhörnchenscheiße in den Bäumen ist oder ein alter Mann auf einem Esel anstatt einem gefährlichen Halunken auf einem Pferd.«

Nichts von alldem klang besonders ermutigend.

»Immerhin«, fuhr Shorty fort, »er ist kein übler Koch. Er kann Bohnen aufwärmen, was keine große Kunst ist. Seine Schweineschnitzel mit Soße schmecken allerdings so gut, als hätte er sie dem Teufel aus dem Hintern geschnitten.«

Wir hockten eine halbe Ewigkeit auf unseren Pferden, bis mir irgendwann auffiel, dass einer unserer Gefährten fehlte. »Wo ist Keiler?«, fragte ich.

»Der findet schon wieder zu uns zurück«, antwortete Shorty und paffte seine Zigarre. »Ehrlich gesagt glaube ich, dass er zurückgerannt ist, um sich die Leiche des Jungen genauer anzuschauen.«

»Sie meinen, er frisst sie auf?«

»Gut möglich. Hoffen wir mal, dass er die Knochen nicht überall in der Gegend verstreut, damit die Zeichen, die ich gemacht hab, der Familie noch etwas nützen.«

Er klang so aufrichtig wie ein Anwalt, dessen Klient noch den qualmenden Revolver in der Hand hielt.

Inzwischen hatte ich das Gefühl, ich wäre nicht mehr im guten alten Texas, sondern mitten in der Hölle, von diesen beiden Kerlen mit ihren Geschichten dorthin gelockt – von ihrem ganzen Gerede darüber, was sie alles tun konnten, und so weiter und so fort. Grandpa hat mir einmal erzählt, Männer würden sich von lauter Dummheiten verlocken lassen, von Frauen und Glitzerkram wie Gold und Silber und allen möglichen großen, glänzenden Lügen. Er warnte mich, dass man sich vor dergleichen hüten musste, denn ein Funkeln ist nicht immer ein Leitstern oder eine Belohnung. Es kann einen täuschen. Er sagte, in der Hölle würde alles funkeln.

Irgendwann kam Eustace zurückgeritten, wobei er den Kopf ein wenig mehr hängen ließ als gewöhnlich. Er zügelte sein Pferd und stieg ab. »Also, ich hab Folgendes rausgekriegt: Wo der Pfad sich gabelt, da sind, glaub ich, ein paar von ihnen im Wald verschwunden, vielleicht weil sie gedacht haben, es wär an der Zeit, irgendwelche Verfolger abzuschütteln. Einer ist dem anderen Pfad gefolgt, warum auch immer.«

»In Richtung No Enterprise?«, fragte Shorty.

»Sieht fast so aus«, antwortete Eustace.

»Hat der Mann, der in Richtung Stadt ist, meine Schwester dabei?«, wollte ich wissen.

»Nein«, erwiderte Eustace. »Der reitet allein. Offenbar sitzt sie noch immer bei einem der anderen auf dem Pferd. Das dritte Pferd haben sie ihr bestimmt nicht gegeben. Was bedeutet, dass sie bei den Männern ist, die sich in die Büsche geschlagen haben.«

»Dann sollten wir denen folgen«, sagte ich.

Eustace blieb mir die Antwort schuldig, zog jedoch ein Gesicht wie ein Blinder, der sich inständig wünschte, sehen zu können.

»Aha«, sagte Shorty und lehnte sich im Sattel zurück. »Ich sehe schon, wir haben ein Problem.«

»Geht das schon wieder los«, sagte Eustace und scharrte mit den Füßen.

»Eustace hat unter den Bäumen die Fährte verloren, was bedeutet, dass er nur der Spur folgen kann, die auf dem kleinen Karrenweg Richtung No Enterprise führt. Trifft meine Mutmaßung zu, Eustace?«

»Da mutmaßt du wohl richtig.«

»Und Sie haben keine Ahnung, wohin die anderen verschwunden sind?«

»Nicht so richtig«, sagte Eustace. »Das vor uns ist kein durchgehendes Waldstück, sondern da geht's immer wieder über flachen Fels zwischen ein paar einzelnen Bäumen hindurch. So was findet sich hier nur selten. Das bin ich nicht gewöhnt.«

»Damit will er sagen, dass er einer Spur nicht so gut über flachen Fels folgen kann«, sagte Shorty.

»Wozu sind Sie dann gut?« Ich glaube, wenn ich in dem Moment eine Pistole gehabt hätte, hätte ich einen von ihnen abgeknallt oder vielleicht sogar beide. Eustace hätte ich bestimmt erschossen, und den Zwerg hätte ich vielleicht auch noch erwischt.

»Die Sache ist die«, sagte Eustace, »wir wissen, dass einer von ihnen den Karrenweg entlangreitet, und dem können wir folgen. Wenn wir ihn finden, stehen die Chancen gut, dass wir rauskriegen, wo die anderen sind.«

»Warum hat der sich von den anderen getrennt?«, fragte ich. »Stellt er uns eine Falle?«

»Ich bezweifle das«, sagte Shorty. »So spät wie wir dran sind, haben die bestimmt noch nichts mitgekriegt. Der eine Reiter hat sich nur für den Fall, dass sie verfolgt werden, von den anderen getrennt, aber er hat keine Ahnung, dass wir hinter ihnen her sind. Wenn ich zwischen den Zeilen der Zeitungsberichte über Cut Throats Raubüberfälle gelesen hab, dann hatte bisher nur selten jemand den Mut, sie allzu lange zu verfolgen. Wenn das Kaninchen flieht, stellen die Hunde ihm nach, aber wenn das Kaninchen sich als Wolf erweist, dann verlieren die Verfolger das Interesse. Oder um es auf den Punkt zu bringen: Städter sind mutig, solange sie im Rudel auftreten und sich in vertrauter Umgebung befinden, aber letztlich möchten sie nicht in tiefes Wasser geführt werden, sozusagen, und wegen des Geldes der Bank ersaufen, selbst wenn ein Teil davon ihnen gehört.«

»Während wir diesem Clown nachjagen …« Ich hielt inne, weil mir Shortys früherer Beruf einfiel, und sah ihn an. »Bei allem Respekt, aber diejenigen, die Lula bei sich haben, reiten durch den Wald, und bald sind sie so weit weg, dass wir sie nicht mehr einholen. Warum sollen wir dann dem anderen Kerl folgen? Das ist doch Unsinn.«

»Es wäre klug, erst denjenigen aufzuspüren, der sehr wahrscheinlich weiß, wohin die anderen unterwegs sind«, sagte Shorty, »und das ist der Mann, der da ganz alleine weitergeritten ist. Mit einem werden wir eher fertig als mit vielen. Mich würde nicht überraschen, wenn er in No Enterprise Proviant besorgen möchte. Das wäre klüger, als mit der ganzen Bande dort aufzukreuzen. Aber sein Grund, nach No Enterprise zu reiten, ist für uns nicht von Belang – wir müssen ihn nur einholen.«

»Und was ist, wenn er gar nicht nach No Enterprise will?«

»Darüber zerbrechen wir uns den Kopf, wenn es so weit ist«, sagte Shorty.

»Er reitet auf dem Pferd, das sie dem Jungen abgenommen haben«, sagte Eustace. »Es hat eine Scharte im Huf. Der Spur kann ich problemlos folgen, und wenn wir ihn einholen, unterhalten wir uns mit ihm. Mal sehen, was er weiß.«

»Die Fährte der anderen finden Sie nicht?«, fragte ich.

»Ich könnte mich 'ne Weile umschauen und suchen, bis ich irgend 'nen Hinweis find«, antwortete Eustace. »Das könnte schnell gehen oder nicht so schnell. Und wenn's regnet oder hier 'ne Menge Pferde und Wagen entlangkommen, verlieren wir die Spur, die wir haben. Und dann haben wir gar nichts. Ein Vogel in der Hand ist besser als zwei im Gebüsch.«

Ich hockte zutiefst verwirrt auf meinem Pferd.

Shorty sagte: »Das ist hier keine Nick-Carter-Geschichte, mein Sohn. Wir finden nicht immer eine rote Feder in einem Kuhfladen, die uns den Weg weist. Die meiste Zeit stolpern wir herum, bis wir unsere Beute aufspüren. Und wenn wir nur einen dieser Kerle kriegen, und diese Gelegenheit bietet sich gerade, dann prügeln wir ihn so lange windelweich, bis er uns verrät, was wir wissen wollen. Nämlich wohin sie deine Schwester verschleppt haben.«

Ich nickte, völlig betäubt. Leben und leben lassen war die Devise gewesen, nach der ich erzogen worden war, und genauso vergeben und vergessen, aber ich konnte nicht vergessen. In mir brannte das Bedürfnis, eine Waffe in die Hand zu nehmen. Nicht um mich zu beschützen, sondern um jemand zu töten. Das machte mir Angst. Ich hatte das Gefühl, nicht besser zu sein als Cut Throat und seine Bande. Ein Haufen schwitzendes Fleisch, voller Gemeinheit statt Blut, Dynamit statt Knochen und Pferdemist statt einem Gehirn. Ich musste daran denken, dass mir mein Vater immer nur vier Kugeln gegeben hatte, um Eichhörnchen zu jagen, damit ich nicht der Versuchung unterlag, sinnlos herumzuballern. »Eine

Waffe ist ein Werkzeug«, hatte er oft gesagt, »und du darfst nicht so werden, dass du nicht mehr aufhören kannst abzudrücken.«

Uns blieb nichts anderes übrig, als dem Pferd des Jungen zu folgen, und noch während wir darüber diskutierten, ritten wir schon in diese Richtung – wir hatten uns bereits entschieden. Eustace ritt voraus und behielt die Fährte im Auge. Irgendwann kam Keiler aus dem Wald und rannte neben Eustaces Pferd her, als wäre er gar nicht weggewesen. Ich grübelte darüber nach, dass er den armen Jungen vielleicht wirklich gefressen hatte, oder wenigstens einen Teil von ihm. Es war eine grässliche Vorstellung, dass das Fleisch des Jungen jetzt in Keilers Bauch herumhüpfte.

»Ich bin mir ziemlich sicher, dass unser Halunke nach No Enterprise unterwegs ist«, sagte Shorty. »Er hat was von dem geraubten Geld dabei und will es bestimmt für Schnaps und Weiber ausgeben und was es da sonst noch so an Belustigungen gibt. Ich war selbst schon ein paarmal in No Enterprise, und für ein so kleines Nest geht es da ganz schön lebhaft zu. Und tödlich, was wahrscheinlich der Grund ist, warum er dahin möchte. Das ist nur etwas für hartgesottene Burschen, und da macht niemand Terz, selbst wenn du auf der Treppe vor der Baptistenkirche einen Haufen Frauen umgelegt und ein paar Schafe gevögelt hast. Jeder kümmert sich um seinen eigenen Kram, solange es nicht ihre Frauen sind, an denen sich wer vergreift. Oder ihre Schafe.«

»Was ist, wenn die Banditen allen Proviant haben, den sie brauchen?«, fragte ich. »Warum trennt er sich von den anderen? Vielleicht haben sie sich zerstritten, und er weiß nicht, wohin sie reiten.«

»Vielleicht ist das der Fall, aber vielleicht ist es ja auch Cut Throat Bill höchstpersönlich, und er braucht ärztliche Hilfe, weil er angeschossen ist. Allerdings bezweifle ich das, denn Cut Throat ist schon viel zu lange im Geschäft, der macht jetzt nicht plötzlich irgendwelche Dummheiten, und auch in No Enterprise kann man nicht tun und lassen, was man will, wenn es um so viel Kohle geht. Wie gesagt, auf ihn ist eine Belohnung ausgesetzt, und das geraubte Geld gibt es auch noch. Du weißt nicht, wie viel das eigentlich war, oder?«

»Nein«, sagte ich. »Ich hab nicht die geringste Ahnung.«

Da kam mir ein neuer Gedanke: Was, wenn Shorty und Eustace selbst hinter dem geraubten Geld her waren? Auf mich und Lula würden sie dann keine Rücksicht nehmen. Andererseits hätten sie mich dann gleich um die Ecke bringen können. Oder zum Teufel jagen und den Ganoven alleine nachspüren. Hatten sie aber nicht. Diese Schlussfolgerung war mir ein Trost, wenn auch nur vorübergehend.

»Für seinesgleichen ist Cut Throat Bill ziemlich gerissen«, sagte Shorty. »Was eher ungewöhnlich ist. Jesse James wusste, was er tat, jedenfalls bis Northfield. Die Daltons waren ein gemischter Haufen und hatten vor allem Glück. Cut Throat Bill dagegen sieht das große Ganze. In der Zeitung hab ich von einem Schusswechsel in Missouri gelesen, wo er mehreren Kindern ins Bein geschossen hat, damit die Leute sich um sie kümmerten, während er und seine Bande die Flucht ergriffen. Hätte er diese Kinder getötet, wären die Leute ihnen sofort nachgejagt, aber er sorgte dafür, dass sie erst einen Arzt holen mussten. Und das hat geklappt. Wegen dem Vorfall gab es eine Menge böses Blut, aber bis sie die Verfolgung aufnehmen konnten, war er längst weg. Und er weiß, wie man einen Fährtenleser abschüttelt, vor allem so einen wie Eustace.«

»Mach nur weiter so!«, rief Eustace zu uns nach hinten.

»Ich glaube, wir haben es hier mit einem seiner Kumpane zu tun, der seine eigenen Wege geht. Cut Throat Bill ist wahrscheinlich nur der Anführer einer Bande, die macht, was ihr gefällt, sobald sie eine Sache durchgezogen haben. Außerdem gibt uns das die Möglichkeit, nicht nur einen von ihnen einzuholen, sondern auch das Pferd gegen etwas Ordentliches zu beißen einzutauschen.«

Inzwischen hatte ich noch andere Gründe, mich elend zu fühlen. Mein Hintern tat weh, und meine Oberschenkel waren von der Reiterei ganz wund. Irgendwann wurde der Karrenweg breiter und ließ den Wald hinter sich. Beiderseits der Straße waren Bäume gefällt und kleingehackt worden, und es herrschte allgemeines Chaos. Stümpfe waren mit Dynamit herausgesprengt oder ausgegraben, aufgestapelt und verbrannt worden. Der Regen hatte alles unterspült und die Bodenkrume fortgetragen, in einen Graben am Rand der Straße oder auf die Straße selbst.

»Diese verdammten Hurensöhne«, fluchte Eustace, der jetzt langsamer machte, sodass wir zu ihm aufschlossen. Keiler war ein ganzes Stück zurückgeblieben. »Da haben sie gutes Ackerland versaut und ein schönes Gehölz. Sie haben alle Bäume abgehauen, anstatt dass eine Baumreihe die Erde festhält. Ohne Bäume wird alles nur weggespült.«

»Das hab ich auch gerade gedacht«, sagte ich, denn ich fand, jetzt war ein guter Zeitpunkt, das Gespräch wieder auf die Belohnung zu bringen, auf die sie es abgesehen hatten. »Die Farm von meinem Pa, die ihr kriegt, wenn alles vorbei ist, da ist der Boden mindestens so gut wie das, was hier im Graben gelandet ist. Sogar noch besser, dunkler und fetter, mit Holzasche und Hühnermist angereichert. Da gibt es Terrassen, damit das Wasser nicht wegfließt und die Erde da bleibt, wo sie hingehört. Ihr könnt das Land behalten oder für einen besseren Preis verkaufen als irgendein andres Stück Ackerland in ganz Texas.«

»Du warst also schon überall«, sagte Shorty, »und kennst die Qualität des Bodens hier und anderorts?«

»Lass ihn in Ruhe, Shorty«, erwiderte Eustace. »Er trägt nur ein bisschen dick auf. Ich weiß, was er meint. Wenn der Boden da nur halb so gut ist, wie er sagt, kann ich dort meinen Elefantenmais anbauen.«

»Ich wette, ich bin der Einzige hier, der wirklich schon mal einen Elefanten gesehen hat«, sagte Shorty. »Und ganz bestimmt der Einzige, der schon mal auf einem geritten ist.«

»Aber groß sind sie, oder?«, fragte Eustace.

»Das sind sie«, antwortete Shorty.

»Dann spielt es keine Rolle, ob ich sie gesehn hab oder nicht, oder?«

»Dem kann ich nicht widersprechen«, sagte Shorty.

Der hingemetzelte Wald und die abgeschlachtete Erde begleiteten uns noch ein ganzes Stück weit, und als wir uns dem Ort näherten, tauchten links und rechts der Straße nach und nach Hütten auf, die mehr von Hoffnung und Spucke zusammengehalten wurden als von Nägeln und Mörtel. In der Ferne, ein Stück weit rechts, konnte ich einen hohen Holzturm sehen. Er war unten breit und oben schmal und schien aus breiten Brettern errichtet worden zu sein. Er sah aus wie ein abgestorbener Baum ohne Blätter.

»Was zum Teufel ist das?«, fragte ich.

»Du bist ein richtiges Landei, was?«, sagte Shorty. »Das, Jack, ist ein Ölbohrturm. Scheint mir tot zu sein, oder sie haben ein trockenes Loch gebohrt. Aber so oder so, Öl ist die Zukunft, nicht Ackerland. Lass dir das gesagt sein.«

»Yeah«, sagte Eustace. »Ich werd's mir merken. Das Zeug versaut nur das Land und sickert überall in die Erde. Der verdammte Turm wird bald vergessen sein, wenn er's nicht schon ist. Wartet nur ab. Und hier kommt sogar der Grund, warum er bald vergessen sein wird.«

Eustace deutete nach vorn.

Eine pferdelose Maschine kam die Straße entlang auf uns zugeholpert. Ich hatte schon ein paarmal welche gesehen, aber sie versetzten mich noch immer in Erstaunen. Sie ratterte uns auf ihren kleinen Rädern entgegen und machte die Pferde scheu. Als die Maschine näher kam, wichen wir zurück und ließen sie vorbei. Ein Mann saß am Steuer und neben ihm eine Frau. Sie waren beide fein herausgeputzt, er mit einer Melone, sie mit einer Sonnenhaube. Zwischen ihnen stand ein Picknickkorb. Der Mann hob kurz die Melone, als sie an uns vorbeiklapperten. Das Paar wirkte wohlgenährt und erstaunlich zufrieden.

»Das ist die Zukunft«, sagte Shorty und blickte dem hustenden Gefährt nach. »Es wird von Ölerzeugnissen angetrieben, und bald wird alle Welt mit so etwas herumflitzen. Nicht nur aus Jux. Nicht weil es vorübergehend Mode ist. Sondern dauerhaft.«

»Ich hasse diese verdammten Dinger«, sagte Eustace. »Am liebsten hätt ich es abgeknallt. Die werden sich nie durchsetzen, und dann werden deine Ölerzeugnisse allerhöchstens noch in Ölfunzeln gebraucht.«

Shorty lachte. »Da irrst du dich, Eustace. Wir verwenden Öl in allem Möglichen. Es wird eine Zeit kommen, da wird niemand mehr auf Pferden reiten, sondern alle werden mit ölbetriebenen Kutschen herumfahren. Lass dir das gesagt sein.«

»Mach ich«, sagte Eustace. »Ich werd's mir hinter die Ohren schreiben.«

Wir ritten an einer Reihe von Hütten vorbei, an einem weiteren misshandelten Stück Land, an ein paar dieser Öltürme, einem großen Baumwollfeld und dann an dem ersten Gebäude im Ort selbst, das so groß war wie eine Scheune und grasgrün angestrichen.

»Das da ist das Opryhaus«, sagte Eustace. »Da sind mal ein paar blinde farbige Sänger aufgetreten, fünf Stück, und alle hatten sie mausetote Augen, aber Stimmen wie Engel. Ich hab davon gehört und dachte, das schaust du dir an, das ist bestimmt was für Farbige, aber von wegen. Da durften nur die Weißen rein. Obwohl Farbige gesungen haben, mussten die Farbigen draußen bleiben. Später an dem Abend traten die fünf noch mal im Niggerviertel auf, und da hab ich sie gesehen. Die waren verdammt gut. Wie Tauben und Kanarienvögel, ich sag's euch. Außer dass sie so schwarz waren wie nasse Krähen, schwärzer als ich.«

»Engel oder Vögel?«, sagte Shorty. »Was denn nun?«

»Beides«, erwiderte Eustace.

»Ich hab mir da mal eine Gesangstruppe namens Marx Brothers angeschaut«, sagte Shorty. »Im oberen Stock, vor etwa einem Jahr, aber die taugten nichts. Lieber hätt ich mir die farbigen Jungs im Niggerviertel angehört, oder vielleicht einen Hund, der mit einem Hühnerknochen im Hals laut losheult. Denen zuzuhören, hat wirklich wehgetan, auch wenn sie ein paar Witze erzählt haben, und die fand ich recht unterhaltsam.«

Am Straßenrand folgte jetzt Gebäude auf Gebäude. Keins davon sah nur annährend so vornehm aus wie die in Sylvester, aber sie waren größer als die in Hinge Gate und mit helleren Farben angestrichen als irgendwas, das ich sonst kannte. Die Farben schienen allerdings von einem dieser blinden Sänger ausgesucht worden zu sein. Ich hatte den Eindruck, alle Einwohner hätten sich zusammengesetzt und beschlossen, für jedes Gebäude eine andere Farbe zu benutzen, damit ja nichts gleich aussah. Na ja, vielleicht übertreib ich auch ein bisschen. Es gab grün und blau und rot, und alles andere war in einem helleren oder dunkleren Grün oder Blau oder Rot gestrichen, mit Ausnahme von einem Gebäude mit zwei Stockwerken, das oben blau und unten rot war und butterblumengelbe Fenstersimse und Balkongeländer hatte. Eine Tür im oberen Stock war ebenfalls butterblumengelb gestrichen und der Türknauf hellblau lackiert, wie ein riesiges Rotkehlchenei.

Als wir an dem Gebäude vorbeikamen, sagte Shorty: »Das ist eines der größten und besten Hurenhäuser in Osttexas. Im Volksmund heißt es ›Klub der Rinderzüchter‹. Allerdings muss man nicht das Hinterteil einer Kuh von ihrem Vorderteil unterscheiden können, um da reinzugehen, man sollte nur wissen, wo bei einer Frau oben und unten ist. Ich hab mich hin und wieder dort der Ekstase hingegeben, denn mein Geld ist größer, als ich es bin. Wenn mein Geld aufgebraucht ist, werde ich allerdings urplötzlich wieder kleiner und beträchtlich weniger anziehend.«

»Keiler«, sagte Eustace. »Du verschwindest besser. Geh ein paar Eicheln ausbuddeln oder so was.«

Keiler grunzte zur Antwort und trollte sich in den Wald.

»Hört der wirklich auf Sie?«

»Keine Ahnung. Kann auch sein, dass er mich nur verarscht. Vielleicht gräbt er gar nicht nach Eicheln, sondern stellt irgendwelchen Schweinemädels nach. Oder schmiedet Pläne für das Land deines Grandpas. Vielleicht hat er ja gar keine Lust, mit mir zusammen Felder zu bewirtschaften. Vielleicht tut er sich lieber mit Shorty zusammen und kauft eine Ölquelle.«

»Keiler ist seinem Papa recht ähnlich«, sagte Shorty und wies mit einer Kopfbewegung auf Eustace. »Äußerst unberechenbar. Trotzdem würde ich sofort mit ihm ins Ölgeschäft einsteigen. Ich hab gesehn, wie schnell und tief er mit dieser Schnauze graben kann. Der findet schneller Öl als jede Bohranlage.«

Der Ortschaft haftete ein ganz eigener Geruch an. Nicht wie Sylvester oder Hinge Gate, hier hing der Gestank von ungeklärtem Abwasser und Pferdemist in der Luft. Und von beidem gab es auf der Straße jede Menge, entweder in kleinen Rinnsalen oder großen Haufen. In Hinge Gate und Sylvester wurden Leute dafür bezahlt, dergleichen wegzuschaufeln, mit Düngewagen, um alles abzufahren. Hier standen Plumpsklos hinter den Häusern, aber die Gruben waren nicht allzu tief, und darunter sickerte ein Gebräu aus Scheiße und Pisse hervor und lief Richtung Straße. Wir ritten neben den Gräben einher, und in einem war irgendein Vogel ersoffen. Er sah geteert aus und, natürlich, gefedert.

Die Straßen selbst waren nass und uneben. Überall lauerten Löcher, und nur selten führte ein Plankenweg von einer Straßenseite zur anderen. Rechts kamen wir an einer Lücke zwischen den Häusern vorbei, und dort hatten sich ein paar Männer, junge Kerle und auch Mädchen im Kreis versammelt. Wir hörten ein fürchterliches Gekreische, das fast so laut war wie das Schreien und Johlen der Männer.

Shorty strebte sofort in diese Richtung. Eustace und ich folgten ihm. Eustace sagte: »Das war zwar nicht geplant, aber ich garantier dir, jetzt ist ein kleiner Abstecher fällig.«

Ich wusste nicht genau, was er meinte, aber bis ich zusammen mit Eustace und Shorty abgestiegen war, begriff ich, was da ablief. Hier war ein Hahnenkampf im Gange. Die Leute hatten einen Kreis um zwei Gockel gebildet und schlossen Wetten auf den Sieger ab. Ein Hahnenkampf ist eine üble Sache, und bisher hatte ich nur gesehen, wie zwei Hähne auf dem Hof aufeinander losgingen. Deshalb behaupten manche Leute auch, das wäre nichts, was nicht auch in der Natur vorkäme, aber wenn sie nicht gezwungen werden und die Gelegenheit dazu haben, hört einer von ihnen normalerweise auf, und alles ist wieder gut. Außerdem kämpfen sie dann, weil sie das wollen und nicht weil jemand ein paar Dollar wettet.

Wenn es um Geld geht, bleibt eines der beiden Tiere meistens auf der Strecke, weil ihnen kleine Metallklauen an den Füßen festgemacht werden. Wie sie da aufeinander lossprangen, war das wie ein Kampf mit dem Rasiermesser unter Männern. Der Boden, auf dem die Hähne kämpften, war mit Sand trockengelegt und gerecht worden, aber jetzt war er rot vom Hahnenblut, und von dem Geruch bekam ich einen Geschmack im Mund, als hätte ich auf Kupfer gebissen.

Shorty drängelte sich durch den Kreis und brüllte: »Weg da, weg da, sonst fangt ihr euch 'ne Kugel ein.«

Ein Mann auf der anderen Seite rief: »Was hat der Liliputaner da gesagt?«

Inzwischen hatte der »Liliputaner« eine kleine 38er unter der Jacke hervorgezogen, was erklärte, warum er sie überhaupt trug, obwohl es dafür zu warm war. Er richtete sie mit sicherer Hand auf den Kerl, der gesprochen hatte. Der ließ sich nicht lange bitten und rannte davon. Wo er eben noch gestanden hatte, bildete sich eine Lücke in dem Kreis und breitete sich wellenförmig nach rechts und links aus. Ich musste an die Teilung des Roten Meers denken.

Einer der Gockel atmete schwer und ließ vor Erschöpfung den Kopf hängen. Der andere machte sich bereit, ihm den Todesstoß zu versetzen. Shorty sagte: »Tötet und esst sie, oder lasst sie in Frieden«, und feuerte zweimal kurz hintereinander. Die Köpfe der Hähne wurden so glatt abgetrennt, als hätte er ein Beil verwendet. Einer der kopflosen Hähne kippte um und strampelte noch eine Weile, der andere rannte im Kreis, flatterte mit den Flügeln, als wollte er seinen Kopf aufheben, ihn sich wieder aufsetzen und sich mit unbekanntem Ziel davonmachen. Das ging eine ganze Weile so, bis er sich einmal schüttelte, und nachdem ein letzter Blutstrahl aus seinem Hals geschossen war, segnete auch ihn das Zeitliche.

»Ihr seid ein Haufen mieser Feiglinge«, sagte Shorty.

Die Menge hatte sich weitgehend aufgelöst, aber ein paar Männer waren zurückgeblieben. Einer von ihnen, ein hochgewachsener, massiger Kerl, sagte: »Der Größere hat mir gehört. Den ersetzt du mir, du kleines, abgesägtes Stück Scheiße.«

Shorty schaute nicht mal hoch. Er steckte die Pistole unter die Jacke zurück, hob den größeren Hahn auf, zog ein Messer und schnitt ihm ein Bein ab. Nachdem er damit fertig war, funkelte der Metallsporn in der Sonne. Er wandte sich zu dem Mann um. »Ich rate Ihnen, sich genau zu überlegen, in welchem Tonfall Sie mich anreden.«

»Wo hast du denn so quatschen gelernt?«, sagte der Mann. »Irgendwo im Ausland? Red amerikanisch, Herrgott nochmal. Wir hatten hier ’ne Wette am Laufen, und mein Hahn war am Gewinnen. Du hast kein Recht, uns den Spaß zu verderben und mir Kohle aus der Tasche zu ziehen.«

»Das nennt ihr Spaß?«, fragte Shorty.

»Ich schon«, sagte der Mann, und kaum hatten die Worte seinen Mund verlassen, sprang Shorty auf ihn los, setzte ihm den Fuß aufs Knie, packte mit einer Hand sein Hemd und schlitzte ihm mit der anderen, in der er die Hahnenklaue hielt, die Wange auf.

»Zur Hölle«, sagte der Mann und versuchte, Shorty wegzustoßen. »Zur Hölle nochmal.« Aber genauso gut hätte er versuchen können, einen Waschbär am Schwanz aus einem Gestrüpp zu ziehen. Shorty war überall und nirgends, krabbelte die eine Seite rauf und die andere runter und schlug immer wieder mit der rasiermesserscharfen Hahnenklaue zu.

Der Kerl fing an zu schreien, wir sollten »unseren« Liliputaner zurückpfeifen. Eustace reichte mir die Zügel der Pferde und den Strick, an dem er das geliehene Pferd führte, rannte rüber, packte Shorty um die Taille, riss ihn runter, setzte ihn auf die Erde und legte ihm die Hand auf den Kopf. Shorty versuchte aufzustehen, um sich wieder auf den Kerl zu stürzen, aber Eustaces Hand bedeckte seinen ganzen Schädel und zerdrückte ihm den Hut. Shorty zappelte wie verrückt, fluchte und fuchtelte mit dem Hahnenfuß herum, als wäre es das Amulett einer Hexe.

Inzwischen war der Mann, dem Shorty eine Abreibung verpasst hatte, auf die Knie gefallen. Er blutete ganz ordentlich, denn Shorty hatte ihn vom Kopf bis zum Bauchnabel aufgeschlitzt, und seine Kleider hingen ihm in Lumpen am Leib.

»Da hast du deinen Spaß«, zeterte Shorty, während Eustace ihn am Kragen zurückzerrte.

»Den kleinen Scheißkerl haltet ihr besser von mir fern«, sagte der Mann, »oder ich werde …«

»Oder du wirst was?«, sagte Eustace. »Mach, dass du aufstehst und von hier verschwindest, sonst lass ich ihn von der Leine.«

Der Mann stand auf und verschwand, wie ihm nahegelegt worden war, und er beeilte sich dabei ziemlich. Erst in dem Moment fiel mir auf, dass alle anderen Leute sich in Luft aufgelöst hatten wie Morgentau in der Sonne. Außer uns waren nur noch die beiden toten Hähne übrig.

»So behandelt man doch keinen Vogel«, sagte Shorty, und seine kleinen Schultern sanken herab.

Eustace redete beruhigend auf ihn ein. »Aber, aber, Shorty. Es ist ja alles vorbei. Ich sag dir, was ich jetzt mach. Ich lass dich los, und du hast keinen Grund, noch irgendwas anderes anzustellen. Die sind alle abgehauen.«

»Behandle mich nicht wie ein Kind, Eustace«, sagte Shorty.

»'türlich nicht, Shorty. Das würd ich nie machen.«

Eustace ließ Shortys Kragen los. Der schüttelte sich ein wenig, als wollte er es sich in seiner Jacke wieder einigermaßen bequem machen.

»Die beiden Hühner, die stopf ich mir in die Satteltaschen«, sagte Eustace. »Später bereit ich uns daraus 'ne leckre Mahlzeit. Hat ja keinen Sinn, sie verderben zu lassen, tot sind sie eh schon.«

»Verflucht sollen sie sein, sie und ihr sogenannter Wettkampf«, sagte Shorty.

Shorty marschierte zu mir rüber, schnappte sich die Zügel seines Pferdes und führte es die Straße entlang. Eustace folgte ihm auf den Fersen, wobei er so gut wie möglich das Blut aus den Hühnern rausschüttelte und sie in seinen Satteltaschen verschwinden ließ.

»Dabei ist er noch gar nicht so richtig wütend«, sagte er. »Nur etwas verärgert. Sogar ganz ordentlich, zugegeben, aber wütend ist was anderes.«

Ich wusste nicht, was ich von dem, was gerade vorgefallen war, halten sollte. Ein Mann, der einen Jungen tot ihm Graben liegen ließ, fing Streit mit einem Kerl an, der doppelt so groß war wie er, und das, weil der einen Hahn misshandelte? Das wollte mir einfach nicht in den Kopf gehen, so sehr ich mich auch anstrengte.

Da ich der Einzige war, der die Männer auf der Fähre gesehen hatte, und da nur Cut Throat Bill ein Merkmal aufwies, das Shorty und Eustace identifizieren konnten, wurde beschlossen, es wäre das Beste, ich würde ein wenig herumschlendern und nach dem Banditen Ausschau halten, der das Pferd des toten Jungen geklaut hatte. Ich sollte mir merken, wo er war, und sie dann holen, damit sie sich um ihn kümmerten. Mir wurde erklärt, dass ich mich unter keinen Umständen alleine mit ihm anlegen sollte und dass wir wissen wollten, wo die anderen steckten. Umbringen konnten wir ihn später ja immer noch. Dagegen hatte ich nichts einzuwenden.

Auch wenn ich meine Schwester rächen wollte, war es mir wichtiger, sie zu finden. Und ehrlich gesagt wollte ich den Kerl auch nicht umbringen, sondern nur dafür sorgen, dass er hinter Gittern landete. Shorty und Eustace sprachen jedoch eine Sprache, die ich hören wollte.

Während ich mich umsah, wollten sie zur Pferdestation gehen, das geliehene Pferd verkaufen und sich mit Proviant eindecken. Außerdem wollten sie die anderen Pferde mit Hafer und Wasser versorgen und sich vielleicht erkundigen, ob dort ein Mann aufgetaucht war, dessen Pferd ein kaputtes Hufeisen hatte.

Kein Plan also, der Napoleon Ehre gemacht hätte, aber immerhin. Bevor ich losmarschierte, kam Eustace zu mir rüber und wartete einen Moment, während Shorty mit den Pferden Richtung Pferdestation trippelte.

»Hier ist das Geld, das ich beim Gräberschaufeln verdient hab, Vetter«, sagte er. »Ich möcht, dass du's für mich aufbewahrst, damit ich's nicht für Schnaps rauswerf. Wenn ich's für einen hübschen Arsch in Niggertown ausgeb, ist das ja okay, aber ich fürcht, das eine führt zum anderen, und ich will's nicht verbocken, schließlich haben wir noch 'ne Menge vor.«

»Lass einfach die Finger vom Schnaps«, sagte ich.

»Wenn ich kein Geld hab, krieg ich das hin«, erwiderte er und drückte mir vier Vierteldollarmünzen in die Hand. »Falls du selbst ein hübsches Mädel flachlegen willst, die gibt's da drüben im Hurenhaus günstig, und vielleicht findest du da auch den Kerl, den du suchst.«

»Ich glaube, darauf bin ich nicht aus. Ich meine, den Kerl will ich schon finden, aber das andere interessiert mich nicht.«

»Mach du ruhig, was du willst, aber gib's entweder aus oder behalt's. Wenn ich in so 'nem Ort rumlauf, bin ich sternhagelvoll, bevor ich weiß, wo mir der Kopf steht. Bei mir haut das voll rein, und dann rast ich völlig aus.«

»In Ordnung. Ich nehm das Geld.«

Eustace nickte und folgte Shorty zur Pferdestation.

Ich steckte die vier Münzen in die Tasche meiner Latzhose und schlenderte ein wenig herum. Als Erstes stattete ich einem der drei Saloons einen Besuch ab, doch da war niemand, den ich auf der Fähre gesehen hatte. Eine Sache hatten Shorty und Eustace nicht bedacht: Wenn ich den Bankräuber erkannte, würde er auch mich erkennen. Der Hut bedeckte vielleicht einen Großteil meiner roten Mähne, aber über den Ohren und im Nacken stand sie noch immer deutlich sichtbar ab. Wenn der Kerl mich sofort bemerkte, würde er vielleicht abhauen oder mich einfach abknallen. Das wollte mir nicht aus dem Kopf gehen, und so tigerte ich so nervös wie eine langschwänzige Katze in einem Zimmer voller Schaukelstühle durch den Saloon, aber da war er nicht. Mir war nicht ganz wohl in meiner Haut, denn ich war noch nie in einem Saloon gewesen. Ich hatte das Gefühl, dass das alle wussten und mich beobachteten, was natürlich eher unwahrscheinlich war.

Ich ging wieder raus und warf einen Blick in die anderen beiden Saloons, sah aber noch immer niemand, der mir bekannt vorkam. In einer Gasse gingen zwei große Männer mit den Fäusten aufeinander los, und als ich vorbeikam, schlug der eine gerade den anderen nieder und trat ihn noch ein paarmal. Ich kam ans Ende der bunt angestrichenen Gebäude und sah weiter oben auf dem Hügel einige einfachere, weiß getünchte Häuser stehen. Darunter waren auch ein paar Grundstücke mit weißen Zäunen drum herum und Blumen im Vorgarten, denen die Hitze nicht allzu gut bekam, denn inzwischen war es recht warm geworden. In der Ferne sah ich auch eine Baumwollentkörnungsmaschine und Karren voller Baumwolle, die zu ihr raufgezogen wurden. In der Luft tanzten die Fusseln von der entkörnten Baumwolle, und im Sonnenlicht war sie gelb, nicht weiß, und ein wohlvertrauter Geruch wehte zu mir herüber.

Ein Stück die Straße rauf entdeckte ich das Büro des Sheriffs. Es befand sich zwischen den bunten Häusern und den weiß getünchten. Oben auf dem Hügel, in dem weniger grell gestrichenen Ortsteil, wohnten die gesitteteren Bürger, vielleicht sogar mit Familie und Beruf. Ich überlegte, ob ich beim Sheriff vorbeischauen sollte, zögerte jedoch. Wenn ich ihm verriet, dass der Bankräuber in der Stadt war, glaubte er vielleicht, ich wollte ihn töten, und zog mich aus dem Verkehr. Da war es wohl besser, ich spürte den Kerl erst auf und erzählte es dann dem Sheriff. Während ich eine ganze Weile so dastand und das Büro des Sheriffs anstarrte, musste ich nicht nur daran denken, sondern auch an den Jungen im Graben. Irgendwann würde ich auch damit rausrücken müssen. Vielleicht ließ sich die Familie des Jungen ausfindig machen. Aber nicht jetzt.

Ich drehte mich um und ging zurück in die bunt gestrichenen Straßen des Ortes. Als ich schließlich vor dem Hurenhaus stand, war da nicht besonders viel los, aber der Haupteingang war offen, und dahinter war eine geschlossene Fliegengittertür zu sehen. In der Diele jenseits der Tür saß ein Mann auf einem Stuhl, eine alte Repetierflinte über den Knien. So ein Gewehr hatte ich bisher erst einmal gesehen. Pa hatte so eins gehabt, als er jünger war, und er hatte es gegen irgendwas eingetauscht, und zwar bei dem Hausierer, von dem er sich höchstwahrscheinlich die Pocken geholt hatte.

Ich nahm den Hut ab und ging rein; die Fliegengittertür quietschte wie ein nervöser Vogel. Ein solches Haus wäre Grandpa ein Greuel gewesen. Der Mann mit der Flinte sah mich an und sagte: »Außer Jimmie Sue schlafen fast alle.«

Ich hatte vorgehabt, mich ein wenig umzuschauen, in der Hoffnung, jemand von der Fähre zu entdecken, aber in dem Moment wurde mir klar, was für eine bescheuerte Idee das war. Wenn der Kerl hier war, hatte er sich wahrscheinlich mit einer der Huren ein Zimmer genommen. Ich überlegte, dass es vielleicht besser war, abends noch einmal hier vorbeizuschauen, denn dann wäre bestimmt mehr los, aber andererseits befürchtete ich auch, mir könnte der Mann, den wir suchten, inzwischen durch die Lappen gehen. Ich beschloss, darüber nachzudenken.

»Wissen Sie was?«, sagte ich. »Ich denk noch mal darüber nach und komm später wieder. Ich weiß nicht, ob mein Geld reicht.«

Der Mann mit der Flinte musterte mich, als wäre ich die Fleisch gewordenen Pocken. »Du willst drüber nachdenken? Entweder willst du 'ne Muschi, oder du willst keine.«

»Man kann doch mal seine Meinung ändern.«

»Ich würd meine Meinung bestimmt nicht ändern.«

»Tja, da sind wir offenbar grundverschieden.« Dann hörte ich Stufen knarren, und eine Frau in Unterwäsche kam die Treppe runter. So was hatte ich bisher nur in einem Katalog von Sears and Roebuck gesehen, den ich oft durchgeblättert hab, bevor ich die Seite rausriss, um mir auf dem Plumpsklo den Hintern damit abzuwischen, und obwohl ich der Meinung gewesen war, dass die Frauen in dem Katalog ziemlich hübsch gewesen waren, war das hier doch ein andres Kaliber.

Ihr Haar war so dunkel wie die Haut von Eustace, und es fiel ihr in dichten Locken bis über die Schultern. Selbst auf die Entfernung konnte ich sehen, dass ihre Augen grüner waren als die Außenwand des Opryhauses, und es war offensichtlich, dass sich unter ihren Kleidern ein paar ansehnliche Rundungen verbargen.

»Du bist aber ein ziemlicher Rotschopf«, sagte sie, als würde sie mir da was Neues erzählen.

»M'am«, sagte ich, und da ich den Hut bereits in der Hand hielt, deutete ich eine Verbeugung an.

»M'am? Na, wenn das nicht niedlich ist. Und dann so wohlerzogen, wie ein richtiger Gentleman.«

»Das dachte ich mir auch gleich«, sagte der Mann mit der Flinte. »Der ist ja niedlich, dachte ich mir, und die roten Haare. Am liebsten würde ich ihn gleich selbst flachlegen.«

»Ach, Steve, halt doch die Klappe.«

Er lachte leise.

Ich sagte: »Ich wollte gerade gehen.«

»Du bist doch noch nicht mal richtig reingekommen«, sagte sie.

Ich trat einen Schritt vor.

»Wie wär's mit einem schönen Ritt?«, fragte sie. »So heiß und elend, wie es heute ist.«

Ich stand einfach nur da.

Steve sagte: »Sie meint keinen Ponyritt, mein Sohn. Und du musst auch keinen Sattel mitbringen.«

»Das weiß ich.«

»Tatsächlich?«, sagte er. »Du siehst mir wie ein Kerl aus, der seinen Schwanz bisher mehr mit der Faust bearbeitet hat.«

Ich starrte ihn wütend an.

»Dass mit dem heiß und elend ist vielleicht keine besonders gute Visitenkarte«, sagte Jimmie Sue. »Aber wenn's dir schon heiß wird, dann wenigstens aus gutem Grund. Ich verschaff dir ordentlich Erleichterung und verdien mir dabei einen ehrlichen Dollar.«

»Einen Dollar?«, sagte ich.

»Einen Dollar wirst du doch haben«, sagte Steve. »Wenn nicht, können wir diese angenehme Unterhaltung gleich beenden. Dann kannst du deinen Hut auf deinen niedlichen Rotschopf setzen und von hier verschwinden.«

»Ich hab einen Dollar«, sagte ich, fest entschlossen, mich von Steve und seiner Flinte nicht einschüchtern zu lassen.

»Na, dann komm mit rauf«, sagte Jimmie Sue. Sie drehte sich um und ging die Treppe hoch.

Ich dachte einen Moment lang nach und folgte ihr dann. Steve rief mir nach: »Fall bloß nicht runter, Rotschopf. Das Mädel kann ganz schön bockig sein.«

»Lass dich von dem nicht ärgern«, meinte sie, ohne innezuhalten. »Das ist'n Arschloch.«

Am oberen Ende der Treppe befand sich ein langer Flur mit Türen rechts und links, und vor den Türen standen Männerstiefel. Während ich Jimmie Sue folgte, knarrten und ächzten die Dielen. Niemand steckte den Kopf aus einer der Türen, und ich trat hinter Jimmie Sue in eines der Zimmer.

»Du kannst die Tür zumachen«, sagte sie, »außer du willst, dass jemand zuschaut. Manche legen da Wert drauf.«

Ich schloss die Tür. »Also, ich geb Ihnen das Geld. Das Geld von Eustace. Aber es ist nicht so, wie Sie glauben.«

»Eustace? Heißt du Eustace?«

»Nein. Das ist der Mann, der mir das Geld gegeben hat.«

»Kommt der auch?«

»Nein.«

»Das ist gut, denn für 'nen Dollar mach ich's nicht mit zwei Kerlen. Das würd 'nen Dollar pro Nase kosten, und wenn ich und du und Eustace alle zusammen ins Bett gehen, kostet's extra.«

»Vergessen Sie Eustace. Ich hab mich da verplappert. Was ich meine …«

»Du bist feuerrot. Und dir kleben Baumwollfusseln im Gesicht. Wirklich süß.«

»Ich hab's nicht darauf abgesehen, süß zu sein.«

»Deshalb bist du es ja. Du hast noch nie 'ne Muschi abgekriegt, was?«

»Darüber möcht ich nicht reden.«

»Da gibt's nichts zu bereden«, sagte sie und fing an sich auszuziehen.

»Das müssen Sie nicht tun.«

»Wohl schon, wenn du nicht leer ausgehen willst. Das Loch ist da drunter, musst du wissen.«

Ich spürte, wie mir das Blut ins Gesicht schoss wie heißes Wasser, das in mir hochkochte, bis rauf in den Kopf. Bevor ich noch irgendetwas sagen konnte, streifte sie ihren Schlüpfer ab und stand vor mir, wie Gott sie geschaffen hat. Das war das erste Mal, dass ich eine Frau nackt gesehen habe. Mein Herz erhob sich in die Lüfte wie ein Falke. Sie sah so natürlich aus, mit ihren kleinen runden Brüsten und dem dunklen Gestrüpp zwischen den Beinen. Und mir fiel nichts anderes ein als: »Eigentlich such ich nach jemand.«

»Ich bin die Einzige, die wach ist. Wenn du's auf eins der anderen Mädchen abgesehen hast, hast du Pech gehabt.«

»Das hab ich nicht.«

Sie legte den Kopf schief und sah mich lange an. »Ich schätze mal, du warst auch noch nie hier, also hast du's auch auf keine andere abgesehen. Du bist noch Jungfrau, stimmt's?«

»Das spielt jetzt keine Rolle.«

»Dann bist du's«, sagte sie. »Genauso gut könntest du 'ne Flagge schwenken, wo das draufsteht. Hab ich's mir doch gleich gedacht. Komm her, Schätzchen.«

»Ich will nur reden, ein paar Fragen stellen.«

»Ich bring dir schon bei, was du wissen musst. Die Kunden stehn ja nicht gerade Schlange draußen, also hab ich Zeit.«

»Ich möcht was über einen Mann wissen.«

Sie hielt inne und ließ meine Hand los. »Stehst du auf Männer?«

Darüber musste ich kurz nachdenken. »Nein. Ich suche jemand, der vielleicht hier im Haus ist.«

»Na, wen denn?«

»Das weiß ich nicht so genau.«

»Rotschopf, du redest Unfug.«

»Nicht absichtlich. Ich suche jemand, der dabei war, als mein Großvater ermordet und meine Schwester entführt wurde.«

»Du willst mich also nicht?«

Ich wollte »Nein« sagen, aber das Wort kam mir nicht über die Lippen. Stattdessen sagte ich: »Das hab ich nicht gesagt. Ich meine, das ist doch natürlich, oder?«

»Allerdings. Kann ich das Geld sehen?«

Ich kramte die vier Münzen aus meiner Tasche und zeigte sie ihr. »Bitteschön. Und wenn Sie mir helfen, dann gehören sie Ihnen.«

Sie strich mir mit der Hand übers Gesicht. »Du bist echt niedlich. Falls ich dieses Leben jemals hinter mir lasse, dann für einen Kerl wie dich. Du bist wirklich nett, das hab ich gleich gemerkt.«

»Wie das?«

»Bei dem, was ich da mache, wird man da ziemlich gut drin. Man lernt schnell, Menschen einzuschätzen. Vor allem Männer. Komm her, Schätzchen. Gehen wir da rüber und legen uns aufs Bett, und dann schau ich mal, ob ich die Sache ins Lot bringen kann. Das Geld steck ich schon mal ein.«

Ich weiß nicht mal mehr, wie es genau passiert ist, aber ziemlich bald war ich nackt im Bett mit ihr, und sie sagte: »Mir gefällt, dass du auch da unten rote Haare hast«, und dann fing sie an, mir ein paar Dinge beizubringen.

Ich kapierte recht schnell. Hinterher war ich völlig fertig und begeistert. Die Sünde, vor der Grandpa mich gewarnt hatte, war über mich gekommen, und es war bei Weitem nicht so unangenehm, enttäuschend und seelenzehrend gewesen, wie er gesagt hatte.

Da lag ich nun und wünschte mir, ich hätte noch einen Dollar. Ich brauchte viel zu lang, bis mir wieder einfiel, warum ich eigentlich hier war und dass die Zeit drängte, aber bevor ich irgendwas tun konnte, hatte die Sünde mich wieder am Schlafittchen, und zwar in Form von etwas, das sie einen »Freischuss« nannte, und ich tat's noch mal. Diesmal dauerte es länger, und es war wundervoll, und der warme Wind ließ die Vorhänge flattern, und die Bettfedern quietschten wie Mäuse, und die Baumwollfusseln schwebten herein und ließen sich überall nieder, vor allem auf unserer schweißüberströmten Haut. Jimmie Sue stöhnte auf eine Art und Weise, die mich nicht denken ließ, sie wäre verletzt, und da ich jemand bin, dem Geld was bedeutet, dachte ich: Genau genommen zahl ich jetzt nur einen halben Dollar, und das Geld gehört Eustace, und so säuft er jetzt wenigstens nicht. Darauf war ich besonders stolz. Ich beschützte Eustace vor sich selbst.

»Ach übrigens«, sagte sie schließlich und kuschelte sich an mich, »wie heißt du eigentlich?«

»Jack Parker«, erwiderte ich.

»Parker. Kommt mir irgendwie bekannt vor.«

»Da gibt es bestimmt keine Verbindung. Den Namen gibt's recht häufig.«

»Du bist nicht zufällig mit dem alten Caleb Parker verwandt, oder?«

»Das ist mein Großvater«, antwortete ich, erstaunt darüber, dass sie ihn kannte.

»Der alte Knacker. Ihr beide seid miteinander verwandt. Wenn das mal kein Zufall ist.«

»Wieso?«

»Na, jetzt hab ich's euch beiden besorgt.«

5

Ich fing an, ihr Fragen zu stellen, als stünde sie vor Gericht. Sie erzählte mir von Grandpa, und in ihren Beschreibungen erkannte ich ihn sofort wieder. Offenbar hatte er seine lange Hemdhose immer anbehalten und nur den Hosenschlitz aufgeknöpft. »Wenn ich gewusst hätte, dass er fromm ist, hätt ich ihn nicht verpetzt. Fromme Leute halten mit diesem Teil ihres Lebens gern hinterm Busch, damit und mit dem Saufen. Allerdings sehe ich das so, dass Jesus die Sünden vergibt, also gibt es keinen Grund, sich nicht zu vergnügen. Er hat dafür Verständnis.«

»Ich bin mir nicht sicher, ob das so rum funktioniert«, sagte ich.

»Sollte es aber.«

Ich war völlig platt, dass mein Großvater und ich nicht nur das Loch im Plumpsklo und die Wasserkelle am Brunnen miteinander geteilt hatten. Das war, als hätte ich herausgefunden, dass mein Gesicht jemand anderem gehört. Aber damit durfte ich mich jetzt nicht aufhalten.

»Eigentlich bin ich hier, weil ich meine Schwester suche.«

»Davon hab ich aber nichts gemerkt. Arbeitet sie hier?«

»Nein, nein, sie ist ein anständiges Mädchen.«

Kaum war mir das rausgerutscht, wünschte ich, ich hätte die Klappe gehalten. Ich konnte spüren, wie sich Jimmie Sue neben mir anspannte. »Na, du bist mir ja einer. Erst reitest du auf mir, als wär ich ein wildes Pferd, das du zähmen musst, und jetzt sagst du, ich wäre nicht anständig.«

»So hab ich das nicht gemeint.«

»Ich glaub doch.«

»Na gut«, sagte ich, »hab ich. Aber ich hab Mist geredet.«

»Ich hab dich zweimal rangelassen.«

»Und dafür bin ich dankbar.«

»Du fängst jetzt nicht so an wie dein Grandpa, oder? Der hat von mir immer verlangt, dass ich mich neben dem Bett hinknie und bete und ihm verspreche, dass ich dieses Leben aufgebe, und dann hat er mir erklärt, er käme nächsten Monat am ersten Dienstag wieder.«

»So oft war er hier?«

»Als seine Frau noch lebte, hat er sich wohl an die anderen Mädchen gehalten, jedenfalls haben sie das erzählt. Keine Ahnung, wie lang das her ist, aber seit sie gestorben ist, kam er angeblich öfter, und ... macht's dir was aus, wenn ich frage, woran sie gestorben ist?«

»Sie ist von einer Kuh totgetrampelt worden.«

Jimmie Sue verlor fast die Fassung. »Von einer Kuh. Sie ist von einer gottverdammten Kuh totgetrampelt worden? Das hab ich ja noch nie gehört. Das ist ja vielleicht eine Scheiße. Eine verdammte Kuh.«

»Passiert öfter, als man meint. Bei uns auf dem Land.«

»Verflucht soll ich sein. Eine Kuh. Was hat sie denn angestellt, dass die Kuh so sauer wurde? War's wirklich kein Stier?«

»Es war eine Milchkuh.«

»Das ist echt der Hammer. Tut mir leid. Aber es ist einfach komisch, dass er nie was gesagt hat. Wahrscheinlich erzählt man so was nicht gern herum. Meine Frau wurde von einer Kuh ermordet. War die Kuh bewaffnet?«

»Das ist nicht lustig.«

»Irgendwie schon«, sagte sie und lachte laut, wie um es zu beweisen. Wenn sie lachte, sah sie noch besser aus, denn sie hatte schöne weiße Zähne, auf ihrem Gesicht glänzte der Schweiß, und ihre grasgrünen Augen waren so groß und tief, dass ich mich am liebsten hätte reinfallen lassen.

Als sie sich wieder unter Kontrolle hatte, sagte sie: »Zurück zu deinem Großvater. Als ich vor sechs Monaten angefangen hab, hier zu arbeiten, hat er mich häufiger besucht als nur jeden ersten Dienstag. Er hat das immer gesagt, weil er mittwochs oft zu irgendwelchen Gebetsstunden ging, aber er stand hier mindestens zweimal im Monat auf der Matte. Wie geht's dem alten Predigerbastard denn?«

»Er ist tot.«

Sie setzt sich ruckartig auf. »Oh, das tut mir leid.«

»Schon gut.«

»Aber ihn hat nicht auch 'ne Kuh erwischt, oder?«

Ich sah sie an.

»Tut mir leid. Das war nicht besonders nett. Ich konnte einfach nicht widerstehen. War's 'ne Ziege? Oder vielleicht ein Schaf?«

»Das reicht jetzt.«

»Tut mir leid.«

»Eigentlich bin ich losgezogen, um ihn zu rächen. Na ja, ich will niemand wehtun, aber der Kerl, der ihn umgebracht hat, soll schon hinter Gittern landen. Vor allem will ich aber meine Schwester wiederhaben.« Und dann erzählte ich ihr, ohne mir wirklich bewusst zu sein, was ich da tat, die ganze Geschichte, und zwar in allen Einzelheiten, und als ich damit fertig war, wusste ich, warum es hieß, dass Generäle und Könige zu viel mit ihren Geliebten redeten. Hinterher hat man eben immer weiche Knie und eine lose Zunge.

»Der Kerl, von dem du erzählt hast, dass er fett ist und dass ihm ein paar Zähne fehlen? Das ist Fatty.«

»Yeah, so haben sie ihn genannt.«

»Er war gestern Abend hier, und vielleicht ist er das immer noch. Ich hab ihn früher schon zwei- oder dreimal gesehen, auch wenn ich ihn nie rangelassen hab. Ich weiß, das ist schlecht fürs

Geschäft, aber manche Kerle sind so hässlich und stinken so furchtbar, da ziehe ich eine Grenze, solange eines der anderen Mädels sich dafür nicht zu schade ist. Und er hat eine Kusine, der macht das nichts aus.«

»Eine Kusine?«

»Katy ist eben der Meinung, dass sie dafür bezahlt wird, Männer glücklich zu machen, und ein Mann ist er, und so nah verwandt sind sie gar nicht. Vettern und Kusinen heiraten andauernd.«

»Nicht in meiner Familie«, sagte ich, stand auf und schlüpfte in meine Kleider. »Also ist er hier?«

»Keine Ahnung, ob er schon wieder abgehauen ist oder nicht«, sagte sie mit mürrischer Miene – oder so mürrisch, wie ein so hübsches Gesicht aussehen kann. »Jetzt wird mir klar, auf was du's wirklich abgesehen hattest. Ich hab dich falsch verstanden und von deiner wahren Mission abgehalten.«

»Wenn ich ehrlich bin, glaube ich, dass ich gekriegt hab, was ich wirklich wollte.«

»Wie niedlich.«

»Ich wusste nur nicht, dass ich es wollte.«

»Das ist wie mit Schokoladenkuchen. Wenn man ihn einmal probiert hat, will man unbedingt mehr davon haben. Hör zu, ich kann nach Fatty Ausschau halten, aber zieh mich da nicht mit rein.« Und in dem Moment sah ich ganz deutlich, wie ein Gedanke auf ihrem Kopf landete wie Adler. »Nein. Besser noch, Rotschopf, nimm mich mit.«

»Warum sollte ich das tun?«

»Weil wir dann das, was wir gerade gemacht haben, ohne Bezahlung machen können. Ich bin eine gute Reisegefährtin. Bei meiner Arbeit hier habe ich 'ne Menge Witze gelernt. Nur dass ich koche, darfst du nicht von mir verlangen. Ich kann nicht mal Wasser kochen, ohne es anzuzünden.«

»Du kannst Wasser nicht anzünden, selbst wenn du wolltest?«

»Das war einer meiner Witze.«

»Und kein besonders guter. Er ergibt keinen Sinn.«

»Jedenfalls kannst du's so lange kochen lassen, bis es verdampft ist und der Topf anfängt zu brennen. Das hab ich schon geschafft.«

»Du möchtest wirklich mit mir weglaufen?«

»Ich hab einfach genug von Steve. Er hat mir immer erzählt, dass es Spaß macht, hier zu arbeiten, aber das stimmt nicht. Klar, ein paar Vorteile hat es schon. Hier gibt's überall elektrisches Licht, und einen Gaskocher haben wir auch, aber wie ich gesagt hab, ich kann sowieso nicht gut kochen. Und das Klo ist im Haus. Da kann man sein Geschäft erledigen, und wenn man an einer Kette zieht, wird der ganze Kladderadatsch weggespült. Das Bordell ist das einzige Gebäude im ganzen Ort, wo das Klo im Haus ist. Mir gefällt, dass ich nicht mitten in der Nacht raus muss und dann die ganze Zeit Schiss hab, mir kriecht 'ne Spinne oder 'ne Schlange den nackten Hintern rauf. Aber wie ich gesagt hab, Spaß macht das hier nicht. Da hat Steve mich angelogen. Er hat mich am Bahnhof in Austin aufgelesen, gleich als ich ausgestiegen bin. Ich bin von zu Hause weggelaufen, weil meine Mama wollte, dass ich eine gottverdammte Näherin werde, wie sie auch, und ich wollte nicht den Rest meines Lebens mit Nadelstichen im Daumen verbringen. Jetzt wünschte ich, ich wäre dort und würde einen Fingerhut tragen. Immerhin, ich hab ihr einmal geschrieben, und sie hat mir geantwortet, aber da stand nichts drin, von wegen ich sollte nach Hause zurückkommen. Sie hat gesagt, ich soll ihr nicht mehr schreiben. Und Steve, der hat behauptet, er liebt mich, und er würd mich wohin bringen, wo's mir besser ergeht, und bevor ich mich versah, lag ich hier auf dem Rücken, und das ist nicht besser als nichts, von dem Gas und dem Strom und dem Klo mal abgesehn. Und ab und an taucht mal ein Kerl auf, mit dem es nicht ganz übel ist.«

»Dir hat es mit anderen Männern Spaß gemacht?«

»Hast du geglaubt, ich hätt hier nur auf dich gewartet, Rotschopf?«

»Das wohl nicht«, sagte ich, aber mein Selbstbewusstsein bekam einen kleinen Dämpfer. Ich hatte gedacht, ich wäre schon beim ersten Versuch so gut gewesen, dass sie mit der Hurerei aufhören und mit mir weiterziehen wollte. Aber vor allem wollte sie mit der Hurerei aufhören.

»Ich hab dich gerade erst kennengelernt, und jetzt soll ich schon die Liebe deines Lebens sein?«

»Nein, aber …«

»Hör mal gut zu. Ich mag dich. Wirklich. Aber alles, was ich von dir verlange, ist, dass du mich an Steve vorbeischmuggelst, und ich werd sehen, ob Fatty hier irgendwo steckt. Ich bleib eine Weile bei dir, und du kannst mich so oft haben, wie du willst, außer wenn ich nicht in Stimmung bin. Dagegen lässt sich was tun, wenn ich bezahlt werde, aber wenn ich nicht bezahlt werde und ich fühl mich beschissen, dann bin ich nicht mehr ganz so nett. Ich dachte, ich warn dich lieber vor.«

Allmählich wurde mir klar, dass Jimmie Sue eine ziemliche Quasselstrippe war. Ich beschloss, direkt zur Sache zu kommen, oder jedenfalls zu der Sache, die mir in dem Moment am meisten Kopfzerbrechen bereitete.

»Wird Steve mich nicht erschießen, wenn ich versuche, dich mitzunehmen?«

»Klar wird er das, und zwar mehrmals, wenn er uns erwischt. Er glaubt, dass wir alle ihm gehören, als wären wir Schafe oder so was. Manchen von den anderen Mädels, denen macht das nichts aus. Aber ich will weg von hier. Und das schaff ich auch, wenn du mir hilfst.«

»Ich hab noch nicht ja gesagt.«

»Aber du willst doch, oder?«

»Na ja, schon. Aber das mit dem Erschossen-Werden gefällt mir überhaupt nicht.«

»Da hast du's. Du hilfst mir, und gemeinsam versuchen wir dafür zu sorgen, dass du nicht erschossen wirst.«

»Versuchen?«

»Meinst du denn, dass es in deinem Leben nicht das ein oder andere Risiko gibt, Schätzchen?«

»Yeah, aber das ist ein Risiko, das ich nicht eingehen muss.«

»Aber du machst es trotzdem, oder?«

Ich blieb ihr die Antwort schuldig, aber sie tat so, als hätte ich ja gesagt. Nachdem sie sich angezogen hatte, schnappte sie sich eine kleine Handtasche mit Zugkordel, steckte die Münzen rein, die ich ihr gegeben hatte, und hängte sich die Tasche ans Handgelenk. »An den Stiefeln können wir erkennen, ob er noch da ist.«

»Steve?«, sagte ich.

»Nein, Schätzchen. Fatty.«

Draußen im Flur schaute ich in beide Richtungen und sah die Stiefel. Allerdings konnte ich kein Paar vom anderen unterscheiden. Jimmie Sue dagegen schon. Sie deutete mit dem Finger. »Die mit den Silberspitzen, die gehören ihm. Bei den Mädchen gibt er immer damit an, dass er Männern in die Knie tritt oder in die Eier. Katy, seine Kusine, findet das lustig.«

»Ich hab sie ja noch nicht kennengelernt, aber ich kann dir jetzt schon verraten, dass ich auf ihre Meinung keinen besonderen Wert lege, vor allem was Familienzusammenhänge betrifft. Bist du sicher, dass das seine Stiefel sind?«

»Ziemlich sicher.«

»Es wäre besser, du wärst dir ganz sicher.«

Sie schlich den Flur entlang, nahm die Stiefel, hielt sie in Kopfhöhe und flüsterte: »Schau mal, da stecken kleine Klingen unter der Spitze.«

Ich ging rüber und sah nach. Tatsächlich, da waren kleine Klingen, die genau unter die Stiefelspitzen passten und ungefähr zwei Zentimeter vorstanden.

»Also ist er's?«

»Bestimmt«, sagte sie. Wir schlichen uns wieder zurück und blieben vor ihrem Zimmer stehen. »Wenn du da jetzt reinstürmst und ihn erschießt, gibt das ordentlich Krawall, und dann sitzen wir hier fest. Wenn du also willst, dass ich mit dir komme, musst du dir was anderes ausdenken.«

»Ich brauche Informationen von ihm. Wir wollen ihn verhören.«

»Verhören? Das klingt wie etwas, das ich im Schlafzimmer mache.«

»Shorty hat gesagt, dabei muss man ihm so lange die Pistole um die Ohren hauen, bis er redet. Wörtlich.«

»Warum sagst du das nicht gleich, Rotschopf? Das kenn ich nur zu gut.«

Urplötzlich gingen mir alle möglichen Dinge durch den Kopf. Fatty natürlich, und Grandpa, der ein verflixter Lügner gewesen war und Grandma betrogen hatte, vor und nach dem Unfall mit der Kuh. Und so, wie das klang, war Grandma noch nicht lange unter der Erde, als er schon wieder das tat, was er die ganze Zeit getan hatte, nur eben regelmäßiger.

Und als wären diese Gedanken noch nicht schlimm genug, musste ich mir jetzt noch wegen Jimmie Sue den Kopf zerbrechen, und bald würde ich auch Shorty und Eustace eine Erklärung schuldig sein. Außerdem musste ich an den Jungen im Graben denken und natürlich an meine Schwester irgendwo da draußen in der Wildnis, und ich verschwendete hier meine Zeit mit einer Hure und hatte auch noch meinen Spaß dabei. Ich kam mir vor, als stünde ich mitten in einer Wolke, nachdem ich am eigenen Leib erfahren hatte, was ich bisher nur aus Erzählungen von irgendwelchen Männern kannte. Und aus meiner Warte hatten sie nicht übertrieben.

Wir gingen wieder in Jimmie Sues Zimmer, rissen Laken auseinander und knoteten sie zusammen, sodass man sich an ihnen festhalten konnte. Dann befestigten wir sie mit einem Ende am Bettgestell und ließen das andere aus dem Fenster baumeln. Unser provisorisches Seil war allerdings nicht so lang, wie wir gehofft hatten. Also nahm ich mein Taschenmesser und schnitt eine Decke in Streifen, und die banden wir an das Laken. Jetzt hatten wir etwas, das fast bis auf die Straße reichte, und Jimmie Sue musste sich nur noch ein kleines Stück fallen lassen.

Unser Plan sah vor, dass sie diesen Weg nehmen würde, und ich würde ganz normal zur Tür rausmarschieren, wie der zufriedene Kunde, der ich war. Ich half Jimmie Sue aus dem Fenster, und sie klammerte sich an Laken und Decke und fing an zu klettern. Als sie etwa auf der Hälfte war, löste sich ein Knoten, und sie fiel runter. Furchtbar weit war das nicht, aber sie landete hart auf dem Hintern und stieß ein Keuchen aus, das in dem Moment so laut klang, dass es bestimmt am anderen Ende des Ortes und vielleicht sogar oben bei der Baumwollentkörnungsmaschine zu hören war.

Sie schaute zu mir hoch, schnappte nach Luft und stand auf. Sie winkte mir, ich solle verschwinden.

Ich ging also raus, die Treppe runter und zur Tür. Im Vorbeigehen winkte ich Steve und seiner Flinte. Er winkte nicht zurück, sondern starrte mich nur an. Hatte er schon mal daran gedacht, dass ein solches Verhalten schlecht fürs Geschäft war? Ich machte, dass ich rauskam.

Auf der Straße marschierte ich vorsichtig, aber zügig zur Rückseite des Hurenhauses, wo Jimmie Sue hinter der Ecke wartete.

»Alles okay?«, fragte ich.

»Ich glaub, mein Hintern ist platt«, sagte sie. »Kannst du nicht mal 'nen richtigen Knoten machen?«

»Ich hab mein Bestes getan. Und wenn ich mich nicht täusche, waren nicht alle Knoten von mir.«

»Ich kann einen Knoten machen. Ich wette einen Dollar gegen ein Paar Bullenhoden, dass der Knoten, der da weggerutscht ist, von dir stammt.«

»Das spielt jetzt keine Rolle.«

Wir machten einen großen Bogen um das Gebäude und kamen schließlich hinter der Pferdestation raus, wo Shorty und Eustace den geliehenen Gaul verkaufen, unsere Pferde füttern lassen und sich etwas ausruhen wollten.

Wir liefen nach vorne zum Eingang und wollten gerade reingehen, um nach ihnen zu fragen, als wir sie auf uns zukommen sahen, Eustace mit einem Jutesack über der Schulter und dem Elefantentöter in der anderen Hand. Shorty schien mehr zu hüpfen als zu gehen. Keiler trabte neben ihnen her; offenbar war er wieder aufgekreuzt, nachdem er sich um seine Angelegenheiten gekümmert hatte. Selbst auf die Entfernung sah er furchtbar schmutzig aus, in seine Stoppelhaare war aller mögliche Dreck und haufenweise Grünzeug verfilzt.

»Sie haben einen Eber dabei«, sagte Jimmie Sue.

»Gut beobachtet.«

»Warum haben sie einen Eber dabei?«

»Das ist ein Freund von Eustace.«

»Ein Freund.«

»Jau.«

»Meine Güte, das Schwein sieht aber wild aus.«

»Handzahm ist er nicht.«

Als sie in Hörweite waren, fragte Eustace: »Ist das deine Schwester?«

»Wenn ich das wär«, erwiderte Jimmie Sue, »würden wir 'ne Menge Ärger mit dem Gesetz und ein paar Priestern kriegen.«

»Ist sie nicht«, sagte ich. »Sie hat mir verraten, wo Fatty steckt.«

»Also ist er hergekommen«, sagte Eustace.

Inzwischen standen wir alle vor der Pferdestation beieinander. »Wie bist du denn an die Information gelangt?«, fragte Shorty.

»Wir haben uns im Hurenhaus kennengelernt«, antwortete Jimmie Sue, wobei sie Keiler nicht aus den Augen ließ. »Er hilft mir, von hier abzuhauen.«

»Dann arbeitest du also da«, sagte Shorty.

»Ich hab beschlossen, mich aus dem Gewerbe zurückzuziehen. Ich musste dauernd Überstunden machen, es hat gestunken, und auch sonst hielten sich die Vorteile in Grenzen, von einer Toilette im Haus und elektrischem Licht mal abgesehen.« Sie starrte Shorty an. »Du bist ja goldig!«

»Findest du?«, sagte Shorty. »Wenn du das meinst, kannst du ja mir zuliebe noch mal 'ne Ausnahme machen und für fünf Minuten mit mir da rauf auf den Heuschober gehen. Irgendwo hab ich noch einen Dollar.«

»Nein.« Jimmie Sue hakte sich bei mir ein. »Damit ist endgültig Schluss. Ich bin jetzt mit Rotschopf zusammen. Er ist mein Ritter ohne Furcht und Tadel.«

»Vetter«, sagte Eustace. »Mir scheint, ich bin einen Dollar ärmer, und sie hat dir die Rüstung poliert.«

»Ich fürchte ja«, erwiderte ich.

»Nein, nein, du hast nur gemacht, was ich dir gesagt hab, und ich freu mich für dich.«

»Er freut sich auch«, sagte Jimmie Sue. »Nicht wahr, Schätzchen?«

Ich nickte.

»Ich hab auch schon mit seinem Großvater gevögelt«, sagte sie.

Ich verzog das Gesicht, und Shorty ließ ein heiseres Glucksen hören, das meinem Stolz nicht gerade zuträglich war.

»Aber doch nicht mit dem Prediger?«

»Na komm, lass ihn in Ruhe«, sagte Jimmie Sue. »Wie ich ihm erklärt hab – Jesus vergibt die Sünden, und er versteht bestimmt, dass ein Mann sich ab und zu die Hörner abstoßen muss.«

»Da stimme ich dir völlig zu«, sagte Shorty.

»Beißt das Schwein?«, fragte Jimmie Sue, deren Interesse an Keiler offenbar nicht erlahmt war.

»Jawohl, Ma'am«, antwortete Eustace. »Und zwar ganz ordentlich. Wenn er wollte, könnt er Ihnen das Bein abreißen, auch wenn er sich dazu ein bisschen anstrengen müsste.«

»Du solltest ihm den ganzen Matsch aus den Haaren kämmen«, sagte sie.

»Ich glaub nicht, dass ihm das gefallen würde«, erwiderte Eustace.

»Na schön«, brummte Shorty. »Wo ist dieser Fatty jetzt?«

Ich sagte es ihm.

Eustace stellte den Sack ab und lehnte den Elefantentöter gegen die Seitenwand der Pferdestation. Etwa in dem Moment kam der Betreiber raus, mit Latzhose und ohne Hemd. Von seinen Stiefeln war vor lauter Pferdemist kaum was zu sehen, und an den Sohlen klebte so viel Heu, dass es in alle Richtungen abstand. Er war fett, hatte eine Glatze und schaute verkniffen hinter einer dicken Brille hervor. Ein Glas hatte einen Riss, und an die Bügel waren Bindfäden geknotet, sodass die Brille an seinem Kopf festgebunden war. In der Hand hielt er einen Schmiedehammer.

»Dacht ich doch, ich hätte euch gehört«, sagte er zu Eustace und Shorty. »Sind das Freunde von euch?« Dann fiel sein Blick auf Keiler. »Was hat das Schwein hier zu suchen?«

»Keiler ist ein wichtiger Bestandteil unserer kleinen Organisation«, sagte Shorty. »Darf ich dir unsere Sekretärin vorstellen?« Er deutete auf Jimmie Sue. »Wie heißt du eigentlich?«

Sie nannte ihren Namen.

»Der Keiler ist für besonders schwierige Fälle zuständig«, sagte Shorty.

»Tatsächlich?«, entgegnete der Betreiber der Pferdestation. »Beißt er?«

»Diese Frage wird häufig gestellt«, sagte Shorty, »und die Antwort lautet ja.«

»Und zwar ordentlich«, fügte Eustace hinzu.

Der Betreiber der Pferdestation hob den Hammer, wenn auch nur ein klein wenig.

»Pass auf, dass er sich nicht bedroht fühlt«, sagte Shorty. »Keiler kann ziemlich jähzornig sein.«

Ich schaute zu Keiler rüber. Er wirkte nicht im Mindesten aufgebracht. Vielmehr schien ihn eine Fliege auf seiner Nase abzulenken.

Bevor der Betreiber der Pferdestation diese Information verarbeiten konnte, sah Jimmie Sue mich an und flüsterte: »Der Kleine redet so komisch. Liegt das daran, weil er ein Liliputaner ist?«

»Ich glaub nicht«, antwortete ich leise. »Das hat eher nichts mit seiner Körpergröße zu tun.«

»Ich kann euch hören, wisst ihr«, sagte Shorty. »Ich stehe direkt neben euch. Und ich kann euch versichern, dass es Liliputaner gibt, die sich genauso ungehobelt und hinterwäldlerisch ausdrücken wie ihr, aber ich gehöre nicht dazu.«

»Kennst du viele Liliputaner?«, fragte Jimmie Sue.

»Im Moment keinen einzigen«, erwiderte Shorty.

»Woher willst du das dann wissen? Gut möglich, dass die alle wie die letzten Arschlöcher quatschen.«

»Früher hab ich einige gekannt«, sagte Shorty. »Und jetzt, wo du's sagst, ein paar davon haben wirklich wie die letzten Arschlöcher gequatscht.«

»Na ja, ich hab wirklich keine Ahnung, was ihr da redet«, meldete sich der Betreiber der Pferdestation, »aber eure Pferde haben jedenfalls gefressen und gesoffen. Habt ihr euren Freund gefunden?«

»Nein«, sagte Shorty. »Noch nicht. Wir suchen noch immer nach ihm.«

»Na ja, er war der einzige fette Kerl, der hier mit einem Pferd aufgekreuzt ist, das ein kaputtes Hufeisen hatte, und das hab ich ihm repariert. Wenn ihr ihn seht, könnt ihr ihm das ausrichten.«

»Klar doch«, sagte Shorty.

»Und das geliehene Pferd?«, fragte ich mit einem Blick zu Shorty.

Eustace und Shorty sahen einander schief an.

»Welches geliehene Pferd?«, wollte der Betreiber der Pferdestation wissen.

»Das überzählige Pferd«, korrigierte ich mich. »Tut mir leid. Ein Versprecher.«

»Ich hab's gekauft«, sagte der Betreiber der Pferdestation.

»Und ich hab uns davon einen Sack mit Proviant besorgt«, sagte Eustace. »Es ist sogar noch etwas Geld übrig.«

»Für ein gutes Pferd bezahl ich einen guten Preis«, sagte der Betreiber der Pferdestation. Er schien stolz auf sich zu sein. Wie ein Hahn, der gerade von einer Henne runtergestiegen ist.

»Ich versichere Ihnen«, sagte Shorty, »sollten wir jemals danach gefragt werden oder sollte aus einem anderen Grund die Sprache darauf kommen, werden wir diese Tugend ganz bestimmt hervorzuheben wissen.«

»Das ist aber nett von dir, Kleiner«, sagte der Betreiber der Pferdestation, und ich sah, wie Shortys Augen zuckten.

Aber er beruhigte sich wieder und sagte: »Darf ich Sie bitten, noch ein wenig länger auf unsere Pferde aufzupassen, wofür wir natürlich bezahlen werden.«

»Natürlich werdet ihr das«, erwiderte der Betreiber der Pferdestation.

»Wir haben noch etwas zu erledigen. Etwas, das wir bereits vorhergesehen haben, und jetzt ist es eingetreten.«

»Dann erledigt das mal. Die Pferde könnt ihr später wieder abholen. Wenn ihr Geld habt, hab ich eure Pferde. Ihr wollt nicht zufällig den Eber verkaufen? Der würde sich in meiner Räucherei bestimmt wie zu Hause fühlen.«

»Wenn er tot ist, wird er sich überall wie zu Hause fühlen«, sagte Eustace. »Aber er steht nicht zum Verkauf, und er gehört auch niemand.«

»Er ist also ein freies Schwein, sozusagen«, scherzte der Betreiber der Pferdestation.

»Frei, aber unter unserem Schutz und wir unter dem seinen«, sagte Shorty.

»Ihr seid ein seltsamer Haufen«, meinte der Betreiber der Pferdestation.

»Das ist wie alles wohl eine Frage des Blickwinkels«, sagte Shorty. »Wir werden später unsere Pferde abholen kommen.«

Der Betreiber der Pferdestation ging wieder rein, und wir marschierten die Straße entlang Richtung Hurenhaus.

Shorty sagte: »Wir dachten schon, wir müssten losziehen und nach der alten Fährte suchen, wenn du deinen Mann nicht findest. Aber jetzt hast du ihn ja gefunden, und wir können uns in aller Ruhe mit ihm unterhalten. Dann haben wir bestimmt eine bessere Vorstellung, wohin wir uns wenden müssen.«

Vor dem Hurenhaus blieben wir stehen und blickten zur Fassade rauf.

»Wo ist er denn da drin?«, fragte Eustace.

Ich erklärte ihm, so gut ich konnte, welches Zimmer es war und wie seine Stiefel aussahen.

»Er steckt bei Katy«, sagte Jimmie Sue. »Unter ihrem Bett hat sie eine kleine Pistole liegen, auf einem Hockerchen. Falls ihr also da reingehen wollt, solltet ihr das im Kopf behalten. Und Steve genauso, der sitzt nämlich mit seiner Flinte gleich hinter der Tür.«

»Ich glaube, das Beste wäre, wir gehen nicht dort hinein, sondern warten hier draußen auf ihn«, sagte Shorty. Er wandte sich um und schaute zu dem alten verlassenen Haus auf der anderen Straßenseite hinüber. »Das sieht mir nach einem guten Versteck aus, und wenn er herauskommt, krallen wir ihn uns.«

»Was ist mit mir?«, fragte Jimmie Sue.

»Was mit dir ist? Wenn wir damit fertig sind, machst du entweder wieder die Beine breit, oder du verschwindest von hier. Unsere Sorge ist das nicht.«

»Wenn er herausfindet, dass ich ihn verpfiffen hab, bringt er mich um. Entweder er oder seine Kusine Katy. Die ist so gemein wie 'ne Schlange. Tatsache ist, dass es schon ein ziemliches Risiko ist, hier zu stehen. Wenn mich jemand sieht, ist's vorbei mit mir. Dauert nicht mehr lange, bis sie rausfinden, dass ich weg bin, und Steve mag es nicht, wenn Huren auf dumme Gedanken kommen.«

»Auch das ist unsere Sorge nicht«, sagte Shorty.

»Doch, das ist es«, entgegnete ich. »Ich hab ihr versprochen, dass ich sie beschütze.«

»Sie ist eine Hure«, sagte Shorty. »Die hat nur nach einer Möglichkeit gesucht, aus dem Schlamassel rauszukommen, in den sie geraten war. Nur weil du dein Seil in ihren Brunnen runtergelassen hast, bist du noch lange nicht für sie verantwortlich.«

Jimmie Sue ließ meinen Arm los, an den sie sich geklammert hatte, seit wir uns auf den Weg zum Hurenhaus gemacht hatten.

»Ich knall dir gleich eine«, sagte sie zu Shorty, »selbst wenn ich mir ein Loch graben und mich reinstellen muss, damit ich mich nicht bücken muss.«

»O wie sinnreich«, sagte Shorty. »Versuch du nur, mir eine zu knallen. Wenn du wieder aufwachst, hast du deinen Arm in der Nase stecken, das versprech ich dir.«

»Ich hab gesagt, ich helf ihr, und das mach ich auch«, mischte ich mich ein. »Und Sie knallen niemand eine.«

Shorty wandte sich um und sah mich an. Eustace legte ihm die Hand auf die Schulter und sagte: »Du hast mich gefragt, ob ich der Meinung bin, dass er Mumm hat, und ich hab ja gesagt. Du hast mir widersprochen. Wer hat jetzt recht, Shorty?«

»Na ja, einen Hauch von Mumm hat er. Aber wenn er nicht aufpasst, bringt ihn das noch ins Grab.«

»Im Moment seh ich da keine Gefahr. Lass meinem Vetter Jack sein Mädchen. Grad ist sie uns nicht im Weg.«

»Wart's nur ab. Los, kommt, wir müssen nicht die ganze Zeit das Hurenhaus anglotzen. Gehn wir rüber.«

»Yeah. Sonst fragt sich noch wer, was ein Nigger, ein Liliputaner, ein Junge, eine Hure und ein hässlicher Keiler hier draußen verloren haben.«

Während Eustace und Shorty davonstapften, sagte Jimmie Sue: »Liliputaner sind keine besonders freundlichen Leute.«

»Ich weiß nicht, ob das auf alle zutrifft oder nur auf den da«, sagte ich. »Aber ich hab dieselben Erfahrungen gemacht wie du.«

Wir gingen über die Straße zu dem verlassenen Haus. Es hatte keine Türen mehr und kein Glas in den Fenstern, und die Dielen waren durchgefault. Im Dach waren Löcher, und es hatte reingeregnet. Seltsamerweise stand da immer noch ein Tisch mit Stühlen und ein fleckiges Sofa drin, und darauf ließen wir uns nieder. Hintenraus gab es noch ein weiteres Zimmer, aber da gingen wir nicht rein.

»Was ist mit dem toten Jungen?«, fragte ich.

»Wir haben eine ausführliche Nachricht hinterlassen, wo seine Leiche zu finden ist, und wir haben sie dem Sheriff unter der Tür hindurchgeschoben«, antwortete Shorty.

Ich wusste nicht, ob ich das glauben sollte, und das war mir offenbar anzusehen. Eustace sagte: »Das stimmt, mein Junge. Das haben wir getan. Shorty hat's aufgeschrieben, und ich hab's durch 'ne Ritze in der Tür durchgeschoben, so heimlich, still und leise wie ein Indianer.«

Für mich klang das immer noch verdächtig.

»Ich hab Hunger«, sagte Jimmie Sue. »Ich hab 'ne lange Nacht hinter mir und einen arbeitsreichen Vormittag. Ich könnte was zu essen gebrauchen.«

»Als wir unsere Speisekarte zusammengestellt haben, haben wir nicht an dich gedacht«, sagte Shorty.

»Ach, verdammt, Shorty«, sagte Eustace. »Hör endlich auf, dich wie der letzte Arsch zu benehmen. Wir haben genug, und wenn wir was brauchen, sorgen wir auf die ein oder andere Weise für Nachschub.«

Shorty zögerte.

»Was ihr da in dem Beutel habt, habt ihr euch mit dem Geld gekauft, das ihr für das geliehene Pferd gekriegt habt«, sagte ich. »Ist ja nicht so, als hättet ihr es aus eurer eignen Tasche bezahlt.«

»Und das Pferd hab ich mir geliehen«, sagte Eustace.

»Ihr habt ein geliehenes Pferd verkauft?«, fragte Jimmie Sue.

Ich sah sie an, und ihr ging ein Licht auf. »Oh, ich verstehe.«

Shorty gab nach. Wir aßen etwas Fleisch aus der Dose, tranken jeder einen Schluck aus einer Feldflasche und hockten dann rum und warteten. Ich und Jimmie Sue und Eustace saßen auf Stühlen an dem wackligen Tisch, Shorty kauerte auf dem Sofa. Jimmie Sue sagte, sie würde ein paar gute Witze kennen, und sie erzählte zwei davon, aber niemand lachte. Shorty sagte: »Du hast nicht ganz begriffen, was einen Witz ausmacht, Schätzchen. Bei dir fehlt jedes Mal die Pointe.«

»Als ich's gehört hab, war's lustig. Und vielleicht ging's auch noch weiter. Ich dachte, ich könnt gut Witze erzählen.«

»Ich würde fast behaupten, das trifft nicht zu.«

»Ich wusste nicht, dass das so wichtig ist. Ich wollte uns nur etwas die Zeit vertreiben.«

»Gut möglich. Aber stattdessen hast du der Zeit einen Amboss an die Füße gebunden, sodass sie sich jetzt im Kreis herumschleppt.«

Niemand erzählte mehr irgendwelche Witze. Jimmie Sue schmollte eine Weile, aber nicht lang. Um auf sich selbst oder sonst wen groß sauer zu sein, war sie ein zu fröhlicher Mensch. Während wir so dasaßen, tätschelte sie mir das Knie, und ich musste ihre Hand wegschieben, denn meine Gedanken schweiften immer wieder von Fatty ab. Sie lächelte mich an, gab es aber schließlich auf. Ich wusste nicht genau, ob sie mich wirklich mochte oder ob sie nur so tat, weil sie nicht ins Hurenhaus zurückwollte. In dem Moment war mir das egal. Ich war gern mit ihr zusammen, selbst wenn wir nur in einem alten, verfallenen Haus auf Stühlen rumhockten, und obwohl ich innerlich kochte, weil mir die Warterei auf den Geist ging und weil ich schreckliche Angst um meine Schwester hatte.

Also saßen wir da, behielten über die Straße hinweg die offene Tür des Bordells im Auge und warteten auf Fatty. Mit Ausnahme von Shorty. Shorty behielt überhaupt nichts im Auge. Er hatte sich auf dem Sofa ausgestreckt, war eingeschlafen und schnarchte leise.

»Wär vielleicht ’ne gute Idee, den kleinen Scheißer im Schlaf zu ersticken«, sagte Jimmie Sue.

»Du solltest ihn mal besser kennenlernen«, sagte Eustace. »Dann hasst du ihn erst so richtig.«

Eustace und ich lachten. Jimmie Sue lächelte, atmete aus und sagte: »Steve kommt raus.«

Wir beugten uns alle vor und schauten zu, wie der Kuppler ohne seine Flinte auf die Straße schlenderte, von der Veranda runterspuckte, sich streckte und dann wieder reinging.

»Macht er das öfter?«, fragte Eustace.

»Keine Ahnung«, sagte Jimmie Sue. »Normalerweise hab ich anderes zu tun, als darauf zu achten, ob Steve auf die Straße spuckt oder pissen geht.«

»Okay«, sagte Eustace. »Ich wollt nur wissen, ob er sich regelmäßig blicken lässt.«

»Da kann ich dir nicht helfen«, sagte Jimmie Sue.

Eustace ließ sich auf seinen Stuhl zurücksinken, und mit einem Knall, der sich anhörte, als wäre ein Gewehr losgegangen, krachte der Stuhl unter ihm zusammen, und er landete mit dem Hintern auf dem Boden.

Shorty schreckte aus dem Schlaf, und urplötzlich hatte er einen Revolver in der Hand. Als er begriff, was passiert war, brach er in lautes Gelächter aus, und wir anderen stimmten mit ein, sogar Eustace, nachdem er sich wieder gefangen hatte.

Während Eustace aufstand, sagte Jimmie Sue: »Da ist er. Das ist Fatty.«

Wir wandten uns alle um. Shorty stellte sich aufs Sofa, um durchs Fenster schauen zu können.

Das war er wirklich. Er stand auf der Veranda, zusammen mit einer Frau, die den Arm um ihn gelegt hatte und ihm einen Kuss auf die Wange gab. Sie war einigermaßen pummelig, aber nicht fett, und ihre Haare waren kohlrabenschwarz. Wenn man sie in eine Badewanne gesteckt und ordentlich mit Seife abgeschrubbt hätte, wäre sie vielleicht ganz hübsch gewesen, jedenfalls im Dunkeln und wenn kein anderes Mädchen in der Nähe war, das man mit ihr hätte vergleichen können.

»Sie sind Vetter und Kusine«, sagte Jimmie Sue.

»Ich und Jack sind auch Vettern«, sagte Eustace. »Aber wir knutschen nicht rum.«

»Ihr seid Vettern?«, fragte Jimmie Sue. »Wirklich?«

»Vielleicht«, antwortete ich.

»Er küsst mich nicht, und ich küss ihn nicht«, sagte Eustace. Dann: »Aber ich würd's gern.«

Wir starrten ihn alle an, und er lachte.

»Nicht so laut, ihr Vollidioten«, sagte Shorty.

Wir waren alle zur Tür gegangen, um Fatty nachzublicken, der die Straße runterlief. Seine Kusine hatte er auf der Veranda zurückgelassen. Sie ging wieder rein und machte die Tür zu.

Shorty sagte: »Wir müssen ihm folgen, bevor zu viele Leute was mitkriegen.«

Es ging nicht schnell, und es ging nicht ohne Schwierigkeiten ab. Fatty hatte ein Stück Vorsprung und verschwand in einem Saloon. Ich konnte da nicht rein, weil er mich kannte, und Eustace auch nicht, weil das Farbigen nicht erlaubt war. Shorty würde zu sehr auffallen, und Jimmie Sue wollte nicht, dass alle Welt sie in der Gegend rumlaufen sah, sonst würde Steve noch Wind davon bekommen. Keiler verhielt sich neutral, war aber auch keine große Hilfe.

»Wir könnten dem Sheriff was stecken«, schlug ich vor.

»Könnten wir«, sagte Eustace, »werden wir aber nicht. Um das Geld zu kriegen, müssen wir den Kerl selber ranschleppen. Wenn wir ihn verpfeifen, ist das nicht dasselbe. Dann behält der Sheriff die Kohle, oder jedenfalls die Hälfte davon. So läuft das, wenn ich mich nicht täusche.«

»Ich glaube, da hast du recht«, sagte Shorty. »Mein Vorschlag lautet, dass wir dort hinüber in das Wäldchen gehen und den Saloon im Auge behalten, bis Fatty wieder herauskommt.«

»Gut möglich, dass er den ganzen Tag da drin hockt«, sagte Jimmie Sue.

»Irgendwann müssen die doch auch zumachen«, sagte ich.

»Machen sie nicht«, sagte sie. »Die haben rund um die Uhr geöffnet.«

»Ich kann hier nicht ewig rumlungern«, sagte ich. »Lula ist irgendwo da draußen bei diesen Männern, und wer weiß, was die ihr antun. Wenn's sein muss, geh ich da rein und hol ihn raus. Ist mir doch scheißegal, ob er mich erkennt oder nicht.«

»Der macht kurzen Prozess mit dir«, sagte Shorty. »Oder du bringst ihn aus Versehen um, auch wenn das eher weniger wahrscheinlich ist. Wahrscheinlicher ist, dass wir dich irgendwo hinter einem dieser Etablissements wiederfinden, und zwar mit einem Messer im Hintern. Wenn du stirbst und noch immer die Grundstücksverträge bei dir hast und es mir gelingt, deine Unterschrift zu fälschen, wäre das ja nicht so schlimm. Aber das Risiko möchte ich nicht eingehen. Also solltest du unseren Plänen nicht zuwiderhandeln.«

»Was wir da gemacht haben, soll ein Plan gewesen sein?«

»Ich muss zugeben, dass unsere Strategie sich durch Flexibilität auszeichnet«, sagte Shorty. »Aber irgendwo unter all diesen Handlungen verbirgt sich ein Plan.«

»Na schön«, sagte Eustace. »Bleibt uns wohl nichts anderes übrig. Wir müssen in den Saloon und ihn rausholen. Und zwar bevor jemand mitkriegt, dass ich schwarz bin und du ein Zwerg und so weiter.«

»Eine ungewöhnliche Variante eines hochgradig anpassungsfähigen Plans«, sagte Shorty.

In dem Moment schaute ich in die Gasse zwischen der Pferdestation und dem Saloon, und ich sah Fatty zum Klohäuschen rüberwatscheln, wobei er sich seinen Hut auf den Kopf pappte.

»Da ist er«, sagte ich.

»Sein natürliches Bedürfnis, zu pissen oder zu scheißen, hat ihn uns ausgeliefert«, sagte Shorty.

Fatty verschwand im Klohäuschen und schloss die Tür.

»Das krieg ich schon alleine hin«, sagte Eustace. »Wartet ihr drüben in der Bruchbude, und ich geh ihn holen.«

»Mit dem fetten Herrn wollte ich jetzt nicht tauschen«, sagte Shorty.

»Sollten wir uns nicht verstecken?«, fragte ich.

»Doch, doch«, sagte Shorty. »Aber wenn ich ehrlich bin, schau ich Eustace gern bei der Arbeit zu.«

Eustace eilte die Gasse entlang und blieb vor dem Klohäuschen stehen. Keiler hockte sich hin und wartete, als hätte er das alles schon einmal erlebt.

Eustace schwang die Schrotflinte und schlug mit dem Kolben so fest gegen die Tür, als wäre eine ganze Herde Büffel durchgegangen. Die Tür fiel krachend aus den Angeln, und welch Überraschung, da kauerte Fatty auf dem Donnerbalken. Eustace packte ihn am Kragen und riss ihn von der Toilette. Fattys nackter Hintern blitzte im Licht der Abendsonne. Sein Hemd riss ein ganzes Stück weit auf, und er schrie: »Lass mich los, du verrückter Nigger!« Dann traf ihn der Gewehrkolben an der Schläfe, und er sagte nichts mehr.

Eustace hob Fatty hoch, warf ihn sich über die Schulter, als wäre er ein Bündel nasser Wäsche, und trug ihn über die Straße. Fattys Hintern war nicht eben ein schöner Anblick. Und so schwer, wie er war, kam das, was Eustace da machte, einer der Heldentaten des Herkules gleich.

Keiler rannte ihnen voraus, als wollte er ihnen Begleitschutz geben.

6

Seltsamerweise fiel niemand auf, dass da ein großer Schwarzer einen fetten Weißen mit nacktem Hintern durch die Gegend trug, einen riesigen wilden Eber im Schlepptau.

Eustace überquerte die Straße, betrat das Haus gegenüber vom Bordell und ließ Fatty im hinteren Zimmer auf den Boden plumpsen. Dann holte er aus dem vorderen Raum einen Stuhl und setzte ihn darauf. Shorty fesselte Fatty mit vier Halstüchern, die Eustace aus seiner Tasche gezogen hatte, an den Stuhl. Keiler hockte da und schaute zu. Er konzentrierte sich ganz auf das Geschehen, als wollte er lernen, wie man einen Knoten machte.

Shorty nahm ein Taschentuch, von dem er uns wissen ließ, dass es eine stattliche Portion seines Rotzes beinhaltete, und steckte es Fatty in den Mund. Fatty hing noch immer die Hose um die Knöchel, und er hatte keine Unterhosen an. Wie gesagt, kein schöner Anblick. Und obwohl Jimmie Sue so was mit schöner Regelmäßigkeit zu sehen bekam, bat ich sie, das Zimmer zu verlassen, und sie ging hinaus.

Shorty versetzte Fatty ein paar Ohrfeigen, um ihn zu wecken, aber ohne Erfolg. »Du hast zu fest zugeschlagen, Eustace.«

»In dem Moment hab ich das für eine verdammt gute Idee gehalten.«

»Na ja, gut möglich, dass sein Gehirn ihm jetzt im Kopf herumschwappt und er denkt, er muss künftig immer mit dem Arsch voraus durchs Leben gehen.«

»Ich hab schon ganz ordentlich zugelangt. Wart mal, er kommt zu sich.«

»Passen Sie auf, dass er nicht nach Ihnen tritt«, sagte ich. »Er hat Klingen in den Stiefelspitzen.«

»Der kann nicht treten, solange seine Füße festgebunden sind«, erwiderte Eustace.

»Ich dachte nur, ich sag's, bevor's zu spät ist.«

Fatty stöhnte und versuchte, das Taschentuch auszuspucken, aber Shorty schob es ihm nur noch tiefer rein.

»Hör zu, Fettarsch. Ich zieh gleich das Taschentuch raus, aber wenn du dann losbrüllst, werde ich Eustace hier bitten, dich mit dem Gewehrkolben wieder ins Land der Träume zu befördern.«

Eustace grinste und hob die Schrotflinte, um zu zeigen, dass das durchaus im Bereich des Möglichen lag.

»Also, wenn du in deinem verkümmerten Herzen glaubst, dass du den Mund halten kannst, nehm ich das Taschentuch raus. Nick einfach, wenn du einverstanden bist. Du kannst auch gerne den Kopf schütteln, aber dann bekommst du den Gewehrkolben zwischen die Augen.«

Fatty nickte, und Shorty zog ihm das Taschentuch aus dem Mund. In dem Moment schien Fatty mich überhaupt erst zu bemerken. Er war noch immer potthässlich, mit eingefallenen Lippen, weil ihm ein Haufen Zähne fehlten. Außerdem sprach er so, als würde er die Wörter fressen. »He, Rotschopf. Was hast du hier verloren?«

»Was meinst denn du?«, erwiderte ich. »Ich such nach meiner Schwester.«

»Na ja, die ist inzwischen recht verdorben.«

»Sie ist kein Apfel. Sie ist nicht verdorben.«

»Nenn's, wie du willst. Sie hat jedenfalls ganz ordentlich was wegstecken müssen.«

Das ging mir durch und durch, aber ich riss mich zusammen. »Ich will sie trotzdem wiederhaben.«

»Eins muss man ihr zugutehalten«, sagte Fatty. »Sie gibt sich redlich Mühe.«

»Eustace«, sagte Shorty.

Eustace trat vor und knallte Fatty den Gewehrkolben zwischen die Augen. »Was zum Geier …?«, sagte Fatty. »Das hat wehgetan.«

»Kaum zu glauben«, sagte Eustace.

»Das war noch ein sehr zurückhaltender Hieb«, sagte Shorty. »Stimmst du mir zu, Eustace?«

»Wenn du damit meinst, dass ich versucht hab, ihm nicht den Kopf abzureißen«, sagte Eustace, »wird's wohl so sein.«

Fatty hob den Kopf und sagte zu mir: »Wo hast du denn dieses abgesägte Stück Scheiße und den Nigger her?«

»Wir sind mit der Post gekommen«, sagte Shorty. »Von Sears and Roebuck. In dem Katalog ist eine Photographie von uns. Man kann uns bestellen. Unsere schlechte Laune ist im Lieferumfang inbegriffen. Die Sache steht jedenfalls so. Ich werde dir jetzt eine Reihe einfacher Fragen stellen, und zwischen jeder Frage ziehe ich dir mit der Pistole eins über. Ich vermute mal, dass dir, wenn ich damit fertig bin, dein Hut nicht mehr ganz passen wird. Selbst wenn du meine Fragen beantwortest, werde ich dich schlagen. Der Grund dafür ist einfach. Es soll dir vor Augen führen, dass dir noch weit Schlimmeres droht, wenn ich keine Antworten zu hören bekomme. Vielleicht bitte ich auch Eustace hier, mit seinem Gewehrkolben dafür zu sorgen, dass dir das Gehirn zur Nase hinausläuft, solltest du in irgendeiner Form zögern, uns mitzuteilen, was wir wissen möchten.«

»Ich bezieh Prügel, wenn ich rede, und ich bezieh Prügel, wenn ich nicht rede. Das begreif ich nicht.«

»Du wirst Prügel beziehen, wie du es nennst, das ist wahr, aber damit möchten wir dir nur zeigen, dass wir es ernst meinen.«

»Was ist, wenn ich euch einfach glaube, dass ihr es ernst meint?«

»Mit dem Glauben hab ich es nicht so. Aber ich bin überzeugt, wenn wir dich grün und blau schlagen und du weißt, es kommt noch schlimmer, falls du mit irgendetwas hinter dem Berg hältst, dann wirst du eher geneigt sein, uns zu verraten, was wir wissen möchten. Wenn du mir direkt antwortest und wenn ich dir glaube – was natürlich in meinem Ermessen liegt –, hör ich auf, dich zu schlagen. Hast du noch irgendwelche Zähne im Mund?«

»Was?«

»Ich glaube, du hast mich gehört.« Shorty schlüpfte aus seiner Jacke, zog seine Pistole und hielt sie nach unten gerichtet neben sein Bein. »Ich werde meine Frage nicht wiederholen.«

»Ein paar«, sagte Fatty, und ihm war anzusehen, dass er mit Shortys Frage nichts anzufangen wusste.

»Auf welcher Seite sind sie?«

»Auf beiden Seiten.«

»Wo genau?«

Fatty wurde ganz offensichtlich immer nervöser. »Warum willst du das wissen?«

In dem Moment pfiff Shortys Pistole durch die Luft und krachte ihm gegen die Stirn.

»Verdammte Scheiße«, sagte Fatty und riss den Kopf zur Seite.

»Muss das wirklich sein?«, fragte ich.

»Hör auf den Jungen«, sagte Fatty. »Der weiß noch, was christliches Erbarmen heißt.«

»Das mag sein«, erwiderte Shorty. »Ich allerdings nicht.«

Shorty holte aus und drosch mit der Pistole auf Fattys Gemächt, das wie ein dickes Würstchen und zwei Kartoffeln auf dem Stuhl lag. Fatty stieß einen Schrei aus, sein Kopf kippte nach vorn, und eine Ladung von dem, was er im Saloon getrunken hatte, platschte auf den Boden.

Keiler, dem das alles zu viel wurde, rappelte sich auf, verließ das Zimmer und rannte, wenn ich mich nicht täusche, gleich ganz aus dem Haus.

»Nicht mal ein Eber mag, was aus dir rauskommt«, sagte Eustace. »Dabei hab ich ihn schon Scheiße fressen sehen.«

»Shorty«, sagte ich. »Um Himmels willen!«

Shorty wandte sich zu mir um. »Jack, du kümmerst dich um deine Angelegenheiten und ich mich um meine.«

»Das ist meine Angelegenheit«, sagte ich. Aber ich möchte nicht lügen – ich war Shorty dankbar dafür, dass er mir die Gelegenheit gegeben hatte, es Keiler gleichzutun. Es fehlte nicht viel, und ich hätte angefangen, am ganzen Leib zu zittern. Mit so was hatte ich nicht gerechnet. Ich hatte mich an der Spitze eines Trupps edler Recken gesehen, die meiner Schwester zu Hilfe eilten, einem fähigen Spurenleser und einem Kopfgeldjäger. Irgendwie war mir nicht in den Sinn gekommen, dass die Sache ziemlich ruppig werden könnte. Außerdem hatte der Fährtenleser die Spur verloren, und der Kopfgeldjäger war ein zorniger Liliputaner mit einem Revolver. Mir passte das überhaupt nicht, und ich wollte, dass es aufhörte, aber um Lulas willen war ich fest entschlossen, mich nicht von meinem Ziel abbringen zu lassen.

»Dann such dir vorerst etwas anderes, mit dem du dich beschäftigen kannst«, sagte Shorty. »Und mach die Tür zu, wenn du rausgehst. Fatty, dich möchte ich bitten, nicht so laut zu schreien. Je lauter du schreist, umso schlimmer wird es für dich.«

»Du miese kleine Ratte«, sagte Fatty, aber wirklich überzeugend klang es nicht. Und er bemühte sich tatsächlich, ein wenig leiser zu sprechen.

Ich ging nach nebenan und schloss die Tür. Meine Hand auf dem Türknauf zitterte. Ich schaute zu Jimmie Sue hinüber. Sie saß auf dem Sofa und sah aus wie ein wildes Tier, das mit der Pfote in eine Falle geraten war.

»Was machen die denn da drinnen?«

»Erinnerst du dich, dass ich gesagt hab, sie würden ihn verhören und ihm so lange die Pistole um die Ohren hauen, bis er redet?«

Sie nickte.

»Das trifft es ziemlich gut. Fatty kann sich, glaub ich, von ein paar seiner Zähne verabschieden.«

»Hat er denn noch welche?«, fragte sie, und und in dem Moment stieß Fatty einen lauten Schrei aus.

»Ich glaube, das waren die letzten«, sagte ich.

»Sei ein Mann und lass das Gezeter«, hörte ich Shorty auf der anderen Seite der Tür sagen. »Du redest, wenn ich eine Frage stelle, und sonst nicht.«

Dann wieder Fattys Stimme, der offenbar versuchte, sich nicht an seinem eigenen Blut zu verschlucken. »Dann stell schon eine gottverdammte Frage!«

Ich sagte zu Jimmie Sue: »Komm, lass uns rausgehen, ich will mir das nicht länger anhören.«

»Mir macht das nichts aus«, sagte sie.

»Das mag ja sein, aber mir dafür umso mehr.«

Ich schaute hinaus und sah, dass die Tür des Hurenhauses noch immer offenstand, aber nicht so weit, dass man uns von drinnen sehen konnte. Also ging ich raus und um das alte Haus herum zur Rückseite.

Jimmie Sue hatte mich bald eingeholt. »Ich komm trotzdem mit.«

Hinterm Haus konnte ich noch immer hören, wie die Pistole Fatty ins Gesicht klatschte und wie er ächzte und stöhnte, während er versuchte, sich zu beherrschen und nicht loszubrüllen.

»Du hast ein weiches Herz, Jack, weißt du das?«, fragte Jimmie Sue.

»Gut möglich.«

»Bei mir kommt's immer drauf an. Mein Vater war Prediger, was auch der Grund ist, warum ich deinen Grandpa ganz nett fand.«

»Davon will ich nichts wissen.«

»Ach, das ist doch nichts.«

»Für mich schon.«

Wir hockten uns dort, wo der Wald abgeholzt und niedergebrannt worden war, auf einen großen Baumstumpf. Ich musste daran denken, wie riesig die Bäume gewesen waren und wie wenig es den Männern bedeutet hatte, sie zu fällen und zu zersägen und anzuzünden. Nicht um sich daran zu wärmen oder weil sie Bauholz brauchten, sondern nur wegen der Fläche. Offenbar brauchten wir Menschen immer mehr und mehr Raum.

In dem Moment wurde mir klar, dass ich mich, wenn meine Schwester nicht da draußen bei diesen Männern gewesen wäre, einfach davongemacht und die ganze Bande im Stich gelassen hätte. Ich hatte mehr als nur die Nase voll von ihnen, Jimmie Sue eingeschlossen. Aber diese Männer hatten Lula nun mal verschleppt, und bei dem Gedanken, was sie ihr antaten, wurde mir ganz übel. Sie war noch so jung und hatte bestimmt furchtbar Angst, und niemand stand ihr bei. Ich konnte die Vorstellung kaum noch ertragen, aber mir blieb nichts anderes übrig.

»Hörst du das?«, fragte Jimmie Sue. »Die schlagen ihn wirklich grün und blau.«

»Ich hör's«, antwortete ich.

»Tut mir leid. Ich muss halt an deine Schwester denken, und das bringt mich darauf, was mir angetan wurde, und dass ich jetzt hier neben dir sitze, nachdem wir uns in 'nem Hurenhaus kennengelernt haben. Meinst du, ich wollt 'ne Hure werden, als ich klein war? Wie der fette Schweinehund da jault, das ist Musik in meinen Ohren. Ich weiß noch, wie die ersten Kerle auf mir drauf waren. Freiwillig war das nicht, und die waren auch nicht besonders rücksichtsvoll. Nachdem Steve mich am Bahnhof aufgelesen hat, erzählte er mir, ich wär was Besonderes, und dann bin ich hier gelandet. Er hat ein paar Männer auf mich losgelassen, damit sie sich so richtig austoben. ›Zureiten‹ hat er das genannt.«

»Grässlich«, war alles, was ich sagen konnte.

»Yeah. Das war nichts, was ich irgendwem wünschen würde. Und jetzt weiß ich, dass die gleiche Sorte Männer über deine Schwester hergefallen ist. Deshalb hält sich mein Mitleid mit dem fetten Schweinehund in Grenzen. Wenn sie rausfinden, wo sie ist, war es das wert.«

»Da hast du wohl recht. Wahrscheinlich sollte ich es auch so sehen.«

»Anders geht das nicht, Jack. Entweder willst du sie wiederhaben oder eben nicht.«

»Ich will sie wiederhaben.«

»Aber sie ist bestimmt nicht mehr so, wie sie mal war. Das weißt du doch, oder?«

»Ich schätze mal, sie kommt drüber weg. Dir ist das ja auch gelungen.«

Jimmie Sue hob den Kopf und sah mich an. Ihre Augen wurden schmal, und sie wirkte plötzlich viel älter. »Wer hat gesagt, dass ich drüber weggekommen bin?«

7

Selbst da draußen konnten wir hören, was in dem Haus vor sich ging, und ich hatte Schiss, dass man es auf der anderen Straßenseite hören konnte, aber das lag wahrscheinlich daran, weil ich an nichts anderes denken konnte.

Nach einer Weile wurde es still, und Eustace kam um das Haus herumgeschlendert. Er ging in die Hocke, holte ein paar Sachen hervor und drehte eine Zigarette. Das war das erste Mal, dass ich sah, wie er das machte. Ihm bröselte der Tabak überallhin, und Jimmie Sue stand auf und sagte: »Gib mal her.«

Sie nahm ihm die Utensilien aus der Hand, rollte blitzschnell eine Zigarette und steckte sie ihm in den Mund. »Bitte schön.«

Eustace holte ein Streichholz aus seiner Hemdtasche, fuhr damit über seine Hose und zündete die Zigarette an. Die Flamme flackerte unruhig. Der Wind wechselte die Richtung und wurde stärker, und ich konnte die Asche aus dem abgeholzten und niedergebrannten Wald hinter uns riechen.

»Hat er euch irgendwas verraten?«, fragte ich schließlich.

»Jede Menge«, erwiderte Eustace. »Erst wollt er nicht reden, aber dann hat er sich's anders überlegt. Da drin ragte ein Nagel aus einem Brett, und Shorty hat ihn rausgezogen, die Pistole umgedreht und Fatty den Nagel durch den Schwanz gehämmert. Ich dacht ja wirklich, Fatty würde nicht reden, aber da hat der fette Schweinehund gesungen wie 'n gottverdammter Singvogel, so dringend wollte er den Nagel rausgezogen haben.«

»Ich hätt nicht so lang gebraucht«, sagte ich. »Ich hätt schon alles ausgeplaudert, als Shorty nach dem Brett mit dem Nagel gegriffen hat. So schnell hättest du gar nicht schauen können.«

»Geht mir genauso«, sagte Eustace. »Ich find ja, wenn du Prügel beziehst, wenn du nicht redest, und das hört auf, wenn du redest, dann kannst du auch gleich reden und dir die Schmerzen möglichst ersparen, denn reden tust du sowieso, selbst wenn du lügst. War übrigens nicht einfach, den Nagel da wieder rauszukriegen. Er musste den Nagelkopf mit dem Abzug seiner Pistole unterhaken und feste ziehen. Und das war offenbar schlimmer, als ihn reingeklopft zu kriegen, aber er konnte ja nicht den Rest seines Lebens mit einem Stuhl am Schwanz rumlaufen.«

»Immerhin hätte er dann immer 'ne Sitzgelegenheit dabei«, sagte Jimmie Sue.

»Das stimmt«, sagte Eustace und grinste mit der Zigarette im Mundwinkel. »Das hätte er.«

»Er hat also geredet«, sagte ich.

»Yeah«, sagte Eustace. »Hat gesungen wie ein gottverdammter Vogel.«

»Woher willst du wissen, dass er nicht lügt?«, fragte Jimmie Sue.

»Schwer zu sagen«, erwiderte Eustace. »Erfahrungsgemäß lügt jemand, wenn er glaubt, dass er damit durchkommt, oder er sagt einfach die Wahrheit. Ich glaub, er hat die Wahrheit gesagt. Jedenfalls hat er uns 'ne Wegbeschreibung geliefert. Fatty sagt, die andern wollen tief ins ›große Dickicht‹ rein, wie er's genannt hat. Irgendwo drüben hinter Livingstone, wo's von Brombeergestrüpp und hohen Kiefern nur so wimmelt. Das ist 'ne üble Gegend, da drin im tiefen dunklen Wald. Da treiben sich 'ne Menge Farbige rum, die weggelaufen sind, und ernähren sich vom Fallenstellen, und Verbrecher gibt's da auch massig. Ich kenn ein paar Farbige, die von hier abgehauen sind, um sich dorthin durchzuschlagen, und ich hab nie wieder was von ihnen gehört. Kein Sheriff traut sich da rein, denn wenn sie's versuchen, kommen sie meistens nicht mehr zurück. Und da müssen wir hin, wenn du deine Schwester wiederhaben willst, was anderes bleibt uns nicht übrig. Bist du dir sicher, dass es das wert ist?«

»Natürlich! Sie klingen, als ob Sie daran zweifeln.«

»Ist nicht meine Schwester.«

»Was ist mit dem Stück Land, das Sie von mir bekommen?«

»Ich weiß, ich weiß, das gibt mir auch zu denken, aber da unten im Dickicht, da ist's wirklich finster, also muss ich mir das erst noch mal überlegen.«

Das überraschte mich. Es war offensichtlich, dass er sich noch nicht entschieden hatte, also hielt ich es für das Beste, ihn nicht nur an das Grundstück zu erinnern, sondern ihn auch bei seinem Stolz zu packen.

»Haben Sie Angst?«, fragte ich.

»Du etwa nicht?«, entgegnete er. »Wenn man Angst hat, selbst wenn man was trotzdem tut, das hält einen am Leben. Wenn du keine Angst hast, bedeutet das, du bist zu blöd, um zu wissen, was da unten in den Wäldern lauert. Und ich weiß es. Es gibt Leute, die sind da groß geworden und haben nie was anderes gesehen. Über die gehn alle möglichen Geschichten um. Wie sie sich nur von dem ernähren, was sie finden, wie sie auf einen Baum klettern, um einen Bär da runterzuholen. Wie sie es da unten alle miteinander treiben, egal ob Familie, Männer und Frauen, Hunde und Eichhörnchen, und nach allem, was ich weiß, auch Fische und Vögel. Yeah, klar hab ich Angst, ich bin ja nicht völlig auf den Kopf gefallen. Nur wenn ich besoffen bin, hab ich keine Angst. Dann ist es besser, du hast Angst vor mir. Wenn ich nüchtern bin, weiß ich, an welchem Ende ich mir den Arsch abwischen und an welchem Ende ich mir das Essen reinschieben muss. Und ich weiß, wann es besser ist, Angst zu haben.«

»Für mich klingt das alles nach einem Haufen Lügenmärchen. Wie die, von denen Shorty erzählt hat.«

»Sind es aber nicht. Jedenfalls nicht alle.«

»Ich glaub, er hat recht«, sagte Jimmie Sue.

»Woher willst du das wissen?«, sagte ich.

»Weil ab und an welche von denen aus dem Wald rauskommen, und das sind wahrscheinlich sogar nicht mal die schlimmsten. Die kommen hier in den Ort, handeln mit Fellen, saufen, bis sie voll sind wie 'ne Eule, und dann gehn sie ins Freudenhaus auf der anderen Straßenseite. Ich weiß, wie die sind, und zwar aus eigner Erfahrung. Die verlangen von dir, dass du dich splitternackt ausziehst, bis auf die Schuhe, und dann sollst du dich über die Kommode beugen, und während sie rammeln, jodeln sie um die Wette. Und sie wollen, dass du ›Daddy‹ oder ›Bruder‹ zu ihnen sagst, während sie's mit dir treiben. Und sie verpassen dir immer ein Veilchen oder 'ne dicke Lippe, und wenn sie weg sind, stinkt das Zimmer wie was Totes, denn so riechen sie selber. Und so benehmen sie sich auch – wie was Totes, das noch nicht begriffen hat, dass es vorbei ist. Die sind nicht nur gemein und brutal, Jack, die sind eine Schande für die Menschheit.«

Mir war nicht nach Grandpas Sprüchen zumute, aber mir fiel gerade einer ein, und ich sagte ihn auf: »Eine neue Welt wird kommen, und diejenigen, die das Leben der Menschen leben, werden nicht in der Welt Gottes leben.«

»Yeah«, erwiderte Jimmie Sue, »über die neue Welt hab ich auch schon viel gehört, von deinem Grandpa zum Beispiel. Aber wenn er mit mir fertig war und ich aus dem Fenster geschaut hab, gab's da keine neue Welt. Die sah noch ganz genau so aus wie vorher.«

»Also gut«, sagte Eustace. »Dann mach ich mich mal wieder ans Werk. Gut möglich, dass meine Schrotflinte wieder zum Einsatz kommt.«

Er ließ die Zigarette fallen, stand auf, drückte sie mit der Ferse aus und ging ums Haus herum nach vorne.

Als er weg war, sagte ich zu Jimmie Sue: »Was du da über diese Kerle aus dem Dickicht erzählt hast. Das war doch übertrieben, oder?«

»Wenn du's wissen willst, ich hab mich sogar noch ein bisschen gezügelt. Ich wollte dir nicht noch mehr Angst einjagen, als du eh schon hast.«

»Ich hab nicht gesagt, dass ich Angst hab.«

»Das musst du auch nicht.«

»Ich komm schon klar. Aber du, du musst nicht mitkommen. Für dich gibt's keinen Grund, dich da reinziehen zu lassen.«

»Na ja, ich hab schließlich nichts anderes vor, als mit dir zu gehen. Ein Grund ist, dass ich dich mag. Ich behaupte nicht, dass ich nicht irgendwann davonlaufe, aber ein Stück weit bleibe ich erst mal bei dir. Ich weiß, dass ich dir versprochen hab, dass wir 'ne Menge Spaß miteinander haben werden, und das werden wir auch, aber es ist gut möglich, dass das nicht von Dauer ist. Vielleicht beschließ ich irgendwann, mich in meiner Branche selbstständig zu machen. Wer weiß. Je näher wir dieser Hinterwäldlergegend kommen, umso wahrscheinlicher ist es, dass ich die Segel setze, um es blumig auszudrücken.«

Ich nickte. »Spricht nichts dagegen.«

Mehr konnte ich dazu nicht sagen. Aber die Vorstellung, Jimmie Sue könnte sich irgendwann wieder mit anderen Männern einlassen – schlimm genug, dass sie das früher getan hatte –, ging mir mächtig gegen den Strich.

»Ich geh besser rein, sonst bringen sie den noch um«, sagte ich.

»Ein großer Verlust wär das nicht.«

»Für mich schon, wenn ich keinen Finger rühre.«

Ich ging wieder nach vorne zum Hauseingang und ließ Jimmie Sue auf dem Baumstumpf am Rand einer Einöde zurück, die früher mal ein Wald gewesen war.

8

Als ich das verfallene Haus betrat, stand die Tür zum hinteren Zimmer offen, und ich konnte Fatty da drin sehen. Er war noch immer am Stuhl festgebunden und schlief. Oder sagen wir besser, er war bewusstlos. Und blutüberströmt. Es stank nach Schweiß, Pisse und Scheiße. Shorty hatte keinen Quatsch erzählt, wie es war, wenn er jemand mit der Pistole windelweich prügelte.

Von der ganzen Sache wurde mir speiübel. Nicht nur, weil's passiert war, sondern weil ich es zugelassen hatte. Shorty hockte auf dem Sofa und ruhte sich aus, wobei er sich mit seiner kleinen Hand die Schulter rieb. Eustace saß auf einem Stuhl, Schweißperlen im Gesicht.

Shorty sagte: »Mein Arm ist müde. Ich hätte mehr abwechseln sollen.«

Eustace brummte etwas Unverständliches.

Keiler war zurückgekommen und lag auf dem Boden. Auch er grunzte irgendwas.

»Wir haben überlegt, zum Sheriff zu gehen, damit er den guten Fatty verhaften kann und wir eine Belohnung erhalten«, sagte Shorty. »Das ist eine Möglichkeit. Aber wir können ihm auch erst eine Kugel in den Kopf jagen und ihn dann dort vorbeibringen. Die Belohnung kriegen wir so der so.«

»Darüber haben wir schon geredet«, sagte ich.

»Es hätte seine Vorzüge, ihn zu töten«, sagte Shorty. »Erstens mag ich ihn nicht besonders, eine Gefühlsregung, die er, wie ich dir versichern kann, von ganzem Herzen erwidert. Und wenn wir schon darüber sprechen, Jack, dann muss ich zugeben, dass Eustace und ich dem Sheriff keine Nachricht hinterlassen haben, wo die Leiche des Jungen zu finden ist.«

»Da haben wir gelogen«, sagte Eustace.

»Warum?«, fragte ich.

»Manchmal ist uns einfach danach«, antwortete Eustace.

»Wenn Sie mich fragen, dann ist das nicht eben besonders nett.«

»Wenn wir ihn fragen«, sagte Shorty mit einem Blick zu Eustace.

»Hören Sie«, sagte ich. »Im angemessenen Rahmen machen Sie, was nötig ist, damit ich Lula wiederkriege, aber deswegen müssen Sie ihn nicht umbringen. So weit ist es nicht bis zum Büro des Sheriffs. Aber ich versteh einfach nicht, warum Sie mich wegen der Nachricht angelogen haben.«

»Wir waren der Meinung, dass wir den Sheriff da besser noch nicht mit reinziehen«, sagte Eustace. »Wir fanden, das ist nicht – wie war noch mal das großkotzige Wort, das du benutzt hast, Shorty?«

»Wohlbedacht«, sagte Shorty.

»Genau, wohlbedenkt.«

»Nein. Wohlbedacht … Ach, Scheiße, vergiss es. Es war keine gute Idee.«

»Warum nicht?«, wollte ich wissen.

»Wir wollten nicht riskieren, dass der Sheriff uns sieht«, sagte Eustace. »Wir sind ihm nicht unbekannt.«

»Und wer uns kennt, entbrennt sofort in Liebe zu uns«, sagte Shorty.

»Sie meinen, bekommt sofort einen Hass auf Sie«, sagte ich.

»Nee«, sagte Eustace. »Wir sind Freunde. Er hat sich auch schon als Kopfgeldjäger versucht. Dann hat er geheiratet, wurde solide und brauchte ’nen Job. So wurde er Sheriff. Zum Glück für ihn ist seine Frau davongelaufen. Jetzt hat er’s ziemlich gut. Aber wenn man mal seine Brötchen als Kopfgeldjäger verdient hat, fällt’s einem schwer, sich das wieder abzugewöhnen. Er kennt Shortys Handschrift, und er weiß, dass wir auf der Jagd sind, also steckt er vielleicht seine Nase in unsere Angelegenheiten.«

»Meine Handschrift ist sehr ordentlich und unverwechselbar«, sagte Shorty. »Ich bin stolz darauf und kann mich nicht dazu bringen, absichtlich unsauber zu schreiben, ob nun in Schreibschrift oder in Druckbuchstaben. Meine Schreibkunst habe ich von meinem Freund gelernt, dem Liliputaner Walter, der eine gute Erziehung genossen hat. Aber wie er diese erlangt hat, ist für euch wahrscheinlich nur von untergeordnetem Interesse.«

Ich hatte den Eindruck, dass er da einen Köder auslegte, damit ich Neugier heucheln und er mir die ganze Geschichte erzählen konnte, wie er zu seiner schönen Handschrift gekommen war. Also machte ich einen großen Bogen um das Thema. »Hören Sie. Wir müssen ihn zum Sheriff bringen. Was anderes bleibt uns gar nicht übrig. Manche Dinge machen wir so, wie ich das will, oder gar nicht.«

»Und wenn wir beschließen, dich hier sitzenzulassen?«, sagte Shorty.

»Dann können Sie zu Ihrem kleinen Teleskop zurückgehen, und Sie, Eustace, können wieder Gräber ausheben oder verbrannte Leichen ausbuddeln, um sie irgendwem vor die Tür zu legen. Wir machen das so, wie ich das will, oder gar nicht.«

Shorty sah zu Eustace hinüber. Eustace lächelte. »Meine Fresse. Der kleine Hahn ist ein ganzes Stück gewachsen.«

»Na schön«, sagte Shorty. »Ich schlage vor, wir suchen uns etwas, um Fatty abzuwischen, und dann schleppen wir ihn zum Sheriff.«

Ich ging rüber zur Pferdestation und borgte mir einen Eimer Wasser und ein paar Lumpen; dem Hufschmied erzählte ich, ich wollte mich waschen. Er sagte, der Eimer wäre alt und die Lumpen auch, und ich könnte sie behalten. Ich schleppte den ganzen Kram zum Haus zurück, und zwar so unauffällig wie möglich.

Als ich wieder das Haus betrat, sah ich, dass Jimmie Sue sich zu Shorty und Eustace gesellt hatte. Ich stellte den Eimer ab, und sie fragten, ob sie Fatty nicht die Ehre erweisen würde, ihn abzuschrubben, schließlich sei sie die Frau in unsrer fröhlichen Runde. Sie erklärte ihnen, sie könnten etwas mit sich selbst machen, von dem ich noch nie etwas gehört hatte, woraufhin Shorty sich an Eustace wandte, aber der wollte das genauso wenig tun. Blieben nur noch ich und Shorty.

Am Ende war ich dran.

Also ging ich mit dem Wasser und den Lumpen rein und stellte den Eimer neben Fattys Stuhl. Ich holte tief Luft und legte die Lumpen auf den Boden. Fatty war bewusstlos, und mein erster Gedanke war, eine Knarre zu nehmen und ihn zu erschießen, und mein zweiter Gedanke war, ihn nicht so leicht davonkommen zu lassen. Ich wollte ihn leiden sehen. Ich wollte ihm in die Füße schießen und dann in die Knie und dann in die Ellbogen und in die Leisten und den Hals. Ich wollte, dass er langsam starb. Ich wollte mir zwischen jedem Schuss viel Zeit lassen. Erst würde ich ihn wachrütteln, und dann würde ich abdrücken, und bei jedem Schuss würde ich den Namen meiner Schwester sagen. Ich konnte mir gut vorstellen, was er mit ihr gemacht hatte, und die anderen auch, und mir kam die Galle hoch. Ich wollte solche Gedanken nicht in meinem Kopf haben, aber sie hatten sich bereits dauerhaft dort eingenistet.

Also befeuchtete ich einen Lumpen und tupfte Fatty das Gesicht ab, vor allem über dem einen Auge, wo er ordentlich was abbekommen hatte. Es war ein tiefer Schnitt, der nicht schlecht geblutet hatte. Ich berührte ihn, und Fatty stöhnte. Ich musste an einen Hund denken, den ich mal irgendwo gefunden hatte. Keine Ahnung, was mit ihm passiert war, aber er hatte ausgesehen, als wäre jemand mit dem Messer auf ihn losgegangen. Ich musste ihn nach Hause tragen und brachte ihn im Schuppen hinterm Haus unter. Damals hatte ich genauso einen Eimer Wasser und einen

Lappen genommen, um seine Wunden zu säubern. Der Hund war so fertig gewesen, dass er sich nicht bewegt hatte. Mit Fatty war es dasselbe. Er bewegte sich nicht. Mir war der Hund lieber gewesen, also wurde Fatty in meinem Kopf zu dem Hund. Ich tupfte ihm das Gesicht ab und die Schläfen, wo ihm das Blut die Haare verklebte. Ich wusch ihn an Stellen, an denen ich ihn nicht waschen wollte. Es dauerte ziemlich lange, denn er war überall voller Blut, aber wie der Hund auch, heilte er schnell. Er lief nicht mehr aus. Er hatte schon angefangen zu trocknen.

Nachdem ich fertig war, wachte Fatty auf. Ich hatte erwartet, dass er mich wild beschimpfen würde, aber er sagte kein Wort. Offenbar hatte er von Shorty gelernt, dass die Pistole jeden Moment wieder ihren Auftritt haben könnte, und zwar mehr oder minder grundlos, also war es das Beste, schweigend zuzuschauen, auch wenn sein finsterer Blick so scharf war wie ein Messer. Von Dankbarkeit dafür, dass ich ihn gewaschen hatte, nicht die Spur. Bei dem Hund war das genauso gewesen. Nachdem ich ihn gesäubert und seine Wunden behandelt hatte, hielt ich seinen Kopf und gab ihm was zu fressen. Er schlang alles runter, kam wieder zu Kräften und biss mir in die Hand. Als ich vor ihm zurückschreckte, sprang der Hund, der eben noch dem Tod nahe gewesen war, auf und rannte zur Schuppentür hinaus. Trotzdem, ich war damals ziemlich stolz auf mich gewesen. Ich war der brave Sohn meiner Mutter, der den verletzten Hund gerettet hatte und nicht mal sauer war, dass er ihn gebissen hatte, aber wenn man bedachte, dass Fatty wegen mir hier war und in diesem Zustand, war das nicht eben ein Gefühl, an dem ich jetzt mit großer Begeisterung festhalten konnte.

Ich rief Eustace, und gemeinsam banden wir Fatty los und halfen ihm aus dem Stuhl. Er setzte uns nicht den geringsten Widerstand entgegen, er war so schwach wie ein Strohhalm in einem Wirbelsturm. Ich gab ihm die feuchten Lumpen, damit er sich damit den Hintern abwischte, und dann legte ich ihm nahe, sich die Hosen hochzuziehen. Ich hob die drei blutigen Zähne auf, die er auf den Boden gespuckt hatte, wickelte sie in eines der Halstücher und gab sie ihm. Keine Ahnung, warum, aber mir war einfach danach. Fatty nahm sie und hielt sie fest umklammert, ohne überhaupt zu wissen, was das war. In dem Moment wusste er wahrscheinlich nicht mal, wer er selbst war. Die Zähne steckte er in die Hosentasche.

Schließlich packten wir ihn links und rechts am Arm und schleppten ihn nach draußen. Jimmie Sue, Shorty und Keiler folgten uns. Wir schleiften ihn rüber zum Büro des Sheriffs – ein paar Leute starrten uns nach, ohne sich ernsthaft dafür zu interessieren, was wir da trieben – und beförderten ihn durch die Tür.

Der Sheriff lag in einer der beiden Zellen auf der Pritsche, und als wir reinkamen und die Tür zuknallten, wachte er auf. Er setzte sich eiligst auf und schaute uns an. Er war ein schlaksiger Kerl mit einem Gesicht, an das man sich am liebsten aus der Ferne erinnerte. Ein Auge tränte ihm vom Heuschnupfen, er hatte eine krumme Nase, und der Mund war von tiefen Narben gezeichnet. Außerdem fehlte ihm ein Ohr. Seine Haare waren fettig und klebten ihm, auf einer Seite gescheitelt, auf dem kahlen Kopf. Die eine Wange und ein Teil seiner Platte war von rosafarbenem, rauhen Schorf bedeckt, doch auf den zweiten Blick stellte ich fest, dass das gar kein Schorf war, sondern verbrannte Haut, die an manchen Stellen aufgeplatzt war.

Der Sheriff musterte uns eingehend, und zwar nicht nur Fatty, Shorty, Eustace, Jimmie Sue und mich, sondern auch Keiler.

»Ist das immer noch der gleiche Eber wie früher, Eustace?«, fragte er, »oder hast du den inzwischen aufgegessen und dir ’nen neuen besorgt?«

»Ist der gleiche«, antwortete Eustace. »Kann aber gut sein, dass ich ihn mir noch vornehme, wenn ich hungrig genug bin.«

»Und wie ich sehe, hast du immer noch deinen Liliputaner«, sagte der Sheriff.

»Sehr witzig«, erwiderte Shorty.

»Deshalb hab ich's ja auch gesagt.«

Dann kam der Sheriff aus der Zelle und schlurfte rüber zu seinem Schreibtisch. Darauf stand eine kleine Flasche Whisky und ein fettiger Teller mit einem Brötchen drauf. Hinter ihm an der Wand war ein Telefonapparat befestigt, der erste, den ich jemals zu sehen bekommen hatte, aber ich wusste, was es war, denn ich hatte schon welche im Sears-and-Roebuck-Katalog gesehen. Sein verbeulter, dreckiger Hut hing an einer der Armlehnen des Stuhls, und er nahm ihn und setzte ihn sich auf. Sein Gesicht verschwand im Halbschatten, was ein ziemlicher Fortschritt war. »Der Kerl, den ihr da vermöbelt habt, das ist kein Freund von euch, schätze ich mal.«

»Oh, wir beide stehen einander sehr nahe«, sagte Shorty. »Wenn du ihn an die Wand lehnst und mich hochhebst, gebe ich ihm einen Kuss auf die Wange.«

»Ha«, sagte der Sheriff, und dann blieb sein Blick auf Jimmie Sue haften. »Jimmie Sue, wie geht's deiner Katze?«

»Die hat sich's in einer Astgabel gemütlich gemacht.«

»Ich hab mir überlegt, dass ich mal wieder vorbeischauen und sie ein wenig streicheln sollte.«

»Na ja, Winton, dafür ist sie nicht mehr so einfach zu haben wie früher.«

Anfangs hatte ich keine Ahnung, was sie da quatschten, aber als ich es schließlich begriff, spürte ich, wie mir das Blut ins Gesicht schoss.

»Das ist aber schade«, sagte der Sheriff.

»Ich bin in den Ruhestand gegangen«, sagte Jimmie Sue. »Du wirst dich wohl nach einem anderen Kätzchen umschauen müssen.«

Großartig, dachte ich. Nicht nur ich und mein Grandpa, sondern auch der einohrige Sheriff kannten die Astgabel, in die ich mich noch vor Kurzem gekuschelt hatte, aus eigener Erfahrung.

Der Sheriff schenkte Jimmie Sue ein schwaches Grinsen und wies mit einer Kopfbewegung auf Fatty, der jeden Moment umzufallen drohte. »Was führt den hierher?«

»Das ist eine lange Geschichte«, sagte Eustace und nickte mir dann aufmunternd zu.

Ich erzählte dem Sheriff alles, was vorgefallen war. Kaum war ich damit fertig, ging Fatty, der wieder hier und dort angefangen hatte zu bluten, zu Boden und blieb auf der Seite liegen.

»Hebt ihn auf und legt ihn da drüben hin«, sagte der Sheriff. »Aber nicht auf die Pritsche, sonst ist die nachher voller Blut. Und entsetzlich stinken tut er auch.«

»Yeah«, sagte Eustace, »das tut er in der Tat. Allerdings muss ich zugeben, dass Keiler daran auch nicht ganz unschuldig ist.«

Ich und Eustace schleiften Fatty in die Zelle und schlossen die Tür. Der Sheriff warf Eustace die Schlüssel zu, und Eustace sperrte Fatty ein und warf die Schlüssel wieder zurück.

»Den hab ich schon mal gesehen«, sagte der Sheriff. »Aber mit welchem Recht behauptest du, dass er der Bandit ist, nach dem gesucht wird? Du hast gesagt, dass du den Überfall nicht beobachtet hast, oder Junge?«

»Er ist es«, sagte ich. »Und wenn er die Bank nicht ausgeraubt hat, dann gehörte er zu den Halunken, die meine Schwester verschleppt haben. Was ich mit eigenen Augen gesehen habe. Das hab ich Ihnen doch gesagt.«

»Das hast du«, erwiderte der Sheriff.

»Ich hab den Überfall beobachtet«, sagte Eustace. »Ich hab gesehen, wie er im Höllentempo aus dem Ort rausgeritten ist. Ihm sind die Kugeln nur so um die Ohren geflogen, und er hat sich dafür mit Blei bedankt. Er war's definitiv.«

»Gut, gut«, sagte der Sheriff. »Gut, gut.«

Eine Hintertür öffnete sich, und ein Farbiger kam herein, in der einen Hand einen Wassereimer und in der anderen einen Wischmopp. Er war genauso schlaksig wie der Sheriff, und auf der Stirn hatte er einen weißen Fleck, der direkt über dem rechten Auge anfing und bis unter seinen Haaransatz reichte.

Der Sheriff sah ihn an und sagte: »Spot, du wirst wohl später wiederkommen müssen. Ich hab Gäste und einen Gefangenen.«

»Soll ich die Zelle nicht schrubben?«, fragte Spot.

»Das hab ich nicht gesagt. Aber ich hab Besuch.«

»Das seh ich. Ich brauch nicht lange.« Inzwischen war Spot schon reingekommen, und die Tür, die er mit dem Hintern aufgehalten hatte, fiel ins Schloss. Er warf einen Blick in die Zelle, wo Fatty auf dem Boden lag. »Ich kann um ihn rumwischen.«

»Verdammt noch mal«, sagte der Sheriff. »Ist das mein Büro, oder deins?«

»Das hier ist zumindest mein Wischmopp.«

»Herrgott, dann wisch halt.«

An der Wand gegenüber vom Schreibtisch des Sheriffs waren ein paar Stühle aufgereiht, und Shorty kletterte auf einen drauf und hockte sich hin. Seine Beine standen vor wie zwei zu kurz geratene Äste. Ich nahm den Stuhl neben Jimmie Sue. Eustace setzte sich auf eine Ecke des Schreibtischs, und Keiler legte sich auf den Boden. Spot fing an zu putzen. Die Zeit stand still, während er mit Wasser herumspritzte und den Scheuerlappen schwang, wobei er eine größere Sauerei anrichtete als sonst was, aber er schrubbte tapfer weiter. Er war vielleicht nicht gut, aber dafür zielstrebig. Wir hoben die Füße, und er wischte drunter durch. Als er zu Keiler kam, hob die Bestie den Kopf und schnaubte. Spot machte einen großen Bogen um ihn rum. Dann bedeutete er dem Sheriff, er solle die Füße auf den Schreibtisch legen, und wischte darunter. »Behaltet die Beine oben, bis alles trocken ist.«

»Spot, jetzt reicht's aber«, sagte der Sheriff.

»Auch wenn er so komisch tut«, sagte Spot, »legt er großen Wert darauf, dass es hier sauber ist.« Wir behielten alle die Beine oben, während Spot die Schlüssel vom Tisch nahm, über den frisch gewischten Boden tappte und dabei nasse Fußabdrücke hinterließ.

»Macht euch deswegen keine Gedanken. Ich wisch hinter mir auf, wenn ich mit der Zelle fertig bin.«

Er schloss die Zelle auf und ging rein. Schweigend schauten wir zu, wie er um Fatty herum und unter der Pritsche den Boden wischte. Dann versetzte er dem Eimer mit dem Mopp einen kleinen Stoß. Ich hörte das Wasser darin plätschern; gut möglich, dass er voller Pisse und Scheißhaufen war. Ich befürchtete schon, er würde ihn umwerfen, aber das tat er nicht. Er schob ihn lediglich beiseite und wischte, wo er gestanden hatte, und schob ihn wieder zurück. Dann ging er rückwärts raus und zog den Scheuerlappen hinter sich her, sodass seine Fußabdrücke verschwanden, nicht ohne dabei Fatty an der Schulter zu erwischen. Er schloss die Zellentür, verriegelte sie und fing wieder rückwärts an zu wischen, bis er die Hintertür erreicht hatte. Dann warf er die Schlüssel auf den Schreibtisch des Sheriffs, stieß die Tür mit dem Hintern auf, ging hinaus und schloss sie. Wir konnten hören, wie er das Wasser aus dem Eimer auskippte.

»Der glaubt, ihm gehört die Bude hier«, sagte der Sheriff.

»Wenn Sie wollen, dass ich diese Woche Ihren Müll wegbring und den Nachttopf voller Scheiße, der hier steht«, ertönte eine Stimme von hinter der Tür, »dann sollten Sie mich besser etwas anständiger behandeln.«

»Der gottverdammte Nigger hat Ohren wie ein Kojote«, sagte der Sheriff.

»Da können Sie sicher sein«, sagte Spot durch die Tür hindurch. Der Sheriff saß schweigend da, und nach einer Weile stand er auf, ging zur Hintertür und spähte hinaus. »Der ist weg«, sagte er und wandte sich zu Eustace um. »Das mit dem Nigger hab ich nicht so gemeint.«

»Scheiße, das weiß ich doch«, sagte Eustace. »Wir haben oft genug zusammen in der Klemme gesteckt, so schnell vergess ich das nicht. Mir musst du nichts erklären. Rück lieber unsere Belohnung raus.«

Der Sheriff grinste verschlagen. Die Verschlagenheit ließ sich auf ihm nieder wie ein kleiner Vogel. Sein Mund verzerrte sich, und er bleckte die Zähne, doch selbst in einem solchen Gesicht wirkte dieses Lächeln, als würde die Sonne aufgehen. Er platzte fast vor Freundlichkeit. Allerdings war das die Sorte Freundlichkeit, bei der man instinktiv die Hand auf die Brieftasche legte.

»Ihr wisst, dass wir dafür erst den Papierkram ausfüllen und einschicken müssen. Und das kann ’ne ganze Weile dauern.«

»Je schneller alles ausgefüllt ist«, sagte Shorty, »umso schneller ist alles Nötige in der Post, und dann warten wir einen angemessenen Zeitraum. Allerdings müssen wir noch etwas erledigen und schauen dann später noch mal vorbei.«

Der Sheriff wies mit einer Kopfbewegung auf Fatty in seiner Zelle. »Wie kommt’s denn, dass er so zugerichtet ist?«

»Er hat sich gewehrt, während er an einem Stuhl festgebunden war und wir ihn mit einer Pistole windelweich geprügelt haben«, sagte Shorty.

»Und mit einem Gewehrkolben«, fügte Eustace hinzu.

Der Sheriff musste lachen.

»Wir haben ihm gesagt, er soll still sitzen bleiben«, fuhr Eustace fort, »aber er ist andauernd vom Stuhl gefallen. Dabei war er dran festgebunden.«

»Uh-huh«, sagte der Sheriff. »Der ist mir früher schon über den Weg gelaufen, aber ich hab keinen Steckbrief mit seinem Namen.«

»Er hat erst gestern die Bank ausgeraubt«, sagte Eustace. »Da dauert’s ’ne Weile, bis das gemeldet wird. Würd mich allerdings nicht wundern, wenn er schon wegen andrer Sachen gesucht wird. Lass uns den Kram für unsre Belohnung ausfüllen, und dann ziehen wir unseres Weges. Wenn wir wieder zurückkommen, hast du bestimmt einen ordentlichen Batzen Geld für uns.«

»Habt ihr es auf die anderen abgesehen, von denen mir Rotschopf erzählt hat?«, wollte der Sheriff wissen.

»Ich heiße Jack.«

»Sag ich doch, Rotschopf.«

Ich ließ es bleiben.

»So lautet der Plan«, sagte Shorty. »Wir spüren sie auf und bringen sie hierher. Auf die ein oder andere Art und Weise. Machen unsere Ansprüche geltend und kassieren die Belohnung. So einfach ist das.«

»Und wenn ihr dabei draufgeht und nicht mehr zurückkommt«, sagte der Sheriff, »hab ich den ganzen Papierkram am Hals. Wer kriegt dann das Geld? Vielleicht sollte ich warten, bis ihr mit den anderen wieder hier seid, bevor wir die Formulare ausfüllen.«

»Wir kommen schon zurück«, sagte Shorty. »Und wenn nicht, können wir ja einen Begünstigten benennen.«

»Wäre das jemand, den ich kenne?«, fragte der Sheriff.

»Gut möglich, dass es jemand ist, der jetzt hier in diesem Zimmer weilt«, antwortete Shorty.

Der Sheriff dachte einen Moment lang nach, wobei er sich auf seinem Stuhl weit zurücklehnte und einen großen dunklen Wasserfleck an der Decke anstarrte. An der Stelle hing die Decke ein wenig durch, und beim nächsten stärkeren Regen würde sie bestimmt runterkommen. Direkt über seinem Schreibtisch. Das war wie dieses Damoklesschwert, von dem man immer hört. Jedenfalls saß der Sheriff eine ganze Weile da und betrachtete den Wasserfleck, und bald schauten wir alle, mit Ausnahme von Keiler, der eingeschlafen war, den Wasserfleck an, als würden wir drauf warten, dass er die Form von Jesus annahm.

Schließlich stand der Sheriff auf und ging rüber zum Telefon. Er nahm den kleinen Kegel vom Haken, packte die Kurbel an der Seite und drehte wie wild daran. Immer wenn die Kurbel ihren höchsten Punkt erreicht hatte, stellte er sich auf die Zehenspitzen, und wenn sie unten war, sank er wieder auf die Fersen. Endlich hörte er auf zu kurbeln und fing an, jemand am anderen Ende der Leitung anzubrüllen, als würde der auf der gegenüberliegenden Straßenseite stehen und er draußen vor der Tür.

Dann hörte er kurz zu und sagte: »Uh-huh. Uh-huh. Was Sie nicht sagen. Ich glaub, mich trifft der Schlag, und das nicht zum ersten Mal.« Er lachte über seinen eigenen Witz, sagte noch ein paarmal »Uh-huh« und legte auf. Ging zurück zu seinem Schreibtisch. »Ich hab mit der Praxis vom Doktor in Hinge Gate telefoniert. Sonst kenn ich dort niemand, der ein Telefon hat. Er hat gesagt, die Bank wär ausgeraubt worden.«

»Wenn das mal keine Überraschung ist«, sagte Eustace. »Das haben wir dir doch erzählt.«

»Ich hab mir die Beschreibungen von den Räubern geben lassen, und eine davon passt auf den Kerl da drüben, nur von den Prellungen und Beulen war keine Rede.«

Der Sheriff grinste, als er das sagte.

»Also bekommen wir die Belohnung oder nicht?«, fragte Shorty.

Der Sheriff kramte in seiner Schublade und holte einen Stapel Formulare hervor. Shorty rutschte von seinem Stuhl runter, watschelte zum Schreibtisch und fing an, sie mit einem Federhalter auszufüllen, den er in ein Tintenfläschchen tunkte.

»Da gibt es eine neue Erfindung, die ›Füllfederhalter‹ genannt wird«, sagte Shorty. »Solltest du dir besorgen.«

»Nee«, sagte der Sheriff. »Mir reicht das so. Mir ist lieber, alles bleibt beim Alten. Das Telefon und die zwei oder drei Orte, mit denen es in Verbindung steht, sind schon zu viel. Außerdem hab ich mir gedacht, ihr und die junge Frau mit dem Kätzchen in der Astgabel brecht sowieso bald auf, und da ich euch begleiten werde, muss ich den Papierkram gar nicht ausfüllen.«

Shorty hielt im Schreiben inne, während ihm langsam dämmerte, was der Sheriff da gerade gesagt hatte. »Warte mal. Du bist kein Kopfgeldjäger mehr, Winton. Warum willst du mitkommen?«

»Ich bin ein gottverdammter Sheriff. So jemand wie mich könnt ihr vielleicht gut gebrauchen.«

»Wenn du uns begleitest, verhungert dein Gefangener da drin dann nicht?«

»Ha, ich hab ’nen Deputy. Der ist unterwegs und holt mir und sich was zum Mittagessen. Was allerdings für euch nicht reichen wird. Sondern grad mal für uns.«

»Wir haben dich um nichts gebeten«, sagte Eustace.

»Schon ein Problem weniger«, sagte der Sheriff.

»Hör mal gut zu, Winton«, sagte Shorty. »Dort, wo wir hingehen, das liegt doch außerhalb deines Zuständigkeitsbereichs.«

»Ach, und du bist der Meinung, das interessiert irgendwen?«

»Ich bin der Meinung, dass das Gesetz gewissen Regeln folgt. Vielleicht liest du es dir bei Gelegenheit mal durch, schließlich bildet es die Grundlage für deinen Job.«

»Manchmal kommt es mir in die Quere, wenn ich jemand verhaften will. Ich mach mir lieber meine eigenen Gedanken, ohne mir da vom Gesetz allzu viel reinreden zu lassen.«

»Diese Freiheit können wir uns nehmen, aber du nicht. Du bist dem Gesetz verpflichtet. Wir nicht.«

»Ich glaube, die Freiheit kann ich mir auch nehmen, wenn mir danach ist. Ich hab mir gedacht, ich reite mit, und dann teilen wir die Belohnung durch fünf. Vier ist schon ’ne Menge, da kommt es auf einen mehr auch nicht an. So kriegt keiner viel, aber jeder wenigstens etwas.«

»Das Mädchen sieht keinen roten Heller. Die ist nur dabei, weil sie hübsch aussieht und damit Rotschopf was hat, womit er sich austoben kann.«

»Hey!«, sagte Jimmie Sue.

»Sie haben kein Recht, so über sie zu reden«, sagte ich.

»Vielleicht nicht«, sagte Shorty. »Aber genau so red ich, klar?«

Ich hatte den Eindruck, dass Jimmie Sue beleidigt worden war, und stand auf. Jimmie Sue packte mit Daumen und Zeigefinger mein Hosenbein und zog daran. Ich achtete nicht auf sie. »Ich hab langsam genug von Ihnen, Sir. Erst sind Sie unhöflich zu mir und beleidigen meinen Glauben, und jetzt haben Sie Jimmie Sue beleidigt, die äußerst nett zu mir war.«

»Für einen Dollar«, sagte Shorty.

»Das reicht jetzt«, sagte ich.

»Um das klarzustellen«, sagte Eustace. »Das war mein Dollar.«

»Hör zu, Bürschchen«, sagte Shorty. »Wenn du meinst, es wäre an der Zeit, dem Liliputaner eine Tracht Prügel zu verpassen, dann kann ich dir versichern, dass ich wie ein Streifenhörnchen an dir hochklettern, wie ein Haufen Backsteine auf deinem Kopf landen und dafür sorgen werde, dass du in den tiefsten Abgrund der Hölle fällst. Aber wenn du der Meinung bist, du hast es drauf, dann tu dir keinen Zwang an.«

Ich ballte die Hände und öffnete sie wieder.

Als hätte er jemand anderen beleidigt und nicht erst sie und dann mich, weil ich sie in Schutz genommen hatte, fragte Jimmie Sue: »Was ist ein Streifenhörnchen?«

Eustace sagte an mich gewandt: »Ich glaube, wir sollten schauen, dass wir gut miteinander auskommen, Vetter, und da ist es am besten, wenn du dich auf deinen Arsch setzt, bevor Shorty dir in den Hintern schlüpft und zu den Ohren wieder rauskommt.«

Mir gefiel das überhaupt nicht, aber sie waren nun mal alles, was ich hatte. Außerdem war Shorty wirklich anzusehen, dass er jeden Moment über mich herfallen würde. Nach dem, was beim Hahnenkampf passiert war, wollte ich das unbedingt vermeiden. Trotzdem, wenn ich mich jetzt einfach hinhockte und den Mund hielt, würde das auf Jimmie Sue keinen guten Eindruck machen. Ich wollte gerade etwas besonders Kluges sagen, als Jimmie Sue wieder an meiner Hose zerrte. »Du willst doch deine Schwester finden, oder?«

Ich sah sie an, nickte und setzte mich.

»Was ist ein Streifenhörnchen?«, flüsterte sie mir ins Ohr.

»So was wie ein Eichhörnchen, glaub ich. Die gibt's drüben im Westen, denk ich mal. Was spielt denn das jetzt für eine Rolle?«

»Ich weiß gern, was geredet wird.«

»Na schön«, sagte der Sheriff, »nachdem jetzt geregelt ist, dass das Mädchen leer ausgeht, und der Junge sich hingehockt hat, kann ich mitkommen, oder?«

»Ich hasse euch Hurensöhne, alle miteinander«, ertönte in dem Moment Fattys Stimme.

Wir schauten zu ihm rüber. Er hatte sich aufgerappelt und saß auf der Pritsche.

»Du hältst da drin schön deine Klappe«, sagte der Sheriff, »sonst wasch ich dir den Mund mit Seife aus.«

»Ich hab gehört, was Sie erzählt haben, von wegen jemand hätt 'ne Bank ausgeraubt«, sagte Fatty. »Aber ich war das nicht.«

»Und ob du das warst«, sagte Eustace.

Fatty widersprach ihm nicht, sondern saß nur mit gesenktem Kopf auf der Pritsche.

Ungefähr in dem Augenblick ging die Eingangstür auf, und ein Mann mit einem sauberen weißen Hut auf dem Kopf kam herein. Eine Pistole hing ihm tief an der Hüfte, und war mit einer Schnur am Bein festgebunden. Das Holster neigte sich ein wenig schräg nach vorne, und der Griff der Pistole war übergroß, damit man sie besser zu fassen bekam. Der Mann hatte ein frisch geschrubbtes rosafarbenes Gesicht. Offenbar hatte er sich beim Rasieren geschnitten, denn ihm klebten Fetzen braunen Papiers an den Wangen, die das Blut aufsaugen sollten. Er schaute mit großen Augen in die Runde, und unter seinem Hut lugte strohblondes Haar hervor. Er war ein bisschen pummelig, und seine Füße schienen für die Stiefel zu klein zu sein. Wenn er lief, rutschte er darin herum.

Er sah Fatty in seinem Käfig auf der Pritsche sitzen, schloss die Tür und ging zu ihm rüber. »Na, was haben wir denn da? Der sieht aus, als hätte ihn jemand durch ein Dornengestrüpp gezerrt.«

»Fick dich doch selbst«, sagte Fatty.

»Wer ist das da drin?«, fragte der junge Mann.

»Das ist ein Bankräuber, ein Entführer und wahrscheinlich auch ein Vergewaltiger«, sagte der Sheriff. Dann, an uns gewandt: »Und das, Gentlemen, ist mein Deputy Harlis.«

Harlis drehte sich um und sah uns an. »Da liegt ein riesiges Schwein auf dem Boden.«

»Ist dir das tatsächlich aufgefallen, was?«, sagte der Sheriff. »Halt dich schön von ihm fern. Lass dich von seinem Schnarchen nicht täuschen. Der packt dich in null Komma nichts an den Eiern.«

»Ich hatte nicht vor, ihn zu streicheln«, sagte Harlis.

»Wenn du das machst, bleibt von deiner Hand vielleicht nur noch ein Stumpf übrig«, sagte Eustace.

Deputy Harlis hatte seine Aufmerksamkeit bereits wieder Fatty zugewandt. »Du sitzt hinter Gittern, hab ich recht?«

»Das ist wirklich ein ganz Schlauer, was?«, sagte Fatty.

»Dem entgeht nichts«, sagte der Sheriff. »Es gibt keine Fliege, die er nicht bemerkt.«

»Du bist ein ziemlicher Fettsack, hab ich recht?«, sagte Deputy Harlis.

»Und du bist ein langgezogener Lumpen«, erwiderte Fatty.

»Ich bin grobknochig. Meine ganze Familie ist das.«

»Wenn du mich fragst, dann ist deine ganze beschissene Familie genauso fett wie der Hofhund, der deine Großmutter gefickt hat.«

»Gib mir die Schlüssel«, sagte Deputy Harlis. »Dem kleb ich eine.«

»Vergiss es«, sagte der Sheriff.

»Hast du denn manchmal zugeschaut«, sagte Fatty, »wie euer alter Hofhund deine Grandma bestiegen hat? Na, war das was?«

»Ich such mir was und hau dich damit windelweich«, sagte Deputy Harlis und zog blitzschnell seine Pistole. Aber nicht so schnell, wie der Sheriff nach dem Brötchen auf seinem Teller griff und es nach ihm warf. Es klatschte Deputy Harlis an die rechte Wange und machte dabei ein Geräusch wie früher, wenn Papa zur Schlachtzeit einer Kuh mit dem Hammer den Schädel einschlug. Deputy Harlis strauchelte einen Schritt nach hinten und sah den Sheriff an. »Verdammt, Winton. Das hat wehgetan. Du hättest mir was brechen können.«

»Mit einem beschissenen Brötchen?«, sagte der Sheriff.

»Die sind schon ganz schön hart, wenn wir sie im Café kriegen«, sagte Deputy Harlis und schob seine Pistole ins Holster. »Und wenn sie dann 'ne Weile rumliegen, könnten es genauso gut Steine sein.«

»Du wirst's überleben«, sagte der Sheriff. »Jetzt musst du erst mal für 'ne Weile hier Dienst schieben, weil ich was zu erledigen hab, und du wirst die Finger von dem Gefangenen lassen, außer ich befehl's dir ausdrücklich. Der hat so schon ordentlich Prügel bezogen.«

»Heilige Scheiße«, sagte Shorty. »Da haben wir's. Winton wird uns definitiv begleiten.«

»Klar werd ich das«, sagte der Sheriff. »Damit ihr mal seht, wie's hier läuft.«

»Ach«, sagte Shorty, »da bin ich aber erleichtert.«

Deputy Harlis hatte jetzt endlich Shorty ins Auge gefasst, und während er ihn anstarrte, machte er ganz langsam den Mund auf. »Ich dachte, da sitzt ein kleines Kind.«

»Das da«, sagte der Sheriff, »ist ein waschechter Liliputaner, Harlis, du gottverdammter Ignorant. Warum zum Teufel sollte auf dem Stuhl ein kleines Kind sitzen? Wir sind hier nicht beim Friseur. Herrgott nochmal, ich glaub fast, Fatty hat recht. Nur dass der Hofhund nicht über deine Großmutter drübergerutscht ist, sondern über deine Mama, und du bist dabei rausgekommen.«

Eustace sagte: »Weißt du was, Winton, wirf doch mal ein Stöckchen, und wenn er apportiert, wissen wir, woran wir sind.«

9

Shorty wollte zwar nicht sofort zustimmen, dass Winton uns begleitete, aber mir wurde allmählich klar, was die Stunde geschlagen hatte. Er knickte immer mehr ein, wahrscheinlich weil der Sheriff beiläufig erwähnte, der Papierkram wegen unsrer Belohnung könnte verlorengehen oder jemand anderes könnte für sich in Anspruch nehmen, Fatty gefasst zu haben. Der Sheriff zum Beispiel, wobei ich kaum glaubte, dass die Leute, die ihn kannten, ihm das zutrauen würden, denn ich hielt ihn für einen ziemlichen Faulenzer.

Ich möchte an dieser Stelle gleich hinzufügen, dass ich in der Hinsicht, wie sich später herausstellte, ziemlich danebenlag, aber in dem Moment machte er keinen besonders guten Eindruck auf mich, von der Tatsache mal abgesehen, dass er offenbar durch ein Feuer gelaufen war, während jemand versucht hatte, mit einer stumpfen Axt die Flamme auszuschlagen.

Schließlich gab Shorty nach. Wie gesagt, das hatte wahrscheinlich mehr damit zu tun, dass er befürchtete, ohne die Unterstützung des Sheriffs würden wir völlig leer ausgehen. Andererseits waren sie auch dicke Freunde und vertrauten einander, jedenfalls bis zu einem gewissen Punkt. Wo dieser Punkt genau lag, mussten die drei unter sich ausmachen, aber mir war nicht entgangen, dass auch Eustace und der Sheriff gute Freunde waren.

Bald diskutierten sie darüber, hinter wie vielen Männern wir eigentlich her waren, und der Sheriff gab zu bedenken, dass diejenigen, nach denen wir suchten, sich wahrscheinlich in Gesellschaft einiger anderer befinden würden, auf die ebenfalls eine Belohnung ausgesetzt war. Er sagte, in dem Wald würde es von Verbrechern nur so wimmeln, und wenn wir einfach jeden abknallten, der uns über den Weg lief, hätten wir bald einen ganzen Leichenberg beieinander, der uns einen Haufen Scheine einbringen würde. Seiner Meinung nach würden wir zwei oder drei Packpferde brauchen, um sie alle zurückzutransportieren.

Irgendwann meldete ich mich zu Wort. »Sheriff, da liegt noch ein toter Junge in einem Graben, an dem Keiler vielleicht schon ein wenig rumgeknabbert hat, und der hat ein ordentliches Begräbnis verdient.«

»Ach ja«, sagte Shorty. »Unser Bürschchen hier ist furchtbar aufgeregt, seit wir diese Leiche gefunden haben, und er möchte einfach nicht begreifen, dass der Kerl nicht noch toter werden kann.«

Das mit dem toten Jungen hatte ich während meiner Erzählung weggelassen, aber jetzt erklärte Shorty, was vorgefallen war. Daraufhin sagte der Sheriff: »Kein Problem, ich werd wohl jemand finden, der ihn holt, in eine Kiste packt und unter die Erde bringt, und wenn wir rausfinden, zu wem er gehört, dann graben wir ihn eben wieder aus und beerdigen ihn nochmal.«

»Wenn er ausgegraben werden muss«, sagte Eustace, »kann ich das übernehmen. Gegen Bezahlung natürlich. Aber ich hab nicht die Zeit, ihn zu holen und zu beerdigen.«

»Da finden wir schon jemand«, sagte der Sheriff.

»Bist du jetzt zufrieden?«, wollte Shorty von mir wissen.

»Sobald ich mit Sicherheit weiß, dass es erledigt ist, werde ich vor Zufriedenheit platzen.«

Nachdem die Formulare ausgefüllt waren, wurde erst mal Kaffee gemacht, und jeder meiner Versuche, irgendwen zur Eile anzutreiben, blieb erfolglos. »Wir sollten aufbrechen. Die Zeit drängt, und wer weiß, wie es meiner Schwester ergeht.«

»Wenn sie die Kirsche schon gepflückt haben«, sagte der Sheriff, »dann brauchen wir uns über ihr Wohlergehen nicht allzu viel Gedanken zu machen.«

»Was zum Kuckuck soll dass jetzt heißen?«, fragte ich.

»Wenn die Kerle über sie hergefallen sind«, antwortete der Sheriff, »und irgendwann genug von ihr haben, finden wir sie genauso tot in irgendeinem Graben wie den Jungen, an dem sich Keiler zu schaffen gemacht hat. Aber wenn sie noch ihren Spaß an ihr haben und sie keinem die Augen auskratzt, dann haben sie sie wahrscheinlich behalten. Was bedeutet, dass sie noch am Leben ist.«

»Sie könnten es sich anders überlegen. Sie könnten beschließen, sie jetzt sofort zu töten oder morgen, also müssen wir gleich los.«

»Da ihr herausgekriegt habt, wohin sie unterwegs sind, ist die Wahrscheinlichkeit, dass wir sie finden, morgen genauso hoch wie heute.«

»Sie wird sich um die Wäsche kümmern«, sagte Fatty. Er war aufgestanden und schaute zwischen den Gitterstäben hindurch.

»Wäsche?«, sagte ich.

»Erst hatten wir 'ne alte Frau, die das gemacht hat. Die Mutter von jemand. Zwischendurch haben wir sie herumgereicht, aber irgendwann ist sie nachts weggelaufen, also haben wir uns diese Halbindianerin gekrallt, aber die hat versucht, Cut Throat mit einem Fleischmesser zu erstechen, und da hat er ihr mit einem Holzscheit den Schädel eingeschlagen. Danach hat sich die Wäsche dann ziemlich angesammelt. Er macht sich damit nur ungern die Finger schmutzig und überlässt das lieber den Weibern. Mein Sohn, hoffentlich weiß deine Schwester, wie man Wäsche wäscht, denn wenn nicht, stehen ihre Chancen schlecht, sobald sie das Dickicht erreicht haben.«

»Achte nicht auf ihn«, sagte Eustace. »Wenn er so schlau wäre, wie er tut, wäre er nicht in einer gottverdammten Zelle gelandet, nachdem ihm ein Liliputaner eine Tracht Prügel verpasst hat. Das solltest du nicht vergessen.«

Der Sheriff besprach mit Harlis, wer sich um die Leiche des Jungen kümmern sollte, dann erklärte er, dass er noch ein paar Sachen zusammenpacken müsse, dann könnten wir aufbrechen. Kurz darauf holte Eustace die toten Hähne aus seiner Satteltasche und warf sie Keiler hin, der sie so schnell runterschlang wie ein zahnloser Mann ein eingeweichtes Brötchen.

Wir schauten Keiler zu, wie er fraß und Federn hochwürgte, während Shorty und die anderen ihre Sachen zusammenpackten, alle außer Jimmie Sue, die nur dastand und zuschaute, wie sich die Hähne in Luft auflösten.

»Der frisst die samt Federn?«, fragte sie.

»Am liebsten mag er sie, wenn sie geteert sind und ihnen ein Stock aus dem Arsch ragt«, erwiderte Eustace. »Da ist er nicht wählerisch, auch wenn er für frisch geschnittenes Heu nicht besonders viel übrig hat, was ich nicht so ganz begreife. Dann trollt er sich immer. Vielleicht kriegt er davon Schnupfen.«

Als Keiler fertig war, hustete er ein wenig, spuckte ein paar Knochen und Federn aus und noch was anderes, das wir ihn nicht hatten fressen sehen. Die Würgerei schien das Signal zum Aufbruch zu sein, denn wir stiegen auf und ritten los. Der Deputy hatte ebenfalls mitkommen wollen, aber Shorty drohte ihm, er würde ihn umbringen, und Harlis schien ihm zu glauben. Ich glaubte ihm jedenfalls.

Wir wollten uns auf direktem Weg dorthin begeben, wo sich, wie Fatty behauptete, seine Kumpane aufhielten, und ich fragte mich, ob er die Wahrheit gesagt hatte oder ob wir nur sinnlos durch die Gegend ritten. Shorty war sich sicher, dass er und seine Pistole und der Kolben von Eustaces Schrotflinte dazu beigetragen hatten, dass Fatty sich bei seinen Wegbeschreibungen um Genauigkeit bemüht hatte, aber mich überzeugte das nicht.

Wir blieben im Sattel, bis die Nacht hereinbrach, und inzwischen befanden wir uns tief im Wald auf einem Pfad, der eine Abkürzung sein sollte. Einigermaßen ermutigend fand ich, dass Sheriff Winton meinte, der Pfad wäre ihm vertraut und er hätte eine ziemlich genaue Vorstellung, von was Fatty geredet hatte. Er sagte, das wäre ein Ort, wo sich eine Menge finstere und ungewaschene Gestalten versammelten, als wäre er selbst ein Musterbeispiel intensiver Körperpflege. Ich achtete darauf, nicht hinter ihm zu reiten, denn wenn der Wind in meine Richtung blies, stank er, als hätte er seit Monaten kein Wasser mehr angerührt, von dem ranzigen Haaröl und seinem Zwiebelatem mal ganz zu schweigen. Außerdem war das Packpferd, das an einem Strick hinter ihm hertrabte, so ungefähr das übelriechendste Viech, das mir je begegnet ist – es furzte unablässig und ließ einen Pferdeapfel nach dem andern fallen. Verglichen damit war Keilers Gestank geradezu erfrischend.

Ich schaute rüber zu Jimmie Sue, die sich fortwährend Luft zufächelte, und fragte mich, wie sie ihn als Kunde hatte ertragen können. Später, als wir eine Pause einlegten, damit die Pferde sich ausruhen konnten, sprach ich sie darauf an, und sie sagte, sie hätte ihn mit Blütenduft eingerieben, einem Parfüm, wie ich vermutete.

Aber nun ritten wir an ihm vorbei und hielten uns in der Nähe von Eustace und Shorty, sodass wir den Gestank im Rücken hatten. Meine Laune besserte sich deswegen allerdings auch nicht. Als sich die Nacht allmählich auf die Bäume herabsenkte, fühlte ich mich so mies wie an dem Tag, als Lula entführt und Grandpa umgebracht worden war. Ich kam mir so klein und hilflos vor, dass ich mich am liebsten in einer Erdnussschale verkrochen hätte.

Hin und wieder hielten wir an, um in die Büsche zu pinkeln oder, wie ich schon gesagt hab, damit die Pferde sich ausruhen konnten, aber ansonsten ritten wir durch. Sogar als es dunkel wurde, denn der Pfad war gut zu sehen, der Mond schien ein wenig, und die Sterne leuchteten so hell wie Kerzen. Schließlich ließen wir es doch gut sein und schlugen ein provisorisches Lager auf. Es war zwar heiß, sogar noch nachts, aber wir banden die Pferde fest, zündeten ein Lagerfeuer an und wärmten ein paar Bohnen mit Rüsselkäfern drin auf, und so eklig das war, für ein paar Momente ging es mir, mit einem warmen Essen im Bauch, ein wenig besser. Wir saßen um das Feuer rum, und ich vertrieb mir die Zeit damit, einen kleinen Holzscheit, den ich aufgespalten hatte, ins Feuer zu schieben. Dann knisterte es, und Funken stoben auf, aber nicht so heftig, dass der Wald in Flammen aufgegangen wäre. Es waren eine Menge Leuchtkäfer unterwegs, und sie umschwirrten uns mit glühenden Schwänzen. Als ich irgendwann zu Shorty rüberschaute, war sein Hut von einem leuchtenden Heiligenschein umgeben. Aber anscheinend war ihnen peinlich, dass ich das sah, denn sie flogen sofort davon.

Während wir so dasaßen, wurde es etwas kühler, und ein leichter Wind kam auf. Er trug einen Geruch herbei, der aus Wasser und Kiefernnadeln und Walderde bestand. Das war kein übler Geruch. Ich musste an früher denken, als ich und Lula noch klein waren und wir gemeinsam in der Erde nach Würmern zum Angeln gegraben hatten. Ich konnte die Augen schließen und sah uns vor mir, wie wir uns hinterm Haus mit einer Schaufel oder einer Pflanzkelle abmühten. Sie hätte bestimmt gerne hier am Feuer gesessen und sich ihre seltsamen Gedanken gemacht, über den Wald und was darin lauerte. Für sie war alles ein einziges großes Geheimnis.

Ich streifte die Stiefel ab, breitete meine Decke aus, deckte mich mit einer anderen zu und legte den Kopf auf meinen Sattel. Jimmie Sue zog sich vor allen das Kleid über den Kopf und kroch zu mir unter die Decke. Die Männer ließen sich das Schauspiel nicht entgehen, und ich konnte sie schwer atmen hören. Jimmie Sue wollte sich an mich kuscheln, aber darauf hatte ich keine Lust, nicht vor aller Augen. Schließlich sagte sie: »Mach doch, was du willst«, und wandte mir ihren Hintern zu. Keine fünf Minuten später kam Keiler angetapst und schmiegte sich auf der anderen Seite an mich. Ich kam mir vor wie eine Scheibe Schinken in einem Sandwich.

Eustace sagte: »Ich und Keiler waren wirklich gute Kumpels, bis du aufgetaucht bist.«

»Echt wahr«, sagte ich.

»Echt wahr«, erwiderte Eustace und lachte. »Aber weißt du was, so sehr vermiss ich das stinkende Vieh gar nicht.«

»Keiler stinkt wirklich«, sagte Jimmie Sue und verstummte. Nach einer Weile hörte ich, wie sie tief und gleichmäßig im Schlaf atmete. Eustace übernahm die erste Wache. Er kauerte sich mit seinem Elefantentöter zwischen den Bäumen auf einen kleinen Hügel oberhalb des Pfades, den wir entlanggekommen waren.

Irgendwann dämmerte ich weg und träumte. Das war einer dieser Träume, die Hand und Fuß haben, solange man sie träumt, aber wenn ich ihn jetzt erzählen würde, würde er albern klingen, also lass ich's lieber. Als ich aufwachte, war es noch immer Nacht, und ich rollte mich herum und sah Shorty am Feuer hocken. Er hatte sich vorgebeugt und las ein Buch. Das Feuer knackte und flackerte, sodass Shortys Schatten auf die Bäume fiel und viel größer aussah als er selbst.

Ich beobachtete ihn eine Weile, und dann wurde ich von Müdigkeit überwältigt, und als ich das nächste Mal wach wurde, spürte ich Jimmie Sues Schuh in den Rippen.

»Die sind schon vorgeritten«, sagte sie.

»Was?«, sagte ich und setzte mich auf. Jimmie Sue war angezogen – sie trug eine weite Hose und ein altes blaues Männerhemd. Allerdings hatte sie noch immer ihre normalen Schuhe an.

»Wo hast du die Klamotten her?«

»Die hat Winton mir gegeben. Er hat sie in der Satteltasche für mich mitgenommen. Dachte sich, sie wären vielleicht bequemer. Was auch stimmt. Er hat gesagt, sie hätten einem Kerl gehört, der erschossen und beerdigt wurde, allerdings nicht in der Hose. Sie riechen auch nicht wie Winton. Sie sind einigermaßen sauber.«

»Klingt einleuchtend.«

»Dass sie nicht riechen?«

»Nein, dass der, dem sie gehört haben, nicht in ihnen beerdigt wurde. Schließlich trägst du sie jetzt.«

»Yeah, Winton hat erzählt, dass die Eltern von dem Toten ihn in einen feinen Anzug gesteckt haben, zu dem ein zweites Paar Hosen gehörte, und die waren über. Irgendwie sind sie dann nach der Beerdigung bei Winton gelandet. Und auch wenn das alles maßlos spannend ist, Jack, interessiert es dich vielleicht, dass die anderen, Keiler eingeschossen, ohne uns weitergeritten sind.«

Ich sprang erschrocken auf.

»Sie haben uns nicht im Stich gelassen, sondern sind nur schon mal vorausgeritten. Eustace hat gesagt, dass du dich mal ordentlich ausruhen solltest, weil du in letzter Zeit nicht so viel Schlaf gekriegt hast.«

»Tatsächlich, hat er das?«

»Willst du behaupten, du warst nicht müde?«

»Mir geht's so weit gut.«

»Warum wolltest du dann gestern Abend nicht auf mir reiten?«

»Ich hab meine Sporen vergessen.«

»Wirklich lustig, Jack. Ich könnt mich wegschmeißen. Die Kerle haben alle schon mal gesehen, was ich zu bieten hab, oder was Vergleichbares. Für sie wär das keine große Überraschung gewesen.«

»Yeah, aber ich bin nicht grad erpicht darauf, dass sie sehen, was ich zu bieten hab.«

»Ich dachte, wir haben unsern Spaß miteinander.«

»Wir sind hier nicht zum Vergnügen unterwegs.«

»Wir müssen irgendwohin, und das dauert 'ne Weile, also können wir genauso gut das Beste draus machen. Ich mein, ich kann auch ein paar lustige Geschichten erzählen, aber wie du gesehn hast, sind die nicht so lustig, wie ich dachte. Aber das andere, darin bin ich ziemlich gut, also spricht nichts dagegen, oder?«

Während sie auf mich einredete, hatte ich meine Stiefel ausgeschüttelt, nur für den Fall, dass ein Skorpion reingekrochen war. Ich zog sie an, rollte meine Decken auf und machte mich daran, mein Pferd zu satteln. Jimmie Sue hatte ihres bereits gesattelt. Sie sagte: »Erwarte jetzt bloß nicht, dass wir im Bett frühstücken oder dass ich weiterhin bei dir schlafe, wenn du deinen Mannespflichten nicht nachkommst.«

»Jetzt hab ich schon Pflichten?«

»Sind wir nicht irgendwie zusammen?«

»Irgendwie schon. Yeah.«

»Dann benimm dich auch so.«

Darauf gab es nun wirklich keine angemessene Antwort. Fast hätte man meinen können, Jimmie Sue wäre eine Flasche mit irgendwas Sprudelndem drin, und nachdem jemand den Deckel aufgemacht hatte, würde sie jetzt nicht mehr aufhören zu reden, bis die Flasche leer war.

Wir schwangen uns auf die Pferde, und Jimmie Sue griff in ihre Satteltasche und holte ein paar Brötchen heraus. Eins davon gab sie mir. »Du solltest besser erst mal drauf rumlutschen, sonst beißt du dir daran die Zähne aus. Sie stammen von der Frau im Café.«

»Wie das Brötchen, mit dem der Sheriff nach Harlis geworfen hat?«

»Jau«, sagte sie. »Wahrscheinlich waren die gleichzeitig im Ofen. Winton hat sie mir heute Morgen gegeben.«

Also ritten wir los, lutschten an unseren Brötchen und folgten dem Pfad. Jimmie Sue gab die Richtung vor. Von meinem Brötchen löste sich immer mal wieder ein kleines Stück, und das lag mir dann eine ganze Weile wie ein Metallspan im Mund, bevor es so pampig wurde, dass ich es runterschlucken konnte.

10

Der Morgen war so heiß wie ein tollwütiger Hund in einem Wintermantel. Ich rutschte auf dem Sattel hin und her und bekam davon einen ganz wunden Hintern. Um die Mittagszeit hielten wir an, damit die Pferde sich ausruhen konnten, und aßen noch eins von diesen Brötchen, was eine Stunde harte Arbeit war und einem das Gefühl gab, man hätte mehr gegessen, als es in Wirklichkeit der Fall war, denn es lag einem wie ein Backstein im Magen.

Als wir den Eindruck hatten, die Pferde wären ausgeruht und satt, führten wir sie runter zu einem kleinen Bach, wobei wir allerdings darauf achteten, dass sie nicht zu viel soffen, sonst quoll der ganze Hafer auf. Nachdem wir das erledigt hatten, stiegen wir einen Hügel hoch, wo wir jemand gotterbärmlich fluchen hörten. Oben angekommen, sahen wir einen Farbigen auf einem großen Maulesel in die gleiche Richtung reiten, in die wir auch unterwegs waren. Er ritt schnell und hüpfte dabei auf dem Rücken seines Maultiers auf und ab, was wohl auch der Grund war, warum er so fluchte. Ich erkannte ihn sofort an der blassen Stelle auf seiner Stirn. Es war der Kerl, der im Gefängnis gewischt hatte. Spot.

Als er uns sah, hob er die Hand, zügelte das Maultier und rutschte von seinem Rücken runter. Er hatte keinen Sattel, sodass die Reiterei eine ziemlich unangenehme Sache gewesen sein musste. »Ich such nach dem Sheriff«, sagte er.

»Die sind uns ein Stück voraus«, sagte Jimmie Sue. »Worüber regst du dich denn so auf?«

»Na ja, wegen Harlis.«

»Hat ihm jemand ein Brötchen an den Kopf geschmissen?«

»Dieses Mal hat er sich ’nen Schuss in den Bauch eingefangen. Und das ist viel schlimmer als ein Brötchen.«

»Du meine Güte.«

»Das war diese verdammte Hure. Nichts für ungut, Lady.«

»Gern hör ich das nicht. Aber red weiter.«

»Ich geh ins Gefängnis, um, na ja, den Nachttopf auszuleeren, und da muss mir jemand die Zelle aufmachen, und Harlis nimmt seine Pistole und schließt auf. Ich geh rein und hol die Schüssel, und kaum bin ich wieder draußen, kommt diese Hure rein, Katy heißt die, und sagt mit ’nem Lächeln: Ich möchte meinen Vetter besuchen. Und Harlis, der sagt zu ihr: Warum besuchst du nicht mich, ich hab keine Kusine, mit der ich reden kann. Ich weiß nicht, ob das seine Worte waren, weil so genau hab ich nicht aufgepasst, aber ungefähr kommt’s hin. Ich stell also den Nachttopf neben die Tür und erledig noch ein paar andere Sachen, wegen denen ich gekommen bin, und da zieht Katy plötzlich eine kleine Pistole aus ihrer Handtasche und sagt so was wie: Du brauchst gar nicht erst wieder abschließen. Lass ihn einfach frei, oder ich schieß dir ein Loch in den Bauch. Ich schau zur Hintertür und überleg, ob ich da rausrennen kann, aber sie fuchtelt mit der Pistole und sagt: Komm hier rüber, Nigger. Ich weiß, dass sie mich meint, also geh ich rüber und stell mich neben der Zelle an die Wand. Harlis hat inzwischen die Zelle wieder verriegelt und sagt, dass er sie ganz bestimmt nicht wieder aufschließen wird, und da schießt sie ihm in den Bauch.«

»O nein«, sagte ich.

»Daraufhin setzt er sich auf den Arsch, kippt gegen die Gitterstäbe und pisst sich in die Hose. Tot ist er nicht, aber glücklich bestimmt genauso wenig. Er ächzt und stöhnt und flucht wie ein Hufschmied. Dann richtet Katy die Pistole auf mich und sagt: Willst du auch den Helden spielen, Nigger, womit sie mich meint …«

»Das haben wir kapiert«, sagte Jimmie Sue.

»… also sag ich zu ihr, nein, danke, und sie sagt zu mir: Heb die Schlüssel auf und lass ihn raus. Ich hätt die Schlüssel nicht schneller aufheben können, wenn sie 'ne Goldmünze gewesen wären. Ich mach die Zelle auf und lass den Fettsack raus. Er grinst breit und sagt zu mir, los, hol den Nachttopf, also hol ich ihn. Er nimmt ihn und kippt ihn Harlis über den Kopf und knallt ihn ihm dann auf den Schädel. Harlis schreit wie am Spieß, aber er kann nichts dagegen tun.

Der Topf hat 'ne ziemlich breite Öffnung, weil der Sheriff, der sitzt gern bequem, und irgendwann steckt Harlis sein Kopf drin, auch wenn der Topf einen Riss gekriegt hat. War eine ziemliche Sauerei. Harlis hat wirklich übel geblutet, und das Feuer in ihm war ausgegangen, um's mal so zu sagen. Viel mehr als Asche war von ihm nicht mehr übrig. Keine Ahnung, ob er in dem Zeug ersoffen ist oder ob der Bauchschuss ihn erledigt hat, aber letzten Endes war das eine so gut wie das andere. In dem Moment wird mir klar, wenn ich jetzt nicht die Beine in die Hand nehm, bin ich als Nächstes dran, also stürz ich los, renn mit solcher Wucht gegen die Hintertür, dass sie aus den Angeln fliegt, und ich und die Tür, wir landen irgendwo draußen. Eine Kugel pfeift an mir vorbei, als hätt sie eine dringende Verabredung und wär schon spät dran, aber ihr bleibt noch genug Zeit, um mir einen heißen Kuss aufs Ohr zu verpassen. Ich purzel also den kleinen Hang dahinten runter, und seh ein paar Leute aus ihren Häusern linsen, aber keiner kommt deswegen hoch zum Gefängnis. Als nächstes seh ich den fetten Kerl und die Frau auf Pferden, die sie mitgebracht hat, offenbar schon fertig gesattelt und alles, und sie reiten wie der Blitz die Straße runter. Fatty hat ein Gewehr in der Hand, wahrscheinlich aus dem Büro, und weg sind sie.«

»Wie hast du es geschafft, sie zu überholen?«, fragte Jimmie Sue.

»Sie sind nicht hier lang gekommen«, antwortete Spot.

»Dann hat er Shorty angelogen«, sagte ich.

»Keine Ahnung«, sagte Spot. »Ich weiß nicht, wo sie hinwollen, und ich weiß nicht, wo der Sheriff hinwill, aber ich weiß, wo ihr alle langgeritten seid. Es war nicht schwer, euch zu folgen. Wenn Fatty weiß, wo der Sheriff hinwill, nimmt er vielleicht eine Abkürzung. So würd ich's jedenfalls machen. Ich wollt Sheriff Winton, Shorty und Eustace bestimmt nicht in einem ehrlichen Kampf gegenübertreten. Und den Eber haben sie ja auch noch dabei. Wenn ich Fatty und die Hure wär, würd ich versuchen, sie zu überholen, und ihnen irgendwo auflauern.«

»Oder er reitet gar nicht dahin, wo wir glauben«, sagte ich. »Gut möglich, dass er Shorty die ganze Zeit angelogen hat.«

»Wahrscheinlich hat er die Wahrheit gesagt, als Shorty ihn mit der Pistole verprügelt hat«, sagte Jimmie Sue, »nur die Abkürzung hat er nicht erwähnt. Das Ass hat er im Ärmel behalten.«

Spot nickte. »So seh ich das auch. Ich wollte den Sheriff warnen und ihm erzählen, was mit Harlis passiert ist, denn der war meistens gut zu mir, und ich denk, ich hab mir ein Trinkgeld verdient. Findet ihr nicht auch?«

»Da fragst du den Falschen«, sagte ich.

»Ich finde schon«, sagte Jimmie Sue. »Als ich noch im Hurenhaus gearbeitet hab und den Kerlen hinterher die Schuhe putzen musste, hab ich immer so getan, als würde ich das aus reiner Herzensgüte tun, dabei hab ich gehofft, mir noch was extra zu verdienen. Ich hab's nicht immer gekriegt, und dann war ich echt enttäuscht, weil ich wirklich damit gerechnet hab. Ich weiß also, wie's ist, wenn man leer ausgeht.«

»Daran hab ich noch gar nicht gedacht, von wegen dass ich nichts kriegen würd«, sagte Spot.

»Na ja, du kannst mir glauben, dass ich 'ne Menge Stiefel geputzt hab und nachher außer schwarzen Fingern nichts davon hatte. Also solltest du dir nicht allzu große Hoffnungen machen.«

»Jimmie Sue, um Himmels willen, hör doch endlich damit auf«, sagte ich. »Was ist mit Harlis? Hat sich jemand um ihn gekümmert?

Er liegt doch nicht etwa immer noch im Gefängnis, von Kopf bis Fuß voller Scheiße?«

»Ich hab den Leuten im Saloon nebenan gesagt, was passiert ist, also haben sie ihn inzwischen wohl rausgeschleift und abgewaschen und machen ihn für die Beerdigung fertig. Ich hoff ja, dass sie auch beim Sheriff putzen, denn ich freu mich ganz bestimmt nicht drauf, vor allem wenn ich erst in ein paar Tagen wieder zurückkomm.«

»Warum nicht schon früher? Wir können deine Nachricht überbringen.«

»Damit schlepp ich mich lieber selber ab.«

»Da gibt's nichts zu schleppen.«

»Außer den Wörtern in meinem Mund, und genau so will ich's haben«, sagte er und senkte den Blick. »Abgesehen davon geht's mir in dem Kaff nicht so gut, wie ihr vielleicht glaubt.«

»Na schön, dann müssen wir jetzt erst mal den Sheriff einholen«, sagte ich. »Also los!«

11

Wir holten sie ziemlich schnell ein, denn sie hatten selbst eine Pause eingelegt, um was zu essen, und sie wollten gerade wieder aufsteigen, als wir angeritten kamen. Keiler war nirgends zu sehen, aber weit weg war er bestimmt nicht.

Wir stiegen ab, und Spot erzählte ihnen, was er uns erzählt hatte.

»Dieser verfluchte Harlis«, sagte Sheriff Winton. »Wusst ich doch, dass der irgendwann draufgeht. Dem stand das ins Gesicht geschrieben. Ich kenn keinen, der es mehr drauf anlegte, sich eine Kugel einzufangen oder eine Tracht Prügel. Wenn man das Gehirn von dem Hundesohn nehmen und in ein leeres Tintenfass kippen und schütteln würde, würd das wie ein Haufen Schrot in einem Güterwaggon klingen. Der hat nur für mich gearbeitet, weil er nicht viel Geld haben wollte und zu bescheuert war, um zu begreifen, dass er dabei eine Kugel riskiert, also ist das zum Teil auch meine Schuld. Das hab ich nun davon, hätt ich ihm doch nur keinen Job gegeben, für den er nicht geeignet war.«

»Er war einfach dumm«, sagte Spot. »Aber was ich Ihnen da erzählt hab, das war doch wichtig, oder?«

»Sieht so aus«, sagte Winton, der ganz offensichtlich noch über das nachgrübelte, was er gerade gehört hatte, und versuchte, Ordnung reinzukriegen.

»Das war Ihnen doch jetzt alles neu, oder? Ohne mich wüssten Sie nicht, dass der Fettarsch und seine Kusine eine Abkürzung nehmen und Ihnen vielleicht irgendwo auflauern. Oder sogar gleich ins Dickicht weiterreiten und die anderen warnen.«

»Du weißt 'ne ganze Menge über das, was wir hier treiben.«

»Der Junge und die Hure haben mir davon erzählt.«

»Aber nur zum Teil«, sagte ich.

»Wenn ich an der Hintertür vom Gefängnis lausche, krieg ich so einiges mit«, sagte Spot, »und daher hab ich das meiste. Ich hab gehört, was die Kerle da Ihnen über den Fettsack erzählt haben, und den Rest hab ich mir zusammengereimt. Ich glaub, es ist wirklich wichtig, dass Sie das alles wissen, hab ich recht? Ich mein das, was ich Ihnen über Fattys Flucht erzählt hab.«

»Yeah«, sagte Winton, »aber jetzt hast du's mir ja erzählt.«

Winton stand da und glotzte Spot an, der dastand und ihn anglotzte, und zwar wie ein Hund, der glaubt, gleich kriegt er was hingeworfen, das ihm schmecken könnte.

»Er möchte ein Trinkgeld«, sagte Jimmie Sue.

»Ein Trinkgeld?«, fragte der Sheriff.

»Das wär nur höflich, wenn Sie mir was geben würden«, sagte Spot.

»Ich geb dir was, nämlich einen guten Rat«, sagte der Sheriff. »Wenn du das nächste Mal was hast, das du mir erzählen willst, dann solltest du vorher wissen, dass du dafür einen Scheißdreck kriegst. Und lausch bloß nicht mehr an meiner Hintertür!«

»Dann erzähl ich Ihnen ab jetzt gar nichts mehr, wenn Sie so denken, okay?«

»Ich werd's überleben.«

Spot sah aus, als hätte ihm seine alte Mutter gerade erzählt, er wäre hässlicher als der Hofhund.

»Das ist aber nicht nett, wie du ihn behandelst«, sagte Jimmie Sue. »Jetzt gib ihm schon was.«

»Ich hab nichts für ihn.«

»Du kannst ihm was versprechen und es ehrlich meinen«, sagte sie.

Winton musterte Spot lange, als würde er nach einer Schwachstelle suchen. »Wie wär's, wenn ich dir ein paar Brötchen für den Rückweg mitgeb, Spot? Wie wär's damit?«

»Sie wollen mich verarschen, oder?«

»Nein, ganz im Gegenteil. Die Brötchen sind hier in meiner Satteltasche.«

»Ich will Ihre verfluchten Brötchen nicht. Die kann sowieso keiner essen, ohne sich dabei einen faulen Zahn auszubrechen. Ich hab da an etwas Solideres gedacht.«

»Etwas Solideres? Was ist solider als ein Brötchen?«

Spot sah dem Sheriff direkt in die Augen. »Etwas Geld wär nett.«

»Das wär es, wenn ich welches hätte. Gehörst du nicht zu den Leuten, die etwas aus reiner Herzensgüte tun, nur eben weil es gut ist und ohne einen anderen Grund?«

»Nein, ganz bestimmt nicht.«

Ich schaute kurz zu Eustace und Shorty rüber. Sie hörten aufmerksam zu.

»Verdammt. Ich muss dir gar nichts geben. Aber ich sag dir was. Wenn ich nicht draufgehe und wir bei der Sache ein paar Scheine verdienen und die Belohnungen einstreichen, dann kriegst du was davon ab.«

»Wie viel?«

»Keine Ahnung. Einen Dollar?«

»Fünf Dollar.«

»Das ist ein Haufen Geld, Spot«, sagte Winton.

»Deshalb will ich's ja auch«, sagte Spot.

»Du gehst mir echt auf'n Geist. Also gut. Fünf.«

»Abgemacht?«

Sheriff Winton streckte die Hand aus. Spot schlug ein. »Abgemacht.«

»Ich werd dann mal mit Ihnen reiten. Vielleicht kann ich ja dafür sorgen, dass niemand Sie umlegt und ich meine fünf Dollar kriege.«

»Und wenn du dabei draufgehst?«

»Dann werd ich die fünf Doller wohl nicht mehr brauchen, oder? Und Sie haben keine Schulden mehr bei mir.«

»Da hat er recht«, sagte Eustace.

»Spot«, sagte Shorty. »Wenn ich irgendwann einmal jemanden brauche, der für mich eine Verhandlung führt, darf ich dich dann bitten, mich zu repräsentieren?«

»Ich weiß nicht, was das heißt«, sagte Spot. »Aber ich schätz mal, ich krieg's hin.«

12

Bei Einbruch der Nacht tauchte Keiler wieder auf. Um seine Beine und seine Schnauze hatten sich büschelweise Ranken gewickelt, und er starrte vor Dreck. Wahrscheinlich hatte er irgendwo einen Bach gefunden und sich den heißen Tag über ausgiebig darin geräkelt, und nachdem er sich abgekühlt hatte, war er rausgekommen und hatte uns wieder aufgespürt.

Wie ich schon gesagt hab, es wurde langsam dunkel, aber ein bisschen Licht gab es noch, vor allem rötliches wie von einer Pflaume, weil die Sonne hinter den Bäumen unterging, und ungefähr zu dem Zeitpunkt, als das letzte Licht verblasste, stießen wir auf diesen Handelsposten, direkt an der Straße auf einer Lichtung. Hier gabelte sich die Straße, wobei die andere Straße eigentlich gar keine Straße war, sondern mehr ein Pfad durch den Wald.

Wir waren immer noch ein ganzes Stück von dem Handelsposten entfernt, aber nicht so weit, dass wir ihn nicht genauer anschauen konnten. Er war von einem Haufen Baumstümpfen umgeben, wo Bauholz für die Hütte gefällt worden war, und ein paar davon qualmten noch von dem Feuer, mit dem sie ausgebrannt worden waren.

Der Handelsposten war in ziemlicher Eile zusammengeschustert worden, und dann auch noch, was wirklich dumm ist, mit grünen Stämmen, und er stand ein bisschen schief. Von den Stämmen war nicht alle Rinde entfernt worden, und manche waren länger als notwendig und ragten hier und dort raus. Die Tür war ziemlich niedrig, wie für jemand, der nicht viel größer war als Shorty. Sie war mit Lederriemen an der Wand befestigt, und man öffnete sie, indem man an einer Lederkordel zog. An Nägeln an der Außenwand hingen Tierfelle, und davor stand eine wirklich hübsche Sitzschaukel, die an Ketten hing. Der Wind ließ sie hin und her schwingen, und die Ketten knarrten.

Ich hatte die Hoffnung, dass wir dort was zu essen und zu trinken kriegen würden, also wollte ich schnellstmöglich rein, aber Shorty hob die Hand. »Vielleicht ist es besser, wir lassen Vorsicht walten.«

Hinter der Hütte entdeckten wir eine kleine Herde von Pferden. Winton sagte: »Warum lässt du nicht dein Maultier hier, Spot, und schaust mal da hinten nach, ob du die Pferde entdecken kannst, auf denen die beiden davongeritten sind. Gut möglich, dass das die Abzweigung ist, die sie genommen haben, denn sie hat uns auch hierher geführt. Vielleicht sind sie uns gar nicht so weit voraus, wie sie gehofft haben, oder Fatty hat beschlossen, seinen Durst zu löschen. Ist ihm durchaus zuzutrauen, dass er darüber etwas unvernünftig wird. Ich weiß das, weil ich auch ein wenig so bin.«

Spot rutschte vom Rücken seines Maultiers, reichte mir die Zügel und ging hinter die Hütte, um nach den Pferden zu schauen. Er war ziemlich schnell wieder da. »Die sind beide da hinten. Das sind dieselben Pferde.«

»Bist du sicher?«, fragte Winton.

»Da ist der gescheckte Gaul, auf dem die Hure geritten ist, und der knochige Palomino, auf dem der Fette geritten ist.«

Mir schlug das Herz bis zum Hals. Vielleicht konnten wir die Sache jetzt und hier zu Ende bringen, vielleicht würde Lula in den Schoß ihrer Familie zurückkehren, die seit dem, was vor Kurzem vorgefallen war, allerdings nur noch aus mir und irgendeiner Tante in Kansas bestand, die wir nicht mal kannten.

»Na schön«, sagte Winton. »Dann können wir ja mal reingehen und schauen, wie die Lage ist. Wenn ihr bereit seid.«

»Ich bin schon bereit auf die Welt gekommen«, sagte Shorty, »aber ich glaube, dass wir einen besseren Plan benötigen. Ich möchte vorschlagen, dass ich und Eustace – und den Jungen nehmen wir mit, falls er noch jemand anderen von der Fähre identifizieren kann – hineingehen und schauen, ob wir ein bisschen Staub aufwirbeln können. Meine Empfehlung lautet, dass wir nicht zwingend versuchen, sie zu verhaften, wenn sie ihre Waffen ziehen, sondern sofort tun, was nötig ist.«

Für mich hörte sich das an, als wollte er nur umständlich sagen, dass sie sie sofort töten würden.

»Wir müssen sie doch nicht gleich umbringen, oder?«, fragte ich.

»Wie wir uns entscheiden, liegt ganz in ihrer Hand«, antwortete Shorty.

»Was heißt, dass er sofort losballert, hab ich recht?«, sagte ich zu Eustace.

»Gut möglich, dass es darauf rausläuft«, erwiderte Eustace.

»Ihr anderen bleibt hier draußen«, sagte Shorty. »Winton, dir möchte ich nahelegen, dass du dich hinter die Hütte begibst, für den Fall, dass dort jemand herauskommt. Aber zieh lieber den Kopf ein, denn vielleicht kommt Eustace da raus, um einen Flüchtenden mit der Schrotflinte zu erledigen. Der Knarre ist es gleichgültig, wer ihr über den Weg läuft. Die Hure kann machen, was sie will.«

»Das ist aber nett von dir«, sagte Jimmie Sue.

»Spot, du kannst auch machen, was du willst.«

»Das hab ich mir schon gedacht«, sagte Spot. »Ich hab sowieso keine Waffe, und ich bin nicht stark genug, ihnen dieses Maultier an den Kopf zu schmeißen.«

»Dann bist du so bereit, wie du es jemals sein wirst«, sagte Shorty.

Eustace schwang sich von seinem Pferd, zog das Gewehr aus der Schlaufe an der Seite des Sattels, holte eine Faustvoll Patronen aus der Satteltasche und steckte sie sich in die Hosentasche. Er klopfte auf das Schulterpolster an seiner Weste, wie um sich zu vergewissern, das alles in Ordnung sein würde, aber wohl eher, um sich zu vergewissern, dass er für den Kolben seines Elefantentöters ausreichend gepolstert war. Die Mündung des Gewehrs sah aus wie eine Kanone.

Ich stieg von meinem Pferd, und Eustace holte eine Pistole aus einer der Satteltaschen und gab sie mir, eine 44er, die ich jetzt zum ersten Mal sah. Sie war so schwer wie ein Pflug.

Shorty kletterte seine Leiter hinunter, zog seinen Colt, der in seinen kleinen Händen ungemein groß wirkte, und sagte: »Winton, wenn du möchtest, kannst du meine Sharps mit hinter die Hütte nehmen, und wenn sich jemand davonmachen will, und du siehst in dem Licht genug, dann knall ihn damit ab. Aber wie gesagt, halt nach Eustace und seinem Elefantentöter Ausschau.«

»Das krieg ich hin«, sagte Sheriff Winton und stieg ab.

»Pass nur auf, dass du nicht aus Versehen einen Liliputaner oder einen großen Farbigen erschießt, die zur Hintertür rausgestürzt kommen, denn das sind dann wir«, sagte Shorty. »Und der Junge natürlich.«

»Danke, dass Sie an mich gedacht haben«, sagte ich.

»Eine guter Rat noch«, sagte Shorty. »Die Pistole, die du da hältst, ist nicht das neuste Modell, also musst du den Hahn anspannen, bevor du abdrückst. Ich dachte mir, diejenigen unter uns, die mit einer Waffe umgehen können, sollten am besten ausgerüstet sein, damit wir schnell hintereinander feuern können.«

»Als jemand, der nicht so gut mit einer Waffe umgehen kann, finde ich, ich könnte eine neure Pistole gut gebrauchen.«

»Tja, aber du bekommst keine, und damit ist das Thema beendet. Du kannst dir auch zusammen mit der Hure und Spot einen Ort suchen, wo ihr euch verkriecht, wenn dir das lieber ist.«

Ich schüttelte den Kopf. »Ich geh mit rein. Vielleicht ist Lula da drin, und ich will aufpassen, dass niemand sie erschießt, uns eingeschlossen.«

»Also gut«, sagte Eustace. »Mit dem langen Ende zielt man.«

»Mir ist der Humor vergangen«, sagte ich.

»Dabei wird es doch jetzt erst richtig lustig«, sagte Shorty. »Und wenn dich das Zeitliche segnet, haben wenigstens die anderen etwas zu lachen.«

Also, ich will hier niemand was vormachen. Ich hoffte von ganzem Herzen, dass Lula da drin war und dass es ihr gutging. Ich hatte solche Angst, dass mir die Zehen in den Stiefeln zitterten und Anstalten machten, sich wie eine Schlange durch das nächstbeste Loch davonzustehlen. Ich wusste nicht, was mich erwartete, und ich war, glaube ich, der Meinung, dass alles einfacher sein würde, als es dann war. Ich dachte mir, wir würden die Kerle einfach überraschen und sagen: »Hände hoch, ihr seid verhaftet!« Und dann würden wir sie fesseln und zurück in die Zivilisation bringen. Allerdings hatte ich auch so meine Zweifel, und bei der Vorstellung, ich würde wirklich die Pistole auf jemand richten und abdrücken müssen, wurde mir regelrecht übel. Die Chancen standen gut, dass ich mir selbst eine Kugel einfing und dann hinter der Hütte als Ameisenfutter in einem Graben landete.

Der Sheriff nahm die Sharps, und Jimmie Sue schwatzte ihm die Pistole ab, und sie gingen um die Hütte rum. Spot sagte, er müsse pinkeln, und verschwand zusammen mit seinem Maultier im Gebüsch. Wir drei samt Keiler näherten uns dem Handelsposten.

Als wir an der Lederkordel zogen und die Tür aufschwang, schlug uns ein Gestank entgegen, der es in sich hatte – Bohnenfürze und Schweiß und irgendwas Honigsüßes, das alles nur noch schlimmer machte. Drei oder vier Laternen brannten, und sie verbreiteten ungefähr so viel Licht, wie die Verdammten in der Hölle abkriegen. Als wir eintraten, sah ich links von uns vier Mann auf unterschiedlich hohen Schemeln an einem kleinen Tisch sitzen und Karten spielen. Zwischen ihnen stand ein Teller mit Maisbrot und eine Flasche Sirup. Das konnte ich sehen, weil direkt neben dem

Teller eine Laterne stand. Ich musterte ihre Gesichter, aber Nigger Pete oder Cut Throat waren nicht darunter. Sie waren alle weiß, und keiner von ihnen kam mir bekannt vor. Sie sahen aus, als hätten sie schon einiges mitgemacht und als wäre ihnen vieles davon nicht allzu gut bekommen. Und sie starrten alle Eustace und Keiler an, als könnten sie die beiden nicht auseinanderhalten.

Hinter der Theke entdeckte ich einen Mann, der völlig fehl am Platz wirkte, denn er war sauber, hatte kurz geschnittenes Haar und war frisch rasiert, sodass sein Gesicht im Laternenschein rosafarben leuchtete. An beiden Enden der Bar standen Laternen, und die Bar selbst war aus ein paar alten Fässern und einem verzogenen Dielenbrett zusammengezimmert. Dahinter, an der Wand, waren drei Regale mit allem möglichen Kram, größtenteils Flaschen, in denen wohl Whisky und Bier war sowie Dr. Pepper und Coca-Cola, und ein paar Fläschchen mit einer farbigen Flüssigkeit, Haarwasser oder Sarsaparilla vielleicht. Rechts von uns stand noch ein Tisch, aber an dem saß nur ein einzelner Mann, und zwar so weit hinten im Halbdunkel, dass ich sein Gesicht nicht erkennen konnte, aber eins war sicher, Fatty oder die Hure Katy, Cut Throat oder Nigger Pete waren nicht hier.

Ich stand rechts, in der Nähe des Mannes an dem Tisch, Shorty in der Mitte und Eustace links. Eustace hielt die Schrotflinte in den Armen wie ein Baby. Der Mann hinter der Theke sagte: »Farbige kriegen hier nichts, und das Schwein könnt ihr nicht einfach so mit reinnehmen.«

»Tatsächlich«, sagte Eustace und marschierte zu dem Dielenbrett, wobei seine Aufmerksamkeit mehr den Männern an dem Tisch galt, die ihre Karten weggelegt hatten und uns misstrauisch beäugten. »Geben Sie mir ’ne Flasche Whisky.«

»Ich hab gesagt …«, erwiderte der Barkeeper, doch Eustace fiel ihm ins Wort.

»Ich weiß, was Sie gesagt haben. Aber da ich jegliche Unannehmlichkeiten vermeiden möchte, wie mein kleiner Freund hier es ausdrücken würde, wäre es besser, Sie geben mir 'ne Flasche, und ich zahl dafür, und nichts Schlimmes passiert. Was den Eber betrifft, den hab ich nicht mit reingenommen, der kommt ganz von alleine. Aber er will auch nichts bestellen. Ich kann ja sicherheitshalber mal nachfragen. Willst du irgendwas, Keiler?«

Keiler schaute zu Eustace hoch, aber ich glaube, es ist keine große Offenbarung, wenn ich sage, dass Keiler nichts bestellen wollte.

»Nee, dacht ich mir's doch. Der will nichts. Nach vier isst und trinkt er nichts mehr. Wegen seiner Verdauung.«

Der Barkeeper sah Eustace lange an, beugte sich dann über die Theke und schaute zu Shorty runter. »Was zum Teufel ist das?«

»Das«, sagte Eustace, »nennt man unter gebildeten Leuten einen Liliputaner. Ein kleinwüchsiger Mann mit einer großen Pistole.«

»Und einem großen Schwanz«, fügte Shorty hinzu.

»So genau wollt ich's nicht wissen«, sagte Eustace. »Aber ich möchte Sie darauf hinweisen, Mr. Barkeeper, dass er mit seiner Pistole ganz leicht unter diesem Brett da durchschießen kann, und das würd Ihren Eiern nicht allzu gut bekommen.«

»Sie steckt noch im Holster«, sagte der Barkeeper.

»Das kann sich schnell ändern«, sagte Eustace.

Der Barkeeper sah mich an. »Wozu ist der gut?«

»Der hält den Liliputaner fest, wenn er müde ist, damit er nicht umfällt.«

»Warum hast du 'nen Liliputaner dabei?«, fragte der Barkeeper. Ich hörte Shorty seufzen.

»Na, weil er mein Sohn ist«, sagte Eustace. »Mir ist schon aufgefallen, dass er ein bisschen zu weiß ist, weswegen meine Frau mir noch die ein oder andere Erklärung schuldet. Und wissen Sie was, Mr. Barkeeper?«

»Was denn?«

»Wenn ich ein Kerl mit Namen Nigger Pete wäre, dann würd ich hier was zu trinken kriegen.«

»Ich kenn keinen Nigger Pete.«

»Da haben Sie nichts verpasst. Und jetzt stellen Sie den Whisky auf die Theke, bevor ich komm und ihn mir selber hol.«

»Wenn ihr mich fragt«, sagte einer der Männer am Tisch, »dann riechen Nigger und Schweine alle gleich.« Der Kerl war untersetzt und hatte einen ziemlichen Zinken im Gesicht und einen Schnauzbart, der aussah, als hätte ihn jemand mit Holzkohle hingemalt.

»Der Gestank kommt nicht von Keiler oder mir«, sagte Eustace. »Was du da riechst, ist der dicke Brocken Scheiße unter deiner Nase.«

Der Kerl am Tisch wollte aufspringen, aber sein Nebenmann berührte ihn am Arm, und er blieb sitzen.

Eustace lächelte ihn an und wandte sich wieder um.

Der Barkeeper schaute von einem Tisch zum anderen, vielleicht auf der Suche nach Hilfe, aber niemand rührte sich. Mein Blick fiel auf einen Vorhang, der links hinter der Theke vor einer Tür hing. Ich dachte, ich hätte da jemand gehört, und legte die Hand auf die Pistole, die ich mir in den Gürtel gesteckt hatte.

Da ihm offenbar niemand beistehen wollte, stellte der Barkeeper eine Flasche auf die Holzdiele. »Dieses eine Mal.«

»Außer ich komm wieder«, sagte Eustace. »Dann wären's schon zweimal.«

Der Barkeeper sagte: »Gib mir anderthalb Dollar.«

»Anderthalb Dollar. Das muss ja ein himmlisches Gebräu sein. Geben Sie mir zwei Gläser. Oder besser drei. Und eine Dr. Pepper für den Jungen.«

Eustace hob Shorty hoch, sodass er auf der Theke zu sitzen kam. Shorty kramte sechs Münzen hervor und warf sie auf die Diele. Der Barkeeper öffnete die Dr.-Pepper-Flasche und den Whisky und stellte sie zusammen mit zwei Gläsern vor uns hin. Eins für Shorty, eins für Eustace. Eustace schob ein Glas zu Shorty rüber. »Reich das mal weiter.«

Da fiel mir wieder ein, dass Eustace nach Möglichkeit nichts trank. Ich schenkte mir nichts von dem Dr. Pepper ein, und als der

Barkeeper die Flasche Whisky vor Shorty hinstellte, starrte Shorty sie nur an.

Ich wandte mich um und schaute zu dem Mann rüber, der allein an seinem Tisch saß. Er beobachtete mich, wie ein Huhn einen Brosamen beobachtet. Keiler beobachtete ihn, als wäre er eine Eichel.

Shorty schenkte sich ein. Ich rührte mich nicht.

»Trink einen Schluck, nur aus Höflichkeit«, sagte Shorty.

Ich goss mir nichts ins Glas, sondern griff nach der Flasche und trank einen tiefen Schluck. Ich weiß nicht mehr, wie es schmeckte.

»Unsere Lage sieht folgendermaßen aus«, sagte Shorty. »Wir suchen jemand. Und zwar einen Mann namens Cut Throat, einen namens Fatty und einen namens Nigger Pete. Kennst du die?«

»Ich hab von ihnen gehört«, sagte der Barkeeper.

»Okay, so weit sind wir mit unseren Ermittlungen also schon mal. Probieren wir es ein wenig direkter und präziser. Sind sie dir in letzter Zeit über den Weg gelaufen?«

»Nicht dass ich wüsste.«

»Vielleicht sollte ich, bevor wir unsere Unterhaltung fortsetzen, noch eine Sache erklären. Wenn du behauptest, du hättest sie nicht gesehen, und wir kommen zu der Schlussfolgerung, dass das nicht stimmt, nun, dann lassen sich gewisse Unannehmlichkeiten nicht vermeiden. Ist das klar?«

»Sehn Sie?«, sagte Eustace. »Wusst ich doch, dass er's so ausdrücken würde.«

»Glaubst du, das interessiert mich?«, sagte der Barkeeper.

»Besser wär's«, sagte Shorty.

»Die Scheißhaufen, die bei mir hinten rauskommen, sind größer als du«, entgegnete der Barkeeper, und einer der Männer am Tisch stieß ein heiseres Lachen aus. Natürlich der mit dem Holzkohleschnauzbart. Offenbar war er der Mutigste von ihnen.

Shorty schaute zu dem Tisch rüber. »Wenn ich das noch mal höre, hast du besser einen Hühnerknochen im Hals stecken.«

Der Mann drehte sich auf seinem Schemel um, sodass er uns zugewandt war. Mein Blick fiel auf den Mann, der rechts von mir allein am Tisch saß. Seine Hand ruhte auf seiner Pistole. Mir lief ein einzelner Schweißtropfen ins Auge, und ich wischte ihn rasch mit dem Ärmel weg.

»Also«, sagte Shorty, »weißt du, was ich denke? Ein großer fetter Kerl, der von einem Liliputaner – meiner Wenigkeit – mit der Pistole verprügelt wurde, und eine Hure, die zwar seine Kusine ist, aber mit jedem ins Bett hüpft, der Lust dazu hat, verstecken sich dort hinter dem Vorhang und lauschen, bewaffnet mit einer Flinte, die er dem Sheriff gestohlen hat, der draußen auf uns wartet. Und ich bin mir auch vergleichsweise sicher, dass du mich anlügst, und genauso meine guten Freunde hier, und das kann nur schlimm ausgehen.«

»Für dich«, sagte der Barkeeper und griff hinter sich.

»Wenn deine Hand wieder sichtbar wird und irgendetwas anderes hält als das, was du dir aus deiner Arschspalte gekratzt hast, puste ich dich um.«

»Ich glaub nicht, dass ein Sheriff draußen auf euch wartet«, sagte einer der Männer am Spieltisch, und zwar der, der Holzkohleschnauzbart zurückgehalten hatte. Er war knochendürr und sah aus, als hätte sein Gesicht mal nähere Bekanntschaft mit einem Dornbusch gemacht. Er hatte einen speckigen Hut auf, den er sich in den Nacken schob, um uns besser sehen zu können.

»Da irrst du dich aber«, sagte Shorty.

»Hier in der Gegend gibt's nicht mal 'nen Sheriff«, sagte einer der anderen Männer. Er beugte sich so weit vor, dass ich sein Gesicht sehen konnte. Es war nur ein Gesicht unter einem Hut, nichts Bemerkenswertes.

»Er stammt nicht von hier«, sagte Shorty. »Er kommt aus No Enterprise.«

»Dann hat er hier nichts verloren«, sagte der Mann. »Er hat überhaupt keinen Grund, sich hier rumzutreiben.«

Shorty nickte. »Das wäre zutreffend, wenn er sich denn um juristische Feinheiten scheren würde und nicht als Kopfgeldjäger unterwegs wäre. Ich sollte vielleicht außerdem noch erwähnen, dass ich und der farbige Gentleman hier ebenfalls Kopfgeldjäger sind. Der Junge sucht nach seiner Schwester Lula. Und falls ihr einer jungen Frau begegnet seid, die gegen ihren Willen mit den eben erwähnten Kerlen unterwegs ist, oder sonst jemand, der mit ihnen gemeinsame Sache macht, dann wäre es sehr entgegenkommend, wenn ihr uns das mitteilen würdet.«

»Du redest, als wärst du einer von diesen Kurbelphonographen«, sagte der Mann rechts von mir. »Du hörst einfach nicht mehr auf.« Er hatte sich ebenfalls vorgebeugt, und seine Finger schlossen sich um den Griff seiner Pistole. Da drüben war es recht dunkel, aber so viel konnte ich erkennen, denn er saß ein kleines Stück vom Tisch weg. Er war eher kleingewachsen und hatte tiefe Falten im Gesicht.

»Ich muss also davon ausgehen, dass wir nicht auf eure Unterstützung zählen können?«, fragte Shorty.

Niemand antwortete. Shorty ließ die Stille nachhallen. Er trank einen Schluck aus seinem Glas. »Wenn einer von euch hier lebend rauskommen möchte, sollte er jetzt die Beine unter die Arme nehmen, allerdings nicht durch die Hintertür, denn der Sheriff hat meine fünfziger Sharps, und er zögert bestimmt nicht abzudrücken.«

»Da ist überhaupt kein Sheriff«, sagte der Mann, der laut gelacht hatte. »Und wenn ihr Kopfgeldjäger seid, macht ihr außer dem Nigger grad nicht viel her, und allein kommt der nicht weit.«

»Seid ihr in dieser Hinsicht alle einer Meinung?«, fragte Shorty erneut. »Ihr wollt den abgebrühten Verbrecher im Hinterzimmer mit eurem Leben beschützen?«

»Mir ist der völlig egal«, sagte einer der Männer am Spieltisch, der bisher geschwiegen hatte. Er stand auf und ging durch die Vordertür hinaus.

»Das erklärt eine ganze Menge«, sagte Shorty. »Jetzt wissen wir wenigstens, woran wir sind.«

Kaum hatte er das gesagt, zog der Barkeeper eine Pistole hinter dem Rücken hervor, und Shorty zog den großen Colt, zielte mit einer Hand und drückte ab. Ich sah aus den Augenwinkeln, wie der Kopf des Barkeepers nach hinten gerissen wurde und sein Gehirn gegen die Wand klatschte, aber vor allem behielt ich den Mann rechts von mir im Auge, der aufstand und feuerte. Die Kugel pfiff so knapp an mir vorbei, dass sie sich anhörte wie ein Güterzug. Ich zerrte an meiner Pistole, aber sie hatte sich im Gürtel verhakt. Der Mann feuerte ein zweites Mal, ich bekam meine Pistole heraus, dachte im letzten Moment daran, den Hahn zu spannen, und drückte ab. Und schoss daneben. Der Mann feuerte zum dritten Mal und verfehlte sein Ziel. Mir war völlig schleierhaft, wie das möglich war, denn so weit standen wir nicht auseinander, aber er schoss dreimal daneben und ich einmal. Dann stürzte sich Keiler auf ihn. Er flitzte unter dem Tisch hindurch, riss ihn um und schnappte nach seinem Bein und ließ es nicht mehr los. Der Mann krachte rückwärts gegen die Wand und fing an, mit der Pistole auf Keiler einzuprügeln. Falls Keiler das störte, war ihm das nicht anzumerken. Ich spannte den Hahn und feuerte erneut, und dieses Mal traf ich, und der Kerl rutschte an der Wand runter, ließ seine Pistole fallen und sagte: »Verdammt.« Und dann machte sich Keiler über ihn her. Das Geschrei wurde immer lauter, und Keiler grunzte immer lauter und quiekte auch ein paarmal, aber nicht vor Schmerzen. Keiler war bester Laune.

Ich drehte mich zu den drei Männern an dem Tisch um. Sie hatten keinen Finger gerührt. Wie Fliegen in Marmelade.

»So ist recht, hübsch die Hände auf dem Tisch lassen«, sagte Eustace.

Der Vorhang hinter der Theke teilte sich, und ein Gewehrlauf schob sich hindurch. Shorty drückte ab. Das Gewehr flog durch die Luft, und wir hörten Schritte, dann knallte eine Tür, wieder

Schritte, und die schwere Sharps 50 röhrte los, gefolgt von deutlich leiseren Pistolenschüssen.

Eine Frauenstimme – Katy, ganz bestimmt – schrie: »Scheiß die Wand an«, und verstummte.

Shorty sprang von der Theke und stolzierte zu dem Kerl, den ich getroffen hatte. Keiler hatte ihn an den Waden gepackt und riss den Kopf hin und her, sodass Stühle und Tische umflogen und der Kopf des Mannes immer wieder gegen die Wand knallte. Shorty sagte: »Keiler, es reicht jetzt.«

Keiler ließ widerwillig von seiner Beute ab. Es war nicht zu übersehen, dass er den Kerl ziemlich zugerichtet hatte. Der Mann hatte wieder seine Pistole in der Hand, doch ihm fehlte die Kraft, sie anzuheben. Er blutete aus der Schusswunde und dort, wo Keiler ihn gebissen hatte. Keiler war offenbar auch über sein Gesicht hergefallen, denn ihm fehlte ein Ohr und die halbe Nase. Jetzt konnte er seine Brötchen bestenfalls noch beim Zirkus verdienen.

Er schaute zu Shorty hoch und schnappte keuchend nach Luft. Dabei tat er so, als wollte er die Pistole anheben, aber das war zu viel für ihn. Er ließ es bleiben und keuchte stattdessen weiter, den Blick auf Shorty gerichtet. Shorty schoss ihm zwischen die Augen. Schnell und kaltblütig. Mir wurde schwindlig

Eustace war durch den Vorhang ins Hinterzimmer gestürzt, während ich mit meiner Pistole die Männer am Tisch in Schach hielt, den Hahn gespannt und den Finger am Abzug. Shorty trat neben mich, die Pistole ebenfalls schussbereit.

»Angenehmer Abend, was?«

Eustace kam wieder nach vorn, in der Hand das Gewehr, das Shorty jemand aus der Hand geschossen hatte; ich hatte da so eine Vermutung, wem. »Die Hintertür ist offen, aber ich geh da nicht raus. Winton hat inzwischen bestimmt die Sharps nachgeladen, und ich möcht nicht, dass er oder Jimmie Sue mich mit irgendwem verwechseln.«

»Da hast du völlig recht«, sagte Shorty.

Wir gingen alle langsam zur Vordertür. Eustace sagte: »Wenn einer von euch gesucht wird, wissen wir nichts davon, und der Sheriff hat keine Papiere dabei, die euch betreffen. Aber wenn ihr uns erzählen wollt, wo die Männer stecken, nach denen wir suchen, sind wir ganz Ohr. Auch wenn Fatty uns schon auf die Sprünge geholfen hat. Oder ihr bleibt einfach mit dem Daumen im Arsch da hocken und passt auf, dass ihr uns nicht vor die Flinte lauft.«

»Mir waren Liliputaner noch nie geheuer«, sagte Holzkohleschnauzbart. »Und jetzt, wo ich einen seh, hat sich daran nichts geändert.«

»Dann ist jetzt die Gelegenheit, einen von meiner Sorte zu erledigen«, erwiderte Shorty. »Wenn du meinst, dass du dafür groß genug bist.«

Der Mann rührte sich nicht. Offenbar war er blitzschnell zu der Feststellung gelangt, dass Liliputaner eigentlich ganz in Ordnung waren. Wir gingen zur Vordertür raus. Mir klingelten die Ohren.

»Sie hätten den Kerl, den ich erwischt hab, nicht umbringen müssen«, sagte ich.

»Da bin ich anderer Meinung«, sagte Shorty.

»Das war wirklich unnötig.«

»Was man tun möchte und was man tun muss, ist nicht immer das Gleiche. Der war schlimm zugerichtet, und deine Kugel steckte ihm in der Lunge, also hab ich ihm einen Gefallen getan. Der wäre sowieso verreckt.«

Wir unterhielten uns leise, während wir rückwärts von der Veranda runterstiegen und das durchquerten, was irgendwann mal als Vorgarten durchgehen würde. Hier ragten ein paar große Baumstümpfe aus dem Boden, und zwischen denen standen wir eine Weile herum und warteten, ob der Sheriff und Jimmie Sue sich blicken lassen würden.

13

Manchmal glaubt man, eine Sache überstanden zu haben, aber dann stellt sich heraus, wie sehr man sich irrt. Der Mensch hat eine Eigenschaft, die ihn zu etwas Besonderem macht, aber auch zu einem Narren, und das ist sein Stolz. Ich vermute mal, dass die Männer am Spieltisch davon überwältigt wurden, denn sie kamen uns nachgestürzt, und sogar der Kerl, dem das alles gleichgültig gewesen war, kam links von dem Handelsposten aus dem Halbdunkel, als wollte er wiedergutmachen, was er wahrscheinlich für Feigheit hielt und ich für gesunden Menschenverstand.

Die Männer stellten sich mit gezogenen Waffen in einer Reihe auf der Veranda auf. Der Feigling sprang auf die Veranda und bezog auf der anderen Seite der Sitzschaukel Stellung.

»Seid ihr sicher, dass ihr euch das nicht noch mal überlegen wollt?«, fragte Shorty. Er klang völlig gelassen, als würde er nur jemand darauf hinweisen, dass sein Hosenschlitz offen stand.

»Wir wissen, was wir tun«, erwiderte Holzkohleschnauzbart. »Schließlich können wir nicht zulassen, dass ein Liliputaner und ein Nigger und ein kleiner Junge da reinkommen, wo wir Karten spielen, und unseren Barkeeper und einen Gast am anderen Tisch abknallen. Er hat sich auf unsere Seite geschlagen, also war er einer von uns.«

»So hab ich das auch gesehen«, sagte Shorty.

»Das können wir einfach nicht auf uns sitzen lassen«, sagte der Mann mit dem von einem Dornbusch entstellten Gesicht.

»Das kann ich gut nachvollziehen«, sagte Shorty.

Shorty, der seine Pistole bisher in der Hand gehalten hatte, schob sie ins Holster zurück. Was zum Teufel tat er da?

Dann machte einer der Männer auf der Veranda eine Bewegung. Ich weiß nicht mehr, welcher, und vielleicht war es auch mehr als einer. Jedenfalls hob Eustace daraufhin die Schrotflinte und feuerte einen der Läufe ab. Von einem Moment auf den anderen waren die Männer auf der Veranda weg, als hätte sie eine unsichtbare Hand fortgerissen. Die Tür hinter ihnen zerbarst in tausend Splitter, und es regnete Sägespäne. Die Flinte wurde vom Rückstoß so weit hochgeschleudert, dass es aussah, als müsste Eustace sie erst wieder zu fassen kriegen. Der Mann neben der Schaukel feuerte mit seiner Pistole, und Eustaces Hut segelte davon. Eustace richtete das Gewehr auf ihn. Der Mann hatte schon einiges von dem Schrot abbekommen, aber als er jetzt direkt in die Mündung blickte, sah ich, obwohl nur der Mond schien, wie sich seine Augen weiteten und ihm die Kinnlade runterklappte. Er feuerte erneut, traf aber niemand. Der Schuss ging, glaube ich, meilenweit daneben.

Eustace feuerte den anderen Lauf ab, und der Mann zerplatzte, und die Schaukel schwang nach hinten und krachte gegen die Wand der Hütte. Eine der Ketten löste sich, und die Schaukel schlug mit einem dumpfen Knall auf der Veranda auf.

Einen Moment lang standen wir da, während uns der Kopf dröhnte. Da kam der Sheriff auf der rechten Seite um den Handelsposten rumgelaufen. Er sagte: »Nicht auf mich schießen.«

Als wir ihn schließlich gut sehen konnten, sagte er: »Der fette Schweinehund hat die Hure als Schild benutzt, und ich hab sie erwischt und nicht ihn. Er ist zu seinem Pferd gerannt und davongeritten.«

»Das ist bedauerlich«, sagte Shorty.

»Wie steht es um Kate?«, fragte ich.

»Na ja, sie lebt noch, aber ich hab ein ziemlich großes Loch in sie reingeballert. Die Kugel ist durch sie durch, und Fatty hat einen Streifschuss abgekriegt, aber nicht so stark, dass er nicht wie ein Frosch auf den Pinto springen konnte, auf dem Katy geritten ist. Er hat sich davongemacht, obwohl er nur seine langen Unterhosen anhatte.«

Shorty sprang auf die Veranda, und ich folgte ihm. Er zündete ein Streichholz an und hielt es hoch. Überall lagen Kleiderfetzen herum, und an der Wand hing tropfendes Fleisch. Es sah so aus, als wäre die Hütte gerade mit roter Farbe frisch gestrichen worden und als hätte dann jemand ein paar Eingeweide drangeklatscht. Shortys Streichholz erlosch. Er ging rüber zu der Stelle, wo der andere Mann gestanden hatte, und zündete ein weiteres Streichholz an. Mir drehte sich fast der Magen um.

Shorty hielt das Streichholz über etwas, das wie ein zerschlissenes Paar Hosen aussah, in dem noch ein Großteil der Beine steckte. Als das Licht auf die Schaukel fiel, hielt er inne.

»Da ist eins seiner Eier«, sagte er. »Und sein Hut. Mit irgendetwas Ekelhaftem drin. Sein Kopf, glaube ich, aber es könnte auch etwas anderes sein.«

Ich stolperte runter von der Veranda zu einem der Baumstümpfe, setzte mich drauf, beugte mich vor und übergab mich.

»Schon in Ordnung, mein Junge«, sagte Eustace. »Ist kein schöner Anblick, wenn jemand draufgeht.«

Jimmie Sue kniete hinter der Hütte auf der Erde, Katys Kopf im Schoß. Als wir zu ihr traten, schnappte Katy nach Luft wie ein Fisch an Land. Um den Hals trug sie die Kette mit dem Stern, die Lula gehörte. Ich wusste, wo sie die herhatte, und obwohl das bedeuten konnte, dass Lula schon eine halbe Ewigkeit tot war, war ich aus irgendeinem Grund zuversichtlich, dass sie noch lebte. Dafür gab es natürlich keinen vernünftigen Grund, aber der Gedanke überkam mich eben, und plötzlich verspürte ich ein warmes Gefühl in mir wie von heißem Apfelmost.

»Hat sie irgendwas gesagt?«, wollte der Sheriff wissen.

»Sie hat Fatty als Hurensohn beschimpft und als miesen Fick«, sagte Jimmie Sue.

»Sie muss es ja wissen«, meinte der Sheriff.

Ich lief rüber, ging in die Hocke und nahm Katys Hand. »Haben Sie irgendwelche Verwandten, denen wir Bescheid sagen sollen?«

Katy wandte langsam und qualvoll den Kopf, sah mich an und lächelte. Dann hustete sie Blut und spritzte mir dabei das Hemd voll; damit war die Sache für sie erledigt.

Sheriff Winton zündete ein Streichholz an und beugte sich über sie. Das Licht spiegelte sich glanzlos in ihren toten Augen. »Ich hab sie direkt hier unterm Herz getroffen. Wundert mich, dass sie so lange durchgehalten hat. Sie hatte 'ne Pistole gezogen, also hatte sie's wohl verdient, aber ich hab auf Fatty gezielt, und er hat sie vor sich gezogen. Das ist erst die dritte Frau, die ich im Dienst erschieße, so ungefähr jedenfalls.«

»Die Halskette«, sagte ich. »Die gehört meiner Schwester Lula. Wahrscheinlich hat Fatty sie ihr geschenkt.«

»Typisch«, sagte Jimmie Sue. »Der kauft nie was, das er nicht auch klauen kann.« Jimmie Sue stand auf. Das Blut auf ihrer Hose schimmerte im Mondlicht; es sah aus wie ein großer Fettfleck. »Ich mochte sie nicht besonders, aber das hatte sie bestimmt nicht verdient. Immerhin, Fatty hab ich ein- oder zweimal erwischt, als er weggerannt ist.«

»Der hat 'ne Kugel aus der Sharps und zwei Schüsse aus Jimmie Sues Pistole eingesteckt«, sagte der Sheriff. »Das Kaliber 50 ist direkt durch sie durch, ganz bestimmt.«

»Dann wäre es klug, die Verfolgung aufzunehmen«, sagte Shorty. »Auch wenn es dunkel ist. Es ist gut möglich, dass er mit diesen Verletzungen nicht so schnell vorwärtskommt. In welche Richtung hat er denn seinen Abgang gemacht?«

Jimmie Sue wandte sich um und deutete in die Nacht hinaus.

14

Da die Halskette Lula gehörte, zögerte ich nicht, sie Katy abzunehmen und in die Hosentasche zu stecken. Ich wollte sie meiner Schwester zurückgeben, wenn wir sie erst gefunden hatten, und zwar mit großem Trara und einem Lächeln. Ich malte mir unser Wiedersehen auf die unterschiedlichste Weise aus, aber es verlief jedes Mal glücklich, wir waren miteinander vereint, und sie war froh, wieder zu Hause zu sein. Ich hoffte inständig, dass ich mir da nichts vormachte. Oft genug hatte ich sie für ein törichtes Mädchen gehalten, das seltsame Ansichten hatte, aber in dem Moment wünschte ich mir, dass sie noch immer zum Himmel hochblicken und einen Stern nach sich benennen konnte.

Es wurde beschlossen, dass ich und Jimmie Sue und Spot zurückbleiben und Katy und die anderen begraben würden, während Shorty, Eustace und Sheriff Winton Jagd auf Fatty machten. Mir gefiel das überhaupt nicht, weil ich Shorty und Eustace nicht aus den Augen lassen und ihnen die Gelegenheit geben wollte, sich davonzustehlen. Das kleine Stück Land, das ich sozusagen in der Tasche hatte, war möglicherweise kein so großer Anreiz mehr, seit sie auf die ein oder andere Belohnung zählen konnten, und vielleicht zogen sie es vor, sich nicht länger mit mir herumzuplagen. Ich war mir noch nicht völlig sicher, ob wir fürs selbe Lager kämpften, und ihnen ging es wahrscheinlich genauso.

Bevor sie aufbrachen, schaute sich der Sheriff noch mal genauer an, was von den Toten übrig war, nur für den Fall, dass er jemand kannte, aber dafür hätte er schon einen Steckbrief gebraucht, auf dem der linke Hoden oder die Eingeweide eines Verbrechers abgebildet waren, denn mehr war von denen nicht übrig.

Im Handelsposten stellte er fest, dass er den Barkeeper schon mal gesehen hatte und dass der Kerl auch eingesessen hatte, aber er wusste nichts Neues über ihn, für das sie eine Belohnung gekriegt hätten. Der Mann, auf den ich geschossen und an dem Keiler rumgekaut hatte, war auch kein schöner Anblick. Während wir uns hinter der Hütte um Katy gekümmert hatten, war Keiler wieder reingeschlichen und hatte sich an seinem Gesicht zu schaffen gemacht, das ihm offenbar besonders gut schmeckte. Winton redete ein ernstes Wort mit ihm, er sollte den Mann ihn Ruhe lassen, aber Keiler schenkte ihm keine Beachtung. Jimmie Sue kam herein, kraulte Keiler ein wenig hinter den Ohren und lenkte ihn damit ab, sodass ich und Winton den Kerl an den Stiefeln packen und in die Mitte des Raumes zerren konnten. Der Sheriff nahm eine der Lampen und stellte sie neben ihn.

»Das könnte mein Sohn sein, und ich würd ihn nicht wiedererkennen, so wie der zugerichtet ist«, sagte Winton.

Nachdem wir uns alles angeschaut hatten, nahmen sich diejenigen, die Fatty verfolgen wollten, frische Pferde aus der Koppel hinter der Hütte, ließen das Maultier und das Packpferd dort zurück und ritten davon in die Nacht. Wie gesagt, mir gefiel das überhaupt nicht, aber es ist so wahr, wie die Sonne jeden Morgen aufgeht, wenn ich erzähle, dass ich total erledigt war, mir war schummrig, und letztlich war ich froh dazubleiben. Mir klingelten immer noch die Ohren, und die Toten krochen mir immer noch im Kopf rum. Ich musste dran denken, wie ich auf den Mann geschossen hatte und wie Keiler über ihn hergefallen war. Ich musste an die Männer auf der Veranda denken und wie der Elefantentöter sie glatt aus ihren Klamotten gepustet und in bluttriefende Stückchen verwandelt hatte.

Wir gingen wieder rein in die Hütte und zündeten die restlichen

Laternen an. Als die Tür aus den Angeln gerissen wurde, bei Gott, da hatte es auch ein paar von den Laternen ausgeblasen, deshalb brauchten wir mehr Licht. Wir machten uns daran, ein wenig für Ordnung zu sorgen, und die Überreste der Männer und Katy sollten ein christliches Begräbnis kriegen. In der Vorratskammer entdeckten wir ein paar Schaufeln, und nachdem Katy unter der Erde war, sagte ich ein paar Worte, die ich Grandpa bei Mamas und Papas Bestattung hatte sagen hören. Wir begruben den Barkeeper und die von Keiler angefressene Leiche des Mannes, auf den ich geschossen hatte, nebeneinander. Die anderen Kerle, nun ja, da mussten wir raten. Wir kratzten hier was zusammen, klaubten dort was auf und überlegten, was zu einem von ihnen gehörte und was zu den Tierfellen, die an der Wand gehangen hatten.

Irgendwann hatten wir alles zusammen, was wir finden konnten, schaufelten es in ein Fass und begruben das Fass. Ich muss zugeben, dass ich über dem Grab nicht allzu viel zu sagen wusste, aber ein paar Worte sagte ich trotzdem, denn das hatten, so fand ich, auch die übelsten Kerle verdient. Also faselte ich etwas, von wegen wie sehr sie ihre Mutter geliebt hatten und ihren Hund, und vielleicht hatten sie ja sogar an Jesus geglaubt. Ich schloss mit »Staub zu Staub und so was«, und damit war das erledigt, und trotz meiner unaufrichtigen besten Wünsche war ich mir sicher, dass die ganze Bande schnurstracks zur Hölle gefahren war.

Hinterher schauten wir noch mal in der Vorratskammer vorbei, wo wir etwas zu essen fanden – gepökeltes Schweinefleisch, Bohnen und Mehl, etwas Schmalz und ein paar Eier in einer Büchse. Da hinten war auch ein Herd und Holz dazu, also zündete ich ein Feuer an, und binnen Kurzem zerfloss eine ordentliche Portion Schmalz in einer Pfanne. Es roch zwar schon ein wenig ranzig, aber nicht so schlimm, dass es mir Angst gemacht hätte. Ich fragte Jimmie Sue, ob sie nicht kochen wollte, und sie sagte, sie sei zwar eine Frau, aber eine Köchin sei sie nicht, wie sie mir bereits erklärt habe. Immerhin gelang es mir, das Pökelfleisch und die Bohnen aufzuwärmen, und in einer anderen Pfanne bereitete ich gebratenes Maisbrot zu. Das ist ganz einfach, wenn man weiß, wie es geht, aber wenn nicht, hat man irgendwann lauter gebratene Maisstückchen, die, glaube ich, in etwa so schmecken wie Katzenscheiße, wenn man sie trocknet und salzt. Ich nahm eine Schüssel und schlug ein paar Eier rein, die ich in einer Blechdose entdeckt hatte, und keins davon war faul. Dann kippte ich etwas Maismehl dazu, und da ich keine Milch hatte, was mir lieber gewesen wäre, verwendete ich Wasser, das ich vorher auf dem Herd erhitzte. Wenn man es erhitzt, lässt es sich besser mit dem Maismehl vermischen. Ich löffelte noch etwas Schmalz in die Schüssel, und es löste sich in dem heißen Wasser auf. Es standen jede Menge Säcke mit Maismehl rum, und ich mischte einige Tassen davon mit dem Wasser, solange es noch heiß war, und verteilte es in einer länglichen Schüssel, die ich in den Ofen stellte, nachdem der richtig heiß war. Als das Maisbrot anfing fest zu werden, holte ich die Schüssel raus, wobei ich mir einen Lappen um die Hand wickelte, und bestrich die Oberseite mit Schmalz. Als ich damit fertig war und das Pökelfleisch und die Bohnen köchelten, fügte ich noch Salz und Pfeffer hinzu, um alles zu würzen.

Es schmeckte gar nicht übel. Mit ein paar Löwenzahnblättern wäre es noch besser gewesen, aber ich wollte nicht unbedingt nach draußen gehen und im Dunklen danach suchen.

Wir aßen, bis wir pappsatt waren, und dann suchten wir uns ein paar getrocknete Bären- und Hirschfelle, um es uns darauf bequem zu machen. Bevor wir uns hinlegten, ging mir durch den Kopf, dass wir die Hintertür verriegeln sollten und dass wir, da es keine Vordertür mehr gab und eines der beiden Fenster, die auf die Veranda rausgingen, zerschossen war, vielleicht auch eine Wache aufstellen sollten, nur für den Fall, dass jemand hier vorbeischaute, weil er sich mit Vorräten eindecken wollte oder weil er mit den Männern befreundet war, die wir hinter der Hütte verscharrt hatten.

Aber es kam alles ganz anders. Wir legten unsere Decken zurecht und redeten darüber, eine Wache aufzustellen, aber keiner von uns hatte Lust dazu. Unter den Sachen, die zum Verkauf standen, entdeckte ich ein Hemd, sodass ich das mit den Blutflecken ausziehen konnte, und bevor ich wusste, wie mir geschah, waren wir alle eingeschlafen. Erst am nächsten Morgen kam ich wieder zu Bewusstsein, und das auch nur, weil sich mir mal wieder eine Stiefelspitze in die Rippen bohrte.

Es war Shorty. Ich setzte mich ruckzuck auf. »Haben Sie ihn gekriegt?«

»Leider nicht«, sagte Shorty. Er und die anderen hatten das Maisbrot entdeckt, das übriggeblieben war. Sie hatten was von der Melasse in eine Schüssel gekippt, im Herd ein Feuer angezündet und die Schüssel danebengestellt, damit die Melasse flüssig wurde. Auf dem Herd stand eine Kaffeekanne. Sie schenkten sich Kaffee in Becher und tunkten das Maisbrot rein und manchmal auch in die Melasse, während sie dastanden und uns anschauten. Offenbar waren sie schon eine ganze Weile da, aber wir waren zu müde gewesen, um das mitzukriegen.

»Fatty ist unserem Natty Bumppo hier durch die Finger geschlüpft«, sagte Shorty.

Eustace hörte sich das alles an, während er Kaffee aus der Kanne in die Schüssel mit Melasse goss. Ich wusste, dass viele Leute ein wenig Kaffee in ihrem Sirup mochten, um ihn aufzuwärmen und flüssig zu machen, damit sie ihn mit Maisbrot auftunken konnten, aber mir schmeckt das nicht. Melasse ist zu süß, und ich krieg davon Kopfweh, und sie mit Kaffee zu vermischen, macht's nicht besser.

»Was?«, fragte Jimmie Sue, die erst langsam wach wurde. Dabei wirkte sie, als wäre sie in einen Tanzsaal reingeraten, wo die Musiker gerade die Fiedel wegpackten und die Gäste nach ihren Hüten suchten.

»Er meint, dass Eustace seiner Spur nicht folgen konnte«, sagte ich.

»Oh, er ist ihr eine ganze Weile gefolgt«, sagte Shorty mit einem vieldeutigen Blick zu Eustace.

»Fang jetzt bloß nicht damit an, du kleiner Scheißer«, sagte Eustace.

»Fatty hat die ganze Gegend vollgeblutet. Ihm ist die Lebenskraft nur so rausgelaufen. Dem konnten wir problemlos folgen, aber irgendwann hat er sich in den Wald geschlagen, und da hat Eustace seine Spur verloren. Wir haben gesucht, bis es hell wurde, aber selbst dann waren keine Blutflecken mehr zu sehen, weshalb Eustaces Fähigkeiten als Spurensucher den Weg der Enten ging, die letztes Jahr nach Süden geflogen sind.«

»Ich weiß, dass diese Mistviecher nach Süden fliegen.«

»Ja, da hast du recht. Du bist mit dem allgemeinen Muster vertraut, dem die Enten folgen, aber wenn deine Beute nicht gerade ihren Saft auf den Boden tropft, geht sie dir durch die Lappen.«

»Na ja, eigentlich hat Eustace gute Arbeit geleistet«, sagte Winton. »Aber als wir runter zu dem Bach gekommen sind, da ist das Blut eben ins Wasser gelaufen und wurde fortgespült. Vielleicht liegt er ein paar Meilen oberhalb von der Stelle, wo wir aufgehört haben zu suchen, und ist tot.«

»Warum haben Sie aufgehört?«, fragte ich.

»Weil wir dachten, es wäre besser, wir kehren um und holen euch«, sagte Shorty.

»Das ist nicht die ganze Wahrheit«, sagte Winton. »Fatty hatte eine Richtung eingeschlagen, in die wir nicht wollten, weil sie nicht ins Große Dickicht führt. Gut möglich, dass er uns absichtlich in die Irre führen wollte, wobei ich eher vermute, dass er einfach nur Land gewinnen will, egal wohin es ihn dabei verschlägt. Ich glaube immer noch, dass das, was er Shorty erzählt hat, richtig ist, und dass sich seine Kumpels irgendwo da unten in der Gegend von Livingstone rumtreiben, tief im Dickicht. Wir mussten wegen der anderen Pferde hierher zurückkommen, und da ist mir eingefallen, dass die Toten ihre ja auch nicht brauchen, also können wir ihre Gäule und ihre Ausrüstung später irgendwo verkaufen oder gegen was eintauschen.«

»Shorty kann ein Stück Scheiße nicht von wildem Honig unterscheiden«, sagte Eustace, und die Worte kamen wie Erbrochenes aus ihm hervor. »Der könnt die nicht mal auseinanderhalten, wenn er eine Biene wär.«

Jetzt wurde auch Spot wach. Er setzte sich auf seinem Bärenfell auf und sagte: »Riech ich da Kaffee?«

Das brachte uns auf andere Gedanken, und wir frühstückten. Nachdem wir uns den Bauch vollgeschlagen und die gescheiterten Verfolger ihren heißen Kaffee ausgetrunken hatten, besserte sich unsere Laune erheblich.

Wir packten alles zusammen, was wir vielleicht brauchen würden, holten die Pferde, banden sie eines hinter dem anderen zusammen und brachen auf. Wir hatten auch alle Knarren der Toten eingesammelt und in unsere Satteltaschen gestopft. In einem Jutesack im Hinterzimmer entdecken wir noch mehr Waffen: eine Schrotflinte Kaliber 12, eine alte Winchester und ein paar Kleinkaliberbüchsen. Ein paar davon wollten wir verkaufen, den Rest behalten. Langsam gewöhnte ich mich daran, gegen das Gesetz zu verstoßen. Außerdem war ich zusammen mit einem Sheriff unterwegs, und der dachte sich auch nichts dabei, also muss ich leider gestehen, dass mich das bei meinen verbrecherischen Aktivitäten nur ermutigte.

Während wir so durch die Gegend ritten, verschwand Keiler immer wieder im Unterholz und schreckte dabei scharenweise Vögel auf. Ich musste daran denken, wie ich noch klein gewesen war und Papa mich auf die Jagd nach Wachteln und Tauben mitgenommen hatte.

Allerdings erinnerte ich mich nicht daran, was für schöne Tage das gewesen waren, wenn ich mit Papa im Wald war, sondern an das eine Mal, als ich einen Vogel mit einem Schuss vom Himmel runterholte. Ich war mächtig stolz auf mich, bis ich sah, wie der Vogel mit gebrochenem Flügel im Gras lag und verzweifelt nach Luft schnappte. Sein Schnabel stand weit offen, und in seinen Augen spiegelte sich Verwirrung und Schmerz, und, na ja, da wurde mir speiübel. Ich stand über dem Vogel, und als Papa mich einholte, sagte ich: »Meinst du, wir können den Flügel schienen und ihn wieder gesundpflegen?«

Er hob den Vogel auf und drehte ihm den Hals um. »Nee, der wird nie wieder fliegen, und auch sonst steht's schlecht um ihn.«

Damit hatte er recht. Wir brieten ihn an jenem Abend überm Feuer, zusammen mit mehreren anderen, die wir geschossen hatten. Ich weiß, dass man diese Männer nicht mit dem Vogel vergleichen kann. Und wir wollten sie auch ganz bestimmt nicht aufessen. Es ist etwas anderes, auf die Jagd zu gehen, wenn man Hunger hat. Ich redete mir ein, dass wir keine andere Wahl gehabt hatten, schließlich waren sie bewaffnet gewesen, und sie hatten keinen Zweifel an ihren Absichten gelassen. Aber ich fühlte mich trotzdem wie damals, als der Vogel vor mir im Gras lag, nur dass ich noch trauriger und verwirrter war. Immer wieder sah ich Katy vor mir, wie sie den Mund geöffnet hatte und wie das Blut rausgespritzt war, und der Schmerz und die Bestürzung in ihren Augen, genau wie bei dem Vogel. In dem Moment hatte ich wegen gar nichts mehr ein gutes Gefühl gehabt, obwohl sie einen der Männer beschützen wollte, die meine Schwester entführt hatten. Ich wusste, dass ich gestern, in der Hütte, eine Grenze überschritten hatte. Ganz egal, was meine Absicht gewesen war, es hatte mir mehr wehgetan als eine Tracht Prügel. Ich hatte mich von Jesus entfernt und war Satan ein Stück nähergekommen. Im Vergleich dazu waren meine alten Ängste, weil ich mir im Klohäuschen ab und zu einen runterholte, irgendwie nicht mehr so wichtig. Die Vorstellung, dass Gott mir dabei zuschaute, wie ich an meinem Pimmel rumschrubbte, während ich eine Frau in Unterwäsche im

Sears-and-Roebuck-Katalog anstarrte, kam einfach nicht gegen das Erlebnis an, auf einen Mann geschossen und dabei zugeschaut zu haben, wie sein Lebenslicht langsam verblasste und der Eber über ihn herfiel.

Dem Sonnenstand nach muss es etwa drei Uhr nachmittags gewesen sein, als wir den Pinto entdeckten, auf dem Fatty geflüchtet war. Er irrte die Straße entlang, und er hinkte. Spot stieg von seinem Maultier und schaute sich das Pferd genauer an. »Der Schweiß auf seinem Fell ist schon vor 'ner Weile getrocknet. Es hat sich den Fuß gebrochen. Wahrscheinlich ist es in einen Kaninchenbau getreten. Das wird auch nicht mehr.«

Er nahm eines der Gewehre, die wir uns im Handelsposten geborgt hatten, lud es und führte das Pferd ein Stück in den Wald. Nach einer Weile hörten wir einen Schuss, und Spot kam wieder zurück.

»Das war ein schöner Gaul«, sagte er. »Ich hab das nicht gern gemacht.«

»Das bedeutet doch, dass Fatty hier irgendwo in der Nähe ist, oder?«, fragte ich.

»Entweder das oder was anderes«, erwiderte Eustace. »Vielleicht ist der Gaul gestolpert und hat ihn abgeworfen, und er ist nicht mehr aufgestanden, oder er ist wieder aufgestanden und irrt jetzt irgendwo rum. Und wenn der Schweiß auf'm Fell schon trocken ist, heißt das, dass er genug Zeit hatte, um ordentlich Land zu gewinnen. Ich schau mich mal um, vielleicht kann ich ja was entdecken.«

Eustace stieg ab und band sein Pferd an einen verkrüppelten Baum.

»Viel Glück beim Suchen«, sagte Shorty.

»Ach, fick dich doch ins Knie«, sagte Eustace und verschwand im Wald.

»Er sucht nach einer Flasche mit einer Nachricht von Fatty«, sagte Shorty. »Etwas, auf dem draufsteht, dass er etwa zwei Meilen von hier entfernt, links von der großen Eiche, tot auf einem Erdhügel liegt.«

»Jetzt hör auf, dauernd auf ihm rumzuhacken«, sagte Winton. »So schlecht schlägt er sich gar nicht. Er ist Fatty im Dunklen besser gefolgt, als einer von uns das gekonnt hätte.«

»Ja«, sagte Shorty, »aber wir sind schließlich auch keine Fährtenleser. Außerdem wird er zu selbstgefällig, wenn ich ihm nicht im Nacken sitze.«

»Na, das wollen wir auf gar keinen Fall«, sagte Jimmie Sue.

Wir stiegen ab und gönnten den Pferden eine Pause. Es dauerte fast eine halbe Stunde, bis Eustace wieder auftauchte. Sein dunkles Gesicht war aschfahl, als er zu uns trat.

»Da unten ist eine Frau«, sagte er. »Eine ältere Frau und ein alter Mann und ein Junge, wahrscheinlich ihr Enkelsohn. Sie sind alle tot, und der Frau hat jemand den Rock hochgeschoben und den Schlüpfer ausgezogen.«

»Verdammte Scheiße«, sagte Winton.

»Offenbar hat Fatty sich hier im Wald versteckt, in der Hoffnung, jemand aufzulauern und ihm das Pferd abzunehmen. Aber dann sind der Mann und die Frau und das Kind vorbeigekommen, und zwar in einem dieser Automobile. Das kann ich jedenfalls an den Spuren erkennen. Keine Hufe, sondern Reifen. Wahrscheinlich ist er aus dem Wald gekommen und hat so getan, als bräuchte er Hilfe, und dann hat er den Mann und den Jungen umgebracht und in den Wald geschleppt, und es sieht so aus, als hätte die Frau ihm geholfen. Ich denk mal, ihr blieb nichts anderes übrig. Dann hat er sie vergewaltigt und in den Kopf geschossen, hat sich die Hose und Schuhe von dem Alten geschnappt und ist mit dem Automobil davongefahren.«

»Was bedeutet, dass er inzwischen eine ziemliche Strecke zurückgelegt hat«, sagte Shorty. »Allerdings können wir daraus schließen, dass er, wenn er mit einem Automobil unterwegs ist, immer nur geradeaus fahren kann. Außerdem ist er verwundet, anscheinend jedoch nicht allzu schlimm, wenn er noch in der Lage ist, zu vergewaltigen und zu morden.«

»Oder er gehört zu den Leuten, die einfach nichts umhaut«, sagte Jimmie Sue. »Ach, die arme Familie. Wie furchtbar!«

»Dieses Mal reiten wir nicht einfach so weiter«, sagte ich. »Jedenfalls nicht, bevor wir diese armen Leute beerdigt haben. Der Junge, den wir da letztens zurückgelassen haben, dessen Knochen sind wahrscheinlich von Ost-Texas bis nach Nebraska verstreut. Diese drei werden wir beerdigen, und wir werden uns auch merken, wo, um es ihren Verwandten auszurichten, damit sie sie wieder ausgraben und dort beisetzen können, wo sie möchten.«

»Du bist nicht gerade praktisch veranlagt«, sagte Shorty, »selbst wenn es deine Schwester ist, die wir retten möchten.«

»Mir ist nicht entgangen, dass wir Pause machen, wenn Ihnen danach ist«, sagte ich. »Ich liebe Lula, und ich will sie wiederhaben, aber ich hab mich schon weit genug von meiner christlichen Erziehung entfernt. Jetzt reicht's.«

»Und du meinst, wenn du diese unseligen Menschen unter die Erde bringst, wird dir verziehen, dass du einen Mörder umgebracht hast?«, fragte Shorty. »Denkst du etwa in diese Richtung?«

»Gut möglich«, antwortete ich.

»Das Problem ist, mein Junge, dass es auf keiner Seite des Zauns jemanden gibt, den es kümmert, was du tust. Gott ist nur eine Idee, und der Teufel, das sind wir.«

»Lass ihn in Frieden, Shorty«, sagte Winton. »Wir werden sie beerdigen. Wir haben eine Klappschaufel dabei, und wenn's sein muss, heb ich die Gräber alleine aus. Mir ist auch nicht danach, die Leichen da im Wald liegen zu lassen, die Frau ohne Schlüpfer und der Mann in Unterhosen. Das gehört sich einfach nicht.«

»Heilige Scheiße, du bist ja ein richtiger Gentleman«, sagte Shorty.

»Mit der Schaufel können wir uns abwechseln«, sagte Spot und zog sie aus dem Gepäck eines der Pferde.

Damit war Shorty überstimmt, und wir gingen in den Wald. Es war ein grässlicher Anblick. Trotzdem fand ich es tröstlich, dass wir die armen Leute jetzt beerdigen, ihnen den angemessenen Respekt erweisen würden und dass die, die wir umgebracht hatten, nicht im Mindesten unschuldig gewesen waren, auch wenn sie nicht direkt zu Lulas Entführern gehörten. Für die Männer, die Fatty beschützt hatten und die uns nicht verraten wollten, wo sich seine Kumpane herumtrieben, waren Frauen nicht mehr als Tiere gewesen. Es war also nur gerecht, dass ich genauso von ihnen dachte.

Jimmie Sue sammelte die Unterwäsche der Frau ein und zog sie ihr über, und als das Grab tief genug war – und das dauerte eine ganze Weile, denn die Erde hier im Wald war voller Wurzeln –, packte ich die Frau an den Füßen, und Spot packte sie am Kopf. Da sah ich auch, dass sie alt und abgearbeitet war und graue Haare hatte. Sie hatte so lange gelebt, ohne zu sterben, und ihr Mann war irgendwie zu Geld gekommen, mit dem er sich ein Automobil gekauft hatte, und das und ihre Freundlichkeit, einem Reisenden in Not zu helfen, hatte sie umgebracht, nichts weiter. Wir legten sie in das Loch und holten die anderen beiden. Der Junge, den ich auf etwa neun schätzte, hatte eine Loch in der Stirn, wo ihn die Kugel getroffen hatte, und sein Gesichtsausdruck verriet, dass er, als er gestorben war, gerade etwas sehr komisch gefunden hatte. Der alte Mann hatte eine Kugel ins Herz abbekommen. Die Verletzung der alten Frau war mir nicht aufgefallen, und ich machte mir auch nicht die Mühe, genauer nachzuschauen. Wir legten sie alle so sanft wie möglich in das kalte, gewöhnliche Grab.

Dann stiegen wir wieder auf und ritten weiter, während die Pferde, die wir mitgenommen hatten, in einer Reihe hinter uns hertrotteten.

15

Pferde können galoppieren. Automobile können in gleichmäßigem Tempo die Straße entlangfahren. Allerdings müssen Automobile weder essen noch trinken und sich auch nicht ausruhen, solange genug Benzin da ist. Der Wagen hatte also schon einen Vorsprung, auch wenn sogar ich an den Reifenspuren ablesen konnte, dass Fatty immer wieder heftig ins Schleudern geriet. Ein halbes Dutzend Mal war er fast von der Straße abgekommen und in die Bäume gerast. Blieb immerhin die Hoffnung, dass wir ihn irgendwo im Straßengraben finden würden, mit irgendeinem Autoteil, das ihm aus der Brust ragte.

Ich ritt zwischen Jimmie Sue und Winton. Winton sagte irgendwann: »Du siehst ziemlich niedergeschlagen aus, mein Junge.«

»Sie wissen doch, dass die meine Schwester haben, oder?«, erwiderte ich. »Da kann man schon mal niedergeschlagen sein.«

»Das stimmt, aber ich hab den Eindruck, dass das langsam zum Dauerzustand wird, und ich hatte gehofft, dich ein wenig aufzumuntern.«

»Ich begreif Leute wie Sie einfach nicht. Wir haben gerade erst ein paar Männer umgebracht, und sie reiten hier durch die Gegend, als würde das jeden Morgen beim Frühstück passieren.«

»Sie haben zuerst gezogen.«

»Ja, das haben sie. Und das will ich auch gar nicht bestreiten. Aber wenn man jemand tötet, sollte einem das was bedeuten, selbst wenn man es tun musste.«

»Es bedeutet, dass wir nicht abgeknallt worden sind. Und damit ist die Sache für mich erledigt.«

»Trotzdem.«

»Sie haben Fatty gedeckt, hab ich recht?«

»Aber das waren trotzdem Menschen, und wir haben sie getötet. Ich hab noch nie jemand getötet.«

»Die ersten ein, zwei Mal, da hab ich auch noch weiche Knie gekriegt. Aber das lag beide Mal daran, weil ich dachte, ich müsste selbst dran glauben. Mit der Zeit wird's allerdings einfacher. Aber ich sage dir, mein Junge, das waren üble Kerle. Ich schätze mal, wenn Eustace sie nicht mit seiner Schrotflinte weggepustet hätte, wär mir bestimmt der ein oder andere Steckbrief mit ihrem Namen untergekommen. Und selbst wenn nicht, diese Typen hätten deine Schwester genauso verschleppt, wenn sie die Gelegenheit dazu gehabt hätten. Und ich sag dir noch was. Dieser Handelsposten, das war ein Sammelpunkt von Schurken und Halunken. Ehrliche Leute hatten da nichts verloren.«

»Sind wir ehrliche Leute?«, fragte ich.

»Na ja«, sagte Winton. »Wenn du uns mit denen, die wir da erschossen haben, in einer Reihe hinlegst und dann Maß nimmst, wer ehrlich ist und wer nicht, dann wären wir wahrscheinlich ein ganzes Stück länger, als uns lieb ist, aber viel kürzer als sie. Das Leben ist nicht schwarz oder weiß, hier oder dort, da ist 'ne Menge ziemlich schwammig, und genau da befinden wir uns.«

»Davon krieg ich jetzt nicht eben bessre Laune.«

»Das Leben ist kein Zuckerschlecken.«

»Ich dachte, Sie wollten mich aufmuntern.«

»Ja, klar wollt ich das. Aber wenn's dir wirklich wichtig ist, deine Schwester zu retten, musst du bereit sein, ein paar Dinge in Kauf zu nehmen. Vielleicht bin ich also doch kein so fröhlicher Kerl, wie ich dachte. Mir fehlt ein Ohr, und ich seh aus, als wär ich in 'nem Lagerfeuer rumgekugelt, und das kann einem schon mal die Laune verderben, selbst wenn man sich redlich Mühe gibt.«

»Ich finde nur, dass man nicht gleich jemand umbringen muss.«

»Selbstverteidigung. Nach der ersten Auseinandersetzung habt ihr drei versucht, euch zu verziehen, aber sie sind euch hinterher, stimmt's?«

»Ja, schon. Aber wir haben angefangen.«

»Und du wusstest, dass Fatty im Hinterzimmer war?«

»Mhm.«

»Dann hast du nur getan, was du tun musstest, und sie hätten das Gleiche mit dir gemacht, wenn sie in deiner Haut gesteckt hätten. Für mich ist das alles klar. Ende der Geschichte. Ruf dir ruhig noch mal ins Gedächtnis, was da passiert ist.« Damit wandte er sich von mir und Jimmie Sue ab und schloss zu den anderen auf.

»Er hat recht, weißt du«, sagte Jimmie Sue. »Noch vor einem Jahr dachte ich mir, das ist doch nicht fair, wie das für mich gelaufen ist. Aber irgendwann hab ich's begriffen. Das Leben ist, wie es ist, und fair ist es ganz bestimmt nicht.«

»Können wir daran nichts ändern?«

»Du kannst's versuchen, aber so richtig kommst du dagegen nicht an.«

Der Tag ging schon fast zu Ende, als wir auf das Automobil stießen. Es parkte vor einem Bauernhof, einem kleinen, aber gepflegten Gebäude mit Blumenbeeten im Vorgarten und einer kleinen roten Scheune dahinter, deren Tor weit offen stand. Es war ein hübsches Haus, hier draußen, mitten in der Wildnis, und bevor ich überhaupt wusste, was los war, wurde mir ganz komisch bei der Vorstellung, dass hier jemand das Dickicht gerodet, sich niedergelassen und Blumen angepflanzt hatte. Aber das gestohlene Automobil vor dem Haus war kein gutes Omen.

Wir ritten auf den Hof, stiegen ab, ließen die Pferde bei Spot zurück und verteilten uns. Winton ging zur Tür, die nicht abgeschlossen war. Er klopfte und rief laut, aber niemand antwortete.

Also stieß er die Tür mit dem Fuß auf, zog seinen Revolver und trat ein. Shorty und Eustace eilten ihm nach, und ich deckte ihnen den Rücken. Kurz darauf hörten wir Wintons Stimme. »Ihr könnt reinkommen. Jimmie Sue, du bleibst vielleicht besser draußen.«

Jimmie Sue blieb nicht draußen. Wir gingen alle zusammen rein. Vor dem Kamin lag ein alter Mann. Er war schon eine Weile tot, denn das Blut auf seinem Kopf und auf dem Boden war eingetrocknet. Auf einem Tisch, zwischen anderen Essensresten, stand eine große Pfanne mit Maisbrotkrümeln. An der hellen Farbe konnte ich erkennen, dass es kein besonders gutes Maisbrot gewesen war.

»Ich denk mal, Fatty ist das Benzin ausgegangen«, sagte Winton. »Also ist er hier rein und hat sich genommen, was er haben wollte. Vielleicht hat er sogar mit dem alten Knaben zu Abend gegessen und ihn dann erschossen. Sieht jedenfalls so aus. Der Alte war gastfreundlich, und Fatty hat sich mit einer Kugel bei ihm bedankt. Vermutlich wollte er nicht nur was zu essen, sondern auch ein Pferd. Deshalb steht bestimmt auch das Scheunentor offen.«

Und tatsächlich, die Scheune war leer, aber Eustace fand ein paar Spuren. Und Blutstropfen auf dem Boden.

»Seine Wunde ist noch immer offen«, sagte Eustace. »Oder sie ist wieder aufgebrochen. Eins von beidem.«

»Nachdem er jetzt blutet«, sagte Shorty, »kannst du ihm vielleicht folgen, ohne seine Fährte zu verlieren.«

»Shorty, es reicht langsam. Halt jetzt besser die Klappe.«

Shorty hatte offenbar etwas in Eustaces Stimme gehört, das ihm sagte, dass jetzt genug war, denn es ging ihm gegen den Strich, mit etwas aufzuhören, das er einmal angefangen hatte. Aber er hielt tatsächlich die Klappe, obwohl ihm das wahrscheinlich genauso wehtat wie ein Messer zwischen den Rippen.

Zurück im Haus mussten wir uns ganz schön anstrengen, um den alten Mann vom Boden loszukriegen. Es hörte sich an, als würde jemand eine Zeitung auseinanderreißen. Das Blut war so hart, dass er buchstäblich festklebte. Wir schleppten ihn in das Zimmer mit dem Bett, legten ihn drauf und breiteten eine Decke über ihn.

Winton schrieb einen Zettel, wer er war und was wir vorgefunden hatten, auf wen er Jagd machte und dass er ein Gesetzeshüter war. Den Zettel heftete er mit einem Taschenmesser außen an die Haustür. Als wir alle wieder draußen waren, ging ich rüber und schaute mir den Wagen an. Auf dem Rücksitz stand ein leerer Picknickkorb. Das hatten der Mann und die Frau und das Kind also vorgehabt, als Fatty ihnen auflauerte – sie wollten picknicken. Vielleicht waren sie auch schon fertig gewesen. So oder so, entweder sie oder Fatty hatten den Inhalt des Korbes aufgegessen, und jetzt waren nur noch ein paar Krümel auf einer Stoffserviette übrig und etwas zerbrochenes Geschirr.

Wir saßen gleich wieder auf und folgten der Straße, die Fatty entlanggeritten war. Nach einer Weile gelangte Eustace zu der Feststellung, dass Fatty die Straße verlassen und sich in den Wald geschlagen hatte. Also taten wir das auch, obwohl wir dort nur langsam vorwärtskamen. Nach einer Weile entdeckten wir einen blutigen Stofffetzen, der an einem Dorn hängengeblieben war. Mir war völlig schleierhaft, wie ein Mann, der so fett und so fertig war, all diese Leute hatte umbringen können und sich immer noch auf einem Pferd hielt. Eigentlich hätte er längst erschöpft umfallen müssen. Aber er ritt in gleichmäßigem Tempo weiter, und uns blieb ebenfalls nichts anderes übrig. Ich wusste nicht, wie es den anderen erging, aber ich war todmüde, und Jimmie Sue sah auch nicht mehr eben frisch aus.

Schließlich legten wir eine Pause ein, weil Winton und Eustace meinten, dass die Pferde am Ende ihrer Kräfte seien. Ich stand kurz davor, aus dem Sattel zu fallen, und war mehr als froh darüber. Dabei hatte ich mir von Anfang an vorgenommen, dass ich Tag und Nacht weiterreiten würde, und zwar unermüdlich, aber ich hatte nicht damit gerechnet, dass ich so erschöpft sein würde. Außerdem hatte ich den Eindruck, dass Eustace die Spur nicht mehr sah, dass er ihr im Dunklen nicht ewig folgen konnte. Falls Shorty das Gleiche dachte, und das tat er bestimmt, erwähnte er es nicht.

Im Wald stießen wir schließlich auf eine Lichtung, wo allem Anschein nach vor einiger Zeit der Blitz eingeschlagen und ein Feuer gewütet hatte. Von den Bäumen waren nur noch Skelette übrig. Die Asche zwischen den verkohlten Bäumen war zum größten Teil von Gras überwuchert. Wir hielten an, banden ein Seil an zwei Dattelpflaumenbäumen fest, die das Feuer irgendwie überlebt hatten, auch wenn sie nicht unbedingt gesund aussahen, und banden die Pferde an das Seil. Hier kam man sich vor, als befände man sich in einem tiefen Loch, an dem lauter hohe Bäume wuchsen, und in der Nacht, mit all den Schatten, sahen sie aus wie eine Mauer, die uns umgab.

Wir entfachten ein kleines Feuer, um zu kochen, denn ansonsten brauchten wir es nicht. Es war eine helle, warme Nacht. Wir kochten und aßen und breiteten unsere Decken aus, denn wir wollten bei Tagesanbruch weiterreiten. Keiler stapfte ein Stück in den Wald und ließ sich auf einem Haufen Kiefernadeln nieder, worüber ich recht froh war, denn ich wollte nicht mein Bett mit ihm teilen.

Jimmie Sue streckte sich auf der anderen Seite der glimmenden Feuerstelle aus, und mein religiöser Eifer, der mich einst so stark gemacht hatte, fing an den Rändern an, brüchig zu werden. In jener Nacht fiel er, das muss ich zugeben, sogar völlig in sich zusammen. Als ich glaubte, dass alle eingeschlafen waren, kroch ich zu Jimmie Sue rüber und schlüpfte zu ihr unter die Decke. Ich knabberte ein wenig an ihrem Ohr, und sie wurde langsam wach und sagte: »Wird Jesus dann nicht sauer auf dich?«

»Fang nicht damit an«, sagte ich, »sonst vergeht's mir noch.«

»Ich schätze mal, Jesus kann dir vergeben, wenn er will. Und wenn nicht, dann ist er nicht so barmherzig, wie alle behaupten.«

»Musst du dauernd über Jesus reden?«

»Du redest ja auch über ihn, wenn's dir danach ist.«

»Und dir ist jetzt danach?«

»Ich meine ja nur, ich kann mir nicht vorstellen, dass irgendein

Mann nicht hin und wieder seinen Spaß haben möchte, auch wenn er Jesus heißt. Ich und mein Glauben, wir stehn ein wenig auf Kriegsfuß. Wenn ich zu sehr drüber nachdenke, weiß ich, dass alles gelogen ist, aber wenn ich die Augen zusammenkneife, komm ich klar.«

»Ich weiß ja nicht.«

»Ach, halt die Klappe und küss mich. Und möge der Herr dir Kraft geben!«

Sie drehte sich um, und wir küssten uns. Ihr Atem roch ein bisschen schal, und meiner wahrscheinlich auch. Aber nachdem wir erst mal losgelegt hatten, kriegte ich davon nichts mehr mit. Ziemlich bald schlüpften wir unter der Decke aus unseren Klamotten. Wir trieben es miteinander, bis der Mond unterging und es fast Morgen war. Ich hatte gedacht, ich wäre müde, aber dafür hatte ich eindeutig noch genug Kraft, auch wenn ich das nur ungern Jesus zugutehalten wollte. Hinterher schlief Jimmie Sue sofort ein, aber ich war noch immer aufgeheizt und schob schließlich die Decke beiseite, um die kühle Luft an meine nackte Brust zu lassen. In dem Moment fühlte ich mich, auch wenn wir verzweifelt nach meiner Schwester suchten, so gut wie schon lange nicht mehr. Der Sabine River war nie wirklich blau, sondern eher schmutzig braun, aber in meiner Vorstellung war er jetzt blau, und das Gras war immer grün, sogar im Winter, und der Wind war kühl, die Erde fett und fest und die ganze Welt voller Licht. Es war ein großartiges Gefühl. Ich lag einfach nur da und gab mich dem hin, selbst noch als mir das alles allmählich abhanden kam und mich die Erinnerung wieder einholte, warum ich hier war, und mein Gras welk wurde und die Erde steinhart, und mein Licht sich plötzlich in finstere Schatten verwandelte.

Als das passierte und ich wieder zu mir kam, sah ich, dass Shorty keine zehn Meter von uns entfernt auf der anderen Seite des Feuers auf seiner zusammengerollten Decke saß. Er hatte sie dorthin gelegt, ohne dass wir es bemerkt hatten. Er hielt ein Buch in der Hand, hatte die Brille aufgesetzt und beugte sich vor zum Feuerschein.

Ich zog mir unter der Decke Hemd und Hosen an, stand auf, tappte mit nackten Füßen zu ihm rüber und ging neben ihm in die Hocke. »Sie hätten sich wenigstens räuspern können.«

»Ich hätte auf eine Pfanne einschlagen und ein Lied singen können, aber ich wollte euch nicht unnötig ablenken.«

»Sie hätten nicht unbedingt zuschauen müssen.«

»Da war eh nichts zu sehen, außer einer Decke, die auf und ab hüpfte. Ich hab hier gesessen und mein Buch gelesen.«

»Sie haben gelesen, während wir da drüben ...?«

»Na ja, ich geb schon zu, dass ich ab und an aufgeblickt hab, nur für den Fall, dass die Decke runterrutscht, aber meine größte Befürchtung war, dass ich dann deinen nackten Arsch zu sehen bekomme und nicht ihren.«

»Dann waren wir wohl nicht halb so leise, wie ich gedacht hab.«

»Ihr beide habt euch angehört wie zwei Schweine, die über einen Trog voller Mais herfallen. Aber sag das nicht Keiler, denn der ist da empfindlich.«

Ich schaute den Hügel runter zu den anderen. Sie lagen noch unter ihren Decken und schienen nichts mitzukriegen. Zwischen den Kiefern konnte ich die blassen Umrisse von Keiler erkennen. Er schien sich sauwohl zu fühlen.

»Jetzt, wo ich's getan hab, krieg ich ein schlechtes Gewissen.«

»Hattest du auch ein schlechtes Gewissen, während du es getan hast?«

»Nicht im Mindesten, aber da war ich ja auch beschäftigt.«

»Es gibt viele Dinge im Leben, deren du dich schämen und von denen du die Finger lassen solltest, aber sich einer Frau ganz hinzugeben, gehört bestimmt nicht dazu. Sie ist mit niemandem verheiratet, und sie hat selbst Spaß daran, und in der Bibel steht nirgendwo ›Du sollst dich mit keiner Muschi vergnügen‹. Auch wenn es mir egal ist, was da steht.«

Ich ließ das alles sacken und wechselte das Thema. »Was lesen Sie da, das Sie so in den Bann zieht?«

»Wieder Twains Reiseberichte. Das Buch macht mir Lust, selbst den Äquator entlangzusegeln. Es macht mir Lust, alles Mögliche zu tun, nur nicht das, was ich gerade mache. Allerdings fehlt mir dafür das Geld. Sonst könnte ich um die Welt reisen, mir Frauen kaufen und das feinste Essen gönnen, was mir eben gefällt. Ich behaupte nicht, dass ich das mehr verdient hab als andere, aber ich würde wahrscheinlich mehr Gefallen daran finden.«

Ich lachte leise. »Vielleicht wird ja irgendwann mal was draus.«

Shorty schüttelte den Kopf. »Das glaube ich nicht. Weißt du, was ich glaube? Eines schönen Tages werde ich in genau so einem Wald sterben, oder zu Hause, oder auf dem Hügel mit meinem Teleskop, und auch wenn ein Ort wie der andere ist, würde ich doch, wenn ich es mir aussuchen könnte, am liebsten auf einem Schiff sterben, irgendwo auf dem Meer, unterwegs in einen fremden Hafen, und wenn nicht das, dann an meinem Teleskop, was vielleicht das Beste wäre, wenn ich darüber nachdenke. Ich habe mir meinen eigenen Stern ausgesucht. Er gehört mir. Andere haben ihn vielleicht auch schon gesehen, aber ich hab ihn für mich beansprucht und werde ihn niemandem überlassen. Wenn er sichtbar ist, suche ich ihn am Nachthimmel, und er leuchtet wie ein Auge, das mich direkt anblickt. Das ist nicht Gott. Das ist kein Stern. Das bin ich selbst, der meinen Blick erwidert.«

»Sie klingen wie meine Schwester. Die hat sich auch einen Stern ausgesucht.«

»Tatsächlich?« Zum ersten Mal bekam ich mit, dass Shorty überrascht wirkte.

»Yeah.«

»Sie klingt außergewöhnlich.«

»Wir haben sie immer eher für ein wenig seltsam gehalten.«

»Diejenigen, die dasselbe sehen wie alle anderen, halten die geistig Gesunden für verrückt.«

»Ich bin geistig gesund.«

»Du bist in der Welt, aber kein Teil von ihr. Deswegen bist du nicht geistig gesund.«

»Sie halten wirklich große Stücke auf sich, was?«

»Das stimmt. Was bleibt mir auch anderes übrig? Ich seh alles von unten. Das ist ein ganz eigener Blickwinkel, glaub mir. Hör zu, mein Junge. Ich bin nicht der Meinung, dass ich mich richtiger verhalte als andere. Ich kann es mit den ärgsten Halunken aufnehmen. Ich bin mit daran schuld, dass die Büffel fast ausgestorben sind. Ich habe Menschen ermordet und bin dafür bezahlt worden. Aber ich weiß, wer ich bin, und ich weiß, was diese Welt ist, und egal, was du auch sagst, du wirst das Gleiche tun wie ich und dem nur einen anderen Namen geben. Du schwenkst die Fahne der Rechtschaffenheit und redest, als wäre dir das wichtig, aber letztlich bist du genauso auf den Hund gekommen wie ich.«

»Unfug. Das wollen Sie alles wissen, nur weil meine Schwester sich einen Stern ausgesucht hat?«

»Du solltest dir selbst einen aussuchen.«

»Ich bereu es schon, dass ich das überhaupt erwähnt hab. Sie ist ein wenig sonderbar, wie Sie auch, aber sie hat ein besseres Herz, das können Sie mir glauben.«

»Da werde ich dir nicht widersprechen. Ich wünschte, ich könnte noch mal von vorne anfangen und alles anders machen. Aber das kann ich nicht. Ich hoffe nur, dass Lula ihren Stern sehen kann. Ich hoffe, dass sie in dieser schweren Zeit zu ihm aufblicken und spüren kann, dass er ihr gehört und dass sie, falls sie ihre sterbliche Hülle verlassen muss, eins wird mit diesem Stern und auf diese Welt herableuchtet.«

»Das klingt wie ’ne Religion.«

»Es klingt wie eine dieser Lügen, die wir uns erzählen, damit wir über die Runden kommen. Aber der Unterschied zwischen dir und mir ist, dass ich weiß, dass es eine Lüge ist.«

Er legte das Buch in seinen Schoß und sah mich eine Weile an.

»Wohin würdest du gerne gehen, wenn dir alle Möglichkeiten offenstehen würden?«

»Was?«

»Wenn du tun und lassen könntest, was du willst, wenn du auf der ganzen Welt überallhin reisen könntest, wofür würdest du dich dann entscheiden?«

»Keine Ahnung. Daraus wird doch eh nie was. Warum sollte ich mir also den Kopf darüber zerbrechen?«

»Nimm dir einen Moment Zeit dafür. Wo? Was?«

»Wenn's nach meinem Willen ging, würd ich am liebsten zurück auf unsre Farm gehen, heiraten, Kinder kriegen und Mais anbauen. Das ist kein schlechtes Leben, und es kommt mir mit jedem Tag besser vor.«

»Aber wenn wir diese Männer finden und deine Schwester retten, dann hast du kein Land mehr.«

»Haben Sie nicht gesagt, ich soll träumen? Ich denk mal, ich und Lula werden das Beste draus machen.«

»Was ist mit Jimmie Sue?«

»Ich glaub, die hat schon zu viele Abenteuer erlebt, um noch mal sesshaft zu werden.«

»So kann man es auch ausdrücken. Aber vielleicht hat sie dieses Leben auch satt und wünscht sich genau das Gegenteil? Wir sind nicht alle gleich, und der Versuch, uns auf einen Nenner zu bringen, ist ungefähr so, als wolltest du vorhersagen, in welche Richtung ein Frosch hüpft.«

»Zum Wasser«, sagte ich.

Shorty lächelte. In dem Moment wirkte er verblüffend warmherzig, wie ein netter Onkel, der gleich einen Apfel aus der Tasche zaubert. »Mein Junge, du bist dir bei allem so sicher. Und irrst dich doch andauernd.«

Ich antwortete nicht. Ich wollte dem Affen nicht noch Zucker geben. Das Feuer knisterte. Wir starrten hinein. Ich sagte: »Ich frag mich schon länger, wieso Sheriff Winton so ein Gesicht hat?«

Shorty legte das Buch beiseite und blickte weiter ins Feuer. »Er war nicht immer Sheriff. Davor war er Kopfgeldjäger. Aber noch früher hat er versucht, im Norden von Texas eine Ranch aufzubauen, in einer Gegend, die sie meiner Meinung nach mit Geröll und Sägespänen auffüllen könnten, und das wäre noch ein Fortschritt. Zu der Zeit waren die Komantschen dort zu Hause, jedenfalls die, die übrig waren. Wenn ich ehrlich bin, war ihr Zuhause noch viel weitläufiger. Der Norden von Texas war nur eine von vielen Gegenden, in denen sie sich herumtrieben. Sie folgten den Büffeln und machten Jagd auf sie. Sie waren Nomaden, nicht mehr und nicht weniger. Dabei ging es mit ihnen schon langsam zu Ende, nur wussten sie das noch nicht. Oder vielleicht wollten sie es nur nicht wahrhaben. Die Menschen wollen nur selten etwas wahrhaben, selbst wenn sie ihm von Angesicht zu Angesicht gegenüberstehen. Und das ist auch nur richtig so. Niemand stand ihnen bei. Die Weißen kamen gleich scharenweise, und sie hatten die besseren Waffen. Und die Büffel, die die Lebensgrundlage der Komantschen waren, waren schnell dezimiert. Aber trotzdem, die Komantschen waren ein ernstzunehmender Gegner.

Mehr und mehr Siedler ließen sich dort nieder, und die Komantschen wurden immer weiter zurückgedrängt. Aber sie wehrten sich auch. Ich war dort in der Gegend auf Kopfgeldjagd. Winton kannte ich von früher. Wir hatten zusammen Büffel geschossen, wegen der Felle. Eine scheußliche, stinkende Angelegenheit, und wenn ich ehrlich bin, heute könnte ich das nicht mehr. Ich könnte keine Büffel mehr schießen, wie ich das damals getan hab. Inzwischen bin ich der Meinung, dass man die Menschen erschießen und die Tiere in Frieden lassen sollte. Aber ich hab's getan. Ich hab sie gehäutet und das Fleisch in der Prärie liegen lassen, wo es verfaulte. Manchmal hab ich mir ein Stück mitgenommen oder eine Büffelzunge, die, wenn man sie richtig zubereitet, köstlich schmeckt. Aber meistens verfaulten die Viecher. Irgendwann wurde das zu viel für mich. Ich hörte damit auf und zog weiter.

Winton blieb in Nord-Texas. Er lernte ein Mädchen kennen. Unter uns gesagt, sie war so launisch wie eine Klapperschlange. Und so hässlich, dass sie sich an ein Stück Brot ranschleichen und es mit vorgehaltener Waffe zwingen musste, sich essen zu lassen. Sie hatte ein langes Gesicht und eine schmale Nase, die man genauso gut als Stricknadel hätte verwenden können. Ihre Lippen sahen aus wie die Nähte an einer Hirschlederjacke. Aber er liebte sie, und sie hatten ein Kind miteinander. Irgendwann erfuhr ich, dass er Vater geworden war.

Wie gesagt, ich kam auf Kopfgeldjagd da hoch, auch wenn ich damals niemand erwischt hab. Das war einer der wenigen Fälle, wo ich mit leeren Händen abziehen musste, und meines Wissens ist der Kerl auch später nie gefasst worden. Seine Name war James Plant, und ich war hinter ihm her, weil er einen Ladenbesitzer ermordet hatte. Es hieß, er hätte ihn umgebracht, weil er irgendwas über seine Nichte herumerzählte, oder so etwas in der Art. Ich weiß es nicht mehr. Viele fanden jedenfalls, dass er eigentlich unschuldig war, schließlich hatte er nur eine miese Ratte aus dem Weg geräumt. Aber mir war das egal. Er war bares Geld wert, also jagte ich ihm nach. Wenn auch erfolglos. Im Laufe der Jahre hab ich gehört, dass er in den Norden gezogen ist, etwas aus sich gemacht hat und nie wieder in Schwierigkeiten geraten ist, aber ob das stimmt, weiß ich nicht mit Sicherheit. Allerdings weiß ich umso besser, was Winton widerfahren ist.

Ich erreichte die Hütte, in der er wohnte, am frühen Abend und rief von Weitem, wer ich war, und Winton kam heraus und begrüßte mich, und wir gingen hinein. Seine Frau, und das war das erste Mal, das ich ihr begegnete, obwohl mir Winton eine Menge über sie erzählt hatte, schaute mich an, als wäre ich irgendein Unkraut. Das Mädchen, das etwa drei gewesen sein muss, staunte über meine Größe und hielt mich für einen Spielkameraden. Ich musste sie auf den Schultern herumtragen, mit ihr auf dem Boden hocken und alle möglichen Spiele mit ihr spielen, mit Karten und

Schachfiguren, wobei sie allerdings nichts davon richtig konnte. Ich muss zugeben, dass mir das trotz allem Spaß machte. Das kleine Mädchen war wirklich hinreißend. Sie hielt sich nicht für etwas Besseres als ich, sondern staunte nur darüber, wie klein ich war und wie sonderbar. Letztlich blieb ich mehrere Tage, und es dauerte nicht lange, bis Wintons Frau, die Sarah hieß, mich ebenfalls akzeptierte. Mit der Zeit lernte ich sie sogar schätzen. Ich glaube, sie betrachtete mich mit einer gewissen Neugier und überlegte, wie es wohl wäre, von mir bestiegen zu werden. Das klingt vielleicht so, als würde ich große Stücke auf mich halten, aber ich versichere dir, dass ich mich dieses Eindrucks nicht erwehren konnte, und ich halte wirklich große Stücke auf mich. Einer Sache war ich mir auch ganz sicher: Sarah war früher mal ein Freudenmädchen gewesen, was mich nicht weiter überraschte. Winton war nicht der Typ, der seine künftige Frau in der Oper kennenlernte. Aber ich war natürlich nicht interessiert. Hätte sie es auf mich abgesehen und wäre nicht Wintons Frau gewesen, dann hätte ich über ihr Gesicht hinwegsehen können, das einem wirklich in der Seele wehtat. Aber dafür sind schließlich Augenlider da, um einen vor einem Anblick zu schützen, der schwer zu ertragen ist. Allerdings fiel zwischen ihr und mir nichts vor. Was geschah, war weit schlimmer.

Eines Morgens stand das kleine Mädchen auf und ging vor die Tür, weil es da ein neugeborenes Kalb gab, das sie anschauen wollte. Aber bevor es richtig hell wurde, hatten sich die Komantschen angeschlichen. Sie hatten das Haus eingekreist und den Schweinen und dem Viehzeug die Gurgel durchgeschnitten, und sie hatten sogar dem Hund von Weitem einen Pfeil verpasst, damit er nicht bellte. Sie hatten es auf die Pferde abgesehen, und da kam das kleine Mädchen raus, und sie schnappten sie sich. Dabei gelang es ihnen nicht, ihr rechtzeitig den Mund zuzuhalten, und sie schrie.

Sarah, wie alle Mütter, die etwas taugen, sprang sofort auf und stürzte, bevor wir unsere Waffen ergreifen konnten, zur Tür hinaus, und dann hörten wir auch sie schreien. Bis wir mit unseren

Gewehren draußen waren, sahen wir nur noch, wie die Komantschen davonritten. Sie hatten Sarah über einen Sattel geworfen, und das kleine Mädchen war nirgends zu sehen, aber wir hörten sie plärren. Sie schrie: ›Papa, Papa‹, immer und immer wieder. Das kann einem das Herz brechen, und zwar in tausend kleine Stücke.

Sie hatten alle Tiere außer den Pferden getötet, aber als sie sich das Kind und Sarah krallten und wir mit den Gewehren rauskamen, machten sie, dass sie Land gewannen. Nicht etwa, weil sie Angst hatten, sondern weil sie Winton bereits dafür bestraft hatten, dass er sich auf ihrem Land niedergelassen hatte. Eigentlich hatten sie die Pferde stehlen wollen, aber letztlich kamen sie nur dazu, sie auseinanderzutreiben. Wir brauchten über eine Stunde, um wieder ein paar von ihnen einzufangen, zu satteln und uns anzuziehen. Wohlgemerkt, wie waren den Indianern barfuß und in Unterwäsche nachgejagt!

Als wir endlich bewaffnet im Sattel saßen, machten wir uns an die Verfolgung. Ein Komantsche ist ein äußerst unberechenbarer Vogel, das kannst du mir glauben. Manchmal raubt er eine Frau und bringt sie zu seinem Stamm zurück, aber das gilt im Allgemeinen für die jüngeren, die als Komantschen aufgezogen werden können. Manchmal sterben ihre Frauen an Krankheiten oder werden von Kriegern anderer Stämme geraubt oder sogar von anderen Komantschen, und damit der Stamm fortbesteht, rauben sie dann selbst wieder Frauen, um Kinder zu bekommen. Komantschen sind genau genommen ein äußerst gemischter Stamm – in ihren Adern fließt das Blut von Weißen und das Blut von Indianern, das von Farbigen und so weiter. Was einen Komantschen ausmacht, ist weniger seine Abstammung als seine Lebensweise. Da ich wusste, dass sie dergleichen öfters machten, ich meine, Weiße ihrem Stamm eingliedern, bemühte ich mich, optimistisch zu bleiben. Winton konnte ich davon nichts sagen, er war völlig ausgerastet und hatte sich in einen tollwütigen Waschbären verwandelt. Was noch böse Folgen haben sollte.«

Shorty wandte sich um und schaute zu dem schlafenden Winton hinüber.

»Mir war klar, dass auch genau das Gegenteil passieren konnte. Komantschen sind dafür bekannt, dass sie sehr launisch sind. Gerade sind sie noch rachsüchtig, und im nächsten Moment geben sie dir etwas zu essen und einen Büffelfellumhang. Mit ihren Pferden sind sie allerdings nicht so freigiebig. Pferde sind ihr Leben. Sie sind großartige Reiter

Ein Apatsche geht lieber zu Fuß. Für sie sind Pferde Mittel zum Zweck. Sie reiten, bis ihr Gaul müde wird, und dann reiten sie noch ein Stück weiter. Wenn er umfällt, zünden sie ihm ein Feuer unterm Hintern an, bis er wieder aufsteht, und wenn er dazu nicht mehr in der Lage ist, essen sie ihn. Die Komantschen sind da ganz anders. Sie reden mit ihren Pferden. Auf der Erde sind Komantschen krummbeinig und hässlich, aber wenn sie reiten, werden sie eins mit ihrem Pferd, wie Zentauren.

Aber ich schweife ab. Du wolltest wissen, wieso Winton so aussieht, wie er aussieht. Zorn und Liebe waren es, von denen er übermannt wurde, und da ich sowieso schon skeptisch gegenüber der Liebe war, habe ich sie seither noch mehr gemieden, denn sie lässt einen nur Dummheiten begehen.

Wir sind ihnen gefolgt. Was wirklich nicht einfach war. An den Spuren glaubte Winton abzulesen, dass wir sie bald einholen würden. Die Komantschen waren offenbar zum selben Schluss gekommen, denn sie taten etwas, um uns aufzuhalten. Wir waren ihnen so nahe, dass wir das Kind in der Ferne weinen hörten. Ein Klagelied, wie es im Buche stand, und es wurde immer lauter, bis es sich anhörte wie Katzengejammer.«

An dieser Stelle zögerte Shorty weiterzuerzählen. Die Nacht schien sich um uns herum zusammenzuziehen, als wären wir in einem Sack ins Wasser geworfen worden. Mir war ein wenig schwindlig. Ich hatte den Atem angehalten.

Shorty wiederum atmete aus, als hätte er zum letzten Mal nach

Luft geschnappt, und im Feuerschein wurde seine ernste Miene mitfühlend.

»Wir mussten ein Gebiet durchqueren, in dem viel Gestrüpp wuchs, manches davon mit Dornen. Großen Dornen, wie Nägel. Wir konnten erkennen, dass dort etwas durch das Gestrüpp geschleift worden war. Dann stießen wir auf Fetzen von Kinderkleidung, die an den Dornen hing – sie leuchtete im Sonnenlicht, weiß wie Schnee, der von nassem rotem Ton durchzogen ist. Es war aber weder Schnee noch Ton. Die Komantschen hatten einen der Äste an einem größeren Busch angespitzt, und daran hing das Kind. Sie hatten ihm den Ast durch den Bauch getrieben, deshalb auch das ganze Geschrei. Erst hatten sie das arme Balg an einem Seil durch die Dornen geschleift, und dann hatten sie es aufgespießt, und zwar so, dass es sich aus eigener Kraft nicht befreien konnte. Die Wunde war so grässlich, dass es auf jeden Fall daran sterben würde.«

»Diese Ungeheuer«, sagte ich.

»Sie sind Menschen«, sagte Shorty. »Also könnte das Wort nicht treffender sein.«

»Menschen? An denen ist nun überhaupt nichts Menschliches.«

»Ich habe Männer gekannt, die Indianer vergewaltigten und ermordeten, weil es für sie selbstverständlich war, dass das keine richtigen Menschen sind. Ich bin mir sicher, dass Eustace dir zahlreiche unschöne Geschichten darüber erzählen kann, wie Farbige von Weißen behandelt werden, also werde ich weder Weiße, noch Farbige, noch Indianer verteidigen. Ich hasse sie alle gleichermaßen, mich eingeschlossen. Es ist sinnlos, von den Menschen mehr zu erwarten als das, wozu sie in der Lage sind. Gut möglich, dass ich sie nicht alle hassen sollte, denn genauso gut könnte ich den Ozean hassen, weil er nass ist, oder die Wüste, weil sie trocken ist. Aber ich hasse sie trotzdem, und manchmal sogar mit einem gewissen Stolz.«

Shorty hielt inne und kehrte wieder zu seiner Geschichte zurück.

»Natürlich hat uns das Kind aufgehalten. Wir haben es von dem angespitzten Ast runtergezogen. Inzwischen heulte es auch nicht mehr, obwohl es noch am Leben war. Wir warfen eine Pferdedecke über einen Busch, damit wir das Kind in den Schatten legen konnten. Und taten, was wir konnten, unterm Strich also nichts. Kurz vor Einbruch der Nacht starb das Mädchen. Es war einfach verblutet, ohne dass es wieder richtig zu Bewusstsein gekommen war, obwohl wir die Wunde mit ein paar Blättern und Taschentüchern stillten. Genauso gut hätten wir versuchen können, den Golf von Mexiko mit einer Schale Wattebäuschen aufzuwischen. Schließlich hoben wir mit den Händen ein Grab aus und legten das Kind hinein. Packten die Decke wieder aufs Pferd. Und ritten weiter. Es war Nacht, und ich redete Winton zu, dass wir warten sollten, aber davon wollte er nichts hören. In der Eile trat mein Pferd in ein Loch, stürzte und brach sich das Bein, und ich musste ihm die Gurgel durchschneiden, um möglichst keinen Lärm zu machen.

Winton ließ mich nicht bei sich aufsitzen, weil er befürchtete, dass er dann nicht mehr schnell genug vorwärtskommen würde. Dort gab es nicht so viel Bäume wie hier, sondern größtenteils nur Gras und hin und wieder etwas Gestrüpp. Der Idiot ist allein weitergeritten, und ich marschierte ihm hinterher, das Gewehr über der Schulter und die Pistole am Gürtel. Natürlich verlor ich ihn bald aus den Augen. Obwohl ich mich nur selten ausruhte. Ab und an legte ich mich etwas hin und schlief ein paar Minuten, aber die meiste Zeit lief ich weiter, bis mir die Füße wehtaten und ich Blasen von der Größe gekochter Eier an den Füßen hatte.

Schließlich wurde es hell, und ich konnte die Fährte von Wintons Pferd zwischen der Fährte der Ponys der Komantschen problemlos erkennen. Winton hätte wissen müssen, dass sie ihm eine Falle stellen würden, aber er war blind vor Zorn. Sie machten es uns leicht, ihnen zu folgen, und kurz darauf sah ich, dass sie es darauf angelegt hatten, Winton noch weiter gegen sich aufzustacheln. Seine Spur führte zu einer Rinne, die zur Ebene hinabführte, und darin floss ein Bach, der so schmal war, dass er eher dem glich, was einem aus der Nase läuft, als einem richtigen Fluss. Die Rinne war immerhin so tief, dass man darin ein wenig Schatten fand, also stieg ich hinunter und lehnte mich gegen die kühle Wand, um der aufkommenden Hitze des Tages zu entfliehen und mein müdes Haupt auszuruhen. Ich zog meine Stiefel aus und kühlte meine Füße etwa eine Stunde lang im Wasser. Den Lauf der Zeit maß ich am Stand der Sonne. Ich nahm meine Stiefel und ging hinunter zum Bach. Dabei stieß ich auf einen Hohlraum auf der einen Seite der Rinne, und dort entdeckte ich ein Paar nackter Füße. Ich schaute nach, und es war Wintons Frau – oder das, was von ihr übrig war. Es war offensichtlich, was mit ihr passiert war, denn ihre Beine waren gespreizt, und ihr Geschlecht war blutig. Sie hatten ihr die Nase und die Lippen abgeschnitten, und ihr Mund war voller Erde. Erst hatten sie sie vergewaltigt und gefoltert, und dann hatten sie sie getötet, indem sie ihr Erde in den Mund gestopft hatten, bis sie erstickt war. Dabei hatten sie ihr wahrscheinlich die Beine festgehalten, und an den Spuren, die es hier überall gab, von Pferden und nackten Füßen und Wintons Stiefeln, erkannte ich, dass er sie ebenfalls entdeckt hatte. Offenbar glaubte er, ihnen dicht auf der Fährte zu sein, denn er hatte sich nicht die Mühe gemacht, sie zu begraben. Wahrscheinlich wollte er später zurückkommen und sich um die Leiche kümmern. Das konnte ich nachvollziehen, auch wenn er sich nicht klug verhielt. Diejenigen, die er hatte retten wollen, waren tot, und da wäre es besser gewesen, die Leiche in den Hohlraum zu legen und sie mit Erde zu bedecken, zumindest bis er zurückkommen und sich einen Wagen besorgen konnte, um seine Frau und sein Kind zu holen. Aber sein Zorn hatte ihn überwältigt, und er war genauso blind und brutal wie die Komantschen.

Ich zog meine Stiefel über und trottete weiter, obwohl ich nur zu gut wusste, dass das keine gute Idee war. Meine Zuneigung zu Winton hielt mich auf den Beinen. Dabei hatte ich nicht vergessen, dass er beim Kartenspiel schummelte, dass er mich im Laufe meines Lebens um so manches Kopfgeld betrogen, mich wiederholt belogen und schlecht über mich geredet hatte, wenn er betrunken war. Ansonsten war er jedoch ein lustiger Gefährte, und ich konnte mich wenigstens immer darauf verlassen, dass ich wusste, woran ich mit ihm war. Ich folgte dem Bach, bis er immer breiter und flacher wurde und irgendwann ganz versickerte. Eigentlich war das eher der Abfluss von einem kürzlichen Regen, den ich nicht mitbekommen hatte, und deshalb war das Wasser auch so schleimig. Hätte ich meinen Kopf gebraucht, wäre mir das schon früher aufgefallen. Allerdings hatte ich mich bereits gestärkt, indem ich aus dem Bach getrunken und einer Eidechse, die ich dort fand, den Kopf abgebissen und ihre Eingeweide ausgesaugt hatte, immerhin ohne mich zu übergeben. Also war ich nicht so schwach, wie ich es sonst gewesen wäre, was, wenn man bedenkt, was mir noch bevorstand, nur gut war.

Ich glaube, die Komantschen dachten, Winton wäre ihnen als Einziger auf der Fährte, und hatten keine Ahnung, dass ich sie ebenfalls verfolgte. Sie hatten sich absichtlich Zeit gelassen, damit er sie einholte, und das hatte geklappt. Bis Mittag war es so heiß, dass eine Krustenechse sich zu Tode geschwitzt hätte, ich war völlig erschöpft von der Lauferei, und meine Sharps musste ich auch noch mit mir herumschleppen. Da sah ich vor mir auf der Ebene einige dunkle Umrisse und ganz in der Nähe weitere dunkle Umrisse. Überall lagen Büffelknochen herum, in alle Himmelsrichtungen verstreut. Hier waren Büffel in Massen abgeschlachtet und ihre Knochen aufgehäuft worden. Ich legte mich auf den Bauch und kroch weiter. Ich kroch, bis ich einen Berg aus Knochen erreichte, darunter auch ein paar große, braungelbe Schädel. Ich hielt mich hinter einem solchen Schädel, hob den Kopf und sah, dass da drüben in der Prärie ein Pfahl aufgestellt worden war; und dann sah ich, dass das überhaupt kein Pfahl war, sondern ein Baum, der mitten im Nirgendwo ganz einsam gewachsen war, als wäre sein einziger Daseinszweck, als Marterpfahl für Winton zu dienen. Er war daran festgebunden, und da brannte ein Feuer aus getrocknetem Dung und Stöcken oder irgendetwas Ähnlichem. Die Komantschen finden immer, was sie brauchen, selbst dort, wo niemand sonst auch nur genug finden würde, um sich zwischen den Zähnen herumzustochern. Es waren sechs Indianer, und ich gelangte zu der Feststellung, dass das die ganze Kriegermeute war, denn ihre Zahl stimmte mit den Spuren überein. Die Pferde standen, an den Füßen gefesselt, ganz in der Nähe, und alle Komantschen machten sich an dem armen Winton zu schaffen, der inzwischen angefangen hatte zu schreien. Sie hatten brennende Stöcke aus dem Feuer gezogen und stießen sie ihm ins Gesicht, und sie brachten ihm mit dem Messer Schnittwunden bei und trennten ihm ein Ohr ab. Damit waren sie gerade beschäftigt, als ich die Sharps, die ich noch heute dabei habe und die Winton gestern Abend benutzt hat, auf den Büffelschädel legte und zielte. Erst wollte ich Winton töten, um ihm die Folter zu ersparen, und dann wäre es an mir gewesen, die Komantschen zu töten oder zu verjagen, bevor ich selbst getötet wurde. Aber als ich den Lauf entlangspähte, beschloss ich, dass es um Winton noch nicht gar so schlimm stand, ich konnte ihn immer noch retten. Also nahm ich den Komantschen ins Visier, der in dem Moment mit einem brennenden Stock vor Wintons Augen herumfuchtelte. Und auch wenn es kein so umwerfender Schuss war wie der, mit dem Billy Dixon einen Komantschen weggepustet hat, war er doch nicht übel. Natürlich hatte ihre Begeisterung für das, was sie taten, und die Überzeugung, dass sie niemand sonst verfolgte, es mir leicht gemacht, mich ihnen zu nähern, was ansonsten nicht so einfach gewesen wäre.

Normalerweise ziele ich auf den Oberkörper, denn der ist ein sichereres und größeres Ziel, aber diesen jungen Krieger traf ich am Kopf. Sein Schädel explodierte wie ein reifer Kürbis. Nun, ich weiß nicht, ob mich meine Erinnerung täuscht oder ob das wirklich so passiert ist, aber dem Komantschen schien es buchstäblich den Kopf von den Schultern zu reißen, und der kopflose Körper drehte sich ganz von allein zu mir um, bevor er zu Boden ging. Unterdessen hatte ich, ohne mir dessen bewusst zu sein, nachgeladen und gezielt. Ich traf einen weiteren Komantschen, bevor die anderen sich überlegen konnten, ob sie lieber scheißen oder erblinden wollten, und zwar direkt in den Rücken. Blieben noch vier, und da die Komantschen praktisch veranlagt sind, stürzten sie zu ihren Pferden, wahrscheinlich glaubten sie, von diesen beiden schnell aufeinander folgenden Schüssen auf ein größeres Aufgebot schließen zu können. Bevor ich auch nur zweimal blinzeln konnte, saßen sie auf ihren Gäulen und versuchten zu fliehen. Natürlich wollten sie auch die gestohlenen Pferde hinter sich herziehen und diejenigen, die ihren toten Kameraden gehört hatten. Das gab mir Zeit für einen weiteren Schuss. In dem Moment wusste ich nicht, ob ich getroffen hatte, aber der hinterste Komantsche ließ das Seil fallen, an dem die überzähligen Pferde festgebunden waren, und preschte davon. Sie waren fort, bevor ich nachladen konnte – inzwischen hatten sie wieder ihre fünf Sinne beieinander.

Als ich sicher war, dass sie auch wirklich weg waren und nicht versuchten, mich reinzulegen, ging ich rüber zu Winton, schnitt ihn los und legte ihn unter den Baum, der allerdings nicht den geringsten Schatten spendete. Dann machte ich mich daran, zwei der Pferde einzufangen. Mit Winton war, wie du dir denken kannst, nicht viel los, also schnappte ich mir den Beutel eines der toten Komantschen, in dem sich alle möglichen Körner befanden, und gab ihm das zu essen, damit er wieder zu Kräften kam. Die Kleider des Indianers riss ich in Streifen, um Winton den Kopf zu verbinden, und schichtete Erde auf die Brandwunden, um den Schmerz ein wenig zu lindern. Ich sage dir, ihm fehlte ein Ohr, er blutete wie ein Schwein, und das Feuer hatte ihn übel zugerichtet, da hätte man doch denken können, dass er jetzt genug hatte. Aber nein, Winton rappelte sich auf, nachdem er sich eine Weile ausgeruht hatte, und wir schwangen uns auf die Pferde, weil er darauf beharrte, dass wir die Komantschen verfolgten, obwohl er kein Gewehr mehr hatte, sondern nur noch ein Messer, das wir einem der Toten abgenommen hatten.

Wir ritten trotzdem los, und recht bald stießen wir auf einen toten Komantschen, den sie auf den Sand gebettet und mit einer Decke zugedeckt hatten, praktisch veranlagt, wie sie waren. Also hatte mein Schuss doch sein Ziel gefunden. Winton fiel wie ein Wahnsinniger über die Leiche her. Ich musste ein paar Schritte weggehen, um allein zu sein, während er sie zerstückelte, wobei er unentwegt schrie und fluchte, als könnte die Rothaut ihn hören.

Nachdem er damit fertig war, nahmen wir wieder die Verfolgung auf. Zwei Tage später mussten wir jedoch aufgeben. Sie hatten alle ihre indianischen Tricks angewandt und sich in Luft aufgelöst, möglicherweise waren sie in den Palo Dura Canyon abgetaucht. Jedenfalls sahen wir sie nicht wieder, nicht einmal eine Spur von ihnen. Also machten wir uns auf den Rückweg, denn inzwischen waren wir ziemlich am Ende. Außer einem Kaninchen, das ich mit der Sharps abknallte und von dem nicht allzu viel übrig blieb, hatten wir im Laufe der nächsten paar Tage nichts zu essen. Die Pferde ernährten sich von dem bisschen Gras, das sie finden konnten, und von dem bisschen Wasser, das sich hier und dort in einer Mulde angesammelt hatte. Als wir Wintons Farm erreichten, ruhten wir uns ein paar Tage aus, dann holten wir die Leichen seiner Familie nach Hause und begruben sie unter einer großen Eiche. Wintons Farm war der einzige Ort in der ganzen Gegend, wo es genügend Grünzeug und Wasser gab. Wir blieben noch ein paar Tage und trugen Vorräte zusammen, dann brannten wir die Hütte nieder, weil Winton das so wollte, und ritten davon, und so ist Winton zu seinen Narben gekommen.«

16

Beim ersten Tageslicht machten wir uns wieder auf den Weg. Während Eustace nach der Fährte suchte, schaute ich zu Winton mit seinen Narben rüber – mir ging einfach nicht aus dem Kopf, was Shorty erzählt hatte. Und mir fiel ein, was Winton über das Töten gesagt hatte. Wenn man überlegt, was er durchgemacht hat, ist es wohl kaum verwunderlich, dass er da andere Ansichten hat als ich. Mir dämmerte es auch allmählich, warum er sich an unserer Verfolgungsjagd beteiligen wollte. Er war nicht nur hinter dem Geld her, sondern sah eine Gelegenheit, jemand zu retten, wo er früher versagt hatte. Das war mir in dem Moment so klar wie die Sonne, die am Himmel stand.

Ich dachte darüber nach, was Shorty gesagt hatte, von wegen dass fast alle Menschen sich von ihrem Wesen her ähnlich sind. Mir ging das einfach nicht aus dem Kopf, und die Barmherzigkeit Gottes wollte zu all dem nicht passen.

Außerdem machte ich mir ein paar Gedanken über die Situation, in der wir uns befanden. Die Gegend, die wir durchquerten, war weit weniger übersichtlich als die Prärie, in der Shorty und Winton den Indianern nachgestellt hatten. Hier konnte man sich leichter verstecken, und auf seine Weise war Fatty genauso gefährlich wie die Komantschen. Er war nur deswegen so gemein wie eine Schlange, weil ihm der Sinn danach stand; die Männer, mit denen er sich herumgetrieben hatte, waren genauso, und ich fragte mich, wie jemand so wurde. Mir wollte keine Antwort einfallen.

Wir ritten durch eine hügelige Landschaft, wo überall Bäume wuchsen, und es gab keinen erkennbaren Weg, auf dem wir uns halten konnten. Ich hatte Angst, eines der Pferde würde in ein Loch treten oder von einer Schlange gebissen werden oder etwas in der Art. Allerdings war die Fährte offenbar gut auszumachen, denn Eustace legte ein ordentliches Tempo vor. Shorty hatte schon eine ganze Weile keinen Pieps mehr gesagt, von wegen Eustace wüsste nicht, was er tat, aber das konnte auch daran liegen, dass Eustace seinen Sinn für Humor verloren hatte.

Wir schreckten jede Menge Getier auf, und jedes Mal, wenn sich irgendwo etwas regte, machte ich mir vor Angst fast in die Hose, weil ich befürchtete, es wäre Fatty mit seinem Gewehr. Und jedes Mal, wenn irgendwo ein Vogel aufflog, schlug sich Keiler in die Büsche, als dachte er, ihm würden gleich Flügel wachsen und er würde ihn zu fassen kriegen.

Der verschlungene Pfad, dem wir folgten, war so schmal, dass wir die meiste Zeit in einer Reihe hintereinander reiten mussten. Jimmie Sue hielt sich direkt vor mir, und schließlich drehte sie sich um und sagte: »Ich hab nicht den Eindruck, als wäre Fatty besonders vorsichtig. Vielleicht weiß er ja nicht, dass wir noch hinter ihm her sind. Eustace hat anscheinend keine Probleme, ihm zu folgen.«

Shorty, der direkt vor ihr ritt, sagte ohne sich umzudrehen: »Oder er führt uns genau dorthin, wo er uns haben möchte.«

Da musste ich an die Komantschen denken, und wie sie Winton in einen Hinterhalt gelockt hatten; meine Angst vor Fatty mit seinem Gewehr machte sich wieder bemerkbar. Allerdings legte sie sich ein wenig, als Shorty fortfuhr: »Unser Vorteil besteht, glaube ich, darin, dass Fatty uns vor allem entkommen will. Möglicherweise sucht er nach einem Ort, um seine Wunden zu lecken, und die sind erheblich. Allerdings kann auch niemand behaupten, dass er nicht hart im Nehmen ist. Er ist mit einer Pistole verprügelt worden, hat ein paar Kugeln abbekommen, hat halb Texas vollgeblutet, nicht ohne unterwegs noch einen Haufen Leute umzulegen, ist so lange mit einem Automobil gefahren, bis es kein Benzin mehr hatte, und jetzt kommt er immer noch gut voran.«

Eustace äußerte die Meinung, dass uns Fatty sehr wahrscheinlich ein ganzes Stück voraus war, aber dass es trotzdem eine gute Idee wäre, uns beim Abendessen auf das zu beschränken, was wir dabei hatten, und nicht ans Schießen zu denken. Immerhin, ein kleines Feuer konnten wir machen, um unser Proviant aufzuwärmen, denn bei all den Bäumen und dem Abstand zwischen uns und Fatty war das bestimmt nicht weiter von Belang. Außerdem achteten wir darauf, keine trockenen Blätter und kein feuchtes Holz zu verwenden, denn beides hätte zu sehr gequalmt.

Eustace schätzte, dass wir Fatty am nächsten Tag einholen würden, sobald er von seinem gestohlenen Pferd gefallen und verblutet war. Mir gefiel die Vorstellung, und ich hoffte, dass es so kommen würde. Das wäre eher ein Gottesurteil und weniger eine Kugel aus einer unserer Pistolen oder Schrot aus Eustaces Kanone.

In jener Nacht fielen Jimmie Sue und ich nicht wieder übereinander her, aber ich machte dieses Mal kein Geheimnis daraus, dass wir beieinander lagen, auch wenn ich die ganze Nacht unruhig schlief und nur ab und an nach ihr tastete, um mich zu vergewissern, dass sie noch da war. Gemeinsam mit ihr unter einer Decke war es ein wenig warm, aber es war auch tröstlich, sie in meiner Nähe zu haben, also machte mir das nichts aus.

Eustace übernahm die erste Wache, Shorty die zweite und Winton die dritte. Danach wäre ich an der Reihe gewesen und dann Spot. Jimmie Sue wurde übergangen, weil sie eine Frau war, wobei ich allerdings der Meinung war, dass sie dazu ebenso in der Lage gewesen wäre, schließlich war sie nicht auf den Kopf gefallen und auch willensstark genug. Hinter dem Handelsposten hatte sie auf Fatty geschossen, also war sie ganz offensichtlich kein Mauerblümchen. Trotzdem fand sich dafür keine Mehrheit.

Letztlich schliefen ich und Spot aber durch. Keine Ahnung, ob die drei meinten, dass wir für diese Aufgabe nichts taugten, oder ob sie befürchteten, Spot könnte sich während der Nacht davonstehlen.

Als ich am nächsten Tag aufwachte, machten die anderen bereits die Pferde fertig. Keiler hockte auf dem Hintern und schaute zu, als würde er das Ganze überwachen. Auch Jimmie Sue war schon auf, und Spot genauso. Ich erhob mich als Letzter. Erst wollte ich deswegen was sagen, aber wenn ich ehrlich bin, war ich wirklich fix und fertig, auch wenn ich unbedingt meine Schwester finden wollte. Als würden an meinen Knochen schwere Gewichte hängen und mich in einen Abgrund ziehen, und ich hätte nicht den Mumm, da rauszuklettern. Ich fühlte mich älter, als ich war, und auch unleidiger, als ich sein wollte.

Das Gelände wurde so unwegsam, dass wir immer wieder absteigen und die Pferde durch den Wald führen mussten, um Fatty auf der Spur zu bleiben, oder jedenfalls dem, was Eustace dafür hielt. Ich sah Jimmie Sue immer wieder verstohlen an, und je öfter ich das tat, umso hübscher wurde sie. Sie befand sich inzwischen im Rohzustand, wie man so schön sagt. Jegliche Schminke war längst verschwunden. Sie hatte sich das Haar mit einem schwarzen Band zurückgebunden, und ihr Pferdeschwanz hüpfte auf eine Art und Weise auf und ab, die ich erregend fand. Eine Erklärung dafür hatte ich allerdings nicht. Es waren nur Haare, aber was soll man machen? Ich sehnte mich danach, sie wieder in die Arme zu nehmen, denn natürlich hatte ich inzwischen an dem Vergnügen gefunden, was mein Grandpa »Fleischeslust« genannt hatte.

Als mir dieser Gedanke kam, hatte ich das Gefühl, unter einem ganzen Haufen schwerer Backsteine zusammenzubrechen. Die Vorstellung, dass ich Jimmie Sue mit Grandpa und auch dem Sheriff geteilt hatte, gefiel mir überhaupt nicht. Meine Begeisterung für sie bekam einen leichten Dämpfer. Allerdings war das nicht von Dauer, und bald führte ich mir vor Augen, dass sie schließlich mit mir weggegangen war, nicht mit einem der anderen, und das hatte doch bestimmt etwas zu bedeuten. Allzu folgerichtig war dieser

Gedanke nicht, und wenn ich etwas über Frauen gelernt hab, dann, dass ihnen mit Logik nicht beizukommen ist. Aber trotzdem, sie hätte mich ja bei der erstbesten Gelegenheit sitzen lassen können, anstatt mich auf diesem schwierigen und gefährlichen Weg zu begleiten.

Ich fing an, mich zu fragen, ob sie vorhatte, dauerhaft bei mir zu bleiben, und ob ich meine Hoffnungen darauf richten sollte oder ob sie wieder ihren alten Beruf ergreifen würde. Mir war nicht ganz klar, was daran so toll sein sollte, aber wenn ich an Mama zurückdachte und auch an Grandma, soweit ich mich an sie erinnern konnte, dann hatten sie die meiste Zeit nur geputzt, gewaschen und gekocht und sich um die Männer gekümmert. In gewisser Hinsicht machte Jimmie Sue das auch, aber auf ihre Art, und weil sie etwas dafür bekam. Ich war mir über meine Gefühle im Unklaren. Auf welche Seite des Dilemmas sollte ich mich schlagen? Eine Frau, die für sich selbst sorgen konnte und aussprach, was sie dachte, hatte durchaus ihren Reiz, und ganz ohne Zweifel hatte sie mich am Haken, und der steckte mir tief in den Kiemen.

Ich wurde aus meinen Gedanken gerissen, als wir um die Mittagszeit auf Fattys gestohlenes Pferd stießen. Es lag auf der Seite, oben auf einem kleinen Hügel zwischen ein paar Kiefern. Es lebte noch, hatte aber ein Bein gebrochen und atmete schwer. Lange würde es nicht mehr durchhalten.

Zu dem Zeitpunkt gingen wir zu Fuß und führten die Pferde, damit sie sich ein wenig erholen konnten. Eustace reichte mir seine Zügel und ging rüber, um nach dem sterbenden Tier zu schauen. Jimmie Sue und ich standen ein ganzes Stück weit weg, und trotzdem konnte ich das getrocknete Blut auf dem Sattel des Pferdes sehen. Den Sattel hatte Fatty nicht mitgenommen, aber die Satteltaschen waren weg. Wahrscheinlich war da sein Proviant drin oder irgendwelche Waffen, und er war so schlau gewesen, nicht auch noch den Sattel durch die Gegend zu schleppen, obwohl es ein ziemlich guter war.

Eustace ging in die Hocke, tätschelte dem Pferd behutsam den Kopf und sagte etwas Beruhigendes. Keiler trottete rüber, um sich das genauer anzuschauen, aber Eustace bat ihn höflich abzuhauen, und er stapfte weiter und verschwand schließlich im Gebüsch, wobei er, wie so oft, einen Heidenlärm machte.

Shorty marschierte mit seinem Messer los und schnitt dem Pferd die Kehle durch, wie damals, als er die Komantschen verfolgt hatte. Das arme Pferd hörte ziemlich schnell damit auf, den Kopf herumzuwerfen, blutete aus und starb. Allmählich wurde ich, wohin ich auch ging, mit dem Tod konfrontiert, und wenn ich es nicht selbst miterlebte, wurde mir davon erzählt.

»Der Gaul ist hier drüben in ein Loch getreten«, sagte Eustace, »und der Hurensohn hatte nicht mal den Anstand, ihn von seinen Qualen zu erlösen. Ich kann ihn immer weniger leiden. Das ist schon das zweite Pferd, das er zu Tode geritten hat.«

»Wahrscheinlich dachte er, wir würden den Schuss hören«, sagte Winton.

»Er hätte ihm die Gurgel durchschneiden können«, erwiderte Eustace. »Wenigstens das hätte er tun können.«

»Er denkt nur an sich«, sagte Jimmie Sue. »Das war schon immer so. Man hätte meinen können, dass er sich, wenn er in ein Freudenhaus geht, bewusst gewesen wäre, dass er so hässlich ist wie ein Haufen Pferdescheiße, aber er hat sich immer so benommen, als wär er der schickste Macker, der jemals seine Haare eingeölt und aus New York zu uns gekommen ist. Als würde er in den Spiegel schauen und jemand anderen sehen.«

»Na«, sagte Spot, »das muss aber ein merkwürdiger Spiegel sein.«

Eustace beugte sich jetzt über den Sattel. »Sieht so aus, als wäre das Pferd schon vor ein paar Stunden gestürzt. Aber das Blut hier, das ist von Fatty, so trocken, wie es ist. In der Hitze trocknet es schnell, also hat er zwar einen Vorsprung, aber keinen allzu großen.«

Eustace stand auf, schaute sich um und entdeckte etwas, das ihn interessierte. »Er hat sich Richtung Westen davongemacht. Er hinkt ganz ordentlich, aber verdammt gut zu Fuß ist er trotzdem.«

»So, wie der blutet, ist er bestimmt bald am Ende seiner Kräfte«, sagte Spot.

Eustace schüttelte den Kopf. »Ich glaub nicht, dass er die ganze Zeit geblutet hat. Ich glaub, er konnte die Blutung irgendwie stillen, aber als das Pferd gestürzt ist, ist die Wunde wieder aufgebrochen. Allerdings muss ich zugeben, dass er sich nicht übel schlägt.«

Eustace verschwand zwischen den Bäumen. Nach kurzer Zeit tauchte er wieder auf. »Wisst ihr was, das Beste ist, ich geh ihm nach und versuch, ihn einzuholen. Wenn wir ihm alle zusammen nachreiten, bekommt er das vielleicht mit, aber zu Fuß krieg ich ihn vielleicht.«

»Dann nimm eins von meinen Gewehren mit«, sagte Shorty.

»Nee«, sagte Eustace. »Ich werd mich mit meiner Schrotflinte an ihn ranschleichen. Vielleicht freut er sich ja, mich zu sehen!«

»Ich geh mit dir«, sagte Winton. »Du hast recht, weniger sind besser, aber du solltest auch jemand haben, der dir den Rücken deckt. Der alte Fettsack ist doch schlauer, als ich ihm zugetraut hab. Nicht dass er wie ein verwundeter Luchs irgendwo auf der Lauer liegt und über dich herfällt. Besser, wir sind zu zweit.«

»Na schön«, sagte Eustace. »Aber dann lass uns gleich aufbrechen.«

Sie stopften etwas Proviant und Munition in eine Satteltasche, und Winton warf sie sich über die Schulter. Er hielt die Winchester, die er aus dem Handelsposten hatte mitgehen lassen, in der Hand, und Eustace hatte natürlich seine Kanone, und in seiner rechten Hosentasche steckte eine Pistole. Mir war aufgefallen, dass die Hosentasche mit Leder gefüttert war. In seiner anderen Hosentasche steckten Patronen für seine Schrotflinte. Er trug noch immer seine Weste, und er hatte sich den Hut ins Gesicht gezogen, wie immer, wenn ihm etwas ernst war.

»So, wie ich die Sache sehe«, sagte Shorty, »folgt ihr beide so schnell wie möglich seiner Fährte, und wir versuchen, eurer Fährte zu folgen, auch wenn ich, wie du weißt, kein Fährtenleser bin und das auch nie behauptet habe.«

»Aber ich bin einer, hab ich recht?«, sagte Eustace.

»Jedenfalls ist die Wahrscheinlichkeit, dass du dich verirrst, wesentlich kleiner. Das geb ich zu.«

Eustace lächelte, streckte die Hand aus und strich Shorty wie einem kleinen Jungen über den Hut. »Wenn ich dabei draufgeh, kannst du die ganzen Scheißhaufen haben, die ich unterwegs zurücklasse. Ich möcht, dass du das weißt.«

Sie schüttelten einander die Hände, dann schenkte Eustace uns übrigen ein breites Grinsen, während Winton uns kurz zuwinkte. Schließlich gingen sie davon, und wir standen da, die Zügel der Pferde in der Hand.

Als sie außer Sichtweite waren, sagte Shorty: »Wir lassen ihnen erst einmal einen ordentlichen Vorsprung, damit wir ihnen nicht wie eine Viehherde hinterhertrampeln. Zwei Stunden, und dann gehen wir ihnen zu Fuß nach und führen die Pferde. Sobald das Gelände es zulässt, steigen wir auf und reiten weiter. So holen wir sie irgendwann ein, und sie haben genug Zeit, sich an Fatty heranzuschleichen.«

Um die beiden Stunden irgendwie rumzukriegen, zündeten wir ein Feuer an und kochten in einem kleinen Topf weiße Bohnen und Pökelfleisch. Ich behalf mir mit ein paar einfachen Zutaten und rührte Maismehl, Wasser und ein wenig Schweineschmalz zusammen. Nicht das tollste Rezept für Maisbrot, ein Ei im Teig wäre besser gewesen. Während ich kochte, kreuzte Keiler wieder auf und schaute mir dabei zu. Ich riss ein Stück aus einem Papierbeutel, legte es auf den Boden und kippte etwas Maismehl darauf. Er fraß das Maismehl und den Papierbeutel gleich mit. Genauso gut hätte ich alles auf den Boden kippen können.

Nachdem wir gegessen hatten, machten wir Kaffee warm, tranken ihn und löschten das Feuer. Shorty zog seine Taschenuhr hervor und starrte sie an.

Während er das tat, sagte Spot: »Ich hab niemand schießen gehört.«

»Ich ebenso wenig«, erwiderte Shorty. »Aber ich bezweifle, dass sie ihn bereits eingeholt haben, und es ist auch möglich, dass er ihnen entwischt ist. Sollte das der Fall sein, dann hat er vielleicht einen Bogen um sie gemacht und ist jetzt wieder auf dem Weg zurück zu uns.«

Darauf war ich noch nicht gekommen, aber jetzt schaute ich mich ängstlich um und legte die Hand auf die Pistole in meinem Gürtel. Ich wollte darauf achten, dass sie nicht wieder hängen blieb, wenn ich sie das nächste Mal ziehen musste.

»Glaubst du, er weiß, wo wir sind?«, fragte Jimmie Sue.

»Eher nicht«, antwortete Shorty. »Ich glaube, dass er die Ohren anlegt und stracks geradeaus marschiert, um irgendwo unterzuschlüpfen. Wenn seine Verletzung schlimm genug ist, denkt er wahrscheinlich an nichts anderes mehr. Gut möglich, dass sich sein Unterschlupf nicht dort befindet, wo wir ihn vermuten, aber die Chancen stehen immer noch am besten, dass wir ihn dort finden. Und wenn nicht, dann wissen wir, wo das Große Dickicht am dichtesten ist, und dort gehen wir dann hin und stöbern ein wenig herum. Es findet sich immer ein Weg. Allerdings möchte ich vorschlagen, dass wir nicht zu sorglos werden und uns ganz auf Eustaces Künste als Fährtenleser verlassen.«

»Sie hören wohl nie auf, an ihm rumzumeckern, was?«, sagte Spot.

»Du hast dich eben noch nicht so oft zusammen mit ihm verirrt wie ich.«

Vielleicht klingt es seltsam, dass ich jetzt, nachdem ich gerade erst erzählt hab, wie aufmerksam ich nach Fatty Ausschau hielt, wieder müde wurde und mich mit dem Rücken an einen Baum hinsetzte, aber so war's nun mal. In einem Moment bin ich voller

Pisse und Essig, und im nächsten bin ich so leer wie das Glas eines Säufers.

Ich hatte mir den Hut über die Augen gezogen und dämmerte immer wieder weg, als ich es zweimal laut knacken hörte und dann ein drittes Mal, als wäre jemand auf einen Ast getreten – eins, zwei und drei. Aber es schien aus weiter Ferne zu kommen. Ich hob den Kopf und schob den Hut in den Nacken, um zu schauen, ob den anderen etwas aufgefallen war, aber alle wirkten ganz entspannt, als wäre nichts passiert. Ich dachte eine Weile darüber nach und gelangte dann zu der Feststellung, dass es ein Tagtraum gewesen war. Keiler war zu mir rübergekommen und hatte sich zu mir gelegt, und als ich mich jetzt ausstreckte, hob er den Kopf und legte ihn auf meine Knie. Ich kraulte ihm die Ohren, schloss die Augen und döste ein.

Als Shorty der Meinung war, wir hätten lange genug gewartet, weckte er uns, und wir führten die Pferde in die Richtung, in die Eustace und Winton verschwunden waren. Sie hatten eine so deutliche Spur hinterlassen, dass sogar wir ihr folgen konnten. Wir liefen eine Weile zwischen den Bäumen einher, bis wir zu einer Holzstraße kamen, die mitten durch den Wald gehackt worden war. Die ganze Gegend war voller Baumstümpfe, aber auf einem breiten Streifen waren sie mit Dynamit weggesprengt worden. Jegliche Ähnlichkeit mit dem Wald, der hier vorher gestanden hatte, war rein zufällig. Hartholzbäume waren aufgeschichtet und brannten, und die Kiefern waren fortgeschleppt worden, um sie als Bauholz zu verwenden. Sogar die Vögel hatten aufgehört zu singen.

Wir folgten der breiten Straße und stießen schließlich auf einen Berg Milchkannen aus Blech und einige umgekippte Körbe mit Süßkartoffeln und einen toten Hund. Der Hund war schwarz und etwa mittelgroß, und er lag zwischen den Süßkartoffeln und den Milchkannen, von denen zum Teil der Deckel runtergefallen war, sodass die Milch auslief und sich mit dem Blut des Hundes vermischte – der allem Anschein nach erschossen worden war.

Spot deutete auf die Straße und sagte: »Ich bin kein Daniel Boone, aber das da drüben sind frische Wagenspuren.«

Nun ja, für mich gab's keinen großen Unterschied zwischen frischen Spuren und denen von letzter Woche, aber Spot schien sich sicher zu sein, also beschloss ich, ihm zu glauben, und Shorty genauso. Er kletterte von seinem Pferd, beugte sich vor, schaute sich alles genau an, richtete sich wieder auf, blickte in die Runde und nickte.

Inzwischen waren wir alle abgestiegen und suchten unsere Umgebung nach etwas ab, das erklären mochte, was hier los war.

Shorty deutete auf den Boden. »Der Wagen ist vor nicht allzu langer Zeit hier durchgekommen, und hier sieht man die Fußspuren von einem Mann, der aus dem Dickicht gekommen ist. Dort sind noch andere Spuren, die allerdings frischer sind. Eine der Spuren stammt von Eustace, also ist die andere von Winton. Eustace erkenn ich an den Absätzen seiner Stiefel, die auf beiden Seiten ausgetreten sind. Eustace neigt dazu, sein Gewicht auf die Außenseite seiner Füße zu verlagern, und ein Stiefel ist ein bisschen mehr abgenutzt als der andere.«

»Ich dachte, Sie wären kein Fährtenleser«, sagte ich.

»Das bin ich auch nicht. Aber so viel hab ich von Eustace gelernt. So viel weiß er immerhin.«

»Er hat recht«, sagte Spot. »Diese Spuren kommen erst später dazu. Ich bin auch kein richtiger Fährtenleser, aber einem Reh kann ich ein Stück weit folgen, und ich kann erkennen, was das hier ist.«

Jimmie Sue sagte: »Wisst ihr was, diese Milch ist vielleicht noch nicht verdorben, und ich hab echt Lust drauf. Soll ich eine Kanne öffnen?«

Wir stimmten ihr zu, denn auf einigen der Kannen war noch der Deckel drauf. Ich half ihr, eine aufzurichten, und sie öffnete sie mit Spots Hilfe. Die Milch roch noch gut, war allerdings warm geworden. Wir holten unsere Becher aus den Satteltaschen und tauchten sie in die Milch. Ich glaube, ich hab drei Becher getrunken, bevor Shorty sagte, wir sollten aufhören, da Milch einem bei dem warmen Wetter schwer im Magen liegen kann, vor allem, wenn man reitet.

Jimmie Sue hatte sich die Zeit genommen und ein paar der besseren Süßkartoffeln aufgelesen und in ihren Satteltaschen verstaut. Da sagte Spot, einen Becher Milch an den Lippen: »Verdammter Mist. Schaut euch das an!«

Er senkte den Becher und deutete rüber zum Waldrand.

Wir folgten seinem Blick und sahen ein Bein und einen bloßen Fuß, die über einem Baumstamm hingen. Wir gingen hin, und tatsächlich, an dem Bein hing ein ganzer Kerl. Ein Weißer, der etwa vierzig Jahre alt gewesen sein dürfte, und sein Hut war so verrutscht, dass sein Gesicht darunter verschwand. Er war genauso tot wie der Hund. Der Mann, nicht der Hut. Keiler hatte sich wieder im Wald herumgetrieben, aber jetzt tauchte er auf und kam neugierig herbei. Shorty sagte: »Nein, Keiler, lass ihn in Ruhe. Friss den Hund.«

Keiler ließ den Mann in Frieden, kümmerte sich aber auch nicht um den Hund. Vermutlich hatte er nach Eicheln und Wurzeln gesucht und war pappsatt.

»Den hat jemand in den Kopf geschossen«, sagte Shorty. »Jetzt begreife ich, was hier geschehen ist. Fatty ist ohne Pferd hier langgekommen, und wie es der Zufall wollte, fuhr der Mann mit seinem Hund hier vorbei, um Milch und Kartoffeln auf den Markt zu bringen. Fatty hat sie abgeknallt, wahrscheinlich weil der Hund gebellt oder nach ihm geschnappt hat. Dann hat er alles vom Wagen runtergeworfen, um schneller vorwärtszukommen, und weg war er. Später tauchten Winton und unserer legendärer Fährtenleser Eustace hier auf, und jetzt marschieren er und Winton im Eiltempo hinter dem Wagen her, der von einem Pferd gezogen wird.«

Da wurde mir endlich klar, was das dreifache Knacken gewesen war, das ich gehört hatte, nämlich drei Schüsse, und sie hatten dem Mann und dem Hund gegolten, und einer war wahrscheinlich danebengegangen.

Wir stiegen wieder auf und folgten den Spuren von Stiefeln und Wagenrädern, wobei Keiler uns dicht auf den Fersen blieb. Ich drängte nicht darauf, jemanden zu beerdigen, denn ich wollte diesen verfluchten Mörder so schnell wie möglich einholen. Einem solchen Menschen war ich noch nie begegnet. Er brachte grundlos jeden um, der ihm vor die Flinte kam, und er nahm auf Hunde und Viehzeug genauso wenig Rücksicht wie auf Menschen, von Milchkannen und Süßkartoffeln ganz zu schweigen.

17

Wir ritten in zügigem Trab weiter, aber nicht im Galopp. Shorty war sich sicher, dass wir bald auf Eustace und Winton stoßen würden, während sie noch Fattys Fährte folgten.

Jimmie Sue und Spot waren ein Stück zurückgefallen. Sie ritten nebeneinander her und stritten sich aus irgendeinem Grund darüber, wie man am besten Süßkartoffeln zubereitete. Jimmie Sue plädierte für Butter und Zucker in einer aufgeschnittenen Backkartoffel, während sich Spot dafür aussprach, mit einer Gabel Löcher in eine Kartoffel zu drücken, sie zu kochen und Butter und Zucker erst hineinzutun, wenn sie gar war. Außerdem stand noch zur Debatte, ob man Süßkartoffeln, bevor man sie in der Bratpfanne zubereitete, erst in Milch schwenken sollte, aber ich konnte der Unterhaltung, auch wenn sie offenbar so wichtig war wie die Auslegung der Bibel, nur bedingt folgen. Weshalb ich mich schließlich neben Shorty wiederfand.

Nach kurzer Zeit ließen wir die Pferde Schritt gehen, um sie nicht so früh am Tag zu ermüden, denn es wurde bereits warm, und bald würden unsere Achselhöhlen so klebrig sein wie Molasse.

Ich sagte: »Frauen sind mir ein Rätsel. Und Jimmie Sue erst recht.«

»Hast du das gesagt, weil du dir einen Rat erhoffst?«, fragte Shorty.

»Kann sein.«

»Du weißt, dass ich von Liebe nicht allzu viel halte, oder von irgendetwas, das damit zusammenhängt, auch wenn ich zugeben muss, dass ich nicht völlig immun dagegen bin.«

»Also waren Sie schon mal verliebt?«

»Das hatte wohl eher etwas mit Lust zu tun. Als junger Mann fiel es mir schwer, die beiden Dinge auseinanderzuhalten. Es soll allerdings einen Unterschied geben, und es ist gut möglich, dass ich einmal glaubte, verliebt zu sein. Inzwischen weiß ich, dass es für gewöhnlich eine Schwäche ist, sich nach jemandem zu verzehren.«

»Das meinen Sie doch nicht ernst.«

»O doch, Jack, sehr sogar. Aber da gab es mal eine Frau namens Cherry Wilson. Sie war eine Hure, wie Jimmie Sue, und wie sie war sie äußerst hübsch. Ich glaube, sie hatte auch eine Menge für mich übrig. Das Problem war die Öffentlichkeit. Die Vorstellung, mit einem Mann die Straße entlangzuschlendern, der, wenn er ihre Hand hielt, den Eindruck erweckte, er wäre ein kleines Kind und sie seine Mutter, war zu viel für sie. Einmal, als ich es ihr von hinten besorgt hab, musste ich auf einem Schemel stehen, und dabei kam ich mir ziemlich albern vor, und ihr erging es ähnlich. Unsere Beziehung war von Anfang an zum Scheitern verurteilt. Sie wäre sehr gerne bei mir geblieben, glaube ich. Unter uns gesagt, wenn wir uns gemeinsam in einem dunklen Zimmer aufhielten, spielte meine Größe keine Rolle, aber der Straße waren unsere Gefühle nicht gewachsen; dort gab es einfach zu viele Leute, die uns sahen. Ich glaube, sie hätte sich lieber in Gesellschaft eines stadtbekannten einäugigen und hinkenden Mörders gezeigt als mit einem Liliputaner.

Wir trennten uns voneinander, und danach ging es mir eine ganze Weile ziemlich übel. Hab wie ein Loch gesoffen und mich mit Huren herumgetrieben. Und zu meiner Schande muss ich gestehen, dass ich sehr gemein zu ihnen war. Ich suchte mir eine Arbeit, wie ein ganz normaler Mensch. Ich eröffnete ein Ladengeschäft im mittleren Texas. Einer hässlichen Gegend, das kannst du mir glauben. Am Arsch der Welt, und dann noch ein Stück weiter. Mein Laden befand sich an einer Straße, auf der, da war ich mir sicher, viel Verkehr herrschte. Ich irrte mich. Der Verkehr entschied sich für eine andere Straße, die an einem Bahnhof vorbeiführte. Ich hätte ein Fass Mehl nicht mal dann herschenken können, wenn ich es einem kostenlosen Esel auf den Rücken gebunden hätte. Manchmal hatte ich den Eindruck, mein Laden würde Kuhfladen verkaufen. Es kamen einfach nicht genug Kunden vorbei, auch wenn häufig Leute auf der Veranda herumhockten und über Politik redeten, als ob einer von ihnen schon einmal gewählt hätte oder wüsste, wie das geht. Auch über Religion wurde viel gestritten, was meistens auf eine Auseinandersetzung hinauslief, ob man bei der Taufe untergetaucht oder lediglich nassgespritzt werden durfte. Viele Leute kamen auch nur vorbei, um mich anzuglotzen, ohne die mindeste Absicht, etwas zu kaufen. Ich hatte das Gefühl, wieder beim Zirkus zu sein.

Irgendwann hatte ich genug davon, ein Ausstellungsstück zu sein, und eines düsteren Donnerstags erklärte ich das in aller Deutlichkeit einem Herrn, der darauf beharrte, mir die Kleider vom Leib zu reißen und mich in einem roten Kleidchen tanzen zu lassen. Das Kleid hatte er sogar mitgebracht. Es war ein hübsches Kleid, aber ich fand einfach keinen Gefallen daran. Er hätte mir sogar noch ein Paar elegante Schuhe dazugeben können, und ich versichere dir, ich hätte immer noch keine Lust gehabt, mir die Hosen herunterziehen zu lassen und in ein Kleid zu schlüpfen. Er verwechselte meine Größe mit Unterwürfigkeit, und ich hab ihm die Eier weggeschossen, und er ist verreckt.

Der Sheriff war der Meinung, ich hätte ein wenig überreagiert, und es wäre doch viel einfacher gewesen, wenn ich das Kleid angezogen hätte. Ich widersprach ihm vehement, und schließlich musste ich mich mit einem betrunkenen Anwalt abfinden, der vom Gericht bezahlt wurde und dem es scheißegal war, ob ich kastriert, aufgeknüpft oder zum Tee eingeladen wurde. Er erklärte mir sogar im Spaß, das Kleid hätte mir doch bestimmt gut gestanden. Und unterschätzte dabei völlig meine Fähigkeit, hochzuspringen und ihm mit einer harten Rechten die Fresse zu polieren. Das spielt eine entscheidende Rolle bei meiner Flucht, denn genau die ergriff ich dann, und über Jahre hinweg befürchtete ich, das alles könnte mich irgendwann einholen. Später erfuhr ich, dass das Gerichtsgebäude abgebrannt und die Akten über meine Verhaftung vernichtet worden waren. Der Handelsposten war von Verwandten des Mannes übernommen worden, der mir das Kleid anziehen wollte, und allem Anschein nach hielten sie das für eine angemessene Entschädigung, denn er war nicht besonders beliebt, nicht einmal unter seinesgleichen. Viele von ihnen waren, wie sich herausstellte, gezwungen worden, ein Kleid zu tragen, und auch wenn ich nichts davon gewusst hatte, war allgemein bekannt gewesen, dass er eine besondere Vorliebe für Damenunterwäsche hatte, vor allem für Hüfthalter. Selbst wenn meine Akten nicht verbrannt wären, hätten sie mich wahrscheinlich laufen lassen, denn wer wollte sich schon auf die Seite eines schwingenden Schwanzes in einem roten Gingham-Hurenkleid schlagen. Und hier bin ich nun. Ohne wahre Liebe oder einen Handelsposten, allerdings auch ohne ein Kleid und elegante Schuhe.«

Ich war dabei, das alles erst mal zu verdauen, als wir Eustace und Winton zusammen mit einem jungen Farbigen am Straßenrand sitzen sahen. Der Junge schien etwa dreizehn oder vierzehn zu sein, doch als wir näher kamen, stellte ich fest, dass er ein wenig älter war, und klein und hager. Er hielt sich den Kopf, und der Mund stand ihm offen, sodass er seine Zähne entblößte.

Eustace blickte auf und hob die Hand. Als wir auf ihrer Höhe waren, stiegen wir, mit Ausnahme von Jimmie Sue, ab und gingen zu ihnen rüber. Keiler folgte uns, und im ersten Moment bekam der Junge Angst vor ihm, aber Eustace redete ihm beruhigend zu. Es dauerte nicht lange, und der Junge streichelte Keiler.

»Fatty hat wieder zugeschlagen«, sagte Eustace. »Wir sind aus dem Wald gekommen und haben einen toten Mann und einen toten Hund gefunden, neben einem Haufen umgekippter Milchkannen. Da waren Wagenspuren, also konnten wir uns denken, was passiert war. Fatty. Wir sind ihm hinterher. Aber nachdem er das ganze Zeug von dem Wagen runtergeschmissen hat, kam er schnell vorwärts.«

»Das haben wir alles gesehen«, sagte ich.

»Wir sind der Straße gefolgt, und da saß der Junge hier und hielt sich den Kopf«, fügte Winton hinzu.

»Lass ihn selbst erzählen«, sagte Shorty.

»Hab ich doch schon«, erwiderte der farbige Junge. »Ich bin hinten auf dem Wagen mitgefahren. Mr. Druskin und sein Hund Butch saßen vorne und haben die Maultiere gelenkt. Mr. Druskin, meine ich, der Hund wusste nicht, wie.«

»Was für eine Enttäuschung«, sagte Jimmie Sue.

»Yeah«, sagte Spot. »Das hätt mir gefallen. Ein Hund, der 'nen Wagen lenkt.«

»Haltet ihr beide jetzt mal die Klappe?«, sagte Shorty.

Der Junge fuhr mit seiner Geschichte fort. »Da kommt plötzlich dieser fette Weiße aus dem Wald gestürzt. Er hatte ein Gewehr in der Hand und sah ziemlich fertig aus, sein Gesicht war so rot, als wäre es gekocht worden. Fehlte nur noch die Butter. Er ballerte sofort los. Erst hat er den Hund erwischt, dann Mr. Druskin. Ich bin vom Wagen runtergesprungen und wie ein Karnickel weggelaufen. Er hat auf mich geschossen und mich am Kopf gestreift, und zwar hier.«

Er nahm seine blutige Hand runter. Über seinem Ohr war an seinem Hinterkopf eine schmale Furche, wie von einem Pflug durchs verfilzte Haar gezogen.

»Ich hab mich im Wald versteckt, bestimmt eine ganze Stunde, und dann hab ich mich wieder rausgeschlichen, und da lag Mr. Druskin und sein Hund, beide tot. Die Milch und die Kartoffeln waren überall verstreut, und der Wagen war weg. Keine Ahnung, wie der Mann das geschafft hat, so wie der aussah. Dem war auf den ersten Blick anzusehen, dass er schwer verletzt war. Aber er hat den Wagen genommen und die Maultiere angetrieben. Ich bin ihm gefolgt, nicht weil ich ihn einholen wollte, sondern weil ich mir dachte, der kommt bestimmt nicht denselben Weg zurück, und wenn doch, würd ich ihn rechtzeitig sehen und wieder wie ein Karnickel weglaufen. Dann wurde mir schwindlig, und erst da hab ich gemerkt, dass ich blute. Ich hab hier am Straßenrand gehockt, bis diese beiden Kerle aufgekreuzt sind. Ich hab ihnen erzählt, was ich euch erzählt hab. Das Schwein beißt doch nicht, oder?«

»Mach sicherheitshalber keine plötzliche Bewegung«, sagte Eustace.

»Wir haben noch ein Pferd übrig, wenn du's haben willst«, sagte Winton.

»Dafür wär ich Ihnen wirklich dankbar«, sagte der farbige Junge.

»Das Pferd braucht sonst niemand mehr. Also nimm du es. Es hat kein Zaumzeug und auch keinen Sattel, aber ich denk mal, du kommst auch mit einem Seil klar. Ich glaub, wir haben noch eins.«

»Das ist wirklich nett von Ihnen.«

»Wie weit ist es bis Livingstone?«, fragte Shorty.

»Nur noch ein Stück die Straße lang.«

»Also gut«, sagte Eustace. »Dann schlagen wir wohl diese Richtung ein. Wahrscheinlich sollten wir uns nicht allzu sehr beeilen. Ist vielleicht am besten, wenn wir uns Fatty dort krallen, wo er sich mit seinen Kumpanen verkrochen hat. Dann haben wir die ganze Schlangenbrut auf einem Haufen.«

»Yeah«, sagte Winton, »aber eine Schlange kannst du mit 'ner Hacke leichter töten. Wenn sie alle auf einem Haufen sind, ist das nicht ganz so einfach.«

»Sobald wir nach Livingstone kommen«, sagte Shorty, »sollte Jimmie Sue irgendwo unterschlüpfen, bis wir mit ihnen fertig sind oder sie mit uns.«

»Von wegen.« Sie saß noch immer auf ihrem Pferd und blickte auf uns herab. »Ich bin so weit gekommen, da bleib ich doch jetzt nicht zurück.«

»Das ist nicht dein Kampf«, sagte ich.

»Du und ich, wir sind doch zusammen, oder?«

»So genau weiß ich das nicht.«

»Dann ist es höchste Zeit, dass du dir drüber klar wirst.«

In dem Moment wuchsen allen Zweifeln, die ich gehabt haben mochte, Flügel, und sie flatterten in den Himmel meiner Gedanken davon, bis ich sie nicht mehr sehen konnte. Es fühlte sich großartig an, als ich sagte: »Wir sind zusammen.«

»Dann ist das entschieden«, sagte Jimmie Sue. »Wir machen uns alle gemeinsam auf die Suche nach diesen Halunken. Mir gefällt die Vorstellung, dass sie sich ein paar Kugeln einfangen. Ich hätte nichts dagegen, selbst den ein oder andren von ihnen abzuknallen.«

Ein paar von den skeptischen Vögeln, die davongeflogen waren, zeigten sich wieder am Himmel und in meinem Kopf, und ich glaubte, auch noch den Flügelschlag der anderen zu hören.

»Du und ich, wir sind Freunde, oder?«, fragte Winton an Jimmie Sue gewandt. Wahrscheinlich wollte er sich, nachdem er ihr den ein oder anderen Besuch abgestattet hatte, vergewissern, dass er nicht auf ihrer Abschussliste stand.

»Du gehörst zu den Guten«, antwortete sie.

»So genau will ich's gar nicht wissen«, sagte ich.

»Ach, jetzt hör schon damit auf«, erwiderte Jimmie Sue. »Ich hab allen anderen Kerlen den Laufpass gegeben, und du musst endlich anfangen, mich anders zu sehen. Wenn nicht, haben du und ich sowieso keine Zukunft. Denk da mal drüber nach, Jack. Und zwar ernsthaft. Ich hab wirklich 'ne Menge für dich übrig, aber ewig hält das auch nicht. Ein Mädchen wie ich schleppt nicht viel Gepäck mit sich rum.«

»Was ist mit dir, Spot?«, fragte Shorty. »Wie stehst du derzeit zu der ganzen Sache?«

»Ich bin nur hier, um dafür zu sorgen, dass ich meine fünf Dollar kriege«, sagte er. »Auf eine Schießerei will ich mich nicht einlassen, und auch auf keine Messerstecherei oder Prügelei. Sieht so aus, als müsst ich noch ein wenig nachdenken, denn bisher ist mir nichts Überzeugendes eingefallen.«

»Dagegen ist nichts einzuwenden«, sagte Shorty. »Allerdings musst du dich dann möglicherweise auf die Schnelle entscheiden.«

Wir gaben dem farbigen Jungen ein Pferd, ohne auch nur seinen Namen erfahren zu haben, und er beschloss, dass er doch nicht nach Livingstone wollte, und ritt den Weg zurück, den er gekommen war. Wir stiegen auf und ritten weiter; Keiler trottete hinter uns her, und Jimmie Sue hielt sich neben mir, während ich über das nachdachte, was sie gesagt hatte.

Der Wagen, dem wir folgten, hatte eine Kerbe in einem seiner Räder, sodass wir die Spur in der roten Tonerde problemlos von den anderen unterscheiden konnten. Wenn die Straße ab und an ausgehärtet war, verschwanden sie allerdings ganz. Überwiegend glich die Straße jedoch rotem Pfeffer, denn sie war in der Hitze ausgetrocknet und weich geworden. Immer wieder wirbelte der Wind den roten Ton auf und blies ihn uns in Nase und Augen – mit der Zeit lagerte sich ein feiner roter Nebel auf uns ab. Jimmie Sue merkte an, dass er farblich zu ihren Haaren passte.

Bis nach Livingstone war es doch weiter, als wir gedacht hatten, aber als die Sonne schon unterging und wir alle müde und von Kopf bis Fuß von Staub bedeckt waren, sahen wir es vor uns liegen. Es war ein ziemliches Provinznest, aber immerhin größer als das Kaff, das wir hinter uns gelassen hatten, und auch besser organisiert. Shorty grummelte, in dem Ort wären zu viele Kirchen errichtet worden, weshalb dort kein Mensch mehr seinen Spaß haben konnte. Ich fühlte mich gleich ein wenig wohler in meiner Haut, auch wenn ich zugeben muss, dass mir die Sünde, von der ich in No Enterprise eine Kostprobe erhalten hatte, durchaus geschmeckt hatte. In gewissem Maß ist es mit der Sünde wie mit Kaffee. Als ich klein war und zum ersten Mal davon kostete, fand ich ihn bitter und ekelhaft, aber später machte ich dann immer etwas Milch rein, und irgendwann trank ich ihn schwarz. Mit der Sünde ist es genauso. Erst süßt man sie ein wenig mit Lügen, und irgendwann schmeckt sie einem unverdünnt. Ich wollte nur einfach nicht bis an die Grenze gehen. Ein wenig Milch konnte ja nicht schaden. Und dennoch fiel es mir zunehmend schwer, das, was Jimmie Sue und ich miteinander taten, als Sünde zu betrachten.

Bis wir in Livingstone einritten, hatte ich das Gefühl, mein Inneres wäre nach außen gekrempelt, gesalzen und den Hunden vorgeworfen worden. Ich konnte mich kaum noch auf meinem Pferd halten. Wir hielten an einer Pferdestation, und Winton ging rein und redete mit dem Betreiber. Als er wieder rauskam, hatte er klargemacht, dass wir hintenraus in einem kleinen Schuppen nächtigen konnten, in dem der Boden mit Heu bedeckt und voller Pferdemist war. Wir bekamen ein paar Heugabeln und Schaufeln und misteten erst mal ordentlich aus. Wahrscheinlich gehörte das zur Bezahlung. Das Ganze ging schneller als erwartet, denn wir wollten es alle hinter uns bringen. Zu guter Letzt besorgte sich Winton eine Schubkarre, holte etwas Heu aus der eigentlichen Pferdestation und verteilte es auf dem Boden, und dann war ich an der Reihe und holte noch mehr. Das machten wir mehrmals hintereinander – selbst Jimmie Sue bestand darauf zu helfen –, bis der feuchte, schmutzige Boden schließlich sauber roch und trocken war.

Der Betreiber der Pferdestation hatte unseren Pferden die Sättel abgenommen und ihnen Hafer und Wasser gegeben, und wir breiteten im Schuppen unsere Decken aus und legten uns schlafen. Jimmie Sue kuschelte sich an mich, und wir umarmten uns zärtlich, und ich weiß noch, wie ich mein Gesicht an sie schmiegte und feststellte, dass ich mich an ihren Geruch gewöhnt hatte, was wirklich nett war, obwohl sie kein Bad mehr genommen hatte, seit sie aus dem Hurenhaus geflüchtet war. Sie roch von Natur aus angenehm, was gut zu dem Geruch des Heus passte.

Aber ich klinge allmählich wie ein liebeskranker Kojote, und das war ich auch, also erzähle ich lieber weiter. Wir schliefen, und zwar tief und fest. So gut hatte ich nicht mehr geschlafen, seit wir die Farm verlassen und nach Kansas aufgebrochen waren.

Als ich aufwachte, war es Nacht. Alle anderen schliefen noch, außer Shorty. Die Tür des Schuppens stand offen, und er saß im Mondlicht auf einem umgedrehten Eimer und rauchte eine Zigarre. Im Schoß hatte er das Twain-Buch. Ich konnte den Tabak riechen, und er drehte sich um und schaute zu mir rein. Anscheinend wusste er immer, wenn sich irgendwo wer regte. Ich sagte nichts und rührte mich auch nicht, sondern kuschelte mich wieder an Jimmie Sue und schlief ein.

Irgendwann wurde ich von der Hitze geweckt. Deshalb waren Jimmie Sue und ich im Laufe der Nacht auch auseinandergerollt. Sie lag mit geschlossenen Augen und offenem Mund auf dem Rücken, und ich konnte ihren Atem hören. Alle anderen waren bereits wach. Spot konnte ich nirgendwo entdecken. Shorty saß noch immer vor der Tür, auch wenn er den Eimer ein Stück weitergerückt hatte.

Ich setzte mich auf, und da ich und Jimmie Sue uns ganz hinten im Schuppen befanden, lehnte ich mich mit dem Rücken an die Wand. Ohne dass ich gefragt hätte, sagte Winton, der gerade seine Stiefel anzog: »Spot ist in das Café rübergegangen, um uns was zu essen zu holen. Ich hab noch ein paar Brötchen in der Satteltasche, aber ich hab vorhin mal versucht, in eins reinzubeißen, und das ging überhaupt nicht. Die sind steinhart geworden. Erst wollte ich sie in Wasser einweichen, aber dann dachte ich mir, dass ich noch genug Geld hab, um uns allen ein Frühstück zu spendieren. Allerdings müssen wir uns künftig von Gras ernähren, denn ich hab nur noch einen Dime übrig, und den spare ich mir für den Notfall auf.«

Eustace schlüpfte ebenfalls gerade in seine Stiefel.

»Wenn du bisher keinen Notfall gesehen hast, dann erkennst du auch keinen, wenn wir einem begegnen.«

Winton schenkte ihm ein breites Grinsen.

Kurz darauf kam Spot mit zwei Blecheimern zurück, die mit dünnen weißen Handtüchern abgedeckt waren. Im Schuppen nahm er die Handtücher runter, und in einem der Eimer befand sich ein Berg süßlich duftender Brötchen, die so fluffig wie Wolken waren und schuppten wie ungewaschene Haare. Darunter befand sich ein weiteres Handtuch, unter dem ein Haufen Würste zum Vorschein kam. Der Geruch, den sie verströmten, war so kräftig und lecker, dass er fast bis zur Decke des kleinen Schuppens emporgeschwebt wäre, auch wenn ich zugeben muss, dass das nicht besonders hoch war. Hier drin war es ziemlich eng.

Keiler bekam etwas von dem alten Maismehl zu fressen, das ich noch übrig hatte. Ich stellte es ihm hin, bevor wir selbst frühstückten. Ein Brötchen hätte ihm wahrscheinlich auch geschmeckt, aber wir waren zu gefräßig, um einem Schwein was davon abzugeben, und die Vorstellung, ihm eine Wurst hinzuwerfen, ging mir irgendwie gegen den Strich. Er aß schnell und war fertig, bevor wir überhaupt angefangen hatten.

In dem anderen Eimer stand eine große Kanne Kaffee und mehrere starkwandige Becher. Wir aßen und tranken mit der Begeisterung eines Ebers, der ein Maisfeld niedermacht. Nachdem wir den letzten Krümel verschlungen und den letzten Tropfen runtergekippt hatten, ging Winton raus, um nach den Pferden zu schauen.

Als er wieder zurückkam, hatte er nur noch ein Pferd für jeden dabei. Die überzähligen Gäule vom Handelsposten hatte er als Bezahlung für unsere Übernachtung dagelassen und seine Taschen mit dem Geld gefüllt, das er darüber hinaus noch gekriegt hatte.

Wir überprüften unsere Vorräte und stellten fest, dass wir noch genügend Munition hatten, und Shorty vergewisserte sich, dass wir alle ein Messer im Gürtel stecken hatten, was auf manche von uns zutraf, und die anderen konnten sich eins im Gemischtwarenladen kaufen, obwohl Winton das Geld dafür genauso ungern rausrückte wie ein Banker, der weiß, dass es nicht ihm gehört.

Später warteten wir auf der Straße, während Winton und Shorty für eine Weile in den Saloon reingingen. Wie sich rausstellte, mussten wir ziemlich lange warten, und irgendwann banden wir die Pferde an die Stange vor dem Saloon, an der zu diesem Zweck große Metallringe befestigt waren. Wir setzten uns auf den Holzsteg und warteten. Jimmie Sue saß neben mir, legte den Arm um mich und den Kopf auf meine Schulter und schlief noch ein wenig. Das sollte ich im Laufe der Zeit über sie noch herausfinden – sie schlief nur allzu gerne, und zwar mit einer Hingabe, als würde sie dafür bezahlt.

Während sie also schlief, beobachtete ich ein paar Pferde, die mit Reitern auf dem Rücken die Straße entlangkamen, und auch ein paar Automobile fuhren vorbei. Als ein Pferd vor einem Automobil scheute und seinen Reiter abwarf, kam es zu einem kleinen Streit. Der Fahrer hielt an und stieg aus. Er und der Reiter stürmten aufeinander zu, und ich lernte eine ganze Menge neue Schimpfwörter. Als Christ geb ich das ja nur ungern zu, aber ich hab mir ein paar davon gemerkt, schließlich weiß man nie, was man noch brauchen kann. Eins davon war so abscheulich, dass ich einen Pakt mit mir selbst schloss, es nur in Gedanken zu benutzen.

Keiler lag die ganze Zeit über zu unseren Füßen und schnarchte. Oder eher: schnaubte. Das Vieh war riesig, ohne Witz. Immer mal wieder blieb jemand stehen und starrte ihn an, und ein Mann wollte ihn kaufen und uns dafür bezahlen, dass wir ihn schlachteten und abkochten, aber wir lehnten ab. Keiler rührte sich während alldem kein einziges Mal. Wie Jimmie Sue genoss er seinen Schlaf, und wir hätten ihm die Gurgel durchschneiden können, ohne dass er was davon gemerkt hätte. Ich machte eine entsprechende Bemerkung zu Eustace.

»Der schläft nur so gut, weil er uns vertraut«, sagte er. »Normalerweise ist er wachsamer. Ich glaube, er kann dich und Jimmie Sue wirklich gut leiden.«

Nach ungefähr einer Stunde kamen Winton und Shorty wieder aus dem Saloon. Winton schwankte wie ein Seemann, der während einem Sturm über ein Schiffsdeck taumelt, und auf dem Holzsteg wäre er fast gestürzt, wenn der kleine Shorty ihn nicht gepackt und unter Beweis gestellt hätte, dass er weit stärker war als erwartet.

»Ich hab schon geglaubt, ihr wollt da drin übernachten«, sagte Eustace.

»Wir haben uns ernsthaft darum bemüht, Informationen zu beschaffen«, sagte Shorty. »Und im Laufe dieses Vorgangs war Winton der Meinung, es sei nur höflich, ein paar Drinks auszugeben und sich ein paar davon auch selbst hinter die Binde zu gießen.«

»Ein paar?«, sagte Spot. »Sieht eher so aus, als wäre er ein Fisch, der versucht hat, den Ozean leerzusaufen.«

»Stimmt«, sagte Shorty. »Nur, dass dieser Ozean mit hundert Prozent Alkohol angereichert war.«

Winton, der sich auf den Rand des Holzstegs gehockt hatte, beugte sich vornüber und kotzte, was das Zeug hielt.

»Schade um das leckere Frühstück«, sagte Shorty. Ich war nicht weit von ihm entfernt, und obwohl er nicht betrunken war, konnte ich doch riechen, dass er sich nicht ganz von dem Ozean ferngehalten hatte. »Immerhin haben wir erfahren, dass die Männer, nach denen wir suchen, sich in der Nähe des Indianerreservats herumtreiben dürften. Bis dahin ist es noch ein Stück, aber nicht allzu weit. Da haben sie, tief im Wald, ihr eigenes Lager, also stoßen wir dort sehr wahrscheinlich nicht nur auf Cut Throat und Nigger Pete, womit wir ja gerechnet haben. Sondern die Bande ist möglicherweise ziemlich groß. Worauf ich hinaus will, unterm Strich wissen wir jetzt nicht viel mehr als zuvor.«

»Was machen wir dann?«, fragte ich.

»Erst einmal finden wir heraus, wie viele von uns dabei bleiben. Auf mich und Eustace und Winton können wir zählen, und auf dich wohl auch, Jack, schließlich war das Ganze deine Idee. Jimmie Sue hat schon angedeutet, dass sie zu uns hält, bleibt also nur noch Spot. Jetzt ist es also an der Zeit zu überlegen, wie viel dir die fünf Dollar wirklich wert sind.«

»Besteht denn die Gefahr, dass ich mir eine Kugel einfang?«, fragte Spot. Er saß schon die ganze Zeit auf dem Holzsteg und schnitzte an einem Stock herum, den er zu ebendiesem Zweck mit sich herumtrug. Was auch eine gute Gelegenheit war, das neue Messer aus dem Gemischtwarenladen auszuprobieren. Während er die Frage stellte, schaute er nicht hoch.

»Das ein oder andere könnte schon schiefgehen.«

»Was heißt, dass vielleicht jemand auf mich schießt.«

»Korrekt.«

»Darauf hab ich nun überhaupt keine Lust. Aber ich will auch nicht wieder Zimmer putzen und Nachttöpfe ausleeren müssen. Am liebsten wär mir, ich krieg das Geld für die Informationen, die ich Ihnen gegeben hab, und dann mach ich mich vom Acker. Ich seh keinen Grund, mich umbringen zu lassen. Ich hab schon öfter meinen Kopf riskiert, als mir lieb ist.«

»Du kriegst einen Scheißdreck«, sagte Winton, dem es schon bedeutend besser ging, seit er sich übergeben hatte. Allerdings hielt er sich noch immer den Kopf.

»Sie haben gesagt, Sie würden mich bezahlen«, maulte Spot.

»Ich red 'ne Menge, wenn der Tag lang ist.«

»Er wird dich bezahlen«, sagte Shorty. »Aber wenn ich ehrlich bin, brauchen wir alles Geld, das wir haben, bis wir unsere Mission erfüllt haben. Möglicherweise müssen wir noch mehr Proviant und Munition kaufen. Du kannst hier warten, bis wir zurückkommen, und dann sehen wir, ob wir das Kopfgeld kriegen. Das kann eine Weile dauern, aber der Sheriff hier zahlt uns bestimmt aus. Diese Kerle werden in ganz Osttexas steckbrieflich gesucht.«

Spot dachte einen Moment über diesen Vorschlag nach. »Ich glaub, ich komm besser mit. Wenn ich hier wart, werden Sie vielleicht umgebracht, und dann wüsst ich nicht mit Sicherheit, dass Sie tot sind, und dann müsst ich mir wieder irgendwelche Nachttöpfe suchen. Oder verhungern.«

»Wenn wir nicht auf der Strecke bleiben«, sagte Shorty, »bekommst du deine fünf Dollar.«

»Na gut«, sagte Spot. »Ich bin dabei. Aber ich halt mich raus, wenn es hart auf hart kommt. Ich kann mich ja irgendwo im Wald verstecken.«

»Das bleibt dir überlassen«, sagte Shorty.

»Wir haben da drin mit so einem fußlahmen Kerl gequatscht, der behauptet, er wüsste ungefähr, wo diese Kerle vielleicht stecken«, sagte Winton. »Er will uns später drüben beim Stall treffen und alles erzählen. Im Saloon wollte er nicht gesehen werden, wie er mit uns redet. Er hatte Schiss, Cut Throat würde irgendwie davon erfahren. Und vor dem hat er eine Höllenangst. Oh, verdammt. Mir geht's echt dreckig.«

»Du bist immer noch betrunken«, sagte Eustace. »Was ich jetzt auch gern wäre.«

»Von wegen«, sagte Shorty.

Später bedeutete, wie sich herausstellte, später Nachmittag. Der Kerl, der uns im Schuppen aufsuchte, war ziemlich klein, wenn auch natürlich nicht so klein wie Shorty. Sein Gesicht sah aus, als müsste er die ganze Schlechtigkeit der Welt mit sich rumschleppen. Er hinkte stark und hatte eine Frau dabei. Sie war gut gebaut und trug schwarz, und vor ihrem Gesicht hatte sie einen Schleier aus dem gleichen Stoff wie ihr Kleid. Eigentlich war es kein richtiger Schleier, sondern er verdeckte ihr Gesicht. Für ihre Augen war ein Schlitz reingeschnitten.

Der Mann kam rein und setzte sich auf den Boden. Shorty holte einen Eimer und stellte ihn der Frau hin. Wir Übrigen setzten uns um sie rum, Jimmie Sue ihr am nächsten. Eustace bezirzte Keiler, dass er hinten in einer Ecke blieb. Schweine drücken sich gerne in

Ecken herum. Normalerweise erledigen sie dort ihr Geschäft, als wäre es ein Scheißhaus, und ansonsten halten sie den Stall sauber. Keiler hatte keinen Stall, aber er hatte in der Ecke aufs Heu gekackt, und ich hatte gerade erst sauber gemacht und frisches Heu ausgestreut, kurz bevor der kleine Mann und die Frau aufgetaucht waren.

Der Mann sagte: »Ich finde, dass ihr wissen solltet, worauf ihr euch einlasst, sonst denkt ihr noch, das wird ein Spaziergang.«

»Das denken wir nicht«, sagte Shorty.

»Dann ist gut.«

»Ich kann mich nicht an Ihren Namen erinnern.«

»Den hab ich nicht genannt, aber ich heiße Efrem.«

»Na schön, Efrem. Soweit ich das verstanden hab, wollen Sie uns erklären, was für ein schlimmer Spitzbube Cut Throat ist. Wir dagegen möchten wissen, wo er sich versteckt hält.«

Winton, der immer noch halb betrunken war, sagte: »Und ich will wissen, was sie hier macht und warum sie eine Maske trägt.«

Efrem nickte. »Eins nach dem anderen. Ich kann euch nicht genau sagen, wo er ist, ich kann euch nur ungefähr die Richtung angeben.«

»Diese Information haben wir bereits«, sagte Shorty.

»Weniger allgemein als das, was ihr wisst. Jedenfalls glaube ich das. Aber das bringt euch gar nichts, wenn ich euch vorher nicht von Cut Throat Bill erzähle. Wir haben eine Farm ungefähr zwei Meilen außerhalb des Orts, und vor etwa zwei Jahren sind diese Kerle bei uns aufgekreuzt. Sie kamen zu dritt angeritten und fragten, ob sie etwas Wasser für sich und ihre Pferde aus dem Brunnen haben könnten. Nun, dagegen hatten wir nichts, also tränkten sie ihre Pferde und füllten ihre Feldflaschen auf, und meine Schwester hier, Ella, bot an, ihnen was zu essen zu kochen. Ich glaube, sie hat an einem von ihnen Gefallen gefunden, der etwas jünger war und ganz ansehnlich. Würdest du dem zustimmen, Ella?«

Ella nickte.

»Also sind sie zum Abendessen geblieben, und als sie satt waren, verlangten sie Schnaps. Aber wir hatten keinen. Sie wollten uns nicht glauben, denn sie meinten, wir hätten doch bestimmt welchen für medizinische Zwecke, aber wir hatten keinen. Wir trinken nicht. Nun, einer von ihnen, ein dicker Kerl, den sie Fatty nannten, ging raus und kam mit einer kleinen Flasche wieder. Sie hatten also was dabei, aber sie hatten gehofft, sich bei uns zu bedienen. Und waren enttäuscht worden. Bisher waren sie einigermaßen höflich geblieben, aber so, wie sich die Sache entwickelte, wurde ich langsam nervös. Je mehr sie tranken, umso lauter wurden sie, und dann sagte der Jüngste, er hätte da ein paar Karten, die er uns zeigen wollte. Er zog sie hervor, und auf den Karten waren lauter nackte Frauen drauf. Als ich das sah, sagte ich: ›Die stecken sie besser wieder weg. Meine Schwester sitzt mit am Tisch.‹ Darüber hat der junge Kerl nur gelacht, und inzwischen fand Ella ihn wohl auch nicht mehr ganz so nett. Er sagte, sie könnte sich das ruhig mal genauer anschauen, und ich sagte, dass mir das überhaupt nicht recht wäre. Plötzlich ist er aufgesprungen, hat sich die Axt geschnappt, die neben unserem Kamin liegt, und sie mir in den Fuß gehauen. Deshalb hinke ich jetzt. Er hat mir die Zehen abgetrennt, mit einem einzigen Schlag. Ich sag euch, ich bin umgefallen und sofort ohnmächtig geworden. Als ich wieder zu Bewusstsein kam, hatten sie Ella die Kleider ausgezogen … Schon gut, Ella, schon gut.«

Ella hatte den Kopf zur Seite gedreht, weg von uns.

»Wir müssen diesen Leuten alles erzählen, damit sie wissen, worauf sie sich einlassen. Sie hatten ihr die Kleider ausgezogen … und fielen über sie her, und der junge Kerl redete dabei die ganze Zeit auf die anderen ein, er hätte als Erster an der Reihe sein müssen, um sie … na ja, um sie anzustechen.«

»Wir haben's begriffen«, sagte Eustace.

»Ich rede da nicht gern drüber, und erst recht nicht vor einem Farbigen«, sagte Efrem.

»Ich kann rausgehen«, sagte Eustace.

»Nein«, sagte Shorty. »Kannst du nicht. Was weiße Ohren hören können, können auch schwarze Ohren hören. Die Farbe ändert nichts an der Sache.«

Efrem nickte. »Das ist wohl wahr. Na ja, ich hab versucht, an ein Gewehr ranzukommen, das über dem Kamin hing, aber wegen dem Bein kam ich nicht schnell genug vorwärts, und Cut Throat, der mit Ella schon fertig war, kam rüber und schleifte meinen Fuß in den Kamin. Wir hatten ein Feuer gemacht, um Bohnen aufzuwärmen, und er steckte meinen Fuß rein und hätte ihn mir fast weggebrannt, und der Fettsack hockte dabei die ganze Zeit auf meinem Kopf. Dieses Mal wurde ich nicht ohnmächtig, auch wenn ich mir nichts sehnlicher wünschte. Hinterher war ich so fertig, dass ich keinen Mucks mehr gemacht hab. Ich konnte und wollte nichts mehr tun. Der junge Kerl beschwerte sich noch immer, dass er nicht als Erstes dran gewesen war, bis Cut Throat ihm erklärte, sie könnten das jetzt nicht mehr rückgängig machen, und er müsste sich eben mit dem zufriedengeben, was sie ihm übrig gelassen hatten. Tut mir leid, Ella, aber das hat er gesagt.«

»Ich glaube, es reicht«, sagte Shorty.

»Gut möglich«, sagte Efrem, »aber Ella wollte, dass ich euch das erzähle. Ich glaube, sie wollte das unbedingt loswerden.«

»Dann erzählen Sie weiter«, sagte ich.

Jimmie Sue rückte näher an Ella ran, setzte sich neben dem Eimer ins Heu und nahm schweigend ihre Hand. Ella ließ es geschehen.

»Der junge Kerl hat Ella ins hintere Zimmer gezerrt, und die anderen hockten mit mir vorm Kamin und tranken aus der Flasche. Cut Throat Bill, der sich mir einfach nur als Bill vorgestellt hatte, grummelte etwas, von wegen dass seine Mutter ihn eigentlich gar nicht haben wollte und überlegt hatte, wie sie ihn wieder loswerden konnte. Der andere, der Fettsack, sagte: ›Ich dachte, das war dein Vater?‹ Cut Throat erwiderte: ›Kommt drauf an, an welchem

Tag ich es erzähl.‹ Ich vermute mal, dass ein Großteil von dem, was er da faselte, schon stimmte, und als er weiterredete, wurde mir klar, wer er war. Er hat einen ziemlich üblen Ruf, und ich hatte mir über die Narbe um seinen Hals keine großen Gedanken gemacht, weil ich dachte, die stammt wohl von einem Unfall. Was anderes wollte ich auch nicht denken. Ich hab gehört, ein Räuber hätte ihm das angetan, als er ein kleiner Junge war. Ich hab auch was über ihn in einem Groschenheft gelesen, daher hatte ich das wohl. Aber er erklärte, ihm hätte jemand ganz langsam die Gurgel durchgeschnitten, und alle hätten gedacht, er würde sterben, aber er hat's überlebt. Es hätte saumäßig wehgetan, sagte er. So, wie mir der Fuß wehtat, während ich dalag und keinen Ton rausbrachte, konnte ich das gut nachvollziehen. Er sagte: ›Wirklich seltsam war, dass es anfangs gar nicht wehtat.‹ Erst hätte es nur ein wenig gebrannt, und dann wurde ihm ganz schummrig, weil er so viel Blut verlor, aber er hat's überlebt, weil ihm jemand die Wunde verbunden hat, und seine Mutter hatte mit dem Rasiermesser nicht allzu tief reingeschnitten. Dann sagte er: ›In Wirklichkeit war das gar nicht meine Mutter, sondern ein Dämon. Ein Dämon, der es auf meine Seele abgesehen hatte. Und wisst ihr was? Er hat sie gekriegt!‹

Dann hörte er einfach auf zu reden, holte ein Rasiermesser aus der Tasche, packte meinen verbrannten und verhackstückten Fuß und fing an, daran herumzusäbeln. Ich war so schwach, und alles passierte so schnell, dass ich nichts dagegen tun konnte. Bevor ich kapierte, was los war, war's auch schon wieder vorbei, aber ich sag euch, kurz darauf war ich mir wieder sicher, dass ich das nicht geträumt hatte, denn die Schmerzen in dem Fuß waren grausig. Ich wurde wieder ohnmächtig. Keine Ahnung, warum er mich nicht umgebracht hat, aber bevor ich das Bewusstsein verlor, kriegte ich noch mit, wie er ins Schlafzimmer ging. Dann kann ich mich an nichts mehr erinnern, aber als ich wieder zu mir kam, waren sie nicht mehr da. Die Vordertür stand offen, und das Haus hatten sie auf den Kopf gestellt. Mein Gewehr war weg, und sie hatten auch sonst noch so manches mitgenommen, und später stellte ich fest, dass auch das Geld, das wir gespart hatten und in einem Milchkrug unter dem Bett aufbewahrten, fort war, genauso wie die paar Scheine, die wir im Gebälk versteckt hielten. Ich wachte auf und konnte nicht laufen. Ich kroch zu dem Beil, das Cut Throat Bill auf den Boden geworfen hatte, und kroch dann weiter ins hintere Zimmer. Nun, ich wusste nicht, was passiert war oder warum. Aber der junge Kerl lag mit dem Gesicht nach unten auf dem Bett, den Kopf zur Seite gedreht und die Augen offen. Das Bett war voller Blut, und die Hose hing ihm über den Waden. Ella war nirgendwo zu sehen. Ich lag noch immer auf dem Boden und musste hochgreifen, um ihn vom Bett zu ziehen. Er fiel auf den Rücken, und da sah ich, dass seine Gurgel durchgeschnitten war; es hätte nicht viel gefehlt, und der ganze Kopf wäre ihm von den Schultern gerutscht. Während ich ihn anstarrte, hörte ich ein Geräusch und schaute unters Bett … und entdeckte Ella. Sie öffnete den Mund, und ich sah sofort, dass ihr die Zunge rausgeschnitten worden war.«

»Himmel«, sagte Winton.

»Ella?«, sagte Efrem.

Ella griff nach ihrem Schleier und hob ihn ein Stück an. Früher hatte sie ganz offensichtlich mal umwerfend ausgesehen, aber jetzt waren ihr die Mundwinkel aufgeschlitzt worden, und die Narben verliefen bis rauf zu den Ohren. Sie öffnete den Mund. Von der Zunge war nur noch ein Stummel übrig, der zappelte wie ein Fisch. Da musste ich dran denken, was Shorty gesagt hatte, von wegen dass die Menschen überall so ziemlich gleich waren – Indianer, Weiße und was es sonst noch so gibt. Ich wollte eigentlich nicht, aber ich starrte Winton an und sein entstelltes Gesicht, und dann wieder die Frau. In dem Moment wünschte ich mir, ich wäre kein Mensch, sondern ein Falke, irgendein Geschöpf, das nicht völlig willkürlich tötet, sondern nur um zu überleben, nicht aus Spaß oder Rache oder um irgendwas Niederträchtiges in sich zu befriedigen.

Ella schloss den Mund und zog rasch wieder den Schleier runter. Ich war ihr dankbar.

»Das ist nicht nur ein übler Halunke mit 'ner Knarre und 'nem Rasiermesser«, sagte Efrem. »Der ist richtig böse. Ich weiß nicht genau, woher er die Narben am Hals hat, und vielleicht weiß er's selbst nicht mehr, aber eins könnt ihr mir glauben: Mit dem wollt ihr euch nicht anlegen. Lasst die Sache besser auf sich beruhen. Wenn ich das sage, hoffe ich gleichzeitig, dass ihr nicht auf mich hört. Ich hoffe, dass ihr ihn aufspürt und zur Strecke bringt, ihn für das bestraft, was auch immer er euch getan hat, denn damit rächt ihr auch uns. Aber ich konnte euch nicht einfach ziehen lassen, ohne dass ihr wisst, was euch erwartet.«

»Darüber sind wir uns im Klaren«, sagte Shorty. »Wir werden ihn finden, komme, was da wolle.«

»Wo ist er?«, fragte Eustace.

»So viel ich weiß, ist er im Südwesten, im Dickicht. Da hat er einen Unterschlupf, nicht weit weg von einer Sägemühle. Wenn ihr der Hauptstraße folgt und zu dieser Sägemühle kommt, ist es nicht mehr weit. Mehr hab ich euch nicht zu bieten. Und auch das weiß ich nur vom Hörensagen.«

»Dann weißt du aber nicht viel«, sagte Winton. »Ich glaube, du wolltest von Anfang an, dass wir ihn verfolgen. Diese Geschichte sollte uns nur noch einheizen. Die Wegbeschreibung, die du uns gegeben hast, hilft uns kein Stück weiter. Du hast uns nichts gesagt, was wir nicht eh schon wussten.«

»Na schön«, gab Efrem zu, »da ist was dran. Sie haben unser Leben ruiniert. Ich kann kaum noch arbeiten. Ich bestell ein kleines Gemüsebeet und hab ein paar Hühner. Ella wird bestimmt nie heiraten. Uns bleibt nichts anderes übrig, als so weiterzumachen, bis wir sterben. Ja, wir möchten, dass ihr sie kriegt.«

»Davon müssen Sie uns nicht erst überzeugen«, sagte ich. »Sie haben meine Schwester.«

»Gütiger Himmel!«, sagte Efrem.

»Das weiß ich auch«, erwiderte ich. »Aber ich muss einfach glauben, dass mit ihr alles in Ordnung ist.«

»Möglich wär's ja. Cut Throat ist völlig durchgeknallt. Der weiß in einem Moment nicht, was er im nächsten tut. Die Gesetze der Menschen bedeuten ihm nichts, und er hat auch keine Angst vor ihnen.«

»Ich muss Gott vertrauen und hoffen, dass es ihr gutgeht.«

»Glaubst du denn, ich hätte an dem Abend, als Cut Throat bei uns aufgekreuzt ist, nicht gebetet? Glaubst du, ich hab nicht gebetet, nachdem er mir die Zehen abgehackt und meinen Fuß ins Feuer gesteckt hat und an mir rumschnippelte, als wäre ich ein Braten? Glaubst du, ich hab nicht gebetet, als Ella mit diesen Kerlen im Schlafzimmer war?«

»Kann schon sein.«

»Was soll das denn heißen? Natürlich hab ich gebetet. Und vielleicht sollte ich Gott danken, dass er Ella am Leben gelassen hat. Aber dann frag ich mich, was er überhaupt gegen uns hatte? Wir sind anständig erzogen worden, und jedes Mal, wenn die Kirche ihre Tore aufgemacht hat, waren wir dort. Aber ich sag dir was, mein Junge, seither bin ich da nicht mehr hingegangen, und ich hab's auch nicht mehr vor.«

Darauf wusste ich keine Antwort.

»Ich hoffe, dass es deiner Schwester gutgeht. Ganz ehrlich. Mag ja auch sein. Wie gesagt, Cut Throat ist völlig von der Rolle. Keiner weiß, was er als Nächstes macht. Der junge Kerl muss ihm irgendwie quer gekommen sein, und nachdem er eine Weile darüber nachgedacht hatte, war's um ihn geschehen. Und dann hat er Ella das angetan. Warum, weiß ich nicht. Keine Ahnung, warum er irgendwas tut.«

Daraufhin saßen wir alle eine ganze Weile schweigend da.

Als die Stille anfing, allzu sehr auf uns zu lasten, stand Efrem auf. »Ich gebe zu, ich war nicht ehrlich zu euch. Ich weiß nicht genau, wohin sie verschwunden sind. Ich wollte nur, dass ihr wisst, was passiert ist. Ihr wollt ihn finden, und ich möchte, dass ihr ihn findet. Selbst kann ich nichts tun, und selbst wenn, wüsste ich nicht, ob ich's tun würde. Sie haben mir solche Angst eingejagt, dass ich mir ins Hemd mache, wenn nur der Schatten eines Vogels auf mich fällt.«

»Das ist nichts, wofür man sich schämen muss«, sagte Winton. »Ich fürchte mich selbst manchmal, wenn es dunkel wird. Und ich hab auch Probleme mit dem Spiegel, in mehr als einer Hinsicht.«

Efrem streckte die Hand aus, um seiner Schwester von dem Eimer zu helfen, aber Jimmie Sue war ihm zuvorgekommen. Ella klammerte sich an ihren Arm, bis sie den Schuppen verlassen hatten, und sie ging noch ein Stück mit ihr die Straße entlang.

Während wir Efrem und Ella nachblickten und Jimmie Sue wieder zu uns zurückkam, sagte Winton: »Ich kann's wirklich nicht erwarten, diesen Kerl umzunieten.«

»Ich auch«, pflichtete Eustace ihm bei, und seine Stimme klang, als käme sie aus einem tiefen Brunnen.

Shorty stand schweigend auf, was ihm wirklich nicht ähnlichsah.

Wir ritten aus dem Ort bis zu einer Lichtung, wo Shorty uns aufforderte abzusteigen. Dann breitete er eine Pferdedecke aus und legte eine ganze Reihe von Schusswaffen darauf. Wir waren schon bewaffnet, aber er nahm uns die Pistolen und Gewehre ab und legte sie zusammen mit der Munition neben die anderen, sodass wir sehen konnten, was wir hatten. Von dieser ganzen Umverteilungsaktion ausgenommen blieb nur die Schrotflinte von Eustace, denn mit der konnte sowieso niemand schießen, ohne sich einen Zahn rauszuhauen. Mir war nicht ganz klar, was Shorty damit bezweckte, aber ich hielt den Schnabel. Ich hatte es längst aufgegeben, Shorty verstehen zu wollen.

Shorty nahm sich seine Sharps, einen großen Colt und eine kleine Pistole, die er sich in den Stiefel steckte. Eustace bekam zu seiner Kanone einen kleinen Revolver. Winton eine Automatik, die wir an dem Handelsposten eingesteckt hatten.

Ich erhielt eine alte 36er Navy plus Patronen, die ebenfalls aus dem Handelsposten stammte. Jimmy Sue wurde mit einer Winchester ausgestattet, Spot »nur für den Fall« mit einer nicht eben vertrauenserweckenden Pistole, die in der Mitte aufklappbar war. Wenn ich mich recht erinnere, enthielt sie fünf Schuss. Waffen haben mir nie groß was bedeutet, nicht wie anderen Leuten, die richtiggehend Gefallen an ihnen finden, und deshalb kann ich mir so was auch nicht merken. Sie sind Werkzeuge, aber unterm Strich ist mir ein Rechen oder eine Hacke lieber.

Als wir schließlich weiterritten, äußerte ich ebendiese Meinung gegenüber Shorty, der sich, zusammen mit Spot, in meiner Nähe hielt. Ich sagte ihm, dass ich zwar froh war, eine Waffe zu haben, aber ich wüsste nicht, ob ich gut genug damit umgehen könnte, um mich in die erste Reihe zu stellen.

»Bereit dazu bin ich schon«, sagte ich. »Aber ich hab so meine Zweifel, wie gut ich mich schlage, wenn's wirklich ans Eingemachte geht.«

»Darf ich dich daran erinnern, dass du schon einmal eine Pistole zum Einsatz gebracht hast, und das sogar recht erfolgreich?«

»Das war größtenteils Zufall. Erst hab ich ein paarmal danebengeschossen.«

»Dann solltest du besser warten, bis dein Ziel nah genug ist. Hör zu. Bisher warst du so tapfer, wie ich es mir nur wünschen konnte. Du hast getan, was du tun musstest, anstatt die Beine unter den Arm zu nehmen.«

»Ich mag keine Waffen, und ich mag auch niemand erschießen.«

»Mit einem Gewehr komm ich mir größer vor. Mit den Jahren werden einem die Mechanismen einer Schusswaffe wichtiger als die Mechanismen des Fleisches. Eine alte Waffe kann man reparieren oder ersetzen, einen alten Mann nicht. Allerdings sollte man seine Gefühle Waffen gegenüber im Zaum halten, denn die Scheißdinger sind ganz schlecht darin, solche Gefühle zu erwidern.«

»Ich hab mal eine Krähe erschossen, die auf einem Schuppen herumgepickt hat, in dem ich war«, sagte Spot. »Die hat mich aufgeweckt, und deshalb war ich stinksauer.«

Im ersten Moment erschrak ich über seine Worte. Ich hatte glatt vergessen, dass er dicht hinter uns ritt. Ich drehte mich im Sattel um und sagte: »Was?«

»Ich hab das Mistvieh abgeknallt«, wiederholte Spot. »Und dann hab ich noch ’ne Krähe entdeckt. Die wollt ich auch erschießen, aber dann hab ich gesehen, wie sie ganz aufgeregt von Ast zu Ast geflattert ist, und einmal flog sie im Sturzflug an der toten Krähe vorbei, um ’nen Blick auf sie zu werfen. Da wurd mir klar, dass ich ihren Gefährten getötet hatte. Ich hab ’ne Weile drüber nachgedacht und sie dann doch erschossen, weil ich nicht wollte, dass sie allein war.«

18

Bisher hab ich noch nicht groß erklärt, warum wir der Meinung waren, wir befänden uns auf Fattys Fährte. Selbst die Spur des Wagenrads mit der Kerbe war jetzt auf der vielbefahrenen Straße nicht mehr zu erkennen. Was Efrem uns erzählt hatte, war einen feuchten Kehricht wert gewesen, er hatte nur wild in der Gegend rumgeraten. Das einzig Nützliche, was wir von ihm erfahren hatten, war, dass die Bande sich tief im Wald in der Nähe einer Sägemühle herumtrieb. Aber im Großen Dickicht kennt der Wald kein Ende. Und aus dem Grund gibt es auch jede Menge Sägemühlen, die sich durch das Land fressen wie Ratten durch Baumwolle.

Ziemlich bald stießen wir auch auf eine dieser Sägemühlen. Wir zügelten unsere Pferde und beobachteten die farbigen Arbeiter, die mit Äxten kleine Äste von den Stämmen abhackten. Den größeren Ästen rückten sie mit benzinbetriebenen Motorsägen zu Leibe, die winselten wie ein eingesperrtes Kind.

Der Besitzer der Sägemühle war ein kleiner weißer Kerl. Er stand vor einer kleinen Hütte am Straßenrand. Selbst von Weitem sahen wir, was bei einem alten Sägewerker keine Überraschung war: Ihm fehlten ein paar Finger. Zwei an der linken Hand, und an seiner rechten waren sein Zeigefinger und sein kleiner Finger nur halb so lang wie normal. Er wirkte nervös, als erwartete er wichtige Neuigkeiten aus weiter Ferne.

Ich und Shorty gingen zu ihm rüber und ließen unsere Freunde auf der anderen Straßenseite zurück. Als wir zu ihm traten, überwachte er gerade ein paar Farbige, die Bauholz ins Lager der Sägemühle schleppten. Schließlich drehte er sich zu uns um.

Er stieß ein lautes Lachen aus, starrte Shorty an und sagte: »Ich dachte, mich trügen meine Augen, weil ich mir vor 'ner Stunde einen Schluck gegönnt hab. Ich hab dich für ein hässliches Kind gehalten und diesen Jungen für deinen Vater, aber jetzt seh ich, dass er dafür zu jung ist und du zu alt.«

»Sehr aufmerksam«, sagte Shorty.

»Einen Moment.« Der Mann verschwand in der Hütte und kam mit einer Flasche Whisky wieder raus. Er öffnete sie, trank einen Schluck, verschloss sie wieder und schob sie in seine Gesäßtasche. Kein Wunder, dass ihm ein paar Finger fehlten.

Ich erklärte ihm, dass wir nach einem fetten Kerl auf einem Wagen suchten, allerdings ohne auf Einzelheiten einzugehen. Wir hätten gehört, dass sich im Wald ein paar Männer in einem Lager zusammengetan hatten, einem Lager in der Nähe einer Sägemühle, und Fatty wäre wohl bei ihnen.

Der Mann kratzte sich am Kopf. »Von einem Lager weiß ich nichts, aber den Kerl, den hab ich gesehen, da bin ich mir ziemlich sicher.« Er starrte Shorty an und grinste. »Kannst du einen Salto schlagen?«

»Wie bitte?«, sagte Shorty.

»Du weißt schon, einen Purzelbaum.«

»Warum zum Teufel sollte ich das tun?«

»Na ja, ich dachte, alle Liliputaner machen das. Im Zirkus hab ich mal einen gesehn, der ist auf einem Hund geritten.«

Shorty wurde zunehmend rot im Gesicht. Ich sagte: »Er kann keinen Salto. Aber der fette Kerl, den Sie auf dem Wagen gesehen haben. Mit dem hätten wir ein Wörtchen zu reden.«

»Und warum das?«, fragte der Mann. »Das wüsste ich gern, bevor ich ihn verpfeife.« Er drehte den Kopf ein wenig zur Seite, als würde er eine Unwahrheit erwarten, der er dann ausweichen musste, aber er gehörte offenbar zu den Menschen, die sich Lügen mit Begeisterung zu eigen machen, und je größer die Lüge, umso größer die Begeisterung.

Das fand ich heraus, als ich sagte: »Der fette Kerl ist der Manager des Liliputaners hier, und er ist mit dem Geld abgehauen, das er Shorty schuldet. Shorty braucht es für seine Liliputanerfrau, die am Fuß operiert werden muss.«

»Am Fuß? Was ist denn damit nicht in Ordnung?«

»Das weiß keiner so genau. Aber er muss gebrochen und neu gerichtet werden, und selbst dann wird sie besonderes Schuhwerk tragen müssen, um laufen zu können.«

Der Mann blickte auf Shorty runter. »Er hat dir das Geld für deinen kleinen Schuh geklaut?«

Shorty nickte. »Jawohl, Sir, das hat er. Alles Geld.«

»Er hat auch welche von Shortys Kleidern mitgehen lassen«, sagte ich. »Ich glaube, er will sie seinem Affen anziehen.«

»Er hat einen Affen?«

»Zwei«, sagte ich.

»Sind die nicht ziemlich klein?«

»Meine Kleider«, sagte Shorty, »oder die Affen?«

»Die Affen.«

»Na ja, für gewöhnlich schon«, sagte Shorty, der sich allmählich warm lief. »Aber diese Affen sind verdammt groß, sie kommen direkt aus dem Dschungel von Brasilien. Sie reichen mir fast bis zum Kinn, und es heißt, sie gehören zu den Karnivoren.«

»Was?«

»Sie fressen Fleisch. Gut möglich, dass sie meine Hosen und mein Hemd anziehen und vielleicht sogar meine kleinen Stiefel und dann über Sie herfallen.«

»Das ist wirklich eine große Schweinerei, was er da getan hat, dir einfach die Klamotten wegzunehmen. Und sie fleischfressenden Affen zu geben.«

»Das seh ich ganz genauso«, sagte Shorty und senkte den Blick.

Seine Lippen fingen an zu zittern – einen traurigeren Liliputaner gab es auf der ganzen Welt bestimmt nicht.

»Na ja, er ist hier vorbeigekommen. Ich hab hier gestanden, und ich bin mir sicher, es war der Kerl, von dem ihr da redet. Affen hab ich allerdings keine gesehen.«

»Nein, Sir«, sagte Shorty. »Die hat er bestimmt irgendwo versteckt, und jetzt bringt er ihnen was zum Anziehen. Wenn sie sich erst mal in Schale geworfen haben, geht er mit ihnen wahrscheinlich auf Tour. Sie haben eine kleine Nummer eingeübt. Früher bin ich zusammen mit ihnen aufgetreten, aber dann kam es zu einem Streit wegen meiner kleinen Frau, dem armen Herzchen. Einer der Affen hat ihr einen Finger abgebissen.«

Der Mann hob seine linke Hand und dann die rechte. »Wenigstens war's nur einer. Wo ist deine Frau denn?« Er schaute sich suchend um, als erwartete er, dass wir sie ihm gleich vorstellen würden.

»Die ist beim Zirkus geblieben. Sie reist nicht gerne. Sie wissen schon, ihr Fuß. Meine Frau und ich sparen schon eine ganze Weile, um ihren Fuß richten und ihr ein paar ordentliche Schuhe anpassen zu lassen. Aber jetzt ist uns das Geld abhandengekommen.«

Der Betreiber der Sägemühle nickte und trank einen Schluck aus seiner Flasche. Einen Moment lang sah es so aus, als hätte er feuchte Augen. »Also, der Kerl war wirklich fett, und er sah ziemlich angeschlagen aus. Er war leichenblass und saß ein wenig schief auf dem Wagen, als hätte er Bauchweh.«

»Das klingt nach ihm«, sagte ich.

»Er ist ziemlich schnell hier durchgefahren und hat die Maultiere, die den Wagen zogen, wie verrückt angetrieben. Dabei sollte man Maultiere und Nigger nicht zu hart rannehmen, das ist jedenfalls mein Motto. Ich versuche, meine Nigger und meine Maultiere nicht mehr als nötig ranzunehmen. Sie sollen arbeiten, aber sich nicht schinden.«

»Das ist verdammt nett von Ihnen«, sagte Shorty.

»Mir ist aufgefallen, dass ihr einen Nigger dabei habt. Ich könnte grad noch einen brauchen. Er kriegt die Hälfte von dem, was die Weißen kriegen, und ich bin der Einzige hier in der Gegend, der so gut zahlt.«

»Das geht leider nicht«, sagte Shorty. »Er arbeitet für uns. Beim Zirkus.«

»Ist er nicht zu groß, um einen Salto zu schlagen?«

»Ja, das ist er«, sagte Shorty. »Er macht sauber, und nebenher versucht er sich als Löwenbändiger.«

»Nigger und Löwen, die passen wohl ganz gut zusammen, was? Und wenn sie gefressen werden, gibt's noch genug andere, die Arbeit suchen.«

»Sie lassen sich sehr leicht ersetzen«, sagte Shorty.

»Gehört der große Eber auch zum Zirkus?«

»Der spaziert übers Hochseil.«

»Der Eber?«

»Der ist verdammt gelenkig.«

»Wenn ich ein Seil zwischen zwei Bäumen spanne, könnt er dann da drüberlaufen?«

»Nein, er braucht ein straff gespanntes Drahtseil, und er arbeitet nicht ohne Netz.«

»Warum das?«

»Weil er nicht runterfallen und auf dem Boden landen will.«

»Ach so! Das kann ich verstehen. Ich würd auch ein Netz haben wollen. Allerdings würd ich auch nie auf was Höheres hochklettern als auf'n Schemel.«

»Kommen wir noch einmal auf den fetten Dieb zurück«, sagte ich. »Wir würden wirklich gerne das Geld zurückkriegen und diesen Schuh kaufen.«

»Die Affen können die Kleider behalten«, sagte Shorty.

Wie sich herausstellte, wusste der Kerl, was alle wussten, und zwar, dass sich irgendwo im Wald eine Bande von Ganoven herumtrieb und dass ein Kerl namens Cut Throat dazugehörte. Wir ließen ihn natürlich in dem Glauben, dass Fatty mit dem Geld zu ihnen unterwegs war und dass sie damit einen Zirkus gründen wollten.

»Ich sag euch was«, fuhr er fort. »Ich hab einiges über diesen Cut Throat gehört. Er ist, glaub ich, auch mal hier vorbeigekommen, aber sicher bin ich mir da nicht. Einer der Nigger hat das behauptet. Jedenfalls hat der Kerl immer einen Haufen Männer dabei, zehn oder zwölf. Und wenn er sich da unten rumtreibt und nur die Hälfte von dem wahr ist, was ich über ihn gehört hab, dann solltet ihr der Liliputanerin besser schonend beibringen, dass sie ein Krüppel bleibt, denn daran ist nichts zu ändern. Oder ihr fangt wieder an zu sparen, um diesen Schuh zu kaufen.«

»Wir werden das im Hinterkopf behalten«, sagte ich.

Er wusste also auch nicht, wo genau die Bande sich aufhielt, nur eben irgendwo im Südwesten. Was ungefähr so hilfreich war wie eine Flasche, die man auf der Erde dreht, um dann in die Richtung zu reiten, in die die Öffnung weist. Aber immerhin hatte er Fatty gesehen.

Als wir uns umwandten, rief er uns nach: »Ich hoffe, der Fuß von der kleinen Liliputanerin wird wieder und ihr könnt euch den Schuh leisten. Ich würd ja was beitragen, aber ich muss die Nigger bezahlen.«

Wir erwiderten, dass wir das verstehen würden, und schlenderten zu unserem Trupp zurück.

Eustace, der uns von Weitem misstrauisch beäugte, fragte: »Wie ist es gelaufen? Was sollte denn das mit dem Schuh?«

»Wir haben ihm erzählt, du wärst ein Löwenbändiger«, sagte Shorty.

»Was?«

»Du hast mich richtig verstanden. Und dann gab's noch eine Menge Gerede über menschenfressende Affen und einen Schuh für eine verkrüppelte Liliputanerin.«

»Warum zum Teufel das?«, sagte Jimmie Sue.

»Der junge Mann hier hat damit angefangen«, sagte Shorty. »Und er hat sich wirklich wacker geschlagen, das muss ich ihm lassen. Allerdings war es auch von Vorteil, dass der Kerl halb betrunken und nicht eben der Hellste war. Jedenfalls wissen wir jetzt, dass Fatty hier vorbeigekommen ist. Nicht mehr und nicht weniger.«

Spot wirkte plötzlich überraschend nachdenklich. Nach kurzem Zögern fragte er: »Es gibt menschenfressende Affen?«

»Selbstverständlich«, sagte Shorty.

Wir legten noch ein ganzes Stück zurück, bis die Hitze des Tages ein wenig nachließ und die aufkommende Dunkelheit zumindest ein bisschen Kühle versprach. Straße und Bäume schienen miteinander zu verschmelzen, und die Vögel hörten auf zu singen und begannen, in der Finsternis zu gurren.

19

Nach einiger Zeit entdeckten wir einen schmalen Pfad, der in den Wald hineinführte, und beschlossen, dass wir ihm folgen sollten, um uns irgendwo einen Lagerplatz zu suchen, der von der Straße aus nicht einsehbar war. Anfangs konnten wir den Pfad nicht so gut erkennen, aber nachdem wir eine Weile unter den üppigeren Baumkronen hindurchgeritten waren, gewöhnten sich unsere Augen an das Halbdunkel. Dann stießen wir auf eine Lichtung, wo zahlreiche Bäume gefällt und zersägt worden waren, wahrscheinlich von den Farbigen, die für die Sägemühle arbeiteten, an der wir vorbeigekommen waren.

Wir ritten weiter, bis das Unterholz auf der anderen Seite wieder dichter wurde, und dort ließen wir uns im Schutz der Kiefern und Laubbäume nieder. Hier, so glaubten wir, waren wir einigermaßen sicher, und es dauerte nicht lange, bis die Pferde gefüttert, getränkt und angebunden waren. Wir waren zu müde, um zu essen, und sanken fast augenblicklich zu Boden. Ich und Jimmie Sue legten uns auf meine Decke, und Keiler ließ sich neben uns nieder.

Ich war schon fast eingeschlafen, als mir Jimmie Sue einen Arm über die Brust legte und mir ins Ohr flüsterte: »Ich wollte immer eine Prinzessin sein, wenn ich groß bin, aber stattdessen bin ich eine Hure. Wie ist das nur gekommen?«

»Wahrscheinlich bist du irgendwo falsch abgebogen.«

»Das kannst du laut sagen.«

»Ich wollte Farmer werden, und jetzt bin ich ein Killer.«

»Da sind wir wohl beide falsch abgebogen, was?«

Ich legte ihr den Arm um die Schulter und zog sie an mich. »Für mich bist du eine Prinzessin, Jimmie Sue, ganz egal, wo du abgebogen bist. Vor einer Weile hast du gefragt, was ich denn möchte, oder irgendwas in der Art. Und jetzt weiß ich die Antwort. Ich will dich.«

»Heute Nacht oder für immer?«

»Heute Nacht eigentlich eher weniger. Ich bin so müde, dass ich mir nicht mal die Hose ausziehen kann.«

»Jetzt weiß ich, dass du's wirklich ernst meinst.«

»Wieso das?«

»Wenn du sagst, dass du mich willst, obwohl du deine Hose anhast.«

»Yeah. Sieht fast so aus.« Falls Jimmie Sue darauf irgendwas erwiderte, hab ich es nicht mitbekommen, denn ich bin sofort eingeschlafen.

Mitten in der Nacht wurde ich wach. Ich hatte entsetzlich Durst und sah, dass Spot am Rand der Lichtung zwischen einem abgesägten Baumstumpf und einer verkohlten Stelle kauerte, wo vielleicht mal ein Baum gestanden hatte. Hier und dort waren die Stümpfe auch mit Dynamit weggesprengt worden.

Ich schaute mich um und stellte fest, dass außer Eustace alle noch in ihre Decken gewickelt waren, und die Pferde waren ruhig, und niemand fiel über uns her, um uns die Gurgel durchzuschneiden. Ich konnte Keiler neben Jimmie Sue schnarchen hören. Er mochte gefährlich sein und uns im Kampf beistehen, aber als Wachhund taugte er nicht.

Jedenfalls war ich zwar wirklich fertig gewesen, aber jetzt fühlte ich mich einigermaßen erholt und, na ja, die Hose spannte mir wieder. Es war ein gutes Gefühl, neben Jimmie Sue zu liegen. Ein paar Minuten lang schaute ich ihr beim Schlafen zu. Wenn sie schlief, hatte sie ein ganz glattes Gesicht und sah noch jünger und weniger erschöpft aus und hübscher als sonst. Im Schlaf war sie die Prinzessin, die sie sein wollte.

Allerdings währte mein Glücksgefühl nicht lange, denn bald musste ich wieder an Lula denken. Vor meinem geistigen Auge sah ich sie, wie sie, in einem grobleinenen Männerhemd, Latzhosen und festen Stiefeln, auf dem Bauch lag und die Tautropfen auf einem Grashalm betrachtete. Wenn ich sie früher reingerufen hatte, weil irgendwelche Hausarbeiten anstanden oder das Frühstück fertig war, hatte sie, ohne den Blick von dem Grashalm abzuwenden, meistens so was gesagt wie: »Jack, schau doch, die ganzen Wassertropfen auf dem Gras. Wenn du ganz klein wärst, ein winziger Fisch, dann wär jeder Tropfen für dich so groß wie ein Ozean.« Da ich weder ganz klein noch ein Fisch war, kapierte ich nicht, worauf Lula rauswollte. Aber jetzt dachte ich an nichts anderes als an sie, was sie wahrscheinlich durchmachte, durchgemacht hatte und noch durchmachen würde, und mir wurde kotzübel, und ich hätte am liebsten losgeschrien. Ich schlüpfte, ohne Jimmie Sue zu wecken, unter der stickigen Decke hervor, steckte mir die Pistole in den Gürtel, ging zu Spot rüber und hockte mich neben ihn. Er hatte ein kleines Feuer angezündet und kochte Kaffee. Die Waffe, die er bekommen hatte, lag in Reichweite neben ihm.

»Weißt du, wie man damit umgeht?«, fragte ich ihn, wobei ich leise redete, damit ich die anderen nicht aufweckte.

»Ich nehm mal an, du meinst nicht die Kaffeekanne, sondern die Pistole«, sagte Spot.

»Beides. Ich hab in letzter Zeit 'ne Menge schlechten Kaffee getrunken.«

»Mit der Pistole bin ich nicht besonders gut, und ich hab auch nicht vor, sie zu benutzen. Und was den Kaffee betrifft: Shorty mag ihn zu schwarz, Eustace zu wässrig, Jimmie Sue trinkt eh fast nichts, und dem Sheriff ist es egal. Also kann ich ihn so machen, wie er mir schmeckt.«

»Und was ist mit mir?«

»Darüber hab ich mir noch nicht den Kopf zerbrochen.«

»Vielen Dank.«

»Ich mein, ich kann dich einfach nicht einschätzen. Ich weiß nicht, was du willst.«

»Was zum Teufel soll das bedeuten?«

»Na ja, ich weiß, dass deine Schwester verschleppt worden ist, aber ich frag mich, was du glaubst, was du zurückkriegst.«

»Meine Schwester.«

»Jemand, der wie deine Schwester aussieht«, sagte er.

»Woher willst du das wissen? Ich hab es satt, mir das andauernd anzuhören. Niemand weiß, was mit ihr passiert ist.«

»Das vielleicht nicht, aber mein Grandpa Weeden hat mir erzählt, dass er, als das noch üblich war, seinen Eltern weggenommen und in die Sklaverei verkauft wurde. Genau genommen hatten sie seinen Vater schon weggegeben, als er noch ganz klein war, und er wurde ein paar Jahre später verkauft. Er meint, dass er da zehn war, aber sicher war er sich nicht. Viel wurde nicht für ihn bezahlt, und der Mann, der ihn gekauft hat, brauchte ihn eigentlich gar nicht, aber er kaufte ihn, weil er das Ferkel von der Sau trennen wollte, wie es so schön heißt. Grandpa Weeden hat erzählt, dass er das vermutet hat, denn auf der Farm sah er, mit welcher Begeisterung der Kerl die Ferkel ihrer Mutter wegnahm und sich anhörte, wie die Kleinen winselten und die Mutter schrie. Ihm machte das solchen Spaß, dass er die Muttersau noch mit der Peitsche quälte. Dann warf er die Ferkel über die Einzäunung vom Stall, sodass sie auf der anderen Seite in den Schlamm klatschten. Das fand er lustig. Grandpa Weeden sagte, dass der Mann ihn wahrscheinlich genauso sah, als ein Ferkel, das er billig kaufen und der Sau wegnehmen und entwöhnen konnte, bis er keinen Gedanken mehr auf seine Herkunft verschwenden würde.«

»Wenn du damit sagen willst, dass meine Schwester vergessen wird, wo sie herkommt, dann irrst du dich.«

»Das ist ja das Problem, von dem ich red. Sie wird sich nur zu gut daran erinnern, genauso wie Grandpa Weeden, aber sie wird einfach nicht mehr dorthin zurückkönnen, und die Erinnerungen machen alles nur noch schlimmer.«

Das Kaffeewasser kochte. Ich holte meinen Becher aus meiner Satteltasche, und Spot schenkte uns ein. Es war guter, dunkler Kaffee, weder zu bitter, noch zu schwach. Er schmeckte, wie er roch, was nicht immer der Fall ist.

Ich schaute mich um, stellte fest, dass Eustace noch immer nicht zurückgekommen war, und sagte: »Wo ist denn Eustace?«

»Keine Ahnung. Ich hab nur gesehen, wie er im Wald verschwunden ist. Ich glaub, er hatte 'ne Flasche dabei, und er wirkte ziemlich betrunken, so wie er lief, als wäre ein Fuß kürzer und der andere verletzt.«

»Eigentlich soll er nichts trinken.«

»Sag du ihm das.«

Ich schüttelte den Kopf. »Lieber nicht.«

»Hör mal«, sagte Spot. »Ich will mir ein paar Bohnen aufwärmen. Kannst du auf die aufpassen, während ich mal kurz in den Wald geh, um zu pinkeln? Du musst nur ab und zu rühren, damit sie nicht anbrennen.«

»Klar.«

Er stellte die Bohnen aufs Feuer, gab mir einen großen Löffel und verdrückte sich. Inzwischen war es nicht mehr so dunkel, weil der Morgen nahte. Auf dem Waldboden waren goldene Lichtpunkte zu sehen, die zu tanzen schienen. Ich starrte sie gerade gebannt an, als sich Shorty zu mir setzte.

»Kann ich von den Bohnen etwas abhaben?«, fragte er.

»Das müssen Sie Spot fragen«, sagte ich. »Der hat sich gerade irgendwo hinter einen Busch verzogen.«

»Wo ist Eustace?«, wollte Shorty wissen.

»Spot meint, er hat gesehen, wie er vor einer Weile mit einer Flasche in den Wald gegangen ist.«

»Verdammt. Wahrscheinlich hat er sich die im Ort besorgt.

Dachte ich mir doch, dass sein Atem gestern Abend nach Schnaps stank. Wahrscheinlich hat er sich einen Schluck gegönnt, und als er heute Nacht aufgewacht ist den nächsten, und dann ist er in den Wald gegangen, um die Flasche auszutrinken. Das, mein Freund, ist nicht gut. Aber ich werde mich um ihn kümmern ... Jack, das sage ich jetzt nur einmal. Was ich über wahre Liebe gesagt habe. Vielleicht irre ich mich ja auch. Wenn ich sehe, wie Jimmie Sue und du einander anschaut, dann scheint mir das mehr als nur Fleischeslust zu sein.«

»Ich glaub, wir werden heiraten.«

»Damit schießt ihr möglicherweise über das Ziel hinaus, aber ich wünsche euch alles Gute. Selbst wenn das alles vorbei ist und dein ganzes Land Eustace und mir gehört.«

Shorty grinste und streckte die Hand aus, und ich schlug ein. »Viel Glück, Jack.«

»Danke. Wenn ich mir überlege, was Sie von Liebe und Ehe halten, meinen Sie's wohl ernst.«

»Im Moment schon«, sagte er, während er noch immer meine Hand festhielt. »Aber frag mich morgen noch mal.«

Er ließ meine Hand los, und ich sagte: »Ich verderb uns ja nur ungern die Stimmung, aber ich muss mal Wasser lassen. Passen Sie bitte so lange auf die Bohnen auf.«

»Verliebt, aber trotzdem aufs Praktische bedacht«, sagte Shorty.

Ich gab ihm den Löffel.

Wie eine Motte ging ich dorthin, wo die Sonne am hellsten leuchtete. Ich ging ein ganzes Stück in den Wald rein, da ich mehr im Sinn hatte, als nur Wasser zu lassen. Es gelang mir, meine Hose runterzuziehen, ohne dass die Pistole auf die Erde fiel, ich lehnte mich gegen einen Baum und machte einen Riesenhaufen. Den Hintern wischte ich mir mit ein paar Blättern ab, wobei ich darauf achtete, kein Giftefeu zu benutzen.

Als ich fertig war, zog ich die Hose hoch und wandte mich der aufgehenden Sonne zu. Das Leuchten, das ich gesehen hatte, war noch immer da. Es schien zwischen den Bäumen zu hängen, obwohl es allmählich zunehmend heller wurde. Ich lief darauf zu und sog die Luft durch die Nase ein, denn es roch ein wenig nach Rauch. Außerdem konnte ich so was wie ein Heulen hören. Ich zog meine Pistole und folgte einem Wildwechsel, um möglichst keine Geräusche zu machen. Das Licht, das mir aufgefallen war, wurde heller und hüpfte ein wenig. Der Geruch von Rauch wurde stärker, und dünne Rauchfahnen schlängelten sich durch die Luft. Da wurde mir klar, dass das nicht die aufgehende Sonne war, sondern ein großes Feuer. Das Heulen dauerte an. Die Hand, in der ich die Pistole hielt, fing an zu zittern. Ich konnte Stimmen hören, Gelächter und so etwas wie ein Schnauben.

Ich zog den Kopf ein und schlich weiter, bis ich die Stimmen besser hören und das Feuer sehen konnte, wenn auch nicht, was da brannte. Es loderte hinter einem Hügel empor, der mit Gestrüpp bedeckt war. Ich schlich mich an das Gestrüpp ran, ging in die Hocke und spähte hindurch.

20

Unter mir brannte auf einer Lichtung ein großes Feuer, die Holzscheite waren bereits in sich zusammengesunken und die Flammen züngelten über die letzten Überreste hinweg, ein Großteil davon bereits verkohlt oder zu Asche verbrannt. Das Sonnenlicht brach klar und schwer hinter den Bäumen hervor, und ich konnte einigermaßen erkennen, was da unten vor sich ging, auch wenn alles vom Feuer und von der aufgehenden Sonne in einen rosafarbenen Dunstschleier gehüllt war. Der Tau auf den Büschen funkelte wie kleine Diamanten.

Der Wald war weitläufig abgeholzt worden, und mittendrin stand eine kleine Hütte. Sie war sogar noch primitiver als der Handelsposten, hatte ein Flachdach und nicht mal einen Kamin. Stattdessen stieg aus einem eisernen Ofenrohr schwarzer, schmieriger Qualm empor. Wahrscheinlich war das das Kochfeuer, und vor der Hütte, das war das Lagerfeuer gewesen, um das sich die Leute versammelt hatten, um Licht zu haben. Bei dem Wetter muss das ein ziemlich heißer Abend gewesen sein.

Wirklich merkwürdig war ein schwarzer Bär, der ein dickes Seil um ein Hinterbein gebunden hatte, das an einem Baum befestigt war. Das Seil war ungefähr fünf Meter lang, aber der Bär war ein ganzes Stück von dem Feuer und der Hütte entfernt. Er hockte einfach nur reglos da und stieß von Zeit zu Zeit ein lautes Schnauben aus.

Hinter der Hütte standen ein paar Pferde in einer grob zusammengezimmerten Koppel. Ich zählte sie. Es waren zwölf. Was natürlich nicht bedeutete, dass da zwölf Leute waren, denn es konnten auch Ersatzpferde dabei sein, aber es bedeutete auch nicht unbedingt, dass es nur zwölf Leute waren, schließlich konnten auf manchen Pferden auch zwei Mann sitzen, und vor der Hütte stand ein Wagen ohne Pferde oder Maultiere. Eine schmale Holzstraße, die ziemlich neu aussah, führte daran vorbei. Ich hätte wetten können, dass es hier vor einem Monat kaum mehr als einen Trampelpfad gegeben hatte, aber jetzt konnte hier ein Wagen durchfahren, und es sah aus, als hätte Satan mit seiner Sense gewütet.

Aber das war es nicht, was meine Aufmerksamkeit auf sich zog. Cut Throat und Nigger Pete waren am Feuer mit Spot zugange, nur knapp außer Reichweite des Bären. Sie hatten Spot die Kleider ausgezogen und seine Brust mit einem brennenden Stock bearbeitet. Cut Throat hielt einen solchen Stock immer noch in der Hand. Er kaute Tabak und sagte etwas zu Spot, das ich nicht verstehen konnte, und ab und an spuckte er ihm Tabaksaft ins Gesicht. Spot konnte sich nicht wehren, weil Cut Throat auf seinen Beinen saß und Nigger Pete seine Arme festhielt und ihm das Knie in den Nacken drückte.

Da unten waren auch noch andere Leute, und sie schlenderten herbei, um einen Blick auf Spot zu werfen, und gingen dann wieder davon, als hätte etwas nur kurz ihre Neugier erregt, wie eine Fliege, die in einem Honigtopf festklebte, nichts Besonderes eben. Sie spazierten auf der Lichtung umher, spuckten aus, tranken aus Krügen und schauten zur Hütte hinüber. Ein hagerer Kerl ohne Hemd und mit einer Nase, die aussah, als hätte er sie sich von einem deutlich größeren Mann geliehen, lungerte in der Nähe des Bären herum und bewarf das hilflose Tier mit Erdklumpen. Seine Latzhose hing ihm nur an einem Träger über der Schulter, und er war der Einzige, der keine Waffe am Gürtel trug. Als der Bär von einem Erdklumpen getroffen wurde, erhob er sich, fuchtelte mit den Pfoten und knurrte. Der Mann lachte und warf den nächsten Erdklumpen.

In dem Moment schaute Spot hoch. Sein Mund stand offen, und er schrie wie am Spieß, und ich bin mir nicht sicher, ob er mich wirklich bemerkt hat, aber er blickte in meine Richtung, und für einen Moment weiteten sich, glaube ich, seine Augen, weil er mein Gesicht durch eine Lücke im Gestrüpp sah, und seine Miene entspannte sich ganz kurz, als glaubte er, ich sei hier, um ihm zu helfen. Er hätte nach mir rufen können, aber er tat es nicht, und ich weiß nicht, ob er mich doch nicht gesehen hat, ob er mich nicht verraten wollte oder ob er einfach mit seinen Kräften am Ende war. Aber eins weiß ich: Wenn er glaubte, dass ich ihm helfen würde, dann irrte er sich. Klar, ich wollte ihm helfen. Aber ich konnte nicht. Ich konnte einfach nicht.

Ich war nur ein Junge mit einer Pistole, mit der er nicht mal richtig umgehen konnte, und da unten waren diese ganzen Monster, und ich red vielleicht hier um den heißen Brei herum, anstatt einfach zuzugeben, dass ich Schiss hatte und dass ich vor Angst nicht mal meinen kleinen Finger rühren konnte. Eine Entschuldigung ist das keine, aber mehr hab ich nicht zu bieten.

Spot wandte das Gesicht von mir ab, und sein Blick schien zu sagen, dass er mit dem Leben abgeschlossen hatte, ein für alle Mal. Cut Throat hatte offenbar seinen Spaß gehabt, oder vielleicht bekam er auch einfach nicht mehr aus Spot heraus. Jedenfalls warf er den brennenden Stock beiseite, zog ein Rasiermesser aus dem Anzug des Toten, den er trug, klappte es auf, beugte sich vor und schnitt Spot ganz langsam, wie ein Barbier, der einem störrischen Haar zu Leibe rückt, eine tiefe Wunde in die Stirn. Nicht ein Tropfen Blut spritzte. Die Klinge ließ lediglich eine dünne Linie zurück, und dann wurde der Schnitt im hellen Schein der Sonne, die sich über die Baumkronen erhoben hatte, plötzlich rot. Nigger Pete riss, als hätte er das schon tausend Mal gemacht, Spots Kopf in den Nacken, und das Blut spritzte, und Nigger Pete gackerte wie eine Henne, die gerade ein Ei gelegt hatte.

Cut Throat stand daneben, als Nigger Pete Spot hochhob, immer höher, bis seine Füße den Boden nicht mehr berührten. Spot ließ den Kopf zur Seite sinken und schloss die Augen; seine Arme hingen kraftlos herab. Nigger Pete hob ihn noch weiter hoch und trug ihn zu dem Bär rüber. Den Bär schien das nicht zu interessieren. Der Mann mit den Erdklumpen war immer noch da, und jetzt schien er zu begreifen, was da vor sich ging, denn er kicherte laut und bewarf den Bär immer schneller mit Dreck, und der Bär, der sich inzwischen aufgerichtet hatte, wurde immer wütender. Cut Throat stellte sich vor Spot, das Rasiermesser zuckte ein weiteres Mal durch die Luft, und Cut Throat trat beiseite. Dieses Mal bildete sich eine Linie an Spots Hals, und wieder geschah einen Moment lang nichts, doch dann spritzte das Blut in alle Richtungen, dem Bär direkt ins Gesicht und über den Pelz, und im Licht der Sonne sahen die Tropfen aus wie nasse Rubine.

Erst schien der Bär noch zu zögern, aber das Blut war warm und der Bär hungrig. Er tat einen Schritt vor, und Pete versetzte Spot einen Schubs, sodass er vor dem Bär zu Boden ging. Ich möchte gerne glauben, dass Spot bereits tot war, als der Bär über ihn herfiel. Der Bär packte ihn zwar am Nacken und schüttelte ihn wie einen Lumpen hin und her, aber ansonsten machte Spot keine Bewegung, die aussah, als müsste er leiden.

Ein paar von den Männern, die, wenn sie nicht gerade gegen einen Baumstumpf gepisst hatten, vor der Hütte herumgelaufen waren, kamen herüber und schauten dem Bär zu. Einer von ihnen stieß Spot mit dem Fuß an und sagte: »Jetzt kommt ein kleiner Nigger in den Himmel.«

In dem Moment hatte ich das Gefühl, die Zeit wäre stehengeblieben und ich hätte die Welt, wie ich sie kannte, weit hinter mir gelassen und befände mich jetzt an einem Ort des Wahnsinns, wo jedes bisschen Anstand und die Gesetze der Menschen ebenso albern waren wie ein Esel, der Spitzenunterwäsche trug. Mir schossen Tränen in die Augen. Meine Knie drohten nachzugeben. Ich wusste nicht, ob ich mich bewegen oder stillhalten sollte, und ich wusste nicht mal, ob ich zu dem einen oder anderen überhaupt in der Lage gewesen wäre. Da spürte ich, wie sich mir eine Hand auf die Schulter legte.

»Ganz ruhig«, sagte Shorty.

Ich drehte mich um. Shorty kniete mit seiner Sharps hinter mir, und jetzt bewegte er sich langsam rückwärts, und ich folgte ihm, bis wir vielleicht zehn Meter von dem Gestrüpp entfernt waren. Dort kauerten wir uns unter eine ausladende Ulme. Während wir uns unterhielten, steckten wir die Köpfe zusammen und sprachen leiser als das Schlagen eines Mückenflügels.

»Cut Throat«, sagte ich. »Er …«

»Ich hab's gesehen.«

»Und ich hab keinen Finger gerührt.«

»Ich genauso wenig. Was hätten wir auch tun sollen? Spot hat uns beide gesehen, Jack. Ich hab dir über die Schulter geschaut.«

»Ich hab Sie nicht bemerkt. Ich hab keinen Finger gerührt.«

»Dir blieb auch nichts anderes übrig. Spot hat keinen Ton gesagt. Er ist gestorben, ohne uns zu verraten.«

»Das tröstet mich nicht.«

»Ich glaube, ihm hat es Kraft gegeben.«

Shorty packte mich am Ärmel und zog mich weiter den Pfad entlang, bis wir die Hütte nicht mehr sehen konnten. Bald trugen mich meine Beine nicht mehr, und ich hockte mich mitten auf dem Weg einfach hin. Die ganze Welt lag wie hinter dichtem Nebel.

Shorty ging neben mir in die Hocke.

»Vielleicht hat er uns doch verraten«, sagte ich, »und wir wissen's nur noch nicht. Das ist doch möglich, oder?« Ich sagte das, weil ich wollte, dass er uns verraten hatte. Ich wollte nicht, dass er mich nur angeschaut und dann tapfer die Zähne zusammengebissen hatte, während ich mich feige hinter ein Gebüsch duckte.

»Das glaub ich nicht. Sie machen nicht den Eindruck, als hätten sie auch nur den leisesten Grund zur Sorge. Ich glaube, er hat sie angelogen, und sie haben es ihm abgekauft.«

»Er ist nur in den Wald gegangen, um zu scheißen, und irgendwie haben sie ihn dabei erwischt, und dann haben sie ihn gefoltert und einem Bär vorgeworfen. Gerade kocht er sich noch ein paar Bohnen, und im nächsten Moment wird er gefressen.«

»So wird's gewesen sein.«

Ich zitterte am ganzen Körper und hatte das Gefühl, gleich zu zerfließen und in ein Loch im Boden zu versickern.

»Was machen wir jetzt?«, fragte ich.

»Wir sammeln unser Aufgebot und überfallen sie. Um es genauer zu formulieren: Wir nehmen sie unter Beschuss, bevor sie auch nur wissen, dass wir da sind. Allerdings haben wir ein Problem. Ich habe Eustace gesucht und konnte ihn nicht finden, wie so oft, wenn er getrunken hat. Dann irrt er in der Gegend herum und versteckt sich, bis es vorbei ist. Und jedes Mal verwandelt er sich in ein wildes Tier. Wir müssen unbedingt dafür sorgen, dass er wieder nüchtern wird. Wir brauchen seine Schrotflinte. Wie viele hast du da unten gezählt?«

»Sechs, Cut Throat und Pete eingeschlossen, aber die Pferde und der Rauch, der aus der Hütte aufsteigt, lassen mich vermuten, dass da noch mehr sind.«

»Hast du deine Schwester gesehen?«

Ich schüttelte den Kopf.

»Dann war sie vielleicht in der Hütte.«

Ich nickte. »Ich kann einfach nicht fassen, was sie Spot angetan haben.«

»Besser wär's, mein Sohn. Komm, suchen wir die anderen.«

Wir waren ein kurzes Stück den Pfad zurückgegangen, als wir auf Eustace stießen. Er war so betrunken wie ein Biber auf dem Grund eines Whiskyfasses und veranstaltete genug Lärm, um Cut Throat und seine Kumpane aufzuschrecken. In einer Hand hatte er seine Schrotflinte, in der anderen eine Schnapsflasche.

»Hey«, sagte Eustace, als er uns sah. »Ich hab was getrunken.«

»Das ist nicht zu übersehen«, erwiderte Shorty. »Eustace, bitte tu mir den Gefallen und sei leise. Du musst unbedingt ganz schnell wieder nüchtern werden, denn wir haben sie gefunden.«

»Wen?«

»Die Mörder und Kidnapper.«

»Ach die.« Eustace rülpste, hob die Flasche, die wirklich groß war, und trank einen tiefen Schluck. Sie war fast leer. Dann schaute er sich um und sagte: »Ist euch aufgefallen, wie viele Kiefernzapfen hier rumliegen? Ich hab welche unter 'ner Eiche gefunden. Seltsam, was?«

»Die rollt der Wind durch die Gegend«, sagte Shorty. »Kein großes Geheimnis. Jetzt hör mir zu, Eustace. Bitte. Wir müssen eine Strategie entwickeln.«

»Eine was?«

»Wir müssen einen Plan schmieden, wie wir gegen die Kidnapper vorgehen.«

»Verdammte Scheiße, ich hab 'nen Plan. Wir gehn da runter und ballern ihnen die Schwänze weg. Wo stecken sie denn?«

»Sie haben Spot umgebracht.«

»Spot?«

»Er ist in den Wald gegangen, um den Erfordernissen der Natur nachzugeben. Und da hat er sie anscheinend gehört, oder einer von ihnen ist ihm über den Weg gelaufen. Jedenfalls haben sie ihn mitgenommen und auf ziemlich miese Weise getötet.«

Eustace sah mich an, als müsste ich dem erst zustimmen. Ich nickte.

»Der kleine Spot? Das kann nicht sein. Der hat doch niemand was getan. Dabei war er nicht größer als ein Hubbel auf 'nem Holzscheit. Er hat uns nur begleitet. Die ganze Sache ging ihn doch gar nichts an.«

»Nichtsdestotrotz«, sagte Shorty. »Sie haben ihn umgebracht.«

Eustace fing an zu weinen. Shorty packte ihn an der Hand, in der er die Whiskyflasche hielt.

»Komm schon, Eustace. Wir müssen zurück ins Lager und Winton holen.«

Eustace ignorierte ihn und stapfte in die Richtung von Cut Throats Lager.

»Hundeficker«, sagte er.

»Nein«, sagte Shorty und klammerte sich an seinem Arm fest. »Nein.«

Eustace versuchte sich loszureißen, aber Shorty ließ sich nicht abschütteln.

»Was bist du denn? Eine Zecke?«

»Wir brauchen Winton und Keiler, vielleicht auch Jimmie Sue. Wir brauchen all unsere Waffen.«

Eustace wurde immer lauter, und obwohl wir ein gutes Stück von Cut Throat und seinen Leuten entfernt waren, machte ich mir trotzdem Sorgen.

Eustace schwenkte seinen Arm, und Shorty schaukelte hin und her, als wäre er dran festgebunden. Dann winkelte Eustace seinen Arm an, und Shorty segelte durch die Luft und landete unter einer Kiefer. Unterwegs verlor er seinen Hut und sein Gewehr.

Ich lief hin und packte Eustace am Bein, weil ich ihn umwerfen wollte, aber er rührte sich nicht von der Stelle. Shorty hatte sich inzwischen wieder aufgerappelt, kam angerannt, sprang an Eustace hoch, packte ihn hinten am Hemd und zerrte daran. Gemeinsam gelang es uns, ihn von den Beinen zu reißen. Er ließ sein Gewehr fallen, hielt aber weiter die Flasche umklammert.

Es war ein kurzlebiger Sieg. Eustace atmete tief durch, setzte sich auf und schleuderte uns beide von sich. Ich schlitterte ein Stück den Pfad entlang, während Shorty wieder unter die Kiefer kullerte.

»Verdammt«, sagte Shorty, hob seinen Hut auf und pappte ihn sich auf den Kopf.

Er schnappte sich einen großen Stock, rannte zu Eustace, stellte sich hinter ihn und schlug ihm damit so fest wie möglich auf den

Hinterkopf. Eustace hatte sich auf ein Knie hochgestemmt, als ihn der Schlag traf. Er schüttelte sich nur kurz, wandte sich um und glotzte Shorty an.

»Scheiße«, sagte Shorty.

Eustace erhob sich, bis er wie ein Berg über Shorty aufragte. Seine Miene ließ mich befürchten, dass er Shorty gleich packen und wie ein Akkordeon zusammendrücken würde. Dann fiel Eustace ohne Vorwarnung hintenüber, wobei es ihm gelang, die Whiskyflasche in der Faust zu behalten. Er lag da und rührte sich nicht mehr.

Ich und Shorty näherten uns ihm ganz langsam. Eustace hatte beide Augen geschlossen. Er schlug sie urplötzlich auf und jagte mir damit einen Heidenschreck ein. »Sie haben sich Spot gekrallt?«

»Ja«, sagte Shorty. »Und sie haben ihn kaltgemacht.«

Eustace setzte sich auf. Er hob die Flasche an die Lippen, kippte den Rest ihres Inhalts runter, warf sie weg und erhob sich. Dann ging er zu seiner Schrotflinte und hob sie auf, wofür er allerdings mehrere Versuche brauchte.

»Du solltest es langsam angehen lassen«, sagte Shorty. »Du bist sternhagelvoll.«

»Denen werd ich's zeigen. Ich hab einen ganzen Haufen Patronen in der Tasche. Wenn's sein muss, bring ich sie zweimal um.«

Ich wollte etwas sagen, aber Shorty kam mir zuvor. »So hat das keinen Sinn. Er ist zwar wieder einigermaßen bei Sinnen, aber sein gesunder Menschenverstand ist noch abwesend. Lauf du zurück und hol Winton und Jimmie Sue, während ich und er da runtergehen und mal schauen, wen wir vor die Lunte kriegen.«

»Nein«, sagte ich. »Ich komme mit Ihnen.«

»Ich möchte mich jetzt nicht streiten«, erwiderte Shorty. »Ich kann ihn nicht allein lassen, und wir brauchen die anderen.«

Die Entscheidung wurde uns aus der Hand genommen. Eustace torkelte bereits den Pfad entlang in Richtung der Hütte. Shorty folgte ihm, und ich folgte ihnen beiden. Ein Stück weit hatte ich das Gefühl, direkt in den Abgrund der Hölle reinzulaufen, aber ich musste auch an die Männer in dem Handelsposten denken, an den einen, der sich verdrückt hatte und dann wiedergekommen war. Auch sie hatten versucht, sich etwas zu beweisen. Was für sie nicht besonders gut ausgegangen war, aber jetzt konnte ich das nachvollziehen.

Allerdings hatten wir auch Glück. Eustace wurde zwar nicht nüchtern, aber dass Spot tot war, brachte ihn wieder einigermaßen zu sich. Er riss sich zusammen und setzte leise und bedächtig einen Fuß vor den anderen, und bevor wir die Stelle erreichten, von wo aus wir zur Hütte runterschauen konnten, flüsterten wir nur noch.

Eustace ging neben mir und Shorty in die Hocke, und wir schlichen uns bis hinter die Büsche auf dem Hügel. Das Feuer war noch größer geworden. Dieselben Männer lungerten dort rum, und noch einer, den ich nicht kannte, ein stämmiger Kerl mit einem rötlichen Fleck auf der Stirn, der aussah, als hätte jemand versucht, ihn zu skalpieren, und wäre aus irgendeinem Grund damit nicht fertig geworden. Er kam aus der Hütte, reckte sich, spuckte auf den Boden und betrachtete den Himmel. Dann ging er rüber zu dem Bär, der an Spots Leiche herumnagte, oder an dem, was davon übrig war. Er sagte etwas zu dem Kerl mit der großen Nase, der wieder versuchte, den Bär zu reizen, aber der Bär schenkte ihm keine Beachtung. Er kaute auf Spot herum. Der stämmige Kerl beugte sich vor, packte Spot am Fuß, als der Bär kurz nicht aufpasste, und zerrte die Leiche aus seiner Reichweite. Der Bär wollte sich auf ihn stürzen, aber das Seil riss ihn zurück, und er ging zu Boden. Der stämmige Kerl lachte. Das Lachen erinnerte mich an ein gemeines Kind, das sich über einen Spielkameraden lustig macht, der gestolpert und hingefallen ist. Der Bär streckte die Pfoten nach der Leiche aus, aber er kam nicht ran, sondern scharrte nur in der Erde.

Ich wandte mich ab und sah Eustace an.

»Der arme Kleine.« Eustace achtete darauf, leise zu sprechen, aber so, wie er im Gras kauerte, sah er aus, als würde er jeden Moment aus den Latschen kippen. Ihm standen Tränen in den Augen.

Unten bei der Hütte wurde es etwas lebhafter, also schaute ich wieder dorthin. Der Kerl mit der großen Nase, der mit den Erdklumpen nach dem Bär geworfen hatte, griff sich einen großen Stock aus dem Feuer und ging damit rüber. Der Mann, der Spot von dem Bär weggezogen hatte, lehnte sich an einen Baum und schaute zu. Plötzlich wirkte er furchtbar müde, als hätte er einen heftigen Kater. »Na los«, sagte er, »spieß ihn auf, Skinny.«

Der Stock, den Skinny in der Hand hielt, glühte an der Spitze. Er fing an, den Bär damit zu piesacken. Das wütende Tier versuchte, Skinny mit seinen Klauen zu erreichen, wurde jedoch von dem Seil zurückgehalten. Der kleine Kerl war so flink wie eine Ratte und sprang immer wieder außer Reichweite, lachte und fuchtelte wild mit dem Stock. Hin und wieder schaute er sich um, ob seine Kumpane ihn auch ja beobachteten, und dann brannte er dem Bär mit dem glühenden Stock noch mehr Löcher in den Pelz. Die versengten Haare konnte ich bis rauf auf den Hügel riechen. Der arme alte Bär wirkte so müde, als würde er jeden Moment umfallen. Er war dünn und schwach und hatte außer Spot wahrscheinlich schon ewig nichts mehr zu fressen gekriegt.

Der Mann mit dem Stock sagte: »So böse bist du jetzt gar nicht mehr, was, du dummer Bär?«

In dem Moment kam Fatty aus der Kabine. Ich wollte meinen Augen nicht trauen: Er hielt sich noch immer auf den Beinen. Am Leib hatte er ein blutbespritztes weißes Hemd und eine schwarze Hose, die ihm viel zu klein war – der Knopf vorne stand offen, und nur ein Gürtel hinderte sie daran runterzurutschen. Schuhe trug er keine. An dem Gürtel hing ein Holster mit einem Revolver, und vor seiner Wampe steckte eine kleinere Pistole. Er wirkte etwas wackelig auf den Beinen, aber wenn man bedachte, was er alles hinter sich hatte, ging es ihm erstaunlich gut.

Nach einer Weile trat ein weiterer Mann aus der Tür; die Hütte musste so gestopft voll gewesen sein wie ein ausgewachsener Eber in einem Jutebeutel. Diesen Mann hatte ich noch nie gesehen. Er war groß, hatte dunkle Haut und schwarze Haare, die sich auf dem Scheitel lichteten. Das Auffälligste an ihm waren sein hässliches Gesicht und die leuchtend roten langen Unterhosen. Darüber trug er einen Pistolengürtel. Es sah wirklich komisch aus, die Unterhosen mit einer Knarre drüber.

Eustace, der sich bisher in der Hocke gehalten hatte, setzte sich plötzlich auf den Hintern, und zwar nicht allzu leise. Bei dem Geschrei, das die Männer da unten veranstalteten, hörte ihn allerdings niemand. Er saß einfach nur mit geschlossenen Augen da und atmete gleichmäßig.

Shorty flüsterte mir ins Ohr: »Ich werde jetzt für Aufruhr sorgen, und von dir erwarte ich, dass du Nutzen daraus ziehst. Aber warte, bis es losgeht.«

»Was ist mit Eustace?«

»Wenn ich dir das Zeichen gebe, versetzt du ihm einen sanften Stoß, aber zieh besser den Kopf ein, sonst reißt er ihn dir ab. Stups ihn an und sag ihm, dass es den Kerlen jetzt ans Leder geht.«

»Meinen Sie, das klappt?«

»Das weiß ich nicht, aber so würde ich es probieren.«

Mir gefiel die Idee nicht besonders, aber ich wollte nicht widersprechen. Ich musste die ganze Zeit daran denken, was sie mit Spot gemacht hatten und ob Lula wohl in der Hütte war. »Wenn es losgeht und ich Eustace wachgerüttelt hab, was soll ich dann tun?«

»Möchtest du die Kerle immer noch gefangennehmen?«

»Nein.«

»Dann erschießen wir sie, und zwar jeden einzelnen von ihnen. Wenn Eustace wirklich aufwacht und mit dir da runterrennt, dann geh ihm aus dem Weg. Ihm und seiner Schrotflinte. Die macht nämlich keinen Unterschied zwischen Feind und Freund.«

»Wir müssen nach Lula Ausschau halten.«

»Das weiß ich. Vor allem müssen wir jeden erwischen, der sich außerhalb der Hütte befindet, damit sie nicht die Gelegenheit haben, sich dort zu verschanzen. Und wir müssen auch im Gedächtnis behalten, dass da drin möglicherweise noch andere lauern und dass sie bewaffnet sind.«

Shorty schaute zu dem Mann hinunter, der den Bär ärgerte. »Ich kann Tierquäler nicht ausstehen«, sagte er. »Außerdem ist mir die Vorstellung zuwider, dass da unten ein toter Kamerad liegt, ohne Hose und mit abgenagtem Kopf. Es wird Zeit.«

Mit diesen Worten legte er sich auf den Bauch und kroch davon, wobei er die Sharps neben sich herzog. Er bewegte sich leise linkerhand den Hügel runter, auf die große Eiche und den Bären zu, der daran festgebunden war. Der Mann mit dem Stock ließ das arme Tier noch immer nicht in Frieden, und er gackerte und kicherte, als wäre das die lustigste Sache auf der Welt.

»Na, wie gefällt dir das, du haariger alter Scheißer?«, rief Skinny, drehte sich um und wackelte mit dem Hintern. »Bestimmt würdest du gerne ein Stück von meinem Arsch abhaben, was? Das hast du jetzt davon, dass du meine Jagdhunde umgebracht hast, du widerliches Mistvieh.«

Eustace öffnete ganz leicht die Augen und den Mund und machte sie gleich wieder zu. Großartig, dachte ich bei mir. Der ist ungefähr so nützlich wie Zitzen an einem Eber.

Obwohl ich Shorty weiterhin sehen konnte, hielt er sich so gut hinter dem Gestrüpp verborgen, dass die Männer da unten ihn nicht bemerkten. Zentimeter um Zentimeter robbte er den Hang hinab, bis er auf gleicher Höhe mit der Eiche war. Direkt hinter ihr stand er auf, lehnte die Sharps gegen den Stamm, zog ein Messer und schnitt das Seil durch, mit dem der Bär festgebunden war. Der Bär bekam das zwar nicht gleich mit, aber Skinny war immer wagemutiger geworden – er sprang vorwärts, blieb im letzten Moment ganz knapp außer Reichweite stehen und fuchtelte mit dem

Stock, der allerdings nicht mehr glühte, und jetzt gelang es dem Bär, ihn ihm aus der Hand zu schlagen. Das schreckte Skinny jedoch nicht ab. Er tänzelte auf den Bär zu und dann wieder ein paar Schritte zurück, steckte sich die Hände unter die Achseln und flatterte mit den Ellbogen, als wären es Hühnerflügel. Ganz offensichtlich hielt er das für äußerst komisch, und die anderen Männer hatten ihm inzwischen alle ihre Aufmerksamkeit zugewandt, und ein paar von ihnen lachten auch.

Er hüpfte wieder ein Stück vorwärts, und der Bär stürzte sich auf ihn, und als Skinny zurückwich und mit den Armen wackelte, wurde ihm plötzlich klar, dass der Bär nicht mehr von dem Seil zurückgehalten wurde und dass ein wütender Schwarzbär auf allen vieren ziemlich schnell sein kann.

Er sagte »Scheiße«, und das war das Letzte, was er jemals von sich geben sollte, denn der Bär machte drei Dinge gleichzeitig. Er richtete sich auf die Hinterbeine auf, knurrte laut und schlug mit einer Pranke zu. Dabei erwischte er Skinny unterm Kinn, und der knochige Kerl wurde nach hinten geschleudert wie ein Akrobat, und zwar ein ordentliches Stück, bis er mitten im Feuer landete. Seine Haare gingen in Flammen auf, und bald brannte sein ganzer Kopf lichterloh.

Cut Throat, der neben dem Eingang der Hütte an der Wand lehnte, johlte laut. Nigger Pete, der nicht weit weg von ihm stand, brach in schallendes Gelächter aus, und die anderen stimmten mit ein, darunter auch Fatty, der sich den verletzten Bauch halten musste. Das Ableben ihres Kumpels war witziger als ein Puppentheater, jedenfalls so lange, bis der Bär mit dem Seil im Schlepptau auf sie zugestürmt kam. Sie zogen ihre Pistolen und ballerten los, aber falls sie den Bär trafen, bekam ich davon nichts mit. Der Bär war das Ablenkungsmanöver, das Shorty uns versprochen hatte. Ich streckte die Hand aus, packte Eustace am Knie und brüllte ihm ins Ohr: »Jetzt geht's den Kerlen ans Leder!«

Eustace öffnete seine blutunterlaufenen Augen, sah mich an, und ganz ehrlich, in diesen Augen hab ich was gesehen, das ich vorher noch nie gesehen hab, und darüber bin ich mehr als froh. Ich deutete auf die lachenden Männer.

Eustace hatte offenbar nicht vor, sich anzuschleichen, denn er sprang auf, pflügte durchs Gestrüpp und rannte den Hügel runter, wobei er den Elefantentöter schwang, als wäre er Excalibur.

Der Lärm, den der Bär veranstaltete, das Gelächter und die Schüsse hatten die übrigen Halunken aus der Hütte rausgelockt, darunter zwei Männer, die ich zum ersten Mal sah, kräftige Kerle mit Pistolen in den Fäusten. Sie waren eindeutig Zwillinge, und verdammt hässliche Zwillinge obendrein.

Eustace war halb den Hang runter, als er anfing zu heulen wie eine Eule, die ein wassermelonengroßes Ei legt. Ich rannte ihm hinterher, wobei ich mich ein wenig rechts von ihm hielt. Aus den Augenwinkeln sah ich Shorty hinter dem Baum hervortreten, an dem der Bär festgebunden gewesen war.

Obwohl Eustace laut heulte und wir nun wirklich nicht zu übersehen waren, zog der Bär noch immer alle Aufmerksamkeit auf sich, denn jetzt hatte er angefangen, wie wild im Kreis zu laufen. Die Männer feuerten weiter auf ihn, mit demselben Erfolg. Schließlich rannte der Bär mitten durch den, na ja, nennen wir es »Vorgarten« und um die Hütte herum und galoppierte so schnell wie irgendein Pferd die Straße entlang, wobei er das Seil hinter sich herschleifte, als würde er von einer Schlange verfolgt.

Inzwischen waren wir nicht mehr weit von ihnen entfernt. Zum Glück, denn Eustace mit seiner Schrotflinte musste aus nächster Nähe auf sie schießen, und wenn ich, wie bereits erwähnt, jemand mit einer Pistole umbringen will, dann drehe ich sie lieber um und schlag ihn damit tot. Shorty würde mit seiner Sharps schon klarkommen, aber im Vergleich zu seinen Pistolen dauerte es lange, sie nachzuladen.

Kaum hatte der Bär den Abgang gemacht, trat Lula aus der Hütte. Sie hatte noch immer dieselben Kleider an, auch wenn die inzwischen ziemlich zerschlissen aussahen. Das feuerrote Haar hatte sie hochgebunden, und es wurde von einem spitzen Stock nur notdürftig zusammengehalten. Sie wirkte dünn und mitgenommen und viel älter als in meiner Erinnerung. Aber damit konnte ich mich jetzt nicht aufhalten, denn der Tanz hatte begonnen.

21

Lula sah uns etwa im gleichen Moment wie ich sie. Sie schien mich nicht zu erkennen, aber ihr entging nicht, dass ich eine Waffe in der Hand hielt, worauf sie sofort wieder in die Hütte zurückflitzte. Fatty folgte ihr auf dem Fuß.

Die Zwillinge hatten neben der Hütte gestanden, um die Flucht des Bären zu beobachten, und bemerkten uns erst jetzt. Sie drehten sich um und fingen an, auf mich zu schießen, als ich ebenfalls auf sie anlegte und abdrückte. Kugeln sausten in alle möglichen Richtungen, aber nachdem sie sechs Schüsse abgefeuert hatten und ich vier, war noch immer niemand getroffen worden, auch wenn mir ein paar Kugeln so knapp an den Ohren vorbeipfiffen, dass ich schon fast versucht war, mit ihnen Freundschaft zu schließen.

Was Eustace getrieben hat, während ich auf die Zwillinge ballerte, weiß ich nicht so genau, aber ich hörte seine Pistole knallen, und als ich einen Blick in seine Richtung warf, sah ich, dass er seine Schrotflinte noch immer in der linken Hand hielt, seine Pistole gezogen hatte und Cut Throat unter Beschuss nahm. Ich hatte ihn nur zweimal abdrücken sehen, weil ich gestürzt war, nachdem mir eine verirrte Kugel von Cut Throat oder Nigger Pete den Absatz meines rechten Stiefels weggefetzt hatte. Ich landete auf dem Hintern, was nur gut war, denn der nächste Schuss von Nigger Pete hätte mir den Kopf zerplatzen lassen, hätte mein Absatz nicht nachgegeben.

Die potthässlichen Zwillinge kamen auf mich zugerannt, während ich im Sitzen meine letzten zwei Schüsse abfeuerte und sie beide verfehlte. In dem Augenblick ließ Eustace seine Pistole fallen und richtete seine Flinte auf sie, als ihn ein Schuss von Cut Throat an der Schulter traf. Ich hörte die Sharps krachen, und Nigger Pete wurde rückwärts gegen die Hüttenwand geschleudert, wobei er ein lautes Ächzen ausstieß. Shorty schien sich mit diesem Schuss eine Menge Zeit gelassen zu haben, aber schließlich passierte alles sehr schnell, und manches, was ich hier erzähle, hab ich mir im Nachhinein zusammengereimt oder erst später überhaupt begriffen, aber es wird niemand wundern, dass ich anderweitig beschäftigt war.

Eustace drückte ab, und die beiden Zwillinge tanzten ein wenig auf der Stelle, als die Schrotladung sie erwischte. Der eine, der mir am nächsten stand, wurde herumgerissen, und ich sah, dass er ein Loch im Bauch hatte, das so groß war wie ein Kinderkopf. Der andere wurde im Gesicht getroffen, und er fasste sich schreiend ans Kinn.

Hinter mir hörte ich jemand laut brüllen, drehte mich um und sah Winton auf einem Pferd durchs Gebüsch brechen und den Hügel runtergaloppieren, einen Revolver in jeder Hand. Es war ein erhabener Anblick! Ich weiß nicht mehr wer, aber entweder Nigger Pete oder Cut Throat schossen ihn glatt aus dem Sattel, wahrscheinlich eher aus Zufall, und der nächste Schuss tötete das Pferd, das über Winton hinwegrollte und dann weiter den Hügel runter.

Ich hatte meine Pistole leergeschossen, und bisher war es mir immerhin gelungen, von den Stämmen, aus denen die Hütte gezimmert war, die Rinde wegzuballern, aber einen Treffer hatte ich nicht gelandet. Shortys Sharps bellte erneut auf, und Nigger Pete brüllte ihm etwas zu, aber ansonsten mühte ich mich damit ab, Patronen aus meinem Gürtel in meine Pistole reinzustopfen, während ich noch immer auf dem Boden lag.

Schließlich kriegte ich sie geladen, aber der hässliche Zwilling, dem ein Stück vom Kinn fehlte, stand noch immer aufrecht, und auch er hatte nachgeladen. Er kam auf mich zugerannt, während er auf mich schoss, und um mich herum hagelte es Kugeln. Obwohl er nur noch fünf Meter von mir entfernt war, schoss er immer noch daneben, nicht nur weil er ein schlechter Schütze war wie alle außer Shorty, sondern auch, weil sein Bruder weggeblasen worden war, was verständlicherweise nicht eben zu seiner guten Laune beitrug. Dann war er direkt vor mir. Ich sah mich schon mit einem Paar Flügeln Harfenunterricht nehmen, als ich hörte, wie Eustace an seinem Elefantentöter den riesengroßen Hahn spannte und ein weiteres Mal abdrückte. Offenbar war dieser Lauf mit schwerer Munition geladen, denn der Zwilling verwandelte sich in eine Blutwolke. Mein Kopf dröhnte, als hätte ihn jemand mit einer Kirchenglocke verwechselt.

Ein kleiner Mann, den ich bisher noch nicht bemerkt hatte, kam mit einer Pistole aus der Hütte gehüpft und feuerte. Der erste Schuss fegte Eustace den Hut vom Kopf, der zweite erwischte ihn in der Brust, worauf er sich schüttelte, als hätte ihn jemand mit einer Reißzwecke gepiekst. Wahrscheinlich wurde er überhaupt nur deswegen getroffen, weil er so groß war, und obwohl das immerhin das Pferd erklärte, blieb der Bär mir noch immer ein Rätsel. Nachdem der hüpfende Mann zweimal abgedrückt hatte, verschwand er wieder in der Hütte.

Inzwischen hatte ich nachgeladen, und Cut Throat war ebenfalls in die Hütte gestürmt, wobei er beinahe den kleinen Kerl über den Haufen gerannt hätte. Eustace kramte in seiner Hosentasche nach Patronen für seine Flinte. Urplötzlich setzte er sich hin und legte sich dann auf den Rücken; nicht etwa, als hätten die Schüsse ihm zugesetzt, sondern als täte der Schnaps schließlich seine Wirkung.

Ich schaute rüber zu Nigger Pete, der verletzt an der Hüttenwand kauerte. Er feuerte auf Shorty, traf aber nicht ein einziges Mal. Shorty hatte die Sharps nachgeladen, drückte ab und erwischte Nigger Pete in der Brust, ein Schuss, der einen Büffel umgehauen hätte, aber Nigger Pete wollte einfach nicht sterben.

»Du kleiner Bastard«, sagte er, richtete sich auf und rannte auf Shorty zu. Shorty ließ die Sharps fallen, zog seine Pistole und feuerte dreimal. Alle drei Schüsse trafen, denn ich konnte den Staub sehen, der von Nigger Petes Hemd aufflog. Er fiel noch immer nicht um, aber immerhin drehte er sich im Kreis und sprintete um die Hütte, und zwar so schnell, dass er es hätte mit dem Bär aufnehmen können. Shorty lief ihm nach, wobei er seine Pistole hob und in einem fort abdrückte.

Ich setzte mich auf und feuerte mehrmals schnell hintereinander auf den hüpfenden Mann im Eingang, verfehlte ihn aber jedes Mal, und schließlich war er in der Hütte verschwunden. In dem Moment kam ein großer Mann, der außer Stiefeln nichts anhatte, aus der Hütte gestürmt und rannte mit einem Bowiemesser auf mich zu. Anscheinend hatte er nicht mitgekriegt, dass hier eine Schießerei im Gange war, und ich bezweifle auch ernsthaft, dass das sein üblicher Aufzug war, wenn er jemandem an den Kragen wollte, aber als ich, während ich noch immer auf dem Boden saß, auf ihn feuern wollte, musste ich feststellen, dass mir die Munition ausgegangen war.

Ich stemmte mich in die Hocke hoch, um ihn mit meiner Pistole abzuwehren, als von der Seite wie ein weißer Panther Jimmie Sue herangestürmt kam. Sie klammerte sich von hinten am Hals des nackten Mannes fest und schrie: »Lass meinen Mann in Ruhe!«

Der nackte Mann schüttelte sie mit einem Schulterzucken ab und wollte sich gerade auf mich werfen, als Keiler mit einem Affenzahn den Hügel runtergeprescht kam und auf den nackten Mann zusprang. Es sah aus, als würde er fliegen. Keiler prallte mit solcher Wucht gegen seine Brust, dass der Kerl von den Beinen gerissen wurde. Er versuchte, wieder aufzustehen, aber Keiler verbiss sich in seinem Bein und schüttelte ihn hin und her. Dann ließ er ihn los, und bevor er wieder zupacken konnte, rammte der nackte Mann ihm das Messer in den Hals. Keiler wich mit einem schrillen Quieken zurück, und der Kerl stürzte sich sofort wieder auf mich. Ich holte mit meiner Pistole aus, und er stieß mit seinem Messer zu. Ich kam ihm um Sekundenbruchteile zuvor und hörte seinen Schädel knirschen. Trotzdem fuhr mir seine Klinge über den Unterleib.

Ich taumelte nach hinten, die Hand auf den Bauch gepresst. Keiler rammte meinen Gegner erneut, und dieses Mal traf er ihn wie eine Kanonenkugel an den Waden. Der nackte Mann segelte durch die Luft, und bevor er sich wieder aufrappeln konnte, schleifte Keiler ihn in den Wald davon. Unterholz knackte, und ich hörte ihn schreien, als hätte ihm jemand ein Wiesel in den Hintern geschoben.

Ich brauchte einen Moment, um meinen ganzen Mut zusammenzuraffen, dann nahm ich meine Wunde in Augenschein. Erstaunlicherweise war sie gar nicht so schlimm. Da mir an einem Stiefel der Absatz fehlte, hinkte ich zu Jimmie Sue rüber wie ein Mann, der mit einem Fuß im Graben läuft. Sie weinte und packte mich am Hemd, offenbar erwartete sie, dass mir die Eingeweide aus dem Bauch hingen. Dabei hatte mir das Messer nur das Hemd aufgetrennt und die Haut leicht geritzt. Es sah schlimmer aus, als es war.

»Los, komm«, sagte Jimmie Sue und wollte mich mit sich zerren.

»Ich kann nicht«, sagte ich.

»Los, los, los.« Sie zog mich zu Wintons totem Pferd, und wir gingen dahinter in Deckung. Von hier aus konnte ich sehen, wo Winton gelandet war, und dass das Pferd, das über ihn drübergerollt war, ihm den Kopf plattgewalzt hatte. Der war mausetot, gar keine Frage.

Ich gab Jimmie Sue meine Pistole, weil sie keine hatte. Später sollte ich erfahren, dass sie, als sie die Schüsse hörte, panisch losgerannt war und dabei ihre Pistole verloren hatte. Keiler war ihr nachgelaufen. Jedenfalls gab ich ihr die Pistole und den Pistolengürtel, zog die Winchester aus dem Holster des Pferdes und legte den Lauf über das tote Viech. Ich dachte mir, vielleicht treffe ich ja was mit einem Gewehr, aber das war größtenteils Wunschdenken.

Von hinter der Hütte hörte ich Schüsse und lautes Geschrei. Nigger Pete beschimpfte Shorty, und Shorty beschimpfte Nigger Pete. Ich blieb eine ganze Weile liegen und sagte zu Jimmie Sue: »Du bleibst hier, oder noch besser, du haust ab, aber ich muss Lula da rausholen.«

»Wenn du in die Hütte gehst, ballern die dich übern Haufen«, sagte sie.

»Ich muss es versuchen. Das weißt du.«

»Hol erst Shorty. Ich glaub, Eustace ist tot.«

»Nee, der ist nur sternhagelvoll. Aber er ist mir keine Hilfe. Genauso gut könnte er tot sein.«

Sie zog mich an sich und küsste mich. Ich gab ihr auch die Winchester. »Behalt den Eingang im Auge und gib mir Feuerschutz.« Dann nahm ich mein Messer und säbelte den Absatz von meinem linken Stiefel, was einfacher ging, als ich dachte. Ich sprang auf und rannte rüber zur linken Seite der Hütte. Unterwegs blieb ich kurz stehen, hob die Schrotflinte von Eustace auf und fischte eine Handvoll Patronen aus seiner Tasche.

Irgendwo hinter der Hütte hörte ich Nigger Pete laut und deutlich sagen: »Mir hat ein gottverdammter Liliputaner 'ne Kugel verpasst.« Er sagte es, als wäre ihm gerade erst klar geworden, dass die Gegenseite echte Kugeln benutzte, und dann hörte ich einen weiteren Schuss. Ich rannte zur Hütte und schaute um die Ecke. Nigger Pete hockte auf einem Baumstamm, und ihn hatte es böse erwischt; Blut lief aus ihm raus wie aus einem Fass mit Löchern. Shorty stand keine drei Meter von ihm entfernt und betätigte den Abzug seiner leeren Pistole. Nigger Pete hatte ebenfalls eine Pistole in der Hand, aber er hatte Schwierigkeiten, sie anzuheben. »Du gottverdammter Scheißzwerg«, sagte er.

Shorty warf den Colt beiseite, zog die kleine Pistole aus dem Stiefel und machte ein paar Schritte auf Nigger Pete zu. Nigger

Pete bekam endlich seine Pistole hoch, aber Shorty schoss ihm ansatzlos in den Kopf, und er fiel rückwärts von dem Stamm.

Ich atmete tief durch und klappte den Elefantentöter auf, schob zwei dicke Patronen rein und schaute dann, ob die Hütte an der Seite irgendwelche Fenster hatte. Fehlanzeige. Ich schlich mich an der Wand entlang nach vorn, das Gewehr schussbereit erhoben, als mir plötzlich bewusst wurde, dass ich mit der Kanone zwar jeden wegpusten konnte, der da drin war, aber Lula würde dabei wahrscheinlich auch ums Leben kommen. Lange blieb mir nicht, um darüber nachzudenken, denn der hüpfende Mann kam mit seiner Pistole aus der Tür gehüpft, rief »Aha!«, und Jimmie Sue schoss ihm mit der Winchester in die Schläfe. Er brach blutüberströmt zusammen.

»Aha!«, rief Jimmie Sue.

Ich schaute zu ihr rüber. Sie hatte den Kopf über den Rücken des toten Pferdes gehoben. Ich nickte ihr zu. Sie lächelte und duckte sich wieder.

Ich versuchte, nicht schwer zu atmen, aber das war leichter gesagt als getan. Bestimmt klang ich wie ein Blasebalg, mit dem ein Feuer angeheizt wird, und mein Herz schlug wie eine Trommel, aber irgendetwas hinderte mich daran, den letzten Schritt zur Tür zu machen. Der hüpfende Mann hatte seine Pistole fallen lassen, und sie lag nicht weit von mir entfernt. Ich beschloss, sie mir zu schnappen, damit ich etwas zum Schießen hatte, das nicht den ganzen Raum außer Gefecht setzte, meine Schwester eingeschlossen. Allerdings sprachen meine nicht vorhandenen Schießkünste dagegen. Trotzdem entschied ich mich für die Pistole.

Von dem ganzen Geballer dröhnte mir der Kopf, und meine Ohren schmerzten so sehr, dass ich schon befürchtete, sie würden bluten. Der Gestank, den der verbrannte Bärenquäler verströmte, hing in der Luft und drehte mir den Magen um, und im Mund hatte ich den Geschmack verdorbener Buttermilch, gemischt mit Kupfer.

Ich richtete meine Aufmerksamkeit wieder auf das Geschehen, und kaum hatte ich den Eingang erreicht und nach dem Revolver gegriffen, hörte ich Shorty hinter der Hütte brüllen: »Scheiße, bist du denn immer noch nicht tot?«, und dann krachte ein weiterer Schuss.

Ich dachte mir, das ist ein guter Zeitpunkt, denn vielleicht lenkt Shortys Stimme und der Schuss die Männer in der Hütte einen Moment lang ab. Ich trat durch den Eingang, die Pistole in der rechten Hand, das Gewehr in der anderen.

22

Vermutlich wollten sie mir auflauern, aber ich glaube, dass ich so wagemutig wie der Teufel in die Hütte gestürmt kam, hat sie ein wenig überrascht. Der stämmige Kerl mit dem skalpierten Kopf stand direkt vor mir, aber er war nicht bereit, irgendetwas zu tun. Er riss die Augen auf, als wäre er auf eine Schlange getreten, und vielleicht wollte er sogar seine Waffe heben, aber er kam einfach nicht mehr dazu. Ich rammte ihm die Pistole in die Brust und drückte ab. Er war sofort tot.

Cut Throat packte Lula am Arm und zerrte sie zur offenen Hintertür raus. Ich konnte nicht schießen, aus Angst, sie zu treffen. Ich hoffte, Shorty würde ihn im Visier haben, aber vergeblich.

Für einen Moment war ich, während sich die Rädchen in meinem Kopf verzweifelt drehten, abgelenkt, und ich wollte ihnen gerade zur Hintertür raus folgen, als Fatty hinter irgendeinem Stapel hervortrat und einen Schuss auf mich abfeuerte. Keine Ahnung, ob er seinen Mut oder seine ganze Kraft zusammengenommen hat, während ich dastand, aber den hätte ich fast vergessen. Gott sei Dank hatte er immer noch nicht zielen gelernt. Die Kugel schlug über der Tür in die Hüttenwand ein. Ich ging in die Hocke und feuerte mit dem Revolver zweimal drauflos. Dabei hatte ich mehr Glück als er. Fatty stieß ein Ächzen aus und ging zu Boden. Hier drin war es so dunkel, dass ich nur seine Umrisse erkennen konnte, und als ich jetzt ein paar Schritte in seine Richtung machte und meine Augen sich an das Halbdunkel gewöhnten, sah ich, dass er die Hand nach der Pistole ausstreckte, die er fallen gelassen hatte. Eins musste man Fatty lassen, so schnell gab er nicht auf.

Ich schleuderte die Pistole beiseite, warf mich lang hin und drückte mir den Kolben der Flinte gegen die Schulter. Fatty hatte gerade die Pistole erreicht, als ich die beiden Hähne spannte. Er sah mich an und hob die Pistole, und ich feuerte mit beiden Läufen gleichzeitig. Alles um mich herum wurde rot, dann schwarz, dann weiß, und außerdem hüpften überall kleine Punkte herum, dann schüttelte Shorty mich. Ich kam wieder zu mir. Das Kinn tat mir weh, und meine Augen schmerzten wie die Hölle.

»Alles okay?«, fragte Shorty.

»Fatty?«, erwiderte ich.

»Der ist nicht mehr fett.«

Ich schaute in die Runde. Eine ziemliche Sauerei, die ich da angerichtet hatte. Mir tat alles teuflisch weh, was daran lag, dass die Flinte zu viel für mich gewesen war. Der Rückschlag hatte mich voll an der Schulter erwischt, und der Kolben war abgerutscht und hatte mir erst das Kinn blau geschlagen und dann ein Auge. Das Auge schwoll bereits zu, aber sehen konnte ich damit noch.

»Cut Throat hat Lula«, sagte ich.

»Er hat sich bereits Pferde mit Zaumzeug geschnappt und ist mit ihr davongeritten, beide ohne Sattel. Ich war nicht zur Stelle, als sie rauskamen, und bis ich sie bemerkte, waren sie schon weg.«

Shorty streckte die Hand aus und zog mich hoch. Für einen kleinen Mann war er ziemlich stark. Die Schmerzen raubten mir fast den Verstand. »Ich will ihnen nach«, sagte ich.

Jimmie Sue kam durch die Vordertür reingestürzt, warf die Winchester beiseite, rannte zu mir rüber und nahm mein Gesicht in die Hände. »Bist du getroffen?«

»Die Flinte hat mir einen Stoß versetzt«, sagte ich. »Ich hab ein kleines Loch in der Seite, aber es blutet kaum. Ich muss Lula hinterher.«

Ich stolperte ins Freie, Richtung Koppel. Jimmie Sue und Shorty folgten mir. Die Koppel stand offen – Cut Throat hatte sich zwei Pferde geschnappt. Von den anderen waren einige davongelaufen, aber in der Nähe irrte noch ein Pony herum, und in der offenen Koppel waren auch ein paar zurückgeblieben. Mir wurde ganz schummrig, und ich musste mich an einem Holzpfosten festhalten. Während ich langsam wieder zu Kräften kam, fingen Jimmie Sue und Shorty zwei der Pferde ein und legten ihnen Zaumzeug an, machten sich jedoch nicht die Mühe, nach Sätteln zu suchen.

Irgendwann kam Keiler mit leuchtend roter Schnauze aus dem Wald, offenbar hatte er dem nackten Mann den Garaus gemacht. Für ein Schwein sah er ziemlich zufrieden aus. Jimmie Sue ging ihm entgegen und streichelte ihn. Im Nacken, wo ihn das Messer erwischt hatte, war ein wenig Blut, aber ansonsten schien es ihm gutzugehen.

»Keiler, du bleibst bei Jimmie Sue«, sagte Shorty. »Hast du mich verstanden?«

Offenbar schon, denn er setzte sich neben sie.

So sehr, wie mir die Schulter wehtat, fiel mir das nicht leicht, aber ich schwang mich auf den Schecken, und Shorty und ich ritten ungesattelt in die Richtung, die Cut Throat eingeschlagen haben musste. Vor uns erstreckte sich der abgeholzte Wald. Von Cut Throat und Lula nirgendwo eine Spur.

Wir galoppierten nebeneinander die breite Karrenstraße entlang, wobei wir uns tief über den Hals unserer Pferde beugten; Rotz flog ihnen aus den Nüstern und uns um die Ohren. Mit der Zeit veränderte sich die Landschaft. Jetzt waren nicht mehr nur Baumstümpfe zu sehen, sondern auch brandgerodete Flächen und kleine Krater, wo die Holzfäller Dynamit verwendet hatten. Ich sah sogar den Bär, den Shorty losgeschnitten hatte, ein Stück rechts von uns, wo der Wald wieder anfing. Er schleifte das Seil hinter sich her und wollte offenbar die Lichtung hinter sich lassen und ins Dickicht verschwinden.

Weit vor uns auf der Straße waren zwei dunkle Flecken, die wie Grillen aussahen; die Sonne stand hoch über ihnen und warf lange Schatten. Wegen der Sonne musste ich immer wieder die Augen zusammenkneifen, und dann sah es jedes Mal so aus, als würden die Grillen einen Satz nach vorne machen, und wenn ich die Augen weiter öffnete, wurde mir klar, dass das Cut Throat und Lula auf ihren Pferden waren, und ich hatte den Eindruck, auch wenn ich mir nicht sicher war, dass Cut Throat ein Stück vorausritt und Lulas Pferd führte. Zwar galoppierten sie nicht wie der Teufel, kamen aber trotzdem rasch vorwärts, wie wir auch. Ich schätzte, dass sie uns ungefähr eine Meile voraus und besser beritten waren. Cut Throat hatte anscheinend die besten Pferde genommen.

»Shorty, Sie müssen es darauf ankommen lassen und schießen«, rief ich Shorty zu.

Er schaute zu mir rüber, und ich war mir nicht sicher, ob er mich gehört hatte, aber eins wusste ich: Wir würden sie nicht einholen. Nicht heute, nicht mit diesen Pferden.

Ich zügelte meinen Schecken und stieg ab. Shorty drehte um und kam zu mir zurückgeritten. Er beugte sich ein Stück vor und sah mich an. »Was soll das?«

»Sie müssen es darauf ankommen lassen und schießen.«

»Wie bitte?«

»Sie wissen, was ich meine. Die Schusslinie könnte nicht besser sein.«

»Das ist mindestens eine Meile.«

Dann wurde ihm klar, was er da gesagt hatte. Er schwang sich mit dem Gewehr von seinem Pferd und stolperte, als er auf dem Boden landete. Sein Gaul machte einen Satz nach vorn, war aber viel zu müde, um wegzulaufen. Stattdessen streunte er runter von der Straße und suchte zwischen den Baumstümpfen nach Gras.

Shorty hob die Sharps auf, die er fallen gelassen hatte, und rannte ein Stück die Straße entlang, bis er zu einem Baumstumpf kam. Er setzte einen Fuß darauf und blickte den Reitern nach.

»Sie sind viel zu weit weg, und die Sonne blendet mich«, sagte er.

»Unfug. Billy Dixon hat das auch hingekriegt.«

»Schon möglich«, sagte er. »Aber nicht gegen die Sonne.«

»Sie können das auch.«

»Ich bin mir nicht mal sicher, ob Billy Dixon das gekonnt hat.«

Während wir redeten, streckte er sich auf dem Bauch aus und legte die Sharps auf den Baumstumpf. Er ließ sich Zeit mit dem Zielen und sagte dann: »Ich glaube, inzwischen sind sie mehr als eine Meile weit weg.«

Da hatte er recht, viel war von ihnen nicht mehr zu sehen; sie waren zu zwei Staubkörnern in weiter Ferne geworden, und hinter ihnen erhob sich ein grüner Streifen. Wenn sie den Wald erreichten, konnten sie sich überall verstecken, und dann bekamen wir sie bestimmt nicht mehr vors Visier.

Shorty steckte den Finger in den Mund und hob in dann in die Höhe, um zu schauen, aus welcher Richtung der Wind kam. »Kein Wort mehr.«

Er drückte sich den Kolben der Sharps fest gegen die Schulter, atmete langsam aus, atmete langsam ein und spähte den Lauf entlang. Eine halbe Ewigkeit verging. Dann spannte er den Hahn und räusperte sich. Hob das Gewehr ein kleines bisschen an. Als würde er auf den Himmel schießen und nicht auf ein bestimmtes Ziel. Seine Brust hob und senkte sich, und dann krachte ein Schuss. Ich zuckte zusammen. Es dauerte eine ganze Weile, bis die Eisentaube ihr Nest fand, aber sie fand es. Selbst aus dieser Entfernung sah es für mich so aus, als würde Cut Throat die Hände in die Luft werfen, um den Herrn Jesus zu lobpreisen, und im selben Moment brach das Pferd unter ihm zusammen. Cut Throat rollte herunter und blieb regungslos liegen. Das Pferd regte sich ebenfalls nicht mehr. Lula, deren Pferd jetzt niemand mehr am Zügel führte, ritt ohne anzuhalten weiter.

»Zur Hölle mit Billy Dixon«, sagte ich.

Lula war einfach weitergeritten und befand sich bald außer Sichtweite. Wir näherten uns Cut Throat und seinem Pferd mit großer Vorsicht, nur für den Fall, dass das Pferd getroffen worden war und er sich nur tot stellte.

Ich sprang von meinem Schecken und half Shorty beim Absteigen, etwas, das ihm sichtlich zuwider war. Wir nahmen Cut Throat genauer in Augenschein und stellten fest, dass der Schuss etwa zehn Zentimeter über seinem Hintern die Wirbelsäule durchschlagen hatte, am Bauch wieder ausgetreten war und das Pferd dann am Kopf getroffen hatte. Es war genauso tot wie sein Reiter.

»Schade um den Gaul.« Shorty sah mich an und fuhr fort: »Ich muss zugeben, dass ich auf seinen Kopf gezielt hab. Die Ladung war doch schwerer, als ich vorausberechnet hab. Wäre er nur fünf Meter weiter entfernt gewesen, hätte ich ihn verfehlt.«

»Haben Sie aber nicht«, erwiderte ich.

»Na schön«, sagte Shorty, packte sein Pferd am Zügel und setzte sich auf einen Baumstumpf. »Ich werde mich hier eine Weile ausruhen, während du deine Schwester suchst. Ich glaube, mein Pferd ist viel erschöpfter als deins.«

Also stieg ich auf und ritt ihr nach. Es dauerte eine ganze Weile, bis ich ihr Pferd einholte, das mit untergeschlagenen Beinen auf dem Boden kauerte und nach Luft schnappte. Es war völlig fertig und hatte einfach nicht mehr weitergekonnt. Lula war nirgendwo zu sehen.

Ich ritt weiter, und irgendwann sah ich meine Schwester. Sie lief mit schnellen Schritten die Straße entlang, und ich rief nach ihr, aber entweder hörte sie mich nicht, oder es war ihr egal. Sie ging immer schneller und schneller, und schließlich rannte sie los, stolperte und fiel auf die Knie.

Ich sprang von meinem Pferd und rief: »Lula, alles in Ordnung? Halt an! Ich bin's, Jack!«

Ich rannte zu ihr rüber. Sie drehte sich um, eine kleine Derringer in der Hand. Und drückte ab.

23

»Verdammt, Lula«, sagte ich. »Willst du deinen eigenen Bruder abknallen?« Sie hatte mich voll am Knie erwischt. Ich fiel auf den Po, winkelte das Knie an und umschlang es mit den Armen.

Sie kam zu mir rüber und richtete die Derringer, die zwei Läufe hatte, direkt auf mein Gesicht. Ihre Augen sahen aus, als stünden sie in Flammen. Sie spannte den zweiten Hahn.

»Ich bin's, Lula, dein Bruder. Jack.«

Lula starrte mich weiter wütend an, in etwa so wie eine verzogene Göre, die gleich auf einen Wurm drauftrampelt. Dann wurden ihre Gesichtszüge weich, als würden sie ihr von den Knochen rutschen. Sie kniff die Augen zusammen, leckte sich über die Lippen und schien mich endlich zu erkennen. Mit meinem geschwollenen Auge, dem zerschlagenen Gesicht und dem ganzen Schmutz war das gar nicht so einfach. Sie warf die Derringer beiseite, fiel auf die Knie, packte mich und drückte mir einen Kuss auf die Stirn. Ich nahm sie in die Arme und küsste ihr tränennasses Gesicht, und dann musste ich ebenfalls heulen. Wir heulten eine ganze Weile. So lange, dass ich sogar vergaß, wie sehr mir das Knie wehtat. Wie gesagt, für unsere Familie ist das typisch. Wenn wir uns erstmal gehen lassen, dann richtig. Also öffneten wir die Schleusentore, heulten und stöhnten und küssten einander auf Kopf und Wangen, bis wir buchstäblich zerflossen.

Lula sagte immer wieder: »Jack, Jack, Jack, Jack«, als wäre ihr mein Name gerade erst wieder eingefallen.

Es dauerte eine halbe Ewigkeit, bis ich wieder aufstehen konnte, und Lula musste mir dabei helfen. Mein Knie tat wirklich saumäßig weh. Ich blickte hoch und sah, dass Shorty langsam auf uns zugeritten kam. Er führte Lulas Pferd am Zügel, das offenbar wieder ein wenig bei Puste war.

»Ein Kind auf einem Pferd?«, sagte Lula.

»Ein Liliputaner«, erwiderte ich. »Aber verlang bloß nicht von ihm, dass er irgendwelche Kunststücke aufführt.«

Während wir auf ihn warteten, sagte Lula, ohne mich anzuschauen: »Ich bin nicht mehr so unschuldig, wie ich mal war, Jack.«

»Wer ist das schon?«

»Diese ganzen Männer. Sie ...«

»Ich hab was für dich.«

Ich kramte in meiner Hosentasche, holte die Halskette hervor und hielt sie ihr hin. Lula sah die Kette an und streckte die Hand danach aus, ließ sie dann aber wieder sinken. »Jack, ich kann nicht. Du musst sie erst mal behalten. Ich bin nicht mehr das Mädchen, das sie getragen hat.«

»Für mich bist du noch immer dieselbe«, sagte ich und legte ihr die Kette um den Hals. Ihr Gesichtsausdruck veränderte sich ein wenig, aber ganz schlau daraus wurde ich nicht.

Shorty zügelte sein Pferd und sprang herunter.

»Wie sind Sie da ohne Strickleiter raufgekommen?«, fragte ich.

»Mit Hilfe eines großen Baumstumpfes und einer Menge Entschlossenheit. Das also ist Lula.«

»Shorty hat Cut Throat mit einem Schuss aus dem Sattel geholt«, sagte ich.

»Und leider auch sein Pferd getötet«, sagte Shorty. Und an meine Schwester gewandt: »Sie sind ein entzückender Anblick, Miss Lula.«

Lula schenkte ihm ein schwaches Lächeln. »Wenn ich mich gewaschen habe, seh ich viel besser aus.«

»Ich finde, Sie sehen großartig aus. Und nur um das klarzustellen: Wenn ich mich wasche, sehe ich hinterher noch genauso aus.«

Kaum zu glauben, aber Lula lächelte. Allerdings schien sie sich das Lächeln von jemand anderem geliehen zu haben; es passte nicht so richtig auf ihr Gesicht. Aber es war ein Lächeln. Es schmolz dahin wie Frost auf einer warmen Fensterscheibe.

»Sieht so aus, als hätte ich auf meinen Bruder geschossen«, sagte sie.

Als Jimmie Sue uns sah, rannte sie mir sofort entgegen. Auch Keiler kam herbeigetrottet. Ich sprang vom Pferd, ohne an mein Knie zu denken, und stürzte zu Boden. Das Knie war so geschwollen wie eine Wurst, die zu fest in den Darm gestopft worden war.

Keiler erreichte mich als Erster und schnüffelte wie ein Hund an mir. Jimmie Sue half mir auf die Beine. Ich nahm sie in die Arme, und wir küssten uns. Jimmie Sue liefen Tränen über die Wangen.

»Ich dachte schon, um dich ist's geschehen«, sagte sie.

»Nein, nein, alles in Ordnung.«

Lula schwang sich von ihrem Pferd, kam herüber und musterte Jimmie Sue eingehend.

»Das hier«, sagte ich zu meiner Schwester, »ist meine Verlobte Jimmie Sue … wie heißt du noch mal mit Nachnamen?«

»Vergiss es«, sagte Jimmie Sue. »Bald hab ich sowieso denselben wie du.«

»Und diese hässliche Bestie«, fuhr ich fort, »ist Keiler.«

Jimmie Sue lächelte Lula an. »Komm her, Schwester.«

Lula setzte sich in Bewegung, als hätte sie zwei Holzbeine. Jimmie Sue legte die Arme um sie und drückte sie fest an sich. Lula brach wieder in Tränen aus, und bei Gott, Jimmie Sue fing auch an zu heulen. Bald schluchzte ich genauso herum und musste ein Stück weggehen, um mich nicht wieder in einen flennenden Narren zu verwandeln.

Viel gibt es jetzt nicht mehr zu erzählen. Eustace war nicht tot, aber er hatte eine Menge Blei abbekommen. Was ihm ungefähr so viel ausmachte wie ein Haufen Mückenstiche. Als er wieder nüchtern war, luden er und Shorty die Leichen auf den Wagen, mit Ausnahme des verbrannten Bärenquälers. Eustace holte einen Eimer aus der Hütte und füllte ihn mehrmals mit Erde, die er dann übers Feuer kippte und über den Bärenquäler. Große Mühe gab er sich dabei allerdings nicht. Skinnys Arme und Hände schauten am Ende immer noch raus und einer seiner verbrannten Füße ebenso. Als Eustace damit fertig war, fingen seine Wunden an zu bluten. Eine Kugel war einfach durch ihn durchgegangen, ohne ihn lebensgefährlich zu verletzen, und die andere steckte nicht besonders tief drin. Er konnte sie mit Daumen und Zeigefinger rausdrücken.

Spot und Winton landeten ebenfalls hinten auf dem Wagen, wenn auch mit etwas Abstand zu dem übrigen Gesindel. Shorty fand in der Hütte ein paar Decken und breitete sie über die beiden, nachdem Eustace dem, was von Spot übrig war, ein Paar Hosen übergezogen hatte. Nigger Pete lag nicht mehr an der Stelle, wo Shorty ihn zurückgelassen hatte. Offenbar war er doch nicht sofort tot gewesen, sondern ein Stück in den Wald gekrochen und dort gestorben. Während seine Leiche auf den Wagen geladen wurde, nannte Shorty ihn einen regelrechten Rasputin, was auch immer das ist.

Während die anderen sich abmühten, saß ich auf einem Baumstumpf. Ich konnte kaum gehen. Lula schnitt mir die Hose bis zum Knie auf, um die Wunde zu untersuchen. Zum Glück war die Derringer eher eine Spielzeugpistole, und Lula hielt ein Messer ins Feuer und schnitt die Kugel raus. Ich wäre beinahe ein paarmal ohnmächtig geworden, aber als sie draußen war, fühlte ich mich deutlich besser, und das Knie fing sofort an abzuschwellen.

Bis Jimmie Sue mit den Pferden und unseren Vorräten aus unserem alten Lager zurückkam, war es später Nachmittag. Wir spannten zwei Pferde von Cut Throat und seiner Bande vor den Wagen, was sie offenbar gewohnt waren, denn sie zogen ihn anstandslos. Ich setzte mich neben Jimmie Sue auf den Bock, und sie lenkte das Gespann. Die anderen begleiteten uns auf Pferden, und Keiler trottete natürlich neben uns her, wie er das immer tat, wobei er von Zeit zu Zeit im Wald verschwand. Keine Ahnung, was er da trieb.

Wir sammelten auch noch Cut Throats Leiche auf und machten uns auf den Rückweg.

Schließlich und endlich, nachdem einige Tage vergangen waren, kriegten wir in Livingstone etwas von der Belohnung, zum Teil für die anderen Ganoven aus No Enterprise und sogar aus Hinge Gate, auch wenn's da keine Überschneidungen gab. So lief das nicht bei der Regierung, und obwohl die Ortschaften uns das volle Geld zusagten, bekamen wir es nicht gleich komplett ausbezahlt. Am Ende mussten wir nach Tyler rüberreiten, wo sich der Verwaltungssitz befand, um alles abzuklären und unsere ganze Kohle zu kriegen. Während wir dort waren, sahen wir jede Menge Automobile, als hätten sie sich über Nacht wie Fliegenlarven vermehrt, und jetzt hupten sie in der Gegend rum, bis ihnen das Benzin ausging; in der kurzen Zeit, in der wir auf Menschenjagd gewesen waren, hatte sich die Welt offenbar mächtig verändert.

Irgendwann bekamen wir unser Geld, und ich, Shorty, Eustace und Jimmie Sue teilten die Belohnung untereinander auf. Ich überschrieb die beiden Grundstücke wie versprochen an Eustace und Shorty, woraus sich allerdings etwas entwickelte, das ich nicht vorausgesehen hatte.

Bevor ich das erkläre, möchte ich noch berichten, dass wir Winton schließlich auf einem Friedhof in No Enterprise unterbrachten. Für die Beerdigung bezahlten wir selbst, denn von den Einwohnern des Örtchens wollte das keiner übernehmen. Spot wurde auf Grandpas altem Grund und Boden begraben, unter einer schönen ausladenden Eiche. Winton und Spot bekamen beide einen Stein mit ihrem Namen drauf, auch wenn wir nie rausfanden, wie Spot mit Nachnamen hieß, weil ich mir nicht sicher war, ob jener

Grandpa Weeden, den er erwähnt hatte, der Vater seiner Mutter oder seines Vaters war. Also ließ ich einfach SPOT reinmeißeln. Wir wussten nicht mal, wann er geboren war, und konnten deshalb nur seinen Todestag druntersetzen.

Na ja, und Grandpa … seine Leiche wurde nie gefunden, aber wir stellten neben den Gräbern von Ma und Pa einen Stein für ihn auf. Ich hab oft davon geträumt, wie er da unten am Grund des Sabine Rivers in dem Grünzeug festhängt, während die Welse an ihm knabbern. So traurig, wie mich das machte, vergaß ich andererseits auch nicht, dass er zu Jimmie Sues Kunden gehört und mir trotzdem andauernd erzählt hatte, was für ein rechtschaffener Mann er war. Im Unterschied zu Lula hab ich nie irgendwelche Blumen auf sein Grab gelegt. Allerdings haben Jimmie Sue und ich niemand erzählt, dass er ins Hurenhaus gegangen ist, und ich erwähne es hier zum ersten Mal. Entweder bin ich es leid, es geheimzuhalten, oder es ist mir einfach egal. Ehrlich gesagt, weiß ich nicht genau, was.

Vorhin hab ich gesagt, dass ich die Grundstücke an Eustace und Shorty überschrieben hab, aber ich sollte hinzufügen, dass sie nicht alles angenommen haben, was vielleicht daran lag, dass wir gegen Ende unseres Abenteuers unsere Freundschaft mit Blut und Schießpulver besiegelt hatten. Ich durfte Mom und Dads Grund und Boden behalten, und sie teilten sich den von Grandpa, wo sie sich dann, ein ganzes Stück voneinander entfernt, häuslich niederließen. Beide Hütten, die sie sich bauten, wurden, wie ich hinzufügen möchte, ziemlich schön, auch wenn es bei Eustace immer recht komisch roch, weil Keiler da andauernd herumlag. Shorty verkaufte das Grundstück, auf dem er bisher gewohnt hatte, an einen Typ aus Oklahoma.

Ich selbst errichtete mein neues Zuhause allerdings nicht dort, wo unser altes gestanden hatte, sondern ein ganzes Stück weit weg. Die Gräber meiner Eltern erinnerten mich immer an die Pocken, und ich wollte nicht, dass da irgendwas gepflanzt wurde, weil ich befürchtete, die Krankheit könnte aus der Erde gekrochen kommen und das zu Ende führen, was sie beim letzten Mal versäumt hatte. Der Fleck wurde zum Familienfriedhof, auch wenn wir damals davon ausgingen, dass nur ich und meine Schwester dort liegen würden, zusammen mit der Frau, die ich heiratete, Jimmie Sue.

Es dauerte nicht lange, und auf dem Grundstück, das Eustace und Shorty untereinander aufgeteilt hatten, wurde Öl entdeckt, und zwar direkt auf der Grenze, was die beiden ziemlich lustig fanden – verständlicherweise, wenn man bedenkt, wie viel Geld ihnen das Öl einbrachte. Wahrscheinlich gab es dort noch mehr davon, aber sie ließen nur an dieser einen Stelle bohren, weil sie den Wald und die Äcker so lassen wollten, wie sie waren. Viele Leute fanden das sonderbar.

Bevor das Öl entdeckt wurde, geschah noch etwas Seltsames. Shorty besuchte Lula häufig in unserem neuen Haus, und nach ein paar Jahren ritten sie nach Hinge Gate, wo natürlich längst keine Rede mehr von den Pocken war, und ließen sich trauen. Shorty erklärte mir, dass er meine Schwester nicht nur geheiratet hatte, weil sie wunderschön war und weil sie sich gut verstanden und gerne über Sterne und Tautropfen und dergleichen redeten, sondern vor allem, weil sie bereitwillig seine Hand hielt, ganz gleich, wo sie waren. Klar, er war ein ganzes Stück älter als sie, aber inzwischen war sie eine erwachsene Frau und hatte ihren eigenen Kopf. Mir gefiel es, wie sie einander ansahen.

Eustace heiratete nicht, er sagte, dass er es auf Dauer mit niemandem aushalten würde. Das hinderte ihn nicht daran, uns regelmäßig zu besuchen, und wir feierten mit ihm und Shorty und Lula viele schöne Feste.

Keiler wurde älter und starb irgendwann. Eustace starb ebenfalls, nachdem er von einem Wagen gefallen war, der im nächsten Moment über ihn drüberrollte und ihm den Hals brach. Es ging das Gerücht um, er sei betrunken gewesen, aber das glaube ich nicht.

Ich glaube, er hat die Wahrheit gesagt, als er erklärte, er würde nie wieder einen Tropfen anrühren. Er war der reichste Farbige im ganzen Landkreis. Seinen Besitz hinterließ er Jimmie Sue und mir, und dazu gehörte sein Land und sein Haus, die Hälfte der Ölquelle, der alte Elefantentöter und eine Faustvoll Patronen. Über Nacht waren wir so reich wie Midas, und eine schreckliche Waffe bekamen wir noch obendrein, auch wenn ich die Schrotflinte, nach meinen bisherigen Erfahrungen damit, nie wieder abfeuern wollte, und bisher hab ich's auch nicht getan.

Shorty und Lula bekamen ein Kind namens James, das zu einem Jungen von normaler Größe heranwuchs, auch wenn es seinem Daddy zum Verwechseln ähnlich sah. Ein hübscher Kerl und ein liebenswerter Neffe, wie ich sagen muss. Aus ihm wird bestimmt mal was Besonderes. Und die großen Reisen, von denen Shorty immer redete? Außer einem Ausflug in einem brandneuen Automobil mit Lula und seinem Sohn zu einer Weltausstellung im Norden kam er nie aus Osttexas raus, was ihm aber nichts auszumachen schien. Auf der höchsten Stelle seines Landes baute er einen Turm, und oben auf den Turm stellte er ein Teleskop. Nicht sein altes, sondern ein neues, das viel stärker war. Bei schlechtem Wetter deckte er es mit einem Öltuch ab.

Dort fand ihn Lula dann auch etwa zehn Jahre später. Sein Herz hatte versagt; er starb viel zu früh, auch wenn er kein junger Hüpfer mehr war. Er saß auf einem hohen Stuhl, vor sich das Teleskop. Er hatte zu den Sternen hinaufgeschaut. Ich hoffe, dass sein Auge an der Linse ruhte, als ihn das Zeitliche segnete, und dass der Mars das Letzte war, was er gesehen hat.

Über Lula und ihren Sohn gibt es noch mehr zu erzählen, und ich und Jimmie Sue bekamen auch Kinder, einen Sohn namens Lucas und eine Tochter namens Lula, nach meiner Schwester. Aber das gehört nicht hierher. Ich möchte auch noch hinzufügen, dass vielleicht nicht alles, was ich erzählt habe, völlig der Wahrheit entspricht, aber es ist die Wahrheit, wie ich mich an sie erinnere. Jimmie Sue sagt immer, dass man sich nicht an das erinnert, was geschehen ist, sondern an das, was man glaubt, dass geschehen ist.

Nicht lange, nachdem Shorty gestorben ist, fing ich an, über das Abenteuer nachzugrübeln, das wir gemeinsam bestanden hatten, und wie wir Lula gerettet haben und wie grundlegend ihr Leben sich verändert hat, eben weil sie Shorty kennenlernte. Ich musste an den großartigen, schier unglaublichen Schuss denken, mit dem er Cut Throat aus dem Sattel geholt hat. Damit hatte er Lula nicht nur gerettet, es hatte sie beide auch zusammengebracht. Eines Abends, während ich über all das nachdachte, beschloss ich, meinen neuen Ford zu nehmen und zu Shortys Teleskopturm rüberzufahren.

Ich traf bei tiefster Dunkelheit dort ein und kletterte die Leiter rauf. Oben setzte ich mich auf Shortys Stuhl – eine Sonderanfertigung – vor das Teleskop. Eine ganze Weile rührte ich mich nicht, und dann legte ich das Auge an die Teleskoplinse, wobei ich darauf achtete, seine Einstellungen nicht zu verändern. Ich blickte zum samtschwarzen Nachthimmel hinauf, der von Sternen übersät war; was ich da sah, schien mir durch das Teleskop entgegenzustürzen, direkt in meinen Kopf hinein.

Ich betrachtete die Sterne eine lange Zeit, und meine Gedanken schweiften zu Shorty ab und wie er mir von dem Buch über einen Mann erzählte, der die Arme ausbreitete und sich plötzlich auf dem Mars befand, jedenfalls zum Teil. Ich dachte mir, wie nett es doch wäre, wenn das mit Shorty passierte. Wenn sein Geist zum Mars reiste. Dann wurde mir klar, dass er das gar nicht mehr wollte. Er war glücklich gewesen. Und auch wenn er nie an Gott geglaubt hatte, hat er möglicherweise gelernt, an die Liebe zu glauben.

Ich betrachtete die Sterne und das schwarze Nichts zwischen ihnen, und da kam mir ein seltsamer Gedanke: Die Vorstellung, die ich mir bisher von Gott und vom Himmel, von Harfen und Engeln gemacht hatte, war zu klein für all das, was ich da sah, und der Weltraum dort draußen mit seinen zahllosen Sternen gehörte etwas Größerem an, etwas, das schwerer zu erklären war als Gott. Gar keine Frage, in dem Moment hatte ich zum ersten Mal das Gefühl, dass ich wirklich und wahrhaftig ein Teil von etwas war, das fremdartiger und wunderbarer war als alles, was ich mir je erträumt hatte.

Und dieser Gedanke beunruhigte mich nicht im Mindesten.

Joe R. Lansdale

»Von diesen dunklen erzählerischen Fluten kann man nur mitgerissen werden.« ***Frankfurter Rundschau***

978-3-453-67586-5

Akt der Liebe
978-3-453-67586-5

Dunkle Gewässer
978-3-453-67656-5

Die Kälte im Juli
978-3-453-41818-9

Drive-In
978-3-453-67672-5

Leseproben unter **www.heyne-hardcore.de**

HEYNE HARD CORE